◆ 著名作家赵本夫鼎力推荐的长篇小说 ◆

骚动的小城

SAO DONG DE XIAO CHENG

王志强\著

新华出版社

图书在版编目（CIP）数据

骚动的小城/王志强著
北京：新华出版社，2015.4
ISBN 978-7-5166-1573-7
Ⅰ.①骚… Ⅱ.①王… Ⅲ.①纪实小说—中国—当代 Ⅳ.①I247.5
中国版本图书馆CIP数据核字（2015）第057451号

骚动的小城
作　　者：王志强

出 版 人：张百新　　**责任编辑：**贾允河
封面设计：李尘工作室　　**责任印制：**廖成华

出版发行：新华出版社
地　　址：北京石景山区京原路8号　**邮　　编：**100040
网　　址：http：//www.xinhuapub.com　http：//press.xinhuanet.com
经　　销：新华书店
购书热线：010-63077122　　**中国新闻书店购书热线：**010-63072012

照　　排：新华出版社照排中心
印　　刷：河北鑫宏源印刷包装有限责任公司

成品尺寸：170mm×240mm
印　　张：21.75　　**字　　数：**320千字
版　　次：2015年5月第一版　　**印　　次：**2015年5月第一次印刷

书　　号：ISBN 978-7-5166-1573-7
定　　价：39.00元

序

《骚动的小城》是一部很有才气的小说，挥洒自如，内容丰富。大量使用民间语言，生动俏皮。作品描写上世纪 80 年代后发生在一座苏北小城的故事，众多人物活色生香，有很强的可读性，真实记录了那段鲜活的历史。这种来自民间的写作，有原生态的品质，和当下一些故弄玄虚、装神弄鬼的专业写作，有很大的不同，令人耳目一新。

上世纪 80 年代，是新时期以来一个十分重要的年代。当时正值改革开放之初，整个中国都在甦醒，许多人的感觉是：哇，活过来了！甦醒之后便是亢奋，继而骚动。长期被压抑的精神和身体开始释放。这种释放是狂野的，自然的，有时也是盲目的，荒唐的。但重要的是这种骚动让人性有了活力，整个社会显得生机勃勃，许多人开始意识到，原来每个人都可以有自己的生活。而在这之前几乎没有，个体只能在社会的大潮中沉浮、湮灭，对于生活，你并没有多少选择的余地。但现在，这座小城活过来了。每个人都在寻找自己，寻找属于自己的生活，连那个流浪的傻瓜也不例外。这时，一群热爱文学的年轻人走到了一起，他们雄心勃勃，要成为作家。他们的心灵是那么单纯，想法那么简单！彻夜谈论文学，一篇一篇写作，并且有酒和美女相伴。他们以为这就是他们想要的生活。但现实的残酷，又渐渐让他们清醒，文学之路那么拥挤，你可以一辈子热爱文学，但如果以文学为生，实在太难了。终于，他们分手了。他们依然是好朋友，依然热爱着文学，但他们却不得不寻找另外的人生之路。这群年轻人流着泪，转身离去。只有一个年轻人说，他不会离开文学，他会坚守，会隐居到一个地方，写出伟大的作品。他们之间并没有对错之分，只是一个选择的问题。幸运的是，他们终于可以选择。

主人公王彭生，其实是一个在文学上最接近成功的人，但他却终于走上了商道。世上没有一条道是好走的。他在商界摸爬滚打多年，历经艰辛、挫折，凭着坚韧、诚信，和妻子的支撑，终于小有成功。这时，他已五十多岁了。在他本可以在商界走得更远时，却离开商界，重又拿起笔，开始文学创作。文学是他心中的魔，他还是放不下。当年那个立志要写出伟大作品的年轻人，四处漂泊，已经沦为乞丐。王彭生决定去找他。他会找到他吗？他们见面后会说些什么呢？

这部小说明显有作者自己的影子，差不多是一部纪实小说。上世纪80年代，我还在故乡生活，经常来我家聚会的文学青年中，就有王志强。后来不久，我离开家乡，定居南京。虽然每年都回去几次，但都是来去匆匆，和他们见面的机会越来越少。我知道他们已经走了不同的路。这其实很好，在生活中，他们毕竟要有所担当。可我同样相信他们依然热爱着文学。

事隔三十年，当王志强把这部书稿送到我手上时，我真的很高兴。因为在他心中，依然有属于自己的殿堂。

是为序。

2014. 春 南京

（赵本夫，中国作家协会主席团成员，是我国当代知名作家。退休前任江苏省作家协会副主席，《钟山》杂志主编。发表过《卖驴》、《绝唱》、《狐仙择偶记》、《天下无贼》、《地母三部曲》、《无土时代》等多部脍炙人口的鸿篇巨制。这些作品在国内外享有很高的声誉。）

引子

男儿何不带吴钩，
收取关山五十州？
请君暂上凌烟阁，
若个书生万户侯。

这是鬼才李贺的诗。是王彭生熟读之后，又铭刻五腑，终生不忘的诗。诚如社会传言，流行的不一定是最好的。熟读熟记的，不一定是最为崇拜和欣赏的。这个华章里面，就充斥着“重武抑文”的思想，瞧不起书生。若个书生万户侯？是说凌烟阁上的封疆大吏、忠勇烈士，都是武将，不是文臣。好像非得舞枪弄棒不可以救国，文化人不论有无真才实学，都是尸位素餐的酒囊饭袋。

这话叫人颇不服气。试问毛泽东算不算书生？他的业绩足以让那些睥睨书生，扯什么“百无一用是书生”、“宁做百夫长，胜过一书生”鸡巴鸟淡的迂夫子汗颜无地。毛泽东少年时代就知道“粪土当年万户侯”。后来统领大军，运筹帷幄，决胜千里，横扫千军如卷席。

英国首相丘吉尔，高中毕业后因为二战不能继续求学。他每天坚持五小时自学，学术水平超过专业教授，两次荣膺诺贝尔奖金。他也是书生。

诸葛亮是一介书生，羽扇纶巾，谈笑间樯橹灰飞烟灭。小小一把羽翎扇，摇出一个蜀国来，与曹操、孙权形成鼎足之势。如果曹操不挟天子以令诸侯，孙权不承袭父兄打下的基业，坐领江东八十一州县，还会有东西两晋吗？即便有，君临天下者会是司马氏吗？

俱往矣，数风流人物，还看今朝。请君且上八宝山，若个英灵不书生？姑且不论毛泽东和周恩来，就是朱德、陈毅、刘伯承、罗荣桓，哪个不是出口成章的儒雅之士？

钱学森、华罗庚算不算书生？没有他们，中国的“两弹一星”何以发展？落后就要挨打。没有坚实的国防基础，人民何以安居乐业？

袁隆平算不算书生？不是他研究出杂交水稻，使大米的产量翻番，13亿中国人还要受饥馑的煎熬。饿兵不能打仗，饿着肚子大脑也不会转圈，同样不能搞科研，科技进步的速度也会相对迟缓的。外国鬼子不会对你心存怜悯，反而会借机祸害中国。周恩来早就说过，弱国无外交。积贫积弱者，只会饱受欺凌。你愤怒有什么用？俄罗斯总统普京说过，没有实力的愤怒毫无意义。还有鲁迅、闻一多、李大钊、瞿秋白等，也是书生。他们没有奴颜和媚骨，为国捐躯，绝不退缩。

历史上侵略中国的“八国联军”和“日本鬼子”，都不是被“愤怒”赶跑的，是被四万万同胞手中的“猎枪”赶跑的。武装同胞大脑和推动科技进步的“思想”，就是书生的学识和智慧。李贺年仅27岁就绝尘而去，没能看到文武兼备、才高八斗的书生，所以有此一家之言，不足为怪。

古代的饱学之士也曾断言：“武人打天下，文人坐江山”。这是在彰显文化人的重要性。可是每每也有贾似道、秦桧这样的文人跳出来，挑战人们心中的价值观念。

还有范进、孔乙己那样的书生，也是叫人不敢恭维的。更有一些“手不能提篮，肩不能挑担”、“四体不勤，五谷不分”的酸腐文人，张口“子曰”，闭口“之乎者也”；满口仁义道德，一肚子男盗女娼；走路也得拿捏着，像鸭子一样，一步三踱。见到他们，如同掀开山西和镇江的大醋缸，倒牙倒胃口。听他们说话，仿佛到了南极洲，浑身发冷，无端地起了一身小米粒一样的“鸡皮疙瘩”。他们损毁了书生翩翩儒雅的形象，败坏了文人忧国忧民、大义凛然的声誉。

过去人们把有文化并且取得一定成就的人，尊称为“文曲星”。是说文人必曲，文化人不像莽汉那样爽快，肚子里“弯弯绕”太多，不好相处。王彭生原本也是渴望做一个文人的，时常为蜕变的文人羞愧，替不爽快的文人纠结，为自己的选择迷茫和彷徨。不过他坚信，冷兵器时代终结之后，就是书生们主政世界的开始。战场上左右战局、军队里主宰部队的将帅，都是书生。部队上需要儒将，商场上同样呼唤着“儒商”。

王彭生已经是高中二年级的学生了，离社会只有咫尺之遥。呆在学校里尽管学不着什么东西，学业还是必须完成的。将来到底干什么，不是树立一个目标就能实现的，也不是自己想干什么，就可以干什么的。王彭生私下里给自己订立了奋斗目标，那就是“为官不贪，为文不酸，为商不奸，为人忠厚诚实。但尚懒”。

既然是座右铭，一定要找出理论根据来。记得英国著名军事家、大元帅蒙哥马利说过：“懒而聪明的人，可以当将军。勤快而又聪明的人，只能当参谋。”个中道理不难理解。懒汉不想干活，就想指使别人。别人不高兴，不会听从他的支使。他就得想出卑鄙的法子，叫别人高高兴兴地替自己干活。

聪明而又勤快的人，往往是脑到手到，想起什么事情就自己干了。干得井井有条、干净利落。别人插手达不到预期的效果，他反而不满意。这就有碍先进思想和方法的传播、推广。

中国一直崇尚克勤克俭，连观世音菩萨都自己怀抱净瓶，说什么“求人不如求己”。弄得懒人灰头土脸，成了大家声讨的众矢之的。像过街老鼠一样，人人喊打。就是这个原因，中国虽有公输班、墨翟、张衡、祖冲之、沈括、蔡伦等一大批博学多才的优秀科学家，却不能把他们的科技成果和学术知识传播开来，发扬光大，致使中国一直落后挨打。连葡萄牙、荷兰那样的弹丸小国也敢到中国这样的泱泱大国来耀武扬威，还攻城掠地。叫后人义愤填膺，切齿扼腕。

邓小平是海内外公认的书生、文化人。毛泽东评价他是“上马击狂胡，下马草军书”。他的“发展才是硬道理”、“科学技术是第一生产力”、“实践是检验真理的唯一标准”、“一个国家，两种制度”等等充满智慧的理论，带领中国十几亿人口解决了温饱问题，继而脱贫致富。这是一件划时代的、十分了不起的伟大事件。中国不能摆脱贫穷，就永远不会强大。从某种意义上说，是邓小平改变了中国，改变了世界。美国人也认可这种看法，在《时代》杂志上撰文陈述，邓小平改变了世界，功绩史无前例。

后来王彭生家的防震棚拆除了，同学们成家立业之后各有各的事情，还有人在外地工作，往来不似学生时代那样频繁。借助同学聚会的时候，他们又在一起热烈探讨。王彭生的感慨是“树欲静而风不止，子欲养而亲不待”。没能在祖父母活着的时候尽孝，是他一生无法弥补的缺憾。

除了班长温建立之外，不少男同学后悔结婚太早，看到儿时的伙伴就很惆怅。一起光腚长大的异性朋友，长大了不能在一起脱光腚。这也是不好挽回的遗憾。还有人觉得国家应该给牙科专家多拨一些经费，如果人的牙齿都像高坡和马景辉一样，或是狗嘴里果真吐出象牙来，大象的处境就会得到极大的改善。但是，他们讨论最为热烈的，还是另外一个问题：假如毛岸英不去朝鲜抗击美国大鼻子，周恩来的身体健康状况许可。由他们其中一个人来接毛泽东的班，他们会推行“一国两制”吗？如果不搞“一国两制”，香港和澳门肯定不会顺利回归。那么中国的经济繁荣、科技进步就会大受影响、大打折扣，国际地位也不会如此迅速地得到提升。

很多精明人“见贤思齐”、“举一反三”，把邓小平治国的方略借鉴过来，用于齐家，也能让原配夫人和“小蜜”、“小三”融洽相处，不生事端。可见万事一理，治国、齐家、平天下，指导思想和方式方法都是共通的。

这样的变通，分明也透露着书生的狡黠和精明。不知能够如此变通的文人，属于什么样的书生？

王彭生和他的同学们，从1967年进入学堂接受启蒙教育，到1977年高中毕业，在这汲取知识最为宝贵的10年里，是在“动乱”之中度过的。秦台人对这一批学生有过这样的评语：那样的年月学校乱成一锅粥，教不出好学生，他们是“垮掉的一代”。真不知道他们垮到了什么程度？还能不能成为书生？能成为什么样的书生？

一

王彭生原本想和爸爸一起为爷爷守孝，等给爷爷烧完“五七”纸再回秦台的。可是姐姐不让。姐姐说形式是虚的，并不重要，重要的是本质。社会上天天批判“形而上学”，你就长点记性吧。你知道奶奶爷爷一生的愿望是什么，现在老人家都不在了，咱家的瓦屋靠谁来盖？如果你不学点本事在肚子里，将来自己连狗窝都住不上。祖父母的夙愿靠谁来完成？靠谁来实现？

王雨生又一次行使姐姐的权利，在家里守孝三天，给爷爷圆过新坟之后，硬押着彭生回到了秦台。一同回来的，还有继母、戎生和皖生。

继母请的丧假还没休完，就带着戎生、皖生走娘家去了，叫彭生一个人看家。山中没有老虎，猴子得了天下。规矩不复存在了，似乎可以随心所欲，为所欲为。他把平时要好的同学叫过来，彻夜地疯玩。

经温立焘倡议，其他同学积极响应。大家不在家里吃晚饭，而是每人带上一个菜到彭生家，喝彭生家的酒。大家怕把正房弄脏弄乱了，仍旧在防震棚里聚餐。

孙健民的父亲是政府招待所的厨师长，酒肉都好操兑。他带得最多，有荤有素、有凉有热。年龄最大的学兄王福龙，带了一大包白色的粉末，说是红薯淀粉，由他进行工艺指导，给大家做一锅凉粉吃。李惠晨是回民，带来的是羊杂碎。大家端出盘子来，拾掇了一大桌子菜。

任广福因为回到原籍首羡镇读书，没能参加那次就餐，大家都觉得非常惋惜。广福的父亲在食品公司工作。在秦台上学的时候，广福每天都要光顾一下熟肉车间。大家热衷和他在一起，是因为他的书包里，总有一个油腻腻的报纸包，里面包着方子肉、猪肥肠、心肝蹄膀、猪尾巴啥的。如果他在场，餐桌会更为丰盛。

彭生不光把爸爸的存酒搬出来一箱子，还把爸爸平时的剩烟翻出来，挑唆同学们学坏。彭生家祖传不抽烟，散了酒场之后，继母就把散包、整包、半截的、被酒或菜汤浸湿的烟卷，扔到一个苹果篓子里，已经存下小半篓了。烟卷的牌子、包装和内容都不一样，花花绿绿的，任挑任选。

袁艺在厨房里，按照福龙的指导程序，把水烧开，倒上一些白色的粉末，用勺子搅拌。福龙说，只要把水烧开，稍微搅拌一下，锅里的水就会黏稠，离开火加上凉水，凉粉就做成了。他说带来的料子够做三回的，可是直至把粉末全部倒净，锅里的水依旧是稀的。孙健民、李惠晨都是厨艺世家，门里出身，不会通三分。大家把他们请过来，询问症结所在。他们也是一脸迷茫，张飞看绿豆，大眼瞪小眼。还是袁艺舀起一勺汤，放在嘴里尝了一下。幸亏汤是热的，他小小地嘬了一口。汤水一沾舌头，他的五官就错了位，嘴也张不开了。

福龙带来的是碱粉，不是淀粉。大家没能品尝凉粉的美味，却害得袁艺好几天食不甘味。

这是他们第一次避开老师和家长，偷偷地喝酒抽烟。虽然这样英勇的壮举还不足和陈鹰飞媲美，也算是偷吃了一回“禁果”。后来步入社会之后，王召明、张大忠、温建立、刘敦林、王勇、王凯歌、李新、蒋亚智、孙华强、孙家福的酒量很大，吹嘘喝酒如同喝凉水。说什么半斤八两漱漱口，一瓶两瓶不算酒，要想叫我扶墙走，怎么也得三斤酒。王坤建、温立焘、李惠晨都是烟鬼子，一天消耗三四包“小白棍”。都是那一次喝酒抽烟没节制，把潜力开发到了极限。王福龙、袁艺、张广才、刘敦振、段维竟、赵心安、俞文明、李文东、王永胜、吕卫东、侯晋楷、宋全庆都是二流角色，也是一斤半的水平。只有孙健民一人不烟不酒，像周敦颐笔下的荷花一样，出污泥而不染。王彭生喝酒的水平倒是可以和一流水平的同学一较高下，不过得喝啤酒。同学们送他一个雅号，叫“啤酒王子”。

小小的防震棚，烟雾缭绕，酒气熏天，烟酒味好几天都没散净。参与那次聚餐的同学，三天后打嗝儿还带着浓浓的烟酒味。他们一进教室，女生就开始捂鼻子，好几天呼吸都不顺畅。

王彭生家的防震棚，依然是这群大龄少年的伊甸园。他们吃完晚饭，还好聚到这儿来谈天说地，继续戏台底下掉眼泪，为古人分忧。

雨生回到秦台以后，在她的集体宿舍里加了一张单人床，把文生接过来一起住。文生已经读初一了，她还像以往一样，平时不太显山露水，考试的时候总是名列前茅。可能是孩子大了，开销相应增加，妈妈要把她送回到爸爸身边。不是经济上承担不起，而是觉得替爸爸花钱，心里觉得冤枉。爸爸家天天有酒场，人声嘈杂，不是学习的理想环境。雨生把妹妹接过来，由她亲自照顾妹妹的生活起居，让妹妹有足够的时间学习。

中秋时节，仍然是昼长夜短。彭生没有参加值日劳动，用汉语拼音在《班级日志簿》上写下第几组值日、晚自习照常到校、无人请假等几句简单的话，算是给老师的例行报告。师范班的学生比较崇拜班主任老师张为和，还有物理老师蒋秀华，政治老师朱锡强，语文老师郝立德。写班志无非是应酬官差，不写也没有人追究你的责任。但是，师范班的同学都能按照老师的要求，值日的时候顺便做了这点“功课”。诘难老师也是委婉进行，无伤大雅。不像医士班的同学，去医院看完福尔马林溶液浸泡的人体标本，稍懂一点医学知识的皮毛，就在《班志》上绘画局部的人体构造图，并注有直白露骨的文字说明，吓得女同学不敢翻看《班志》。

王彭生回到家里，太阳仍然悬挂在天上。满天红霞映着一塘碧水。几个小朋友把捉来的雌蜻蜓，用细线拴在一截可手的枝条上。手持枝条来回舞动，诱捕它们的异性同类。嘴里还念念有词，嘟囔着“那边有鸡叨，这边蚊子多……”好像蜻蜓是外语系的博士生，能够听懂人类语言似的。

碧水塘里，邻居杨加军正带领一伙子社会青年，在池塘里摸鱼。他们赤身下水，游到水塘中心，然后朝着不同的方向，呈放射状向外扩散。扩散到一定的位置，围成一个硕大的圆圈，搅起塘底的黑泥，用双手使劲拍打水面，把鱼儿吓晕了、震懵了。他们一个猛子栽下去，把钻进稀泥里的鱼儿逮上来，就像丽江里的鸬鹚一样。每一次浮出水面，他们的手里拿着鱼、嘴里噙着鱼；腰间的布袋里鼓鼓囊囊的都是鱼。见猎心喜，彭生也想涉足下水，和池塘里的游鱼鏖战一番。可是塘底满是坚硬的苇茬子，他被竹柳茬子扎破过耳朵，对水下的苇茬子心有余悸，不敢轻易地和它们亲密接触。一朝被蛇咬，十年怕井绳。

晚上，王彭生和同学们再次聚首防震棚的时候，感觉到了压抑，好像大家都有了心事。明年就要毕业了，结束学业意味着步入社会。他们都还涉世未深，对社会既是十分地憧憬和向往，同时又心存畏惧。步入社会是迟早的事，谁都不可能当一辈子学生，从出生到终老，一生一世都呆在象牙塔里面。只是这群小伙子们，都觉得时间过得太快了，他们一点心理准备都没有，马上就要长成大人了。

一个国家，还是幅员辽阔、人口众多的泱泱大国。一个脑袋考虑问题，一个作家创造精神文明。全国人民的精神食粮就是八个样板戏，一张报纸、一本杂志，确实是单调了一些。

聪明智慧的劳苦大众，在高压下发明了很多哑语和暗语，悄悄地评论着国家的时事政治。譬如说秦台，人们摸摸耳朵，大家就知道是在说“联司”。人们亮亮火柴或打火机，大家马上会意是在谈论“炮联”。伸出四个手指头，不再是战争年代的“新四军”了，而是特指中央那四个“上海帮”。

防震棚里，大龄少年们也在热议这种现象。他们已经学过或听郝老师讲过有关“周厉王”的故事，知道防民之口甚于防川。洪水一旦漫过大堤，就会汹涌澎湃、势不可挡。幽幽众人之口，是什么样的堤坝都阻挡不住的。而且众口可以铄金。水可以载舟，亦可以覆舟。周厉王就被暴怒的灾民给打死了。

社会上升学不论成绩，参军不讲身体素质，选拔干部不考察品行和能力，全凭当权者的好恶。爱者欲其生，恶者欲其死。鉴定一写，章子一敲，就决定了一个人的一生。据说有些大队支部书记，以升学、参军、招工、提干为诱饵，诱惑女知青和农村女青年，对他大表忠心。表完忠心还要奉献青春……总之，不论干什么，无需考究才德如何，全凭社会关系。秦台人把有关系的称之为“得人”，没关系的就是“不得人”。“得人”的人毕竟是少数，少数人却操纵着社会舞台，掌控着大多数人的命运。

“五八年”吃食堂的时候，就传唱着这样的顺口溜：八月十五炸丸子，大人仨、小孩俩，队长会计用碗挖。

到了20世纪70年代，在“三面红旗”的引导之下，社会有所进步。干部的脑袋也越来越聪明。他们把装化肥的袋子浆染一下，可以做成比较时髦的服装。贫下中农口口相传着有别于“五八年”的顺口溜：大队长、小干部，一人一块尼龙布。前边是“日本产”，后面是“尿素”。染黑的、染蓝的，就是没有社员的。

久而久之，积怨甚多，就出现了“大李庄”那样的“猛士”，制造出超过“打虎将”武松的轰动事件。

物极必反，否极泰来。“得人”的人也有乐极生悲的时候。说是一群年轻人聚在一起喝闲酒，因为关系好，兴致高，就喝得时间长。室内空间太小，透气性又差，燃烧煤球炉释放出来的一氧化碳气体越来越多，达到了一定的浓度，就麻痹了人的大脑。一起喝酒的十几个人，全都是“煤气中毒”，全都被拉到了火葬场。

赶上火葬场的好行市，得病、触电、喝农药、上吊、出车祸和正常死亡的人，像事先约好的一样，都在那一天到火葬场集合。中煤毒的人来得晚了，只能在后面排队。其中有一个小伙子，父亲是个当官的，属于“得人”的人。他父亲托关系找到负责人，把他儿子悄悄地挪到前边去，提前火化了。排在后边的人沾不上光，惆怅无奈，只能慢慢地等待。在等待之中，冷风送来了氧气，渐渐地稀释淡化了他们体内的一氧化碳，他们又活了过来……

王彭生和他的同学们初次聚餐的时候，就说了很多类似恋人那样的甜言蜜语。一辈子同学三辈子亲，断了骨头连着筋。后来“同窗、同乡、一起扛过枪、一起下过乡、一起嫖过娼、一起分过赃”的人，又被列为“特铁”的关系。只要曾经在一起读过书，便注定有了千丝万缕的联系，是任谁也摆脱不了的。

今天，他们又效仿陈胜和吴广，辍耕于陇上，环顾左右曰：“苟富贵、勿相忘”。他们之所以加重语气，反复强调今后的团结，暗指的是王彭生和侯晋楷。彭生的父亲王义轩是“联司”阵营里的中坚力量，大红大紫的人物。侯晋凯的爸爸侯礼是“炮联”的作战部长，核心人物。

到底是一岁年纪一岁人，大一天就有大一天的见识。年龄最长的王福龙认为，“联司”和“炮联”都是一些小帮派，是在特定历史条件下形成的“特殊产物”，有它的历史局限性，迟早要被历史潮流所摒弃。二位老人家都是“老革命”，都是共产党员，都打过“日本鬼子”和“国民党反动派”。共产党是中国的执政党，是最大、最有实力的一派。全国各个派别，最终都要靠到“共产党”这一派上来，二位老人也不例外。我们这些小字辈，不管老一辈人如何，紧跟共产党就是正确的，紧跟共产党才会有前途。

金蝉的幼虫破土而出，褪去身上的硬壳，就能展翅翱翔。人们把这种现象称之为“蜕变”。茧蛹咬破茧皮，羽化成美丽的飞蝶，可以在花丛中翩翩起舞。人们把这种现象称之为“蝶变”。凤凰浴火重生，称之为“涅槃”。人类的灵魂得到升华，称之为“脱胎换骨”。总之，变化之前是丑陋愚昧的，变化过程是非常痛苦的，变化之后提升了档次，是非常美丽的。

1976年10月6日，这是中国人永远不会忘记的日子，是中国浴火重生的日子。这一天，中共中央主席华国锋，在叶剑英、李先念的支持下，果断地对“王张江姚”采取了非常措施。潘多拉的匣子被关闭了。

1976年10月18日，中央宣布了对王洪文、张春桥、江青、姚文元四个人进行隔离审查的决定，“四人帮”被粉碎了。

听到这个大快人心的消息，中国就像古时候的洛阳城。古洛阳因为左思的《三都赋》，纸价暴涨。当今的神州，因为打倒了“四人帮”，螃蟹的价格一再飙升，仍然供不应求。家家都买三公一母四只螃蟹，或蒸煮、或油炸，佐以姜末，料酒老醋，就着高粱烧大快朵颐。

王义轩非常高兴，猛喝老酒，狂嚼螃蟹。他在佐料中还多加了葱末、蒜末和姜末，山东人做菜好放这三味佐料。说是不放葱姜蒜，味道少一半。不过他了解秦台的情况，隐隐感到自己会有一场变故。所幸父母都已作古，这事惊扰不了他们了。倘若二位老人健在，听说宝贝儿子摊上大事情，没病也会被吓死的。

1977年4月10日，邓小平致信党中央，提出必须世世代代地用准确的、完整的毛泽东思想来指导全党、全军和全国人民。同年5月24日，他同中央两位负责人谈话时指出，“两个凡是”不符合马克思主义，一定要在党内造成一种空气，尊重知识，尊重人才。到了7月份，中共十届三中全会通过决议，恢复邓小平原任的党政军职务。这是一个英明的决策，使中国得以走上正确的轨道。

秦台中学的老师很有先见之明，“四人帮”倒台之后，他们没等上级的指示到来，就开始狠抓教学质量。

秦台中学的一、二把手都姓厉。革委会主任是厉心昌，副主任是厉颖，老师和同学们都叫他们“厉校长”。这两位领导都有口吃的毛病。一把手语速慢，二把手语速快，同学们背地里管他们叫“快慢机”，偷偷地模仿他们说话。厉心昌校长离任之后，厉颖校长接替了一把手的位置。上级在行文中改变了称谓，是名符其实的校长了。不久厉校长离休了，由原来的政教处主任高大林接替校长职务。秦台中学又恢复了昔日的荣耀，高考升学率高达90%，仍然是江苏省的重点中学，学校大门上重又挂上了原教育部长陆定一同志亲笔题写的校牌。

秦台中学的秩序恢复了，没有人再反潮流、批判师道尊严。学校开始提倡学习文化知识，但并不强迫任何人。想学的人刻苦认真，不想学习也不勉强，只要不影响别人就行。

到了1977年暑假，王彭生和他的同学高中毕业了。那一年恢复了高考。到了年底，同在一个屋檐下读书，同一个师傅教授的同学，有了不同的变化。大致分为四种情况。

第一拨人马是天之骄子，恢复高考之后考取了大学。有郭海波、王红军、高坡、张琪、李缔华、张广才、张丰城、徐晓平、林枫、张新建、史先功等10多个人。

第二拨人马是光荣鲜亮的中国人民解放军。投笔从戎的同学有张大忠、孙健民、温建立、温立焘、孙华强、刘敦林、贾林宽、陈清林、吕卫东、任广福、陈福来、王士勇、王永胜、陈良、姜春阳、蒋慎玉、赵平、吴世军、马海军、王波、王凯歌、侯晋楷、王召明、许阳、韩丰、范洪生、史瑜坤、周新华、马公社、李文东、赵玉民、崔小平、吴桂平、周爱红等人，穿上新军装，英武帅气，很让人羡慕。

第三拨人马，是家中的长子长女，要么就像王彭生一样，其他姊妹的户口都在农村，或是哥哥姐姐已经下放，符合留在城镇的条件。由市委“知青办”发给“不予下放证明书”，等待分配工作。有张静、高颖、包敬民、曹光宇、刘超、李惠晨、俞文明、张建、宋全庆、顾鸣康、任玉娟、杨冬梅、陈小沛、陈玉红、张芹、李金花等人。王福龙、程守君直接留校就业了。

第四拨人马人数最多，是下放到农场锻炼的知识青年。有袁艺、李新、于磊、张仲伯、陈丽、孙见仁、伊素英、周美华、董琦、张兰、朱玲、张醇、杨剑明、罗彩霞、魏淑霞、郝华丽、刘晓霞、陶红、赵洁、王惠君等一大批人。

刚一步入社会，他们就被划定在不同的区域范畴，注定他们会有不同的机遇。人的能力不一样，机遇不一样，前程也不会相同，因而会撰写出不同的人生……

二

美国人崇尚勇猛犀利的飞鹰。俄罗斯人也崇尚飞鹰，他们把英勇神武的苍鹰设计成国家标志性徽标。其实世界上绝大多数民族都喜爱尊崇神鹰，包括那些没做鹰旗、鹰标的民族。

中国人的图腾是神龙和凤凰，但这并不影响人们对鹰的喜爱和崇拜。中国人对鹰的理解，或许和俄罗斯人相近。俄罗斯人心中最美的图案是“双头鹰”，是暗示鹰有两条生命吗？中国人对这一点是坚信不疑的。鹰有一套类似凤凰“涅槃”一样的重生程序，虽然每只鹰都有重生的机会，但不是每只鹰都能获得重生，鹰的重生是要看造化的。重生的希望属于那些不畏艰辛、不怕死亡、能够坚守、敢于和死神抗争的英勇神鹰。

据说鹰在临近死亡的时候，最先老化的器官就是它的喙，其它器官并不衰老。活到大限，鹰的喙会越来越紧，以至张不开嘴，不能吃下捕来的猎物，最终因饥饿而死。鹰觉察到死神临近的时候，会比平时更加辛劳地捕猎。它要饱餐一顿，还要在身边筹备可以饱餐一顿的丰盛食品，等脱厄之后马上可以补充体能。

苍鹰吃饱喝足之后，带着筹备的食物，高高地翱翔在蓝天白云之间，找一个很高、很陡，不光人迹罕至，连猿猴也难攀缘，普通鸟儿飞不到的山崖上。储藏好食物，找一块坚硬凸起的岩石，使劲摔打它的喙。鹰是铁爪钢喙，摔裂摔断是很不容易的。鹰要忍饥挨饿，不顾痛苦、持续不断地摔打，直至把坚硬厚重的旧喙摔掉，等着伤口愈合，再长出新喙。新喙从单薄变得厚重，从柔弱变得坚硬，可以划破猎物的肚皮，可以轻而易举地叨烂兔子的脑壳，又可以重新张嘴进食的时候，鹰就获得了第二次生命，可以延寿三十年。如果怕痛，不敢摔打鹰喙，或是摔摔停停，鹰喙越长越结实，就摔不下来了。摔掉了鹰喙，等不到新喙长出、长好，体能就消耗殆尽，同样逃脱不了死亡的命运。第二次重生，要经历一个非常可怕、非常痛苦的历程，十二分的不容易。并不是所有的飞鹰都能完成第二次蜕变，从而获得重生的。

壮士断腕、雄鹰摔喙、蜥蜴弃尾、海参喷肠，都是非常痛苦而又悲壮的求生之举。这也是通晓取舍之道的作为，虽舍小，却可以全大。

1977年，中国重新恢复高考之后，很多同学没有参加高考。像袁艺、王福龙、孙家福、蒋亚志、李惠晨、王勇、王坤建等都没参加高考，原因是多种多样的：有人学习成绩不好，参加高考和不参加高考的结果一样，不参加高考还能为国家节约几张印卷子的试纸。有人是一瓶子不满，半瓶子晃荡。心里没底，加上自尊心太强，怕万一考砸了就是窝窝头翻个，现眼了。还有人不愁找不到好的工作岗位，想省点脑细胞，提前几年挣工资，过快活的日子。

王彭生信奉“没有场外的举子”之类的话，他参加了高考，也参加了体检，就是没被大学录取。他自知偏科，数学成绩不好，考不上也在意料之中。也有人说他考过了录取分数线。第一年恢复高考，“老三届”的学生还没反应过来，很少有人报考。那年月崇拜的偶像是白卷大王张铁生，考生肚子里的货色太少了。彭生对文史类知识涉猎了解不少，算是一个佼佼者。他没通过政治审查这一关。他父亲虽然一直没上班，从未参加上访，从未到处串联，也没参与“反击右倾翻案风”。可是所在单位不给出具证明，只说这个人有问题。是什么样的问题？问题有多大？都是含混模糊的，谁也说不清楚。这就让招生的学校很费思量，不论多大的问题，只要白纸黑字，清清楚楚地落实到字面上，大家就可以研究讨论，签字定案。地方不写政审材料，天知道问题会有多严重，谁敢冒天下之大不韪？精明人说：事情只要落不到纸上，就必定落到屎上，这件事情就是又脏又臭的，肯定办不好了。不论怎么说，王彭生在考场上折断了翅膀，今后在工作中也会有这样那样的坎坷和挫折，他将如何面对呢？

“今年考不上，明年接着考。”雨生这样劝弟弟，叫他继续复习功课。文生也上高一了，她的成绩始终如一，非常稳定。

昔日时常聚首，天天摽在一起胡吹海侃的学兄学弟，升学的升学，参军的参军，下放的下放。彭生的防震棚空落落的，一下子寂静下来了。人稀路断，往日光滑坦荡的地方，拱出了一层绿绿的野草。沿河的湿热风气不断吹来，檩条和墙角布满了绿色的苔藓。就像《陋室铭》中描写的那样，苔痕上阶绿，草色入帘青。无丝竹之乱耳，无案牍之劳形。王彭生成了孔夫子的门徒——圣贤（剩闲）之人。他是耐不住寂寞的，白天乱翻书，晚上给比他小一茬的少男少女讲故事，替他们写作文、写检查、写决心书啥的，把日子打发得有滋有味。

“四人帮”垮台之后，没有什么“毒草”和“禁书”了，王彭生像一块饥渴的海绵，什么书都读。只要能够借到手，就一气读完。看完了还上，还上了再借别的书阅读。他躲在小小的草棚里，啃了一肚子歪书。古今中外流行的著作，诗词歌赋，章回小说，言情小说，战斗故事，名人传记，他逮着什么读什么，就是没看考学的课本。语文、历史、地理、政治几乎不用看，平时积累得多，不看也考不差。写文章也不是太难的事，只要文理通顺，层次清晰，没有错别字，前后呼应好，得分就不会太低。他最头疼的是数学。翻开《数学》就觉得脑袋大，脑子立马就滑轮，反应立马就迟钝。按现在的话说，是掉链子了。对于《数学》这门课程，他是忝列门墙之外，不得其门而入。

彭生讲故事不掉链子，说起书来声情并茂、眉飞色舞、绘声绘色，很快就把听众带入另一个世界。

起初，家长们对于孩子到彭生那儿去听书，是持反对意见的。他们怕耽误孩子学习，每每是孩子前脚过来，他们就后脚跟上，把孩子押解回家。有时候，有的家长也有浓重的好奇心，过来押解孩子的时候，先躲在墙外偷听一会儿，看看王彭生到底贩卖些什么货色。听着听着，就渐入佳境，欲罢不能了。后来家里做点什么好吃的，就安排孩子给彭生送一点，还特意安排孩子给自己占个地方。他们草草收拾一下家务，估摸着这边差不多开讲的时候，就陆续地都赶过来。手里搬着小板凳、小马扎一类的活动座位，和孩子们齐肩而坐，静静地听讲。

听众们很惊讶，一个十六七岁的孩子，身板不比别人高，脑袋不比别人大，怎么装了这么多东西？天天讲，还都是不重样的新故事。

听到这样的议论，彭生就觉得好笑，陡然间想起了一个古代笑话。说有一个秀才，天天苦思冥想地构思文章，在屋里转悠了小半年的光景，也没搜刮出一篇文章来。他老婆实在看不下去了，调侃他说：赶明调换一下工作，你来纺棉织布、下地劳作，我来写文章。不信写个文章这么难。我孩子都快生出来了，你的文章还没写出来。那秀才摇头苦笑道，生孩子有什么难处，你肚里有货。十月怀胎，一朝分娩。到时候瓜熟蒂落，自然就生出来了。我肚里什么都没有，这文章怎么写？

俗话说，看完《西游记》，故事讲一辈。彭生肚里不光有古典四大名著，还有《三言两拍》、《聊斋志异》、《封神演义》、《东周列国志》、《隋唐演义》等等，一时半会儿是晒不到箱底的。

风吹梧桐听春雨，云卷云舒不关情。这样闲云野鹤一样的自在悠闲，不到半年的时间，就要结束了。1978 年 5 月 2 日，王彭生被分配到电解化工厂，开始上班了。大家还在想着秦琼的凹面金锏、罗成的烂银枪、李逵的双把板斧和猪八戒的九齿钉耙。有的邻居跑到化工厂门口，等着彭生下班，邀他一同回家。可是厂里偏偏选送彭生和二十几个工友一起去新沂学习，弄得邻居们像害病一样，好长时间吃不香、睡不好，怏怏地没有情绪。

秦台电解化工厂，坐落在东北郊区，离家很远。正好家里的防震棚也被大雨淋塌了，彭生就申请了一间宿舍，搬到厂里住了。

秦台化工厂位于中阳大道北侧，是秦台通往徐州的必经之地。西邻裘皮机械厂，东面是锅炉安装队和正在“会战”的糖厂，马路对面是消防队和城关拖拉机站。这是化工厂的主厂区，它还有一个石灰车间在马路对面东侧，紧靠着复新河西畔，毗水而建。烧石灰的原料是北山上的青石头。这些石头靠船运过来，码头上边就是石灰车间，能节省很多运费、装卸费。在这儿建厂不失为明智之举。

少年不识愁滋味，为赋新词强说愁。彭生没能考取大学，觉得人生不得志，郁郁寡欢。好在傍晚时分到河边溜达，面对一泓碧水，发思古之幽情。每次看到厂里那座高大的石灰窑，他就想起大诗人于谦的《石灰吟》：“千锤万凿出深山，烈火焚烧若等闲。粉身碎骨浑不怕，要留清白在人间”。这是仁人志士的高风亮节，并且是不论在何种情况下，都坚持不改操守，是何等的令人钦佩啊！

和彭生一同进厂的，有30多名男女工人，都是本届和往届留城没下乡的中学生。本届的男生有曹光宇、刘超、王保民、孔斌、包敬民、聂永光和王新果，还有两个从乡镇上来的学生张心民和章兴民。女生是张静、李爱霞、李文，也有两个乡镇上来的学生杨柳青和荣誉。往届的男生有张子方、朱广新、王勇、陈景春、华惠民、杜强、陆大海、任汝田、柳德军等人，女生有绳艺敏、薛绽梅、袁雅静、张明璐、石百灵、朱淑娟等人。

都说十八无丑女。刚进厂的小姑娘，个个花枝招展，都值得多看几眼。

化工厂还有部分车间正在筹建，1.8万KVA的超大型高压变压器还在无锡杨嗣镇的一家工厂里生产，一时半会不能到位。新进厂的职工分好工种之后，划成两拨：一拨留在家里跟着师傅搞安装，一拨到新沂市电解化工厂，跟班学习操作。

王彭生、王勇、刘超、陈景春、包敬民、王保民、王新果、聂永光、张静、石百灵、绳艺敏等20多人被选派出去学习，带队的是厂部领导牛皋和刘薛理。

东周时期，新沂地区是钟吾子爵的封地，名为“钟吾国”。秦时建司吾、建陵两县，东汉时复为司吾县。南北朝时废司吾县，地入宿豫县。唐代宗元年（公元762年）易名为宿迁县，属河南道徐州彭城郡。辛亥革命后，中华民国成立，隶属淮阴专属。解放后，宿迁隶属淮阴专区。原宿迁北部沂河以北划归宿北县（今新沂市），宿迁县的规模比以前缩小了。

1940年8月，为适应抗日形势的需要，中共在潼阳境内建立沭（阳）宿（迁）海（东海）联防办事处。1942年4月建苏北办事处，1943年8、9月份，分别置潼阳、宿北二县。1949年，由宿北县的大部分地区及潼阳的五个区（颜集、阴平、庙头仍归沭阳）合并成立新安县，属苏北行政区淮阴专区。后因为与河南新安县重名，于1952年经政务院批准，更名为新沂县（以境内新开沂河命名）。1953年后，改属江苏徐州专区。1983年地市合并，新沂成为徐州市六个管辖县之一，县政府设在新安镇。1990年撤县建市。市花一串红，市树银杏树，市歌是谭晶演唱的《在山区的怀抱里》。

王彭生和刘超被指定学习机修，主要工作是制作电极筒。就是把一公分厚的铁皮裁剪下料，砸出两边凹凸扣槽，卷成直径八十厘米左右的圆柱形直筒，焊到电石炉的三个电极上，内部装填黑色的电极糊，用于导电溶解石灰和焦炭，合成碳化钙，就是老百姓称之为“嘎斯石”的电石。这是一项简单机械的工作，只要不休息，就得不断地重复去做。这样的工作好完成，就是太无聊。好在机修不用跟夜班，晚饭后可以看看电影、轧轧马路，自由浪漫一些。

看电影要花钱。刚进厂的学徒工，月工资18块钱，加上2块钱的服装费，一月通共200大毛。还得留出生活费，实在是不禁花。轧马路没有异性朋友伴陪，就觉得索然无味。

刘超和王彭生是同学，知道王彭生会讲故事，就缠着他侃两段消遣时间。讲故事是最不严谨的工作，要么照本宣科，讲得不好，罪不在我。要么就满嘴跑火车，信口开河。讲神话故事更好办，跑进死胡同里面走不动路的时候，就把神仙请出来帮忙。戏不够，神仙凑。齐不齐，一把泥。只要神仙一出场，就什么破绽都没有了。

开始，王彭生只是和刘超、王勇、陈景春等少数几个人，夜深人静时躲在宿舍的角落里胡吹海侃。工厂为了省钱，联系一家没竣工就叫停的“胡子工程”临时住宿。门窗都没安装，他们就在窗户上钉了一层塑料布，在门上挂一领草苫子，作为临时居所。好店一宿，省点钱可以改善伙食。女工住在里面，相对安全一点。男工住在外面，是女工的守护神。不去上班的人，除了休息之外，还要帮值班的人看护东西。因为没有可以上锁的门扇，带队领导进女工宿舍要先在门前吆喝一声。男工宿舍可以随便出入，掀开草帘就进去，招呼也不用打。

王彭生他们的秘密活动很快就被领导发现了。一经发现，就再也没有秘密可言了。不论领导还是职工，只要不值班，就统统聚拢在王彭生的宿舍里，听他往外掏书包。后来连新沂电化厂的中层干部陈国华、马安镇，招待所工地的留守人员，也都慕名前来，成了忠实的听众。

那时候社会上正在开展“一学、三批、五大讲”和“五讲、四美、三热爱”活动。但是这几“讲”里，都不包括“讲故事、讲古书”。国家刚开始“拨乱反正”，文化生活并不丰富。王彭生贩卖的古董，对他们极具诱惑力。两个带队的领导和几个骨干职工一嘀咕，就形成了一个全票赞成的决议。就是不让王彭生到工厂里跟班劳动，而是抽调回来看管宿舍，帮助刘薛理处理一些繁琐的日常庶务，把学习情况写成书面报告，汇报给秦台总部。白天没事的时候，可以养精蓄锐，晚上加班讲古。像值夜班的工友一样，享受每天三毛钱的夜餐补助。翻翻本、动动嘴，也能躲着清闲挣工资。难怪爷爷常说：“生意不如手艺，手艺不如口艺”。“一招鲜，吃遍天”。嘴皮子要好了，也是可以鼓捣一点名堂的。“文革”期间，部队上很多人是靠背诵《毛泽东选集》提干的。鸡多不下蛋，人多瞎胡乱。干部超编太多了，都想当家作主，显示自己的存在，就势必会影响正常的工作。

因为牛皋、刘薛理的怂恿，王彭生肚子里的藏书一本一本地往外展示，客观上稳定了大家的情绪。工友们吃完饭就老老实实地坐在一旁听故事，没人到处乱跑乱逛，更没有人寻衅滋事。队伍好带了，人员好管了，日子也好打发了，工作也就好干了。

俗话说“吃饱了不想家”。有故事听也能消弭思乡的情绪，大家过得有滋有味，没有谁吵吵嚷嚷地要回家。颇有刘阿斗归顺魏国的感觉，此间乐，不思蜀。他们在新沂学习结束后，又转道郯城。这事让彭生很兴奋，他想等工作安顿好了，请假回村子里看看。尽管祖父母都已离开了人世，回到家也见不着两位慈祥的老人了。可是祖父母住过的老宅，还有祖父母长眠的地方，都让他魂牵梦绕。

离开新沂的前一天晚上，牛、刘二位主任到街上买了许多熟菜和白酒。怜惜大家背井离乡、学习艰辛，在去郯城之前犒劳一下大家。

对于酒，王彭生一点都不陌生。晋朝之前，酒是浑浊的，没有现在这样酒体透明的清酒。《三国演义》上明白无误地写着："一杯浊酒喜相逢，古今多少事，都付笑谈中"。足以证明酒是浑浊的。后来有一家酒作坊的老板把大师傅得罪了，大师傅想把老板搞垮、搞臭。离开东家之前，他把火盆里烧剩的木炭灰全部倒进酒缸里。第二天，老板掀开酒缸，马上看到酒缸底下还有一个老板。他失魂落魄地把伙计叫来，舀出一碗酒来，惊喜地发现，酒浆变得清澈透明了……

父亲官场失意之后，极度贪恋杯中之物。一天三酒，须臾不可少此君。老人家从国酒茅台，到乡间酒肆的散酒，一概厚爱如珠，甘之如饴，绝不厚此薄彼。他喝过的酒能把军舰飘起来，囊括各种香型、各个品牌。提起兰陵酒，老爷子信口就能诵出"兰陵美酒郁金香，玉碗盛来琥珀光。但使美酒能醉客，直把他乡作故乡"。说出四川泸州老窖，老爷子知道"隔壁千家醉，开坛十里香"。

酒的发明创始人，河南人说是酒圣杜康，秦台人说是大善人白醪。白醪是秦台古时候一个积德行善的人。他像及时雨宋江一样，周穷恤匮，扶弱不抑强。他的善举感天动地，上苍赐给他酿酒秘方，并把瑶池酒麯撒到他家的水井里。他家的水井变成了酒泉，汲出的清水就是美酒。他不愿意不劳而获，更怕后人养尊处优，成为恶少。所以焚香祷告，祈求天神收走酒麯，只要酿酒秘方，并昭示给世人，使人间传承这一美味佳酿。这就是秦台的"双龙"泥池大曲酒。

江苏洋河人说酒是谁发明的他们不知道，把洋河大曲打造成佳酿美酒的人，是他们镇上古时候一个好赌的小长工。

古时候，洋河镇上有一个嗜酒成性的大财主，像彭生的父亲一样，一天三酒。这天，他的酒瘾又上来了，正巧家里的酒都被喝光了。老财主给了小长工一大锭银子，叫他多灌几壶老酒放家里，省得馋虫上来的时候找不着酒，着急上火，怪难受的。小长工走到赌坊门前就拔不动腿，仿佛有一根无形的绳子绑着双手，生生地把他拉进了赌场。久赌神仙输。小长工又不会抽老千，不一会就把打酒的钱输光了。老东家正在瘾头上，拎不回酒去恐怕吃饭的家伙要搬家。万般无奈之下，小长工向庄家乞讨一点碎银子，买了两端子零酒分到几个葫芦里，跑到洋河里面兑满水，硬着头皮交了差。他躲在一个角落里，偷偷地瞅着东家的反应，心里七上八下的，总觉得大祸马上就要临头。没成想老东家反倒很高兴，不光没有责罚他，还夸他这次打得酒好，叮咛他下次还打这样的酒。原来洋河的水好，有好水才能酿出好酒。

上面说的这些酒，同属白酒系列，外国人称之为烈性酒。西方人管烈性酒叫威士忌，苏联人喜欢的烈性酒是伏特加。德国人喜欢喝啤酒，尤其喜欢慕尼黑产的黑啤酒。

说了半天的酒，女工友发现问题了。女工友不喝烈性酒，买酒的人没有顾及女性，买回来的全都是白酒。王彭生还算机灵，他觉得学习期间大家对他挺关照。他没怎么出力干活，工资一分不少，还有一天三毛钱的夜餐补助。有道是无功不受禄，自己给一个单位的工友讲几段故事，不应该索取报酬。既然是份外所得，那就贡献出来，给女工友买两瓶啤酒喝吧。大家都说天热了，喝啤酒可以消暑解渴。王彭生还知道，外国鬼子管啤酒叫“液体面包”，营养价值也是非常丰富的。

他们住在临街的宾馆里，楼下就有商店。彭生很快就回来了，怀里抱着四瓶“五加皮酒”。大家并没发现有什么异样，每人倒了一大杯，实实在在地喝了一大口。大家喝得急切，喝得实在，事前又没有任何心理准备，吞咽下去的酒液吐不出来。那股别扭的怪味当场就呛喷了两个。浓浓的中药味弥散开来，熏得大家呼吸不畅。都说“狠命吃药”、“良药苦口”，可见没有好吃、好咽的药物。

彭生深感惭愧，自己把酒说得头头是道，第一次实践就出了一个国际洋相。他又跑一趟商场，带回来正宗地道的真家伙。大家这才分辨出来，“啤酒”不是“皮酒”。从颜色上分，啤酒微黄，药酒像酱油。从味道上分，啤酒有啤酒花的苦味，还有麦芽糖的甜味。药酒的味道别扭、怪异，难以下咽。大家吃了好多菜，喝了好多白酒、啤酒和凉水，都压不住那股难闻的中药味。之后大家相互交流说，宁愿喝生血，也绝不想叫人在耳边提及“五加皮酒”。

第二天，大家起得都很迟。八老爷不在家，九（酒）老就当家。酒老爷一当家，啥事都办瞎。这是秦台地区广为流传的顺口溜。

彭生的父亲说过，酒可以成事，也能败事。就是不知道酒在什么情况下成事，在什么情况下败事？是成事的时候多，还是败事的时候多？历代文人骚客，对酒的描写一点也不吝啬笔墨，对酒的认知各异、褒贬不一。“酒壮英雄胆”、“酒是色媒人”、“酒后失态”、“酒后无德”、“酒后吐真言”、“李白斗酒诗百篇”、“怀素醉后书狂草”，诸多名家的经典言论，弄得王彭生脑袋瓜子疼。诸葛丞相在《用人七章》中也说，“醉之以酒观其性”。可见男人离开老酒不行，社交应酬要用酒，观察男人同样要用酒……

三

老天爷阴沉着脸，厚厚的云层在天空中翻滚，间或划过一道闪电，远处传来“轰轰隆隆”的闷雷声。天要下雨了，树叶、草叶上的露珠也比往日多，“啪嗒啪嗒”地往地下滚落，洇湿了地面上的浮土。古人说“人生苦短，譬如朝露”。朝露的存在只是一瞬间，太阳爬上山坡它就蒸发升华了。人是“百代之过客”，在世间的行走也是匆匆忙忙、稍纵即逝的。古人还说“人过留名，雁过留声”。人要在短暂的一生中有所作为，让后人能够记得住自己。爷爷也是一直这样教导彭生的。

苏联著名作家尼古拉·奥斯特洛夫斯基在《钢铁是怎样炼成的》著作中说过这样的话：“人最宝贵的是生命，生命每人只有一次。人的一生应该这样度过：当他回首往事的时候，不因虚度年华而悔恨，也不因碌碌无为而羞愧。这样，在临死的时候他就能够说：‘我的整个生命和全部精力都献给了世界上最壮丽的事业——为人类的解放而斗争’”。这部著作王彭生是读过的。他扪心自问，在“昙花一现、流星一闪”的短暂岁月里，自己能有什么作为呢？

工友们过来催促彭生吃早饭，吃完饭好赶到郯城去。牛皋和刘薛理二位领导也过来了。他们把王彭生叫到一边，告诉他早上刚刚得到的消息。厂里早上打来了长途电话，王雨生往新沂电化厂拍了加急电报。都是一个内容，叫彭生“速回秦台”。

“你就不用去郯城了。正好我也回家办点事，咱们一起走。”牛主任对彭生说：“收拾好东西，吃完饭咱们一起走。叫刘主任带队去郯城。”其实牛主任并没有啥要紧的事办，只是不放心彭生一个人独行，特意护送他的。

去不了郯城，也无法祭奠祖父母。彭生只能向着家乡所在的方向，深情地眺望，默默地鞠躬。

班车抵近徐州的时候，天空中的阴霾散尽，又是一个爽朗的晴天。太阳公公重新露出笑脸，金光四射，晃得人不能睁眼。触景生情，彭生想起了一个有关太阳的故事，是他听到的唯一一个把太阳比作女性的故事。说太阳是一个美丽无比又非常羞涩的大姑娘，只要露出脸来，人们就仰头直视。一轮金盘才捧出，千家万户仰头望，弄得太阳姑娘很不好意思。所以太阳初上山坡时，脸色被羞得彤红。太上老君知道了这件事，给她一包绣花针。告诉她如果怕看，就用绣花针刺窥探者的眼睛。太阳梳妆好之后，就向下抛撒绣花针。所以太阳升高之后，你再去看她，就痛得睁不开眼睛了。如此看来，太阳真是一位柔美的姑娘，是东方古典的淑女型姑娘。只有那样的姑娘才会“笑不露齿，行不露足”，才会“羞羞答答，低眉顺眼”。这与现代的的女性不一样。现代的摩登女郎穿着性感，目的就是吸引大众眼球，怎么会拒绝欣赏呢？

牛主任曾经在纺织厂当过供销科长，他给彭生讲述自己干供销时的趣事轶闻。有一次，他带领女工去无锡学习。女工们没坐过火车，感到十分新奇。车开动后看到火车拉了这么多人，速度还比汽车快，新奇又变成了惊奇。

牛主任板起脸来，十分严肃地告诫大家：现在火车是匍匐前进，趴着跑的，已经这么快了。稍停一会，火车预热完毕，要站起来跑，速度会更快。大家各自寻找一个可以抓靠的扶手，抓紧攥住，别让火车甩倒喽。

大家都按照牛主任的吩咐去做，一路上精神高度紧张。火车到达终点站后，大家也到了目的地，但始终没见火车站起来飞跑。后来大家才知道上当了，逮着牛主任一顿好揍。

王彭生还知道，牛主任的老婆不漂亮。牛主任每次出发前，都盯着老婆没完没了地看。老婆被看得不好意思，低声询问道："老夫老妻了，老看个啥劲?"

牛主任开怀大笑，显得十分兴奋。"老婆，看到你就吃了一颗定心丸。就你这模样，放在家里闲八年，也没人偷爬咱家的墙头。哈哈……"

"老婆"在彭生心里还是一个陌生模糊的概念。他只知道"老婆"必须是女人，一个素昧平生的女人，一旦确定关系，就要终生相守，在一起生活一生一世。应该选择什么样的女人做老婆呢？彭生还没制定择偶标准。毛主席说过：有比较才有鉴别。他要多看几个。多看又怕挑花了眼。老百姓常说，挑黑的、挑白的，最后挑个没皮的。从书上找标准，又怕重蹈《按图索骥》的覆辙，把千里马变成癞蛤蟆。

果真可以选择，彭生觉得重德行胜过重容貌，他宁选"无盐"，不选"褒姒"。宁选"周青"，不选"泼妇"。当然还要重才干，这一点是有悖"女子无才便是德"这条圣训的。王彭生已经隐隐约约懂了一点遗传学，为了要一个聪明的儿子，他宁愿要一个聪明哪怕是丑一点的老婆。也就是说，他钟情于"李清照"、"朱淑真"和"蔡文姬"，而不喜欢绣花枕头一样的"俗媚"。

秦台的车站在城里，彭生的工厂在城郊，班车正好从工厂门口经过。牛主任和彭生叫停班车，就在厂门口下车。出发时也可以在厂门前拦车，很方便的。他们进厂的时候，已经是傍晚了。天色还很明亮，工人已经到了下班的时间，正在洗手洗脸换衣服，准备回家。

工厂的画栏上，都是彭生从新沂寄回来的文章。配套的图案，是团委书记曹光宇制作的。走到画栏下，彭生驻足浏览一下。这时有一位女工尾随过来，是朱淑娟。

"王彭生，你回来啦。"朱淑娟的声音很柔弱。她平时不爱讲话，更不善于大声表达。进厂后彭生和她，还有朱广新、张子方、刘超、曹光宇、陆大海、华惠民、杨柳青、薛绽梅，分配在同一个车间，都是机修车间。车间主任是杜传允和赵厚林，曹光宇和杨柳青是车工，朱淑娟是刨铣工，陆大海、薛绽梅是焊工，王彭生、刘超、华惠民、朱广新、张子方是钳工。他们一起工作了十多天，彼此还不太熟悉。

工作起来各干各的，没时间聊天。班前班后在一起开会学习的时候，朱淑娟好拉着杨柳青蹲在一个角落里，低着头听别人讲话，自己一言不发。女孩子的头发原本就很长，再把头颅低垂下来，根本看不清模样。不过彭生的记忆力特好，大体轮廓还是可以辨认出来的。他一眼就认出了朱淑娟，并脱口喊了出来："淑娟姐，下班了吗？"

"还没拾掇利索，看见你就跑过来了……"朱淑娟在学校里也是不和男生讲话的，第一次和彭生说话，脸羞得通红。两只沾有油垢的手局促无措，紧紧地抓住工作服的衣角，不停地扭着。她在校读书时，语文成绩不好，却特别喜欢读写作文。彭生寄回的文章，不论是叙事的、抒情的，还是诗词歌赋长短句，她都一字不落地通读。瘸子里面选将军，大家都说王彭生是化工厂的才子，她非常认同，还莫名其妙地高兴。在一起工作的时候，没顾得上细瞅。

不久王彭生被抽调到新沂学习去了，虽然不停地往厂里供稿，也是只见其文，不见其人。今天看见他就急急忙忙的跑过来，心头像小鹿顶撞一样，很不好意思。这回她看得很仔细，看清楚了。这位小才子长得非常清秀。不光模样可人，还锦心绣口，能说会道，能写出锦绣文章。他满脸英气，目光深邃中透着忧伤，似乎比同龄人老成练达一些。总之，朱淑娟一见王彭生就心生眷怜之意，就有了牵挂之心。惆怅和遗憾就从心头爬上了眉头，自己忙着订婚干什么？应该再等几年看看，婚姻大事不慎重，未免太轻率了……

朱淑娟家住樊楼，父亲是公社干部，母亲是中学教师。她父母已经调离秦台，到睢宁工作去了。她是父母膝下唯一的宝贝女儿，迟早也要调走的。她和彭生同岁，是同年、同月出生，比彭生大十天。人们常说："同年、同月、同日、同时"出生，属于"四同"之人，往往会有"婚姻"之缘。他们还差着"两同"呢。

在太阳的余晖照耀下，朱淑娟身披一层金光。虽然她穿着一身沾有油渍的工作服，但也掩不住她的天生丽质。彭生仔细瞅了一眼，忍不住又瞅一眼，能够咬碎核桃的下颚，不知不觉地脱垂下来。他非常惊艳朱淑娟的美丽，更惊讶她仪态端庄，眉宇之间一点轻佻都没有。彭生一下子和她感情贴近了，有了似曾相识的感觉。就像贾宝玉初见林黛玉，觉得前世已经相熟，今生应当烤糊。于是忍不住脱口唱道："天上掉下个林妹妹……"

后来经过长期相处，彭生才知道自己的女同学佟琦不是孤品，在化工厂里还有一个伴。这样的淑女标本越来越少，已经趋于绝迹了。王彭生觉得自己很幸运，居然能够认识两个。可惜……朱淑娟太听父母之命了。高中刚一毕业，他爸爸的战友就过来替儿子求婚。那小子姓仝，是南方人，现役军官。父母都满意，朱淑娟也就点头应允了。她自己从小就没有主意，父母怎么说，她就怎么做。婆家见朱淑娟长相好、身材好，还温婉贤淑，怕夜长梦多，就催促订婚。朱淑娟也顺着父母的意愿，乖乖地服从了。当时政府开始提倡晚婚晚育，可是《婚姻法》规定男方年满 20 周岁，女方年满 18 周岁，是可以登记结婚的。何况她老子是公社干部，大不了拉着民政助理喝一气老酒，事情就办得相当顺畅了。

王彭生和朱淑娟都在审视对方，当四目不期而遇的时候，又马上躲闪。目光避开不久，又热切地回望。正当他们游移不定，躲躲闪闪的时候，又有一个姑娘来找彭生了。

"彭生哥，我找你好几趟了。你怎么才回来?"辣妹子声音嘹亮，未见其人，先闻其声。

彭生听到声音就知道，前来找他的姑娘叫吕诗雅。其实一点诗意都没有，也不文雅。

还是上高中的时候，有一天傍晚，彭生和同学们在防震棚里高谈阔论。张广才大谈梵高、提香、毕加索，还有齐白石的鱼虫、虾鸟、癞蛤蟆，徐悲鸿的马，黄胄的驴，徐州老乡李可染的牛。王凯歌谈贝多芬、莫扎特、肖邦，还有音乐圣殿维也纳。王彭生谈唐诗宋词和元曲，谈明清小说。

正在热火朝天之际，这位吕姑娘过来了。她不论青红皂白，接过彭生的话头就说："瓷还是景德镇的好。我爸爸出发刚回来，带来一套景德镇的茶具。"大家愣了片刻，马上哄堂大笑起来。眼前就有了焚琴煮鹤的场面，大煞风景。

这位吕姓姑娘住在离彭生家不远的另一所大杂院里，和彭生家住的大院隔一条马路。他们两个家属院的小孩经常聚在一起做游戏。这个小姑娘比文生还小，才是十四五岁的小姑娘。可能是好听故事的缘由，她总是紧追在彭生的屁股后头，“哥、哥”地叫着。做游戏也是百般耍赖，死缠着要和彭生在一起，分开了就不玩。平时逮个螃蟹、蜻蜓什么的，都要拿到彭生面前谝一谝。这姑娘长相很好，对彭生十分热情。彭生没有相应的激情，觉得她混沌未开，懵懂无知，并且不求上进，肤浅粗俗，属于“俗媚”一类。这样的姑娘看上去精明伶俐，一进课堂就灵魂出窍，脑子里只能灌水，学不进知识。对于投机取巧、贪占小便宜、吵架斗嘴，她却天赋异禀，超乎寻常地在行。

彭生进厂太晚了，没见着领导，那就先去见姐姐吧。不知道姐姐着急上火地召回自己干什么？该不会给自己说媳妇吧？这事彭生本人不着急，父母也不急，你这个姐姐着什么急？还愁大头礼花不出去，喝不上喜酒吗？

这一回彭生猜错了。家中有了变故，姐姐怕他做傻事，急招回来要安排一些事情的。

“彭生哥，你家出事了。”吕诗雅也是特意跑来报信的。她瞪着圆圆的大眼睛，长长的睫毛忽闪忽闪的，很为彭生着急。“你爸……被捕了。”

彭生两眼一黑，趔趄两下。《地理》课本上早就讲述过“地球是旋转的”。现在王彭生确确实实地感觉到了。他觉得天旋地转，脚下像踩了棉絮一般，踉踉跄跄地站不稳了。

朱淑娟和吕诗雅同时过来搀扶他，急切地呼唤着“王彭生”、“彭生哥”。

王雨生和她的未婚夫王新华都赶来了，掐人中、揉合谷，把弟弟弄醒，带到了化肥厂职工宿舍。

文生正在灯下做作业，像什么事情都没发生一样。

王义轩因为在“文革”中经常指挥武斗，还致死过人命，被定性为“打砸抢首恶分子”，被拘捕了。也有人说他这回站错了队，对立派掌权故意整他的。说不清什么原因，他进了监狱，千真万确地落魄了。

古人说过：穷居闹市无人问，富在深山有远亲。父亲在台上风光的时候，家中天天高朋满座，彭生并不以此为荣。他和父母亲之间的感情距离，隔着好几重山呢。可是当父亲轰然倒下去时，他同样有着切肤之痛。无论父子关系如何，血缘关系是割舍不断的。自己已经分配了工作，可以自食其力。如果妹妹受到牵累，考不上大学，将来怎么办呢？

世态炎凉，即将品尝。王彭生的腹中像是打翻了五味瓶，酸甜苦辣咸，一齐涌到心间。他想离开秦台回到郯城去，郯城还有很多亲戚和本家，可以帮助自己治疗心灵深处的伤痛。爷爷说过，树挪死，人挪活。伤心之地不可久留，自己为何不尝试一下改变环境呢？

雨生心思缜密，早看出了弟弟的想法。自己何尝不是这样？朋友、工友没有一个人因为父亲的事情轻看她，但自己的心里却有了巨大的落差。

事情已经这样了，形成定局的事，个人没有能力更改，那就只能接受。

“今年你没参加高考，是一个大的失误。”姐姐告诉彭生，今年为了照顾“老三届”的学生，各项政策都放得很宽，考卷也比去年简单。如果参加高考，哪怕成绩比去年还差，也是可以考取一个师范学校的。学校不论孬好，只要能和“大学”沾上边，哪怕是“中专”生，也是鲤鱼跃过龙门，立马变成干部身份，是“正经木头”了。事情已经过去了，多说也无益。明年文生高中毕业，你一定要参加高考。自古没有场外的举子。果真胸中有丘壑，满腹经纶，不进考场会遗恨终身。考不上也无妨，接着复习继续高考。不考大学也要学习科学文化知识，腹有诗书气自华。君子立长志。奶奶爷爷都交代过，彭生一生只干一件事情就行。要耐得住寂寞，执着坚守，不能心有旁骛。人一生能干好一件事情就很不容易，好高骛远，像小猫钓鱼一样，这山看着那山高，将会一事无成。听说中央已经有了指示，只注重个人的才学，不看重家庭出身了；也就是说政治审查不太重要了，一定要抓住机遇。这是第一件事情。

第二件事情，姐姐和文生的户口已经有了着落，很快就要落实了。等文生高考之后，姐姐就要结婚了。这事要和两个妈妈打招呼。

第三件事情是要到大杂院去，安抚一下继母。鼓励戎生、皖生他们励志学习，将来考上大学，可以报效祖国，也为父亲争气。家里有什么困难需要帮助的，身为人子，义不容辞。有多大力出多大力，能力范畴之外的事情爱莫能助。只能尽人事，听天命。

四

十月金秋，丰收在望。王彭生的心情，也像田野里熟透的稻穗，沉甸甸的。身为人子，就要曲尽孝道。彭生向厂领导请了假，去看守所探视父亲。父亲还在羁押禁见阶段，到看守所去也见不到面。不过可以送些牙刷、牙膏、肥皂、毛巾及换洗衣物之类的日常生活用品，可以通过明信片交流信息。王彭生第一次使用明信片，就是给父亲写信。劝诫他老人家如实交代问题，鼓励他老人家叩响登闻鼓，向上级陈述申诉。

王义轩被捕，多少是掺杂一些派性偏见的。据知情人士透露，王老爷子从两派联合之后就没再参与任何政治运动，1975 年开始向组织部请长假，老老实实地在家休养。甚至劝说同一派别的人，多务实、少务虚，稳稳当当地等候国家形势好转。拒绝在各类大小字报上签名，拒绝对抗上级指令。但是，他老人家的名气太大了，不把他抓起来，就会有人聚集在他身边，唆使他滋生事端。当时提倡“安定团结”，首先要“安定”下来，才具备谈“团结”的条件。

王义轩本人也觉得问心无愧，不断地书写申诉材料。他终于等来了转机。1978 年 12 月 18 日至 22 日，邓小平副主席在中共十一届三中全会上，恢复了党实事求是的思想路线，停止使用“以阶级斗争为纲”的口号，把工作重点转移到社会主义现代化建设上来。继而大量甄别冤假错案，给受到错误迫害的同志平反、给右派平反、给地主资本家摘“帽子”。社会越来越稳定，越来越和谐。不久，中央又做出了“省级以下不存在‘四人帮’”的英明决策，只把少数人定性为“三种人（打、砸、抢）”，不允许斗争扩大化，不允许无限上纲、牵连无辜。上级只批准秦台把两大派的作战部长定为“三种人”，王义轩这个“打砸抢首恶分子”不在“三种人”之列。第一条罪状就这样自然消失了。“文革”前所受的处分里，有“同情右派”、“为章伯钧张目”等条款。右派都被平反昭雪了，这样的罪名也不能成立。男女关系、作风问题，不论其真伪，都是生活小节问题，不像解放初期那样严重了。只有一个致死人命的问题，需要费些时日甄别。首先是上级领导认为在动乱中两派互有死伤，一概不予追究。其次是张家的亲属明白事理，没有落井下石。不论别人怎么怂恿，就是不去起诉。王义轩 1981 年被无罪释放，走完各种程序后，1986 年得到平反昭雪。恢复党籍和公职，复原到 1962 年刚一转业时的工资水平和职务级别。老人家能在有生之年，看到自己的问题得到公正妥善的解决，幸福指数还是很高的。考虑到年事已高，身体欠佳，由本人提出申请，上级领导批准，开始离职休养。2005 年 11 月 19 日，王义轩溘然辞世，走完了他曲折坎坷的人生，享年 78 岁。

王义轩去世了，和他年龄相仿的人，不论属于哪个派别，也都背离不了自然生存法则。谁也没有彭祖那样的本事，可以无灾无难地活到八百岁。各位老人家和王老爷子一样，或早或晚地驾鹤去往西天极乐世界。秦台两派的趣闻轶事被尘封起来，成为模糊的局部断代历史。“干四化、爱祖国”，成了 13 亿中华儿女心中的主旋律。

王义轩老人和他那一代的老人家，在弥留之际会怎么想？王彭生非常想探寻究竟，自然是没有答案的。不过王彭生知道，开完父亲的追悼会，很多人都有无限的感慨。争啥呀？不论你有多大的本事，也不论你生前多么风光，到头来就是一缕青烟。钱也带不走，权也带不走。曹雪芹在《红楼梦》中早有这样的陈述：纵有万年铁门槛，终须一个土馒头。

据说秦台有一位开明的局长，下属都想在他面前争宠。背后相互嘀咕，你蜚短、他流长，天天在局长耳边聒噪。局长不听信任何人的流言蜚语，而是把那几个好打报告的人叫在一起，领着他们去参观火葬场。一周下来，叫他们每人写一份心得体会。据说从此以后，那个局再没有人争斗。大家的工作态度空前端正，工作积极性也空前的高涨。各项工作都名列前茅，鲜有贪赃枉法、徇私舞弊现象。

父亲刚出事时，王彭生被叫到办公室。领导们知道了他家的变故，怕年轻人涉世未深，承受不了这样突如其来的打击，钻进牛角尖里出不来。或者做傻事，或者情绪恍惚、精神错乱啥的，这个孩子就毁掉了。

化工厂五大领导，除后勤主任刘薛理带队去了郯城，其余人悉数到场。有党委书记兼革委会主任陆传捷、生产主任刘家法、供销主任戚久恒、政工主任牛皋。当时市工业办公室的党组书记兼主任姓伍，每次到化工厂来视察，都会有一番感慨。他这个局级领导才姓伍，下属单位的领导却姓陆、姓戚。他就不再深入车间调研，生怕再碰到姓捌、姓玖的来，弄得自己太没有面子了。

王彭生跟在厂党委秘书、厂部办公室主任张惠玲的身后，和她一起走进办公室。被几位主要领导同时召见，王彭生觉得气氛有些严肃，先自局促起来。原打算见了领导打招呼问好的，局促不安之中，嘴唇嗫嚅着没说出话来，只是深深地鞠了一躬。几位领导都很满意，露出了赞许的笑容。尤其是生产主任刘家法，他是刘楼中学的学生，是王义轩当校长时送到部队上去的。仔细理论起来，王彭生是他的小师弟。

王校长在课堂上给他讲过“农夫识人”的故事。说是古时候，有三个进京赶考的秀才，在一个三叉路口迷失了方向，一同到路边的瓜棚里问路。迷津得到指点之后，三个人与老先生拱手告别。农夫便说甲今年可以高中，乙要等到明年金榜题名，丙永远名落孙山之外。三个秀才相互对视，全是一脸迷茫。后来农夫的话应验了。两个举子和一个秀才十分奇怪：一个山野村夫，居然可以未卜先知，难道他是神仙不成？三个人相邀在一起，一同前去询问那位略有仙风道骨的老者。

老先生听完来者之意，捋起一缕长髯哈哈大笑。他说这事非常简单，农夫都懂农事。你们可以观察一下地里的谷穗，熟透的低垂头颅，即将成熟的穗头微低。只有稗草，老死也是直杆，不会低头的。那天问路的时候，甲鞠躬最低，乙次之，丙直挺挺地站着。三人恍然大悟。丙羞愧交加，脸色通红，像刚刚下蛋的母鸡。

刘主任觉得小师弟眉清目秀，进门先深鞠一躬，说明孺子可教，不是结不了粮食的莠草。

牛主任和彭生相处100多天，对这位姑娘一样文静，略显羞涩的小伙子极有好感。陆书记和戚主任听过牛刘二主任的汇报，看过王彭生写的文章，先入之见还是相当不错的。

厂里五位主要领导，除了政工主任牛皋之外，其余四位领导都是部队军官转业。他们对军人以及军人的后代，感情是相当贴近的。

物以类聚，人以群分。这些转业干部主政时期，又陆续接收了很多名军队转业干部。有周学易、刘元真、刘成广、张忠和、王善逗、孙建果等。

共产党不惟成分论，不光看家庭出身，更注重本人的政治表现。陆书记耐心地开导王彭生，叫他不要灰心丧气。因为他家老爷子曾经是老革命，说不定将来还有出头之日。这样的家庭出身，大概不能算为阶级敌人吧！

几位领导轮流和彭生谈完话，把昨天党委会研究的决定告诉他。厂党委决定把他从车间抽调到科室，叫他给办公室主任张惠玲当助手，出任厂办的文书。

王彭生一阵狂喜。进厂才三四个月的时间，自己就被提拔了。这说明自己还具备一定的工作能力，所做的工作被大家认可。更为重要的是，厂领导没因为父亲的问题轻看自己，没把自己打入另类。其实自己现在非常想留在车间当工人，因为工厂是八小时工作制，八小时以外的时间可以自由支配。想考大学就得复习功课，复习功课要有时间，要有安定清静的学习环境。在办公室里天天迎来送往，分发报纸、传达文件，连晚上都得守着电话做记录。这样的环境怎么学习？但是他不敢坦露心思，怕领导认为他不安心工作、不务正业，以后再不会重用他了。怕工友们嘲笑他黄狗坐簸箕，不识抬举。如果能考取大学，大家会伸出大拇指“啧啧”称赞。如果考不取，各种流言就会如约而至。以后自己在工友眼里，就是不自量力的大傻瓜。舍得舍得，有舍才会有得。若是舍而不得，自己又该如何自处呢？

晚上，华灯初上。街道上车水马龙，十分热闹。初恋的情人，牵着手出入电影院。模仿着电影里的镜头，卿卿我我。热恋中的恋人，避开热闹的场所和人群，溜到复新河的大堤上，钻进了密密的杨树林。

化工厂安静下来了，大院里空荡荡的，只有门卫、刘元真、周学易、王善逗、刘成广、王彭生、杨柳青、荣誉、朱淑娟等十多个人住在厂里。

晚饭之后，结过婚的大男人都聚在一起搓麻将。凑不够手的时候，就聚在门卫上胡吹海侃聊大天。门卫是化工厂的新闻广播站，传播秦台乃至全国的最新消息。有官方报道的，也有马路新闻。像尹世斌书记调到地区专属去任副专员，鲁少时书记接任秦台市委一把手，市委宣传部的戚部长被卡车撞断了腰，财务科的郭科长和附近村上一个少妇有一腿等等，都是从门卫上散发出去的。

王彭生的情绪非常低落，还没能走出忧伤的阴影。他的脏衣服已经被朱淑娟收拾洗涤去了，这让他的心头流过一丝温馨。他有了儿时在家乡的感觉，就像姐姐雨生跟在身旁，有人疼爱自己了。可是自己目前的状况很悲惨，落魄之中是不能胡思乱想的。

有一个叫杜威的美国人说过，人有八大基本渴望：

一、健康的身体和生命的延续。

二、食物。

三、睡眠。

四、金钱和那些能买得到的东西。

五、今后的生命。

六、性的满足。

七、子女的幸福。

八、一种重要人物的感觉。

王彭生是一个生理和心理都非常健康、健全的年轻人，自然也有这些渴望和需求。对于异性的示好、示爱，他有着深切的感觉。可是鉴于目前的情况，他非常地纠结和彷徨。就像古代诗人谢灵运所说的那样：心非木石岂无感，踟蹰吞声不敢言。

王彭生坐在床帮上，倚着后墙呆呆地想心事。不知不觉中，迷迷糊糊地睡了过去。

朱淑娟过来了，推醒王彭生，叫他帮助自己把衣服、床单的水拧干净，抻拉去皱，晾到绳上去。她告诉彭生睡觉要躺倒身子，盖上毯子。开始秋凉了，和衣而卧容易伤风。

王彭生睁开眼睛，依旧是懵懵懂懂的。他按照朱姐的吩咐，机械地抓住衣物的一头不动，由对方拧着上劲，把水逼出来。拧得差不多了，再摊开抖动、拉扯。

干活不出力，敷衍塞责，是王彭生的一贯作风，是与生俱来的天性。朱淑娟稍一用力，王彭生这边就脱手了。朱淑娟被闪了一个趔趄。因为牵拉过猛，衣物的边角扫到了眼睛。朱淑娟的一只眼睛睁不开了，另一只眼睛也红红的溢出了泪水。触景生情，王彭生马上想起了一句成语，叫“一目了然”。

“你还愣着干啥呀？快点过来看一下，有没有异物？”朱淑娟催促王彭生，叫他帮助自己翻开眼皮，如有异物就给吹出去。

王彭生对着朱姐两只杏核一样水汪汪的大眼睛，仔细看了很久。朱淑娟不适的感觉已经消退了，有点不好意思，悄声问道：“有没有东西？”

“有啊。”王彭生鬼一样地坏笑，叫人明显地觉察出是不怀好意。“你的眼里有我。”

朱淑娟羞赧得垂下头颅，两颊飞出两朵红潮，像花儿一样。她偷偷地瞟了彭生一眼，心中流淌着甜蜜。“你的眼里呢？也有我吗？”

“当然了，不信你看看。”彭生环顾一下四周，十分动情地说：“不光眼里有，心里也有……”

和彭生同一个宿舍的王春曦回来了，看到眼前的场景有些尴尬。想退回去依然是来不及了，一只脚已经迈进了门槛。硬着头皮走进来，虽是无心，却也实实在在地搅局。

“王彭生，我还以为你是个书迂子呢，哈哈……”朱淑娟端着搪瓷盆跑出门去，隔着窗户撂给彭生一句话：“你不傻、不笨也不酸……就是坏……”

王彭生站在窗子前，透过玻璃目送着朱淑娟婀娜的背影，想起她刚才的鬼脸，发烧的脑袋慢慢地冷却下来了。自己不能玩火。对于没有结果，或者结果不好的事情，要快刀斩乱麻，尽快缩结终止。不能信马由缰，任其发展。可是，自己对她的安抚和关怀，非但没有一丝一毫的抗拒，反而十分期待。哪怕欢愉是暂时的，王彭生也十分乐意。为君持酒劝斜阳，且向花间留晚照。

朱淑娟晾晒完衣服，避开住在厂里的女伴杨柳青和荣誉，非常严肃地思考着这样的问题：年满18周岁，是法律规定具有独立民事行为能力的人。现在许多国家的学校，都在孩子年满18周岁的时候，为他们举行“成人礼”。告诉他们已经告别少年时代，长大成人了。大人就得行事严谨，承担责任，不能再像儿时那样随便了。婚姻也是一种契约，只要不是被他人胁迫做出的违心决定，就是自觉自愿的，就得无条件地遵守约定。双方当事人自觉自愿地到民政部门办理结婚登记手续，从签字摁印那一刻算起，就是受到法律保护的合法夫妻。这个时侯喜欢其他人，不论谁先爱谁，也不论双方爱到什么程度，都有破坏他人家庭之嫌，都属于婚外恋的范畴，是不道德的。

对于婚姻，朱淑娟原本是没有感觉的。父母说“男大当婚，女大当嫁”。“闺女大了不中留，留在家里要结仇”。她对此很不理解。陪父母过一辈子咋啦？怎么会结仇呢？不过她是一个听话的孩子，知道孝顺父母。孝顺孝顺，以顺为孝。父母看着好，就顺从他们的意思，让他们高兴。那时候自己不觉得欣喜，也没有痛苦。可是，自从再次见到这个该死的王彭生，自己的心里就有了化学反应。自己是个不善言谈、性格内敛的传统姑娘。见了彭生这个小冤家，就笑得抿不上嘴，就没有了少女的羞涩，就打开话匣子无拘无束，啥样的废话都说。不光废话连篇，还像决堤的洪水一样滔滔不绝。自己也弄不清这是为什么，理智告诉自己要远离王彭生，不然的话会耽误彭生和自己。可是一看到彭生在那儿，两条腿就不听使唤，不由自主地想靠过去。妈妈给自己讲过这样的故事，说是有一个好心人，看到一个没有双腿的残疾人费力地爬向远方。他心生怜悯，把他扛到肩上，送他前往目的地。谁料那个瘫子是魔鬼的化身，扛上去就放不下来了，只能按照他的魔咒跳舞，直至累死。自己已经欲罢不能了，是不是中了什么魔咒？

王彭生给自己讲述过奥地利作家茨威格的小说《同情的罪》。一个年轻的骑兵少尉霍夫米勒，偶然认识贵族地主封·开克斯法尔伐伯爵一家。伯爵有一个貌似天仙却双腿瘫痪的女儿爱迪特。出于同情和怜悯，骑兵少尉经常前去伴陪。日久生情，爱迪特狂热地爱上了霍夫米勒。小少尉无法为他的同情负责，就选择了逃避。因为他的软弱退缩，导致爱迪特香消玉殒。这是同情之罪，同情可以杀人。自己是因为王彭生家庭变故，对他心生怜悯，深表同情吗？是的。然而自己喜欢这个小弟弟，是发自肺腑的，并不完全是同情。人生自古有情痴，爱恨不关风与月。

朱淑娟认为，自己对王彭生的喜爱，完全不同于霍夫米勒对爱迪特的怜悯。她和这个小冤家两情相悦，真心相爱。只是，自己错走一步棋，不该过早地办理结婚登记手续……

王彭生也是心潮难平，许久静不下心来。社会上未婚先孕的现象已经非常普遍了，许多热恋中的年轻人，都先挺起肚子再办手续。更有甚者，生了孩子也不领证，说是叫“事实婚姻”。朱淑娟已经和仝心刚订婚了，结婚证就是男女同床的绿色通行证。他们是合理合法的夫妻，只差举行婚庆仪式，把亲朋好友请过来喝一场喜酒，其他的啥也不差了。朱淑娟外形端庄，真会像古代淑女一样，迎娶前坚守贞操吗？即便她能做得到，老仝会循规蹈矩吗？再说了，即便自己担心的一切都不存在，不论多么完美、多么纯情，都是“二婚”。如果别人这样议论，王彭生实在受不了。彭生满脑子都是问号，心情忐忑，坐卧不安。

王春曦已经睡醒一觉了，彭生犹自在床上，时坐时卧，瞪着两只无神的大眼睛，呆呆地想心事。那个“俗媚”的疯丫头吕诗雅，倒是一朵无主的黄花。那是一个早熟早恋的姑娘，长相不错，身材姣好。对自己一往情深，还无比执着。只要自己有一个肯定的暗示，她就会义无反顾地扑过来。可是，王彭生偏偏和这样的姑娘不来电，被她硬拉进被窝里也是同床异梦。离心离德，不会偕终偕老的。王彭生把这种现象说成是灵与肉不能完全融合。他喜欢去除嘴巴说话的功能、脑袋不考虑问题、嘴巴光吃饭的类型，不喜欢那种“咋咋呼呼”的张狂类型。

王彭生折身坐起来，下意识地铺开信笺纸，胡乱涂鸦。不一会，地下就扔满了揉皱的纸团。他又一个一个地捡起来，慢慢地取开、摊平，从中找出一首五言绝句：

儿女情长事，
静坐始萦怀。
推推臆中女，

腾达你再来。

已经夜深了，外面月华如水。整个厂区都熄了灯，不光空旷，还黑洞洞的，显得非常神秘。王彭生的宿舍里，一盏孤灯未熄，像星星一样眨眼，也显得非常疲惫了。一阵秋风袭来，婆娑的树叶沙沙作响，叫人想起了宋代张先《天仙子》中的古词：沙上并禽池上暝，云破月来花弄影。

混到什么样的程度才算“腾达”呢？这也是困扰王彭生的一大难题。他开始立下抱负，给自己暂定了这样一个奋斗目标：若是挣钱，应该在百万以上。若是为官，应该混到正科级以上。如果为文，作品至少可以结集出版，最好能写出具有轰动效应的长篇小说。并且为商不能奸，为官不能贪，为文不能酸。

祖父母说过，王彭生一生只能非常专注地去做一件事情。能把一件事情做好，也是很不容易的。自己要想好了，选择什么事情去做。一旦选定，就要以身相许，约定今生，终生不弃不离。衣带渐宽终不悔，为伊消得人憔悴。不能像小猫钓鱼，或者是狗黑子掰棒子，顾此失彼。

五

大梦谁先觉，平生我自知。草堂春睡足，窗外日迟迟。这是蜀国名相诸葛亮的诗篇。他老人家出山问鼎之前，是寄情山水的闲云野鹤。可以吃饭吃到打饱嗝，睡觉睡到自然醒。但是，这样的闲散舒适不属于王彭生。他没有诸葛亮那样的才华和本事，自然不会有那样的好福气。

王彭生刚被提拔进科室，工作不敢懈怠。不论晚上入睡早晚，第二天是一定要早起的。虽然这事很为难，也必须勉为其难。

朱淑娟是能起早的人，她洗漱完就会敲彭生的窗户。有时候干脆带一份早点回来，催促彭生起来吃饭。彭生生性懒散，早上起来也不叠被子，不扫屋子。朱淑娟调侃彭生的床铺，白天一条龙，晚上裹条虫。

王彭生端着洗漱用具到自来水管旁边，打扫完个人卫生。有早饭就对付两口，没饭就先去办公室。把办公室打扫干净，擦好桌子、提好水，把工作上的事情处理好，然后再想糊弄肚皮的事。工厂东边不远，复新河西畔，新开了一家滨河饭店。不论什么时候过去，只要有钱有粮票，就能吃上热乎的。

第二个来找彭生的，是秦台中学 1976 届高中生杜强。他和彭生一样，做着考大学的美梦。他来邀约王彭生，和自己一起去母校参加高考补习班。缴纳 30 块钱资料讲印费，像在校学生一样，全日制脱产学习。通过这样系统的培训，只要智商不是太低，脑子不进水、不滑轮，一般都能考取。

“王彭生，不说你正在恋爱吗?”杜强来到王彭生的宿舍，环顾两眼，露出一脸错愕。

“瞎说啥？哪有啦。”王彭生急着辩解。自己还没怎么着呢，工厂里已经流言四起了。怪不得人们常说“小道消息”跑得快，它们是可以“不翼而飞”的。

“我看也是。若是谈恋爱，女朋友到你这个房间来，会有意见的。”杜强正在热恋之中，对于个中的细节，比彭生知道得多。“办公室那么多报纸，你不能拿些回来？把门窗的玻璃都糊上，女孩子才会……唵，明白了吗?”杜强把两个拇指抵在一起，抖动两下，吐出舌头怪笑起来。

王彭生被羞红了脸，窝着脖子偷笑。他也知道恋爱中的青年男女，需要一个安静的、独立的、封闭的、私密的空间。只有在那样的二人世界里，才可能身心陶醉。朱淑娟和那个疯丫头都抱怨彭生太懒，不说明就里。没成想，这层窗户纸被学兄杜强戳破了。

彭生没和杜强一起去补习班学习，白天在办公室里依然装得若无其事，不向任何人透露自己想考大学的事。到了晚上夜深人静的时候，就躲在蚊帐里偷偷地看书。他已经工作了，有了一份微薄的收入，就应该自己养活自己，不能再给别人添麻烦。当时姐姐一个月 40 几块钱的工资，要供养文生读书。两个人的吃喝用度，已经非常紧张了。彭生再去添乱，自己都不好意思。父亲进了班房，继母带着两个未成年的孩子，经济也很拮据。不能帮助她老人家已经心生愧疚，肯定不能再向她开口要钱。生母没有正式工作，混了这么多年，居然没有一点积蓄。她向子女表示，雨生结婚的时候，自己无论如何也要陪送一些东西的。不知是果真有所表示，还是仅仅口头声援一下，开出一张空头支票而已。为了让妈妈兑现承诺，维持长者的尊严，彭生决定不向妈妈求援。

来到秦台之后，彭生到妈妈那儿去的次数非常稀少。每次前去都是姐姐拉扯，有妹妹在场。父亲和继母都不让他们去看望母亲，理由是离婚的时候母亲不要孩子，这么多年没养孩子。当然了，他们心中还有一个不便张扬的心结，是怕生母在孩子面前丑化他们的形象。彭生不愿意单独见妈妈，是因为他和母亲之间竖着一堵无形的、无法跨越的情感隔墙。他觉得妈妈身上没有祖父母那样见面就想腻乎的亲和之力。虽然近在咫尺，却像远在天涯。他和母亲没有话说，和母亲单独呆在一起，寒暄两句家常之后，就会感到局促和尴尬。

父亲和继母的担心不无道理。母亲只要见到孩子，就会唠叨前夫的过失，提起话头就怒火中烧，愤懑至极，就忍不住破口大骂“那个贼种”。并且告诫孩子们，你们都是受过教育的人，要明白事理，明辨是非。

父亲从来不对前妻的斥责一一辩驳，只是反复强调一句话：“连自己的亲生骨肉都不要，天下哪有这样的母亲?”接下来也告诉孩子，你们都受过教育，都识文断字，可以自己查阅“经史子集”，这样狠心的娘可以亲近孝顺吗?

彭生记得，祖母临终前交代过“天下无不是的父母”。他还知道，古人也说过“父母不慈，儿女不孝”、“家有万石粮，不养出姓娘”之类的话。但是他从未打算把这样的话告诉父母。父亲睁开眼就和“杜康、刘伶”相伴，家中盈满太白遗风。酩酊之后酣然入睡，“天子呼来不上船，自称臣是酒中仙”，全然看不到“慈祥”的影子。不过，自己和姐姐初到秦台时，全都跟着父亲生活。人说世上“没有无缘无故的爱，也没有无缘无故的恨”。自己和姐姐妹妹儿时被父母抛弃，却依然在温馨中成长，是因为父亲是祖父母的儿子，是一脉相传的缘故。如果自己和姐姐妹妹被陌生人抱走，或许早就到了另一个世界。母亲对孩子虽无养育之恩，但是她老人家给予了子女生命，这也是天大的恩德。何况母亲没有另嫁他人，不论是何种原因，都没有“出姓”。族中长者认定，没迈另一家门槛，就还是王家的媳妇。王彭生身为人子，就有赡养母亲的义务。

王彭生猜度，父母都急于在孩子面前表白自己无辜，事态发展到今天这一步，自己和孩子一样，都是可怜的受害者，责任全在对方。其目的是什么？是让孩子选边站队，摒弃过错，亲近无辜。其实他们彼此缄口，不谈过去，倒能勾起孩子的探寻究竟的好奇心。等孩子寻根问底的时候，稍加引导，就会收获预期的效果。父母都急于表白自己，贬低对方，反而让孩子意兴阑珊，厌倦他们的陈述了。孩子们喜欢爷爷讲述的“家和万事兴”之类的故事，可是父母已经离异，这个家是合不起来的。

毛主席说年轻人是早晨八九点钟的太阳，世界归根结底是属于年轻人的。彭生的父母已经到了“知天命”之年，自然也明白这个道理。人过四十日过午，身体和事业都要走下坡路了。人的前半生，看父宠子。父母亲能够撑起一片蓝天，子女就能沐浴春光。人的后半生，看子敬父。孩子有出息，人们同样尊重他的父母。这就是“父以子荣、母以子贵”的由来。父母亲反过来在孩子面前争功邀宠，估计是怕孩子疏远自己，弄得晚景凄凉。

秦台化工厂的厨师长，是个技艺精湛的大师傅。他叫麻利，像清朝乾隆年间的宰相刘墉一样，是个单峰骆驼，外号麻罗锅。麻师傅是秦台的名人，颇有些历史渊源。他是手艺世家，从祖上开始就在秦台开饭馆。拿手的绝活是擀面条、烙油饼、别烧鸡、红烧鲫鱼等。据说麻罗锅的烧鸡和红烧鲫鱼是秦台一绝，尤其是鲫鱼头，味道鲜美，咂鱼头的人忍不住想把舌头咽下去。当时秦台流行这样一句顺口溜：“宁舍一座瓦屋楼，不舍罗锅的鲫鱼头。”

那时候其他工厂的菜谱大体都是老三样：早上是辣椒调咸菜，中午是辣椒炒咸菜，晚上是咸菜炒辣椒。因为麻师傅在化工厂大显身手，所以化工厂的食谱、菜谱异常丰富。

日本鬼子侵华时期，大汉奸侯本升时常带着他的主子到麻家饭店大吃二喝，吃得小鬼子翘起大拇指直喊“要西”，彻底地忘记了东洋料理。侯本升也是天天必到麻家饭店来填补肚皮，捞不着过来，就觉得没精打采，魂不附体。后来大汉奸汪精卫在日本鬼子的授意之下，于 1944 年成立了伪淮海省，把省会设在徐州。1941 年 7 月叛国投敌，被汪精卫委任为苏淮特别行政区长官兼保安司令的郝鹏举，出任伪淮海省长兼任保安司令。侯本升被郝鹏举选中，出任皇协保安军少将副司令。侯司令舍不下麻罗锅的烧鸡和鲫鱼头，强征麻罗锅入伍，做了司令部的“御厨”。侯本升被秦台爱国青年陈黑刺杀后，麻罗锅依旧留在徐州皇协军保安司令部，继续伺候郝鹏举。

日本鬼子战败投降之后，汉奸郝鹏举被派遣前往枣庄、台儿庄一带抗击共产党。他的金银细软、大小老婆和勤杂人等，都被党国的接收大员笑纳了。麻罗锅继续给接收大员当“御厨”，尽心尽责地捣鼓他的烧鸡和红烧鲫鱼头。党国的接收大员，对麻罗锅的厨艺十分赏识，对麻罗锅制作的面条、油饼、烧鸡、鱼头十分痴迷，唯独不喜欢麻罗锅的发面馒头。麻罗锅总是把面发得很过劲，为了去掉酵母的酸味，就大量用碱。馒头的味道周正了，馒头皮却像黄疸病人的脸色，很不耐看。接收大员已经给司务长提醒三次了，馒头的颜色已经像玉米粉蒸制的一样。这就败了接收大员的胃口，怎么咀嚼也吃不出小麦粉味道了。接收大员勃然大怒，把司务长叫过去狠狠训斥一顿，并且扬言，如果馒头还是这么大的碱，就把司务长肩章上的杠杠全部撸下来。当然，麻罗锅的烧鸡、鱼头还是满有味道的，接受大员依然惦记着。那就不能鲁莽行事，把这个驼背的火头军给熊跑喽。

国军的上尉司务长不停地抓挠头皮，扯下几缕青丝，终于灵光一闪，有了调侃警示麻罗锅的办法。他把炊事班的火头军拢到一起，召开一个临时会议。会后掐了一些长官的碗边、锅沿，凑乎几个碟子两瓶酒，和部下一起小酌同乐。席间他特意为麻罗锅讲了一个唐朝的故事，是想借古喻今，劝诫麻罗锅就此罢手，不再用碱。

说是唐太宗李世民生病的时候，各位大臣轮流值夜，守卫伺候唐王。李世民是马上皇帝，在疆场上杀人如麻。各路冤魂野鬼，趁着李世民体虚阴盛之时，前来索命。殿堂上阴森恐怖，天天都有小鬼闹腾，弄得大唐天子战战兢兢，夜不能寐。只有大将秦琼和尉迟恭值班的时候，朝堂里就是一派祥和安静，唐王可以安睡。秦琼和尉迟恭也是血肉之躯，虽然身体素质好，多熬几夜无妨。可是长此以往，没日没夜地连轴转，神仙也受不了。牛鼻子徐茂公是个智多星，他叫画匠描摹秦琼和尉迟恭的图像，挂到宫门两侧，果然也能镇住妖魔邪祟。一波才动万波随，皇家示范黎民效仿。家家的大门上都悬挂秦琼和尉迟恭的画像，硬是把二位将军推举成了门神。

古话说："文无第一，武无第二。"虽然都是大唐的股肱重臣，虽然都是万民祭祀的门神，也要分出个高低胜负。秦琼的兵器是凹面金锏，尉迟恭的家伙是竹节钢鞭，都是开疆拓土、杀敌斩佞的神器。尉迟恭是秦琼俘虏的降将，知道使用兵器不是秦二哥的对手。便叫徐茂公、程咬金、魏征等一帮老瓦岗作证，二位武将徒手相搏。秦琼不能使锏，尉迟恭不能使鞭，谁犯规谁是孙子，擂台上认输，值班的时候站到下首。

比武开始，拳来脚往。大战一百多个回合，秦琼渐渐招架不住了。他想自己是天下都招讨，是大唐的兵马大元帅，输给这个黑脸的尉迟恭太没面子。于是边打边退，等靠近了存放兵器的木架，趁机拽过凹面金锏。搂头一锏，把尉迟恭打翻在地。尉迟恭破口大骂："黄痨鬼，你犯规了。大家都可以作证，我们有约在先，说好了你不使锏，我不用鞭。你他娘的不讲信用，又使锏了。"尉迟恭双手抱头，忿忿不平，拉着秦琼去找皇上评理。"咱们有言在先，谁使锏（碱）谁是孙子"。

火头军们哄然大笑，显然知道司务长言下所指。司务长非常得意，偷眼去瞟满脸通红的麻罗锅，心想这小子该知道停止用碱了吧？

麻罗锅也是闪电脑袋，反应非常迅速。他不慌不忙地站起来，接过司务长的话头说："这个故事司务长没讲完，我给大家续上吧。"他说秦琼和尉迟恭没找着皇帝，其他人又劝说不了。于是各自拎起兵器，在校场上恶斗。这时秦琼的儿子秦英来喊爹爹回家吃饭。但见校场中两个人战作一团，分不清你我。秦英跑回家去告诉母亲，爹爹和尉迟恭混战在一起，他认不出来。老娘听后把脸一沉，大骂儿子糊涂。看不清脸就认家伙什，全天下的人都知道，使锏（碱）的是你爹。

麻罗锅本身就是厨子，知道得罪烧锅的，吃不上熟馒头。把顶头上司得罪了，今后不会有好果子吃。他连夜跑到警备司令部，找到警卫连的老乡潘振邦，拉着他一起开小差回家了。家里的店面被别人占据了，他就在店内当大师傅，靠出卖手艺维持生计。

时隔一年多，淮海战役打响了，秦台也解放了。麻罗锅和潘振邦自动脱离国民党反动派，算开明进步人士，是深受党和人民欢迎的人。他家的店铺早在他被侯本升强征入伍时就卖给了别人，解放后他成了无产阶级，是共产党最为倚重的阶级。

解放初期，麻罗锅因为怀揣着精湛的厨艺，被分配到市政府招待所，做小灶的专职厨师。后来有人反映他常用唾沫测试油温，领导心生厌恶，把他下放到了企业。他本人一直不承认这个事。说是天妒英才，同行们嫉妒他被领导看重，故意造谣中伤。各单位都不听他的申辩，一致要求他工作的时候戴口罩，三伏天也不例外。

秦台化工厂的所有员工，听完这段历史，心中都有一道挥之不去的阴影。怕他哪天热得受不了，或是忘记领导和同事们的嘱托。万一偶尔把口罩摘下来一次，他制作的烧鸡和红烧鲫鱼头，就一辈子都没有滋味，或者是生出另一种异样的滋味了。爱干净的人、讲究的人、年轻人，反应得最为激烈。他们纷纷到厂办反映问题，要求给麻师傅调换工种。如果还是麻师傅执掌伙房，他们就要求退伙。

朱淑娟没跟着大伙起哄，她决定拉着王彭生、荣誉和杨柳青，一起联合起来开小灶。荣誉和杨柳青都有此意，不过她们是联合自己在城中工作的弟弟姊妹一起开伙，朱淑娟的麾下只有彭生一个人。另一个驻厂的男工章兴民，生活条件非常优越，经常拉着女朋友来化工厂啃麻师傅的烧鸡和鱼头，不愿意和朱淑娟他们一起降低自己的生活水准。兵不在广而在精，将不在勇而在谋。捧场的虽然只有王彭生一个人，这可是化工厂公认的小才子，不可小觑。化工厂所有青年工人的决心书、保证书、检讨书，甚至是情书，几乎都出自王彭生一人之手。与人方便、与己方便，小伙子的写作水平得到历练，还落了一个好人缘。

百密一疏，勤快的人也有慵懒的时候。今天早晨，朱淑娟起晚了。王彭生已经处理好办公室的案牍事务，忙里偷闲，趴在办公桌上补一觉。朱淑娟没有忘记帮助王彭生开伙的承诺，自己虽然不是大丈夫，也知道一诺千金。许诺的话语一出口，就把责任扛到肩上了。大姑娘也要做到言必信、行必果。她不忍心看着小兄弟天天这样枵腹从公，没去惊动王彭生，一个人拿上钢精饭盒，去了滨河饭店。

王彭生说朱淑娟像姐姐，是得人实惠还人口惠，故意恭维她的。小朱偏跟着上杆子，努力做出一副“姐姐”的样子来。首先是她叫彭生搭伙吃饭不收伙食费，叫彭生替她写信、讲故事。其次是彭生的衣服、鞋袜都由她来刷洗。晚上彭生被朋友邀出去闲逛，她一准等到小兄弟回到宿舍才安寝。知道彭生喝酒的时候，她还烧好开水送过去，帮他醒酒。或许她过于善良贤惠，做的太像姐姐了。就像《渴望》中的宋大成，心中承载着兄长一样沉重的责任，无私地帮助小妹刘慧芳。看似十分亲近，却阻碍了一段美好姻缘。

滨河饭店在化工厂的东边，大马路北侧，复新河西畔。饭店的后面是一片幽静的杨树林，东面是清澈见底、蜿蜒流淌的复新河。彭生失意惆怅的时候，常到店后的树林中去，坐在树荫下，望着银练一样的小河发呆。仿佛置身荒江野渡口，凑上一叶扁舟，就有了“野渡无人舟自横”的诗画境界了。

滨河饭店的出纳员叫丁小荷，也是刚刚分配工作的女学生。十七八岁的年纪，一米六几的身高，清澈明亮的大眼，粉嫩俏丽的脸庞。因为化工厂和滨河饭店的距离较近，化工厂青年员工因为麻师傅的缘故，一般不在食堂就餐，却时常光顾河边的饭庄。丁小荷和朱淑娟也是熟人了，见了面非常礼貌地打招呼：“淑娟姐，还没吃饭呐？”

“嗯。给我来十个包子，两碗粥。”朱淑娟把钞票和饭盒一起递给丁小荷，趴在窗口上等着找零。她准备自己吃掉四个包子一碗粥，剩下的带给王彭生。

“你们厂的王彭生也好过来吃早饭。”丁小荷把餐券撕给自己的同事，把零钱找给朱淑娟。八点以后，只有王彭生这样的懒虫才来吃早餐，正常吃饭的人，早就撑圆肚皮上班去了，所以不用排队。丁小荷很会办事，人多的时候也知道关照熟人。化工厂的青年工人她都认识，从来不让他们排队。“不知道他今天还来不来。”

“你说彭生吗？”朱淑娟抬起头来，略有几分警惕地看着丁小荷。心里像是十五只吊桶打水，七上八下的。她也关心王彭生，为啥呀？

秦台的地邪，说曹操曹操就到。她们的话音尚未落下，王彭生就一脚跨进了门槛。“嗬，淑娟姐……”看到朱淑娟在场，王彭生松弛下来，知道早饭有了着落，用不着自己破费了。“今天我想表现一下的，看来又没机会了。”王彭生接过饭盒和盘子，想找个桌子坐下来。

朱淑娟向彭生摆摆手，轻声说道：“咱们回去吃。”她怕丁小荷过来关怀自己的工友，想阻断他们的往来。关心则乱，朱淑娟觉得胸前堵了一团烂棉花，感觉不太舒服，呼吸不太顺畅。自己用的东西，再新也舍得借给别人用。可是自己关心的人，她却不喜欢别人染指。

“彭生哥，你等一下。”丁小荷隔着柜台叫住王彭生，招手叫他过去。“听说你很喜欢看书，我这儿有好多，你看吗？”

“都是什么书？中国的还是外国的？”王彭生马上来了精神，他对所有的书都感兴趣。倘若有机会可以抵达西天雷音寺，或是有幸碰到黄石公，为了翻阅青灯古佛下的黄庭经卷，或是无字《天书》，他也可以桥下三拾履的。彭生怕错过了机会，急忙表白说：“啥书我都看。”

丁小荷嫣然一笑，有点羞涩的低声问道：“《西厢记》看吗？”

王彭生略微一愣，心头被小鹿撞了一下似的。他与丁出纳相识的并不早，是从新沂回来之后认识的。这个有几分姿色的小姑娘，第一次见到自己就露出了异样的神情。除了第一次吃饭她收了自己的钱，以后每次前来吃饭，她都是把整钱换成零钱找回来。粗心大意的王彭生，居然好长时间没发现。还是朱淑娟帮他洗衣服的时候，从他的口袋里掏出五块钱。王彭生身上只带了五块钱，刚从滨河饭店吃饭回来，兜里怎么还是五块钱？自己的口袋不是聚宝盆，这一点是确定无疑的。朱淑娟也赌咒骂誓，非常诚恳地表白，这一次确实不是故意照顾小兄弟，自己没往彭生的口袋里添钱。

王彭生多了一个心眼，再去滨河饭店吃饭时，把找回的零钱攥在手心里，到没人的地方查验。不查不知道，一查证实了。丁小荷不光把钱换零后如数找回，还夹带一张纸条。上面写着：同是天涯沦落人，相逢何必曾相识。这事过去十多天了，王彭生没有积极回应。这丫头又借故送书给彭生看，书中内容一定很丰富，或许又是“青鸟殷勤为探看”吧？

丁小荷从抽屉里拿出一本《茶花女》，递给王彭生，嘴里却说成《西厢记》。是她的疏忽，还是另有深意？这叫王彭生颇费思量。

走回工厂的路上，王彭生低着头猜谜。朱淑娟悄手踮脚地跟上来，从彭生的腋下抽走那本《茶花女》，站到路边上，仔细翻查起来。书中果然夹有两张电影票，是当天晚上 7：10 分的。票的背面写了一句话，是岳飞《小重山》中的一句古词：欲将心事付瑶琴，知音少，弦断有谁听。看来丁小荷晚上有要话对彭生说，并且希望他能闻琴声而知雅意。

朱淑娟看到是露天电影院的票，默默地记下排号、座号，重新把电影票夹到书中，把书还给王彭生。“你要仔细研读这本书，内涵一定很丰富……”朱淑娟推搡彭生一把，心中泛起一股镇江特产的味道，说话也有些尖酸了。“饭店里有一个倾国倾城的貌，化工厂有一个多愁多病的身……”

王彭生听出来了，书中一定夹藏着秘密。他却故意装傻充愣，一脸天真地反问朱淑娟。“喜欢吗？要是喜欢你就先看。等你看完我再看……”

“君子不掠人之美。还是你先看吧。”朱淑娟故意抢白王彭生。“人家点名给你的，我凭什么先看？”

“书在我手上，我就有支配的权利。”王彭生向朱淑娟陪着笑脸。自己的被单、枕巾、脏衣服，全靠这位小姐姐浆洗。她是彭生心中的上帝，是得罪不得的。“看不看？”

“不看”。朱淑娟回答得很干脆，因为这本书来到王彭生手里之前，捧着它的是另外一双“红素手”。说不清什么原因，她并不希望这个能为王彭生夜读添香的人，就是眼前这个“红袖”。

“我说的是电影，不是这本书。”王彭生又狡黠地坏笑了。“今天放映《朝阳沟》，看不看？”

“不看、不看。”朱淑娟回答得依然干脆。

“真不看？”王彭生追问一句。

“看。凭啥不看？”朱淑娟把头一甩，那造型和神情都酷像刘胡兰。“看个电影又咋啦？谁还能吃了我？”

晚上，朱淑娟在电影院门口买了两包瓜子。取开一包，交给王彭生一包。她告诉王彭生，他手中那包瓜子不要开封，等一会送给丁小荷。

王彭生有些糊涂，人家送了两张电影票，咱们来了两个人。丁小荷也是一个聪明的姑娘，早上见到我们一起吃早饭，一定能想到我们会一起看电影。果真如此，她还会来当电灯泡？除非……

事实证明，朱淑娟是有先见之明的。丁小荷如约而至，她还带来了一位女同事。她开始就准备了四张票。虽然给了王彭生两张，却巴望着他不带任何人，把其中的一个位子空出来。

朱淑娟把紧挨着彭生的位子让给丁小荷，自己躲到旁边去，和滨河饭店的另一位女工啦得火热。王彭生把瓜子递给丁小荷，眼睛不停地往朱淑娟这边张望。他心绪不宁，神色慌乱，机械地应酬着问这问那的丁小荷，根本没有心思看电影。

电影终场结束了，王彭生如释重负，脸上露出了欣喜。丁小荷面色凝重，蹙起了两弯新月。她幽幽地出了一口长气，满脸哀怨地说了一句："我本将心托明月，无奈明月照沟渠。"

"唉，我说彭生弟弟，你要小心点。"返回工厂的时候，朱淑娟把王彭生拉到路边的树荫下，向他透露自己刚刚听到的最新消息。"丁小荷身边有一个护花使者，牛高马大的，个子比你高一头，还练着拳击呢。再说了，破坏餐饮职工的婚姻是很不道德的。"朱淑娟听说，丁小荷虽然对"护花使者"不怎么用情，多少也是有点意思的。自从王彭生出现之后，她就开始抗拒异性的关怀。那个"护花使者"非常恼怒，已经酩酊大醉好几次了。醉后扬言要把某人打得稀巴烂，拉着丁小荷去跳复新河云云。

了解到这个情况，朱淑娟有些担心，她害怕儒雅文弱的王彭生会受到伤害。如果伤到彭生的身上，就等于伤到了她的心上。她心疼王彭生，内心的伤痛会比皮肉损伤更厉害。朱淑娟也觉得非常开心，她觉得这件事情原本就是一场误会。属于"落花有意、流水无情"。即便王彭生也有那个意思，知道事情真相之后也会罢手。王彭生知书达理，有君子风范，不会死乞白赖地和别人争风吃醋，挖撬别人的墙角。想到这儿，朱淑娟即将放下的心又悬了起来。果真如此，自己心中所愿也是天上的云烟，早晚要被大风吹散。这个让自己魂牵梦绕的小冤家，终究要和自己天各一方。彼此思念至切的时候，也只能默诵"海内存知己，天涯若比邻"，靠明月代传信。

越剧《红楼梦》中林黛玉的一段唱，无端地在耳畔响起：“若说是无奇缘，今生偏又遇着他。若说是有奇缘，为何心事终虚化?”曲调哀婉，尽扫朱淑娟心中的欢愉，在她胸中高筑块垒。

厂区内外的墙壁上，张广才帮忙书写的大字标语尽收眼底。内容多是“安定团结、崇尚科学、实现四化、跃马新长征”之类，全国人民都是十分赞同的。旧中国连个铁钉都造不出来，稍好一点的东西都带“洋”字。像“洋钉、洋烟、洋火、洋布、羊油”等等，犹如一根又一根耻辱柱，让泱泱大国的男女公民汗颜无地。再不尊崇科学，再不发展生产力，后果就是亡国灭种。

回到宿舍里，王彭生辗转难眠。他的胸口堵了一个乱麻团，怎么努力都理不出头绪来。朱淑娟已经明白无误地向自己传递了这样的信息：不希望他和别的异性有更亲密的接触。什么“破坏餐饮职工婚姻极不道德”的言论，纯属屁话。破坏军婚不光不道德，还是要负刑事责任的呀！两利相权取其重，两害相权取其轻。看来这个小姐姐只能是“姐姐”，自己不能再沾手了……

王彭生十分纠结，纠结中又渗出几分甜蜜。他觉得上苍对他十分厚爱，尤其是在结交女朋友这件事情上。自己家道中落，前途一片渺茫。上苍垂怜，仍然叫那么多长相俊秀、举止不俗的女孩子喜欢自己，还把“发球权”交到自己手上。可见祖上是积了阴德的。

六

走哪条道路修哪道桥，拜哪尊菩萨进哪座庙。既然想考大学，就得复习功课。复习功课不一定能考取，不复习笃定考不取。就像秦台人打赌常说的一句话，比谷子碾米都准。

晚上十点多钟，王彭生的宿舍里，轻烟袅袅。不到30平方米的空间内，点了两盘蚊香。青烟盘旋而上，在室内交织弥散，变成了一个巨大的“金钟罩”，把室内的空间遮挡得严严实实。苍蝇蚊子“嗡嗡”地惨叫着，从隐身的旮旯里飞出，冲向室外。它们的口器已经被弥散的药香熏肿了，再待下去就有毙命的危险。

同宿舍的王春曦到船上讨取温存去了，他老婆是个玩船的渔婆子，这两天给化工厂送烧石灰的瓦子石，就停泊在复新河的桥边上。

宿舍里空荡荡的，十分安静。

王彭生没有正儿八经的复习资料，他把自己学过的课本找出来，放到床头枕边上，随时可以翻看。他把蚊帐放下来，把自己遮挡得严严实实。门窗上都糊了报纸，再把蚊帐放下来，不光走不了“春光”，连声音也传不出去。他要效仿《永不消逝的电波》中的李侠政委，秘密地伪装工作，不让任何人知道他复习考试的事。考取了一鸣惊人，考不取不落闲话。

王春曦度完“甜蜜幸福”的时光，回到寝室就寝的时候，王彭生就等室友鼾声如雷之后再开工。反正是躲在蚊帐里面，他平时又有看书的习惯，即便王春曦发现了，也弄不清他在干什么。

翻开文史类的课本，起个头就知道下面是什么，似乎不必倾注太多的精力。王彭生也知道，自己现在并不急于“取长”，最为重要的是“补短”。如果数学成绩一般化，文科成绩就不会太逊色。如果数学成绩太差，总分就会被拉低，大学之梦就难圆。他的短板是数学。

打开数学课本，那些黑色的铅字立马变成了精灵。它们瞬间活了起来，纷纷滑落地下，幻化成沭河滩上的黄沙。课本变成了空白，沙子在地下游走。粉沙、砾沙，还有大块的砂礓，在眼前漂浮晃动。王彭生的头晕了，眼花了，他辨不清形态，查不清数量，想把它们归拢集合，去异存同，简直比给银河两岸的牛郎织女搭鹊桥还要费工耗时，并且收效甚微。

大地重回远古洪荒，爆发的山洪呼啸而至，把王彭生夹裹在洪水的漩涡之中，抛在风口浪尖之上。他身不由己，抓不住救命的稻草。一会被抛向高空，一会又沉至谷底。一个巨浪打来，把王彭生抛向沭河岸边。刹那间，狂风大作，飞沙走石。沙子打在脸上，像刀割一样疼痛。打在身上，像一粒粒灼热枪弹，把他烧穿成蜂窝煤球一样的大筛子。沙子又被狂风吹进了眼里，硌得他痛苦不堪，两眼流淌着岩浆一样的热泪，闭不上也睁不开。

“咣当”一声门响，被幸福和甜蜜喂饱灌醉的王春曦从船上回来了。他老婆卸完石头，要连夜赶往北山去装船，他只能离开老婆的怀抱，重新回到集体宿舍，形只影单地再度品尝光棍汉的凄苦。

王彭生回到现实中来，脑海中的幻像戛然而止。他清楚地意识到，对他来说，《数学》是一匹桀骜不驯的烈马，他驾驭不了。

“唉”王彭生浩叹一声，从枕下抽出一本小说来，一会就沉浸其中了。

书山有路勤为径，学海无涯苦作舟。这是老师经常砥砺学生的话，王彭生是知道的。人们常把学子的刻苦勤奋比喻成“笔耕”，王彭生也是知道的。他自幼生活在农村，虽未下田劳作，虽未踏踏实实地干过农活，也算略懂农事。既然要耕耘劳作，就包含了两层意思。一是要勤奋劳作，不怕吃苦。任何土地，不精耕细作，不下种施肥、除草灭虫，就不会有好的收成。二是对土地的选择，在“碱茬子地”里播散再好的种子，施再多的肥料，也长不出庄稼苗来。娶个不下蛋的老母鸡，还想生出个胖大小子来，那是烟墩的红芋窖，门都没有。

烟墩是秦台市张五楼镇的一个自然村。一九五八年“大跃进”的时候，他们村有一个精明人，把红芋储满地窖，然后用土封实，说是这样可以多存红芋，并且储存的时间长。不知是他突发奇想，还是受过高人指点，不少人效仿着他的法子，结果红芋全被捂烂了。扒开土层，地下飘散出一股热烘烘的、酒糟一样浓浓的气息。热辣辣的酒糟味夹杂着这个故事在秦台上空弥散，嗅到了酒糟的味道就了解了这个故事。精明人从中提炼一句歇后语，在秦台境内广为流传，历久不衰。就是大家可以脱口而出的那句，烟墩的红芋窖没门。

王彭生又涉足到“碱茬子地”里，望着白茫茫一片寸把长的硝牙子发愣。在这样的荒地里，还耕耘个什么劲？自己原本就不是“文曲星”，要么就像老家那个表老爷蔺友贤一样，曾在奎星之列，因为失德有过，被灶王爷告状革除了。满地的硝牙子白花花地晃眼，把王彭生的眼睛蒙上了。他的脑子也被硝牙子同化了，成了一片空白。

天下没有“场外的举子”，尽管大胆地前去应试，或许新华兄那样的历史可以重演。那是“文革”之中，什么样的幺蛾子都出，大家司空见惯，不足为怪。现在“动乱”已经结束了，1976年10月6日是共和国历史的分水岭，不可能再有那样的乱象发生了。这样荒诞离奇的想法也能冒出来，应了秦台另一句知名的歇后语：王大庄卖香油的咋想唻？

王大庄也是秦台境内的村落，历史沿袭下来的种芝麻、舂香油。秦台人把芝麻炒热磨碎，磨成糊状之后放在一口大锅里，用长着长长把柄的葫芦舂捣，油从糊子里慢慢析出，香飘四野。秦台一带以王大庄的香油为正宗，因为王大庄的香油至真、至纯，十分地道。王大庄的香油犹如秦青的歌声，声震林越，响遏行云，余音绕梁，三日不绝。王大庄的香油成了香饽饽，成了人们心头的至爱。商家精明，货一抢手，就有人模仿。大家都说是王大庄的正宗地道香油，却又为了降低成本赚几个昧心小钱，丧心病狂地往香油里掺糠使假。俗话说油掺油，神仙愁。单掺一些廉价的杂油，只影响口感，尚可以食用。不能调凉菜可以炒热菜，油价高一点而已，糟蹋不了。一些黑心的商人恨家不起，用小米汁代替香油，只在脖颈处放上少许香油，下面全是小米汁。油离水上，不几天就倒完了，下面没有香味，赶在夏天，一旦没有隔离氧气的油层，米汁就会发馊。吃亏长见识，人们依然热爱王大庄的香油，都怕买不到真正的王大庄香油。见到卖香油的就穷追不舍地问，真是王大庄的香油吗？假了咋办？

有一个立楞眼的黄脸汉子，为了证明自己的清白，放下油篓子就向前来打油的小脚老太太骂誓。如果我的香油有假，如果我的油不是正宗地道的王大庄香油，我是您儿，一辈子都给你当儿子！

老太太的儿媳妇也跟着过来了，听到卖油郎的话心头一热。偷眼去瞅那条汉子，立楞眼、黄瓜脸，还一身油腻，心生几分厌恶。小媳妇撇起粉嫩的小嘴，哼了一声，嘟囔着：“眼斜心不正，你咋想唻？”

那是一个刚过门的小媳妇，嫁衣还穿在身上。都说“十八的姑娘一枝花，万种风情遍地撒”。又刚绞过脸、摘完眉，小伙子爬墙偷看人，新女婿一月不离门。是四大鲜美之物：头刀韭、谢花藕、新娶的媳妇、黄瓜妞。

卖油郎有此怜香惜玉之心，原本也在情理之中。可惜新媳妇芳心不许，不能独占花魁。于是秦台就有了上述一句歇后语。其他地区也有类似的歇后语，前半阕是这样的：腚眼子吹喇叭。后面一样，都是咋想（响）唻。秦台人偏爱自己境内的歇后语，不光因为和创作者有同乡之谊，更因为谈论起来就能嗅到异性的幽香，眼前浮现一个窈窕美丽的倩影。可以联想她的丰乳肥臀，油脂般细腻、绸缎般爽滑的肌肤，是一种享受。异乡那句歇后语，喷出的是一股污浊的臭气，败兴致，也败胃口。

“彭生，王彭生。”是朱淑娟的叫声，轻柔温润，犹如风中的树叶，飘然落下，慢慢地滑进耳廓，痒痒的，非常舒服。

“彭生哥，彭生哥！”是吕诗雅的叫声，清脆伶俐，很有力度，像弹弓里射出的沙砾，快速砸进耳廓，有震聋发聩的效果，把耳膜都震痛了。

王彭生舒了一个懒身，火一样的金色阳光已经铺满屋子了。阳光像钳子一样捏着他的眼皮，不让他睁眼。虽然睁不开眼睛，阳光并没捂上他的鼻子，嗅觉还是非常灵敏的。他的鼻翼周围，溢满了浓浓的香油味道，是正宗地道的王大庄香油！

朱淑娟烧了一锅像油茶一样的咸糊糊，里面有花生、黄豆、大米、菠菜、豆腐皮、细粉头啥的。味道鲜美，营养也很丰富。她总是和食堂里的顶级大师傅麻罗锅唱反调。麻师傅都是早晨烧白粥，晚上烧咸汤。朱淑娟说：“早喝咸汤如参汤，晚喝咸汤吃砒霜。”

吕诗雅来找她的彭生哥写作文，同一个题目写三篇，不能重样。彭生哥的作文写得好，她也有面子叫他代笔，这是在小姐妹面前吹过牛皮的。

朱淑娟有一种使命感和责任感，现在又多了一份紧迫感。她是主动拉王彭生搭伙的，并承诺不让他的肚皮受亏损。如果自己不践行诺言，鉴于麻师傅历史上有用唾沫试油温的劣迹，他不会去食堂吃早餐，一准会去滨河饭店。去滨河饭店就要和冷脸美人见面。青年男女的身上都带着电荷哩，拉上手就过电，再来个耳鬓厮磨啥的，一来二去，还不把浑身上下、皮里皮外的地方全都磨热乎喽？

吕诗雅就要初中毕业了，如果能考上高中，再接着上大学，身上的市侩之气一准褪尽了，就会出落成一朵出水芙蓉。这怎么可能呢？王彭生非常强烈地感觉到，屋里飘起了烂红芋烧的酒精味，香油的味道又浓烈了许多。

王彭生受不住饭香的诱惑。奶奶说过，他打小就是个吃货，自然选择跟着朱淑娟走。

吕诗雅有些着急，侧身挡在彭生前面。“彭生哥，我有件事情对你说……”

“不是写作文吗？我记下了，同一个题目写三篇，不重样……”彭生要抓紧洗漱一下，到办公室坐一会。虽然是星期天，自己住在厂里，关照一下电话是举手之劳。他以为小学妹急着要作文，这样许诺她：“下午就给你写出来。”

“人家都说咱……”吕诗雅的脸上露出了少有的潮红，羞答答的，有些语无伦次。“你明白吗？”

“我什么都明白，你一个小丫头片子，什么都不懂。别管人家瞎胡吣，回去好好学习，别乱了心性。”王彭生和小学妹热辣而又肆无忌惮地对视着，心中没有慌乱的感觉。彭生明白，他和这位小学妹不来电。

朱淑娟和王彭生四目相对的时候，双方都有烧灼感，像是慌乱中摸到了电烙铁。心中也有一股热流奔涌，像小兔子突然被关进笼子一样，四处乱撞。彭生知道，淑娟姐之所以星期天不回家，除了家离得远之外，主要是想留下来照顾自己。她像《同情的罪》中那个风流儒雅的骑兵少尉，对王彭生的同情和怜悯越来越重了。

电炉车间的主任刘元真也没回家，他是部队的转业干部，是先结婚后穿军装入伍的，把老婆娶到家中十三年了。十三年没有孩子，说不出怨男还是怨女，他们夫妇都到医院检查过，各个器官的性能都很优良，身体也很健康。他们都是三十大几的年纪。和刘主任年龄相仿、职务相当的驻厂男人，像刘薛理、王善逗、刘家法他们，一星期要回两次家，中间还穿插着老婆来厂里探望。赶上厂里需要加班，不能回家，老婆又没如期赶来工厂时，他们就敲着搪瓷碗伸长脖子大唱京剧样板戏：“为什么阿庆嫂不来探望……”声调婉转悠长，像木匠刷锯一样，听到的人立马起一身小米粒一样的鸡皮疙瘩。

这个刘主任不简单，居然能够打熬得住！虽然说日月如梭，白驹过隙，但是十三年在人生的历程中绝对不是可以小觑的数字。中国人打败日本鬼子用了八年的时间，共产党打垮蒋介石才用了三年时间。他们夫妇为了离婚耗费了十三年，不简单。男人心如磐石，坚硬无比。娘们家心似蒲柳，坚忍不拔。刘主任没有仔细考究“一辈小、辈辈小，一辈大、辈辈大”的道理，看到同龄人的孩子挎着书包打酱油，也幽幽地叹气，知道自己把儿子、孙子都耽误了。

“彭生老弟，帮我个忙呗。”刘主任把王彭生拽到一边去，不让朱淑娟听到他们的谈话。“帮我写一份离婚申请书。”刘主任掏出精装大红旗香烟，要给彭生上面子。

王彭生谨记爷爷的教诲，一直不受香火，所以伸手挡了回去。因为父母亲的缘故，他对这一类事情从心里排斥着。可是世界伟人恩格斯说过：“没有爱情的婚姻是不道德的……人一生不可能只爱一个人，也不可能只被一个人所爱……”刘主任和他的老婆已经十三年没有同床共枕了，按说早该离过了，怎么到现在才写申请报告？法律规定，夫妻感情不和，分居半年就可以离婚。他们拖了十三年，其中必有缘故……

地球的轨迹差不多绕着太阳公转一圈了，中国特有的盛大节日，一年一度的春节又跑到眼前了。那个怕红怕响的年老是赖在人间不走，每年正月初一都要挂红放炮地吓唬一回。

王雨生带着妹妹，揪着弟弟，先到大杂院去看望继母，再到西关生母那儿去。今年春节，他们要偎着妈妈过了。

妈妈安排彭生到街上买菜、到粮管所里打油、到书店里购买年画和春联。彭生在执行过程中打了折扣，什么都买了，唯独没买春联。妈妈问他为什么，彭生回答爷爷新丧，死期没过三周年。按郏城的规矩，家门上不能悬红挂绿。妈妈的身体在颤抖，气得腔调都变了。冲着儿子吼道：“他家死了人，和我姓赵的有什么关系？”

王彭生也是个拧种，不知道避其锋芒，委婉一点把大事化小，小事化了。也直着脖子顶撞母亲：“既然你和王家没有关系，我也不在这儿过年了。我是王家的子孙，我和祖宗们永远扯不断关系……”王彭生扔下一首小诗陪伴母亲，自己真的跑回厂里去了。那首诗并没抱怨母亲，却抒发了胸中的不满：

一日酬春百日忙，
节前节后几慌张。
有节那胜无节好，
且骂立节痴儿郎。

如果没有春节，王彭生不会因为贴大红对联的事情纠结，还顶撞了母亲。既然走出母亲的家门，他就决计不会回头了。他到看守所里给父亲送了一趟生活用品，接到父亲一张明信片。父亲让他努力复习考大学，还写了一首古诗在上面：

世人都说聪明好，
我被聪明误一生。
但愿子孙鲁且愚，
无灾无难度一生。

这是苏东坡的诗句，父亲把最后一句给改了。原诗的最后一句应该是“无灾无难到公卿”。父亲改掉“公卿”两个字，其中的深意是不难理解的。父亲鉴于自身的处境，不想叫儿子在“仕途”上混了。

朱淑娟被她的父母接回睢宁过年去了。春节放假，尽管她心里牵挂着王彭生，也没有任何理由赖在工厂里不走。王彭生对这位小姐姐，也是依依难舍，他同样没有任何理由追着一起去。

王彭生孑然一身，孤零零地呆在工厂里，陪着鳏寡孤独的老门卫聊天。幸好他的文友张丰跃因为母亲被姐姐接到济宁去，他还是在校就读的大学生，暂时还没找到“知冷知热”的那口子。他抱了一大铁盒高级饼干，和王彭生拥被抵足，喝白开水吃饼干，过了一个“革命化”的春节。

他们没吃水饺，没放炮仗，没贴春联。那时候还没有电视机，也不播放春节联欢晚会。他们没有更好的消遣方式，就是喝点白酒，啃块骨头，畅谈理想抱负。王彭生说：吃啥都行，反正能顶下屎来。张丰跃说：憨人放炮，精人听响。秦台市炸成了一锅粥，炮仗的爆炸声响彻云霄，持续到旭日东升了也不间断。王彭生和张丰跃自诩为精明人，无需亲自操作此类事情，继续喝酒啃骨头，继续畅谈人生的理想和抱负。偶尔开门撒尿，被寒风吹得直打冷颤，也能意识到光棍汉的清苦。

光棍苦、光棍苦，水也没人烧，饭也没人煮。被子脏了没人套，衣服破了没人补。最为关键的是满肚子邪火没地方出！

从古至今，“三更灯火五更鸡”之类发愤苦读的故事，都发生在结婚之前，他们被青春之火烧灼得痛苦不堪，夜里睡不着觉。结婚之后，女人的似水柔情，像硝镪水一样，把男人身上的豪气化解得无影无踪，很少有人再把苦难甘之如饴了。

太阳出来红似火，两兄弟醉的不分你和我。王彭生和张丰跃犹自嘟嘟囔囔，不过眼皮酸涩，口齿含混，很快就不省人事了。张丰跃在睡梦中仍然大唱革命样板戏，虽然荒腔走板，吐词却十分清楚。是《智取威虎山》上常宝的唱段：“……到夜晚，爹想祖母我想娘……”王彭生原本就六音不全，所以什么都没唱。他可能吃的不滋润，要么就是被老白干烧坏了肠胃。一夜翻来覆去的不安生，还“爷爷奶奶”地乱叫唤。后来他们回忆说，当时的情形大体是这样的：一个不怎么思念母亲，一个非常想娘！

七

花褪残红青杏小，燕子飞时，绿水人家绕。春节过后，春天的气息扑面而来。一对燕夫妻不停地飞来飞去，衔来春泥，在彭生的集体宿舍里垒窝。它们叼来了浓浓的春意，带走了丰富的联想，勾走了王彭生的魂魄。都说燕子不进愁门，王彭生一脑门子官司，他们怎么看不见呢？他们不停地进进出出，撩拨得王彭生心情激荡、头昏脑胀。他想效仿春燕，到野外去踏青寻情，深怕辜负了明媚春光。

三八节到了，厂里给女工放了半天假，发了一张电影票。团购电影票，是王彭生和办公室主任张慧玲一起去的。张慧玲也可怜这个孤苦无助的小兄弟，多买了两张票。一张发给了刚来工厂不在编制的樊梨花，一张发给了在编制却不享受妇女待遇的王彭生。张主任自作主张，让他享受花木兰和穆桂英一样的待遇。

樊梨花就是刘主任奋战十三年都没能甩开的傻老婆。刘主任以厂为家，星期天、节假日通通躲在厂里不回家，樊梨花就找到厂里来了。自古夫妻不离分，你到哪儿我到哪儿，像石老道的膏药一样，只要贴到你的身上，你有通天的本事也揭不下来！想我樊梨花，唐朝时是嫁给将门虎子薛顶山的。薛顶山后来接替他父亲薛仁贵，做了天下都招讨、兵马大元帅。你刘元真虽然也步入戎行，虽然两个兜换成了四个兜，也不过是个连级干部，当年的百夫长而已。烧什么包？露啥味吆？可叹人心不古，现在的樊梨花是落时的凤凰不如鸡，像鼻涕一样就被人家给甩了。

樊梨花牛高马大，体壮如牛。白皙的皮肤，银盆大脸。谈不上“沉鱼落雁、闭月羞花”，却也明眸皓齿，楚楚可人。她的大脚板刚一踏上化工厂的土地，满院子就开始鸡飞狗跳了。犹如“一轮明月才捧出，千家万户仰头看”。工友们把她送进刘主任的宿舍，自己也赖下来不走，没话打兑话说。顾不上刘主任牙疼一样“吸吸溜溜”地不耐烦表情，饶有兴致地和她说东道西。听到风声的人都往这边聚，连门外、窗外都站满了人，刘主任的宿舍变成了人山。

嘴里包着两颗大金牙的后勤主任刘薛理，刚从郯城回来。他原本是和刘元真主任同处一室的，看到眼前这情况知道自己的领地被外人侵略了，而且绝无收复的可能。他连蹬带刨，从众人的夹缝里游弋过去，把自己的铺盖卷转移到王彭生屋里。王春曦又到船上“泡蜜罐子”去了，刘薛理巴不得他泡到地老天荒。好在自己是后勤主任，腰里拴着职工宿舍的钥匙呐。不过不到万不得已，自己也不能带头搞特殊。

当天晚上，刘薛理主任告诉王彭生，他曾经问过刘元真主任，为啥不喜欢现任老婆。刘主任脸上痛苦、无辜、无奈交织在一起，像一头被骟掉卵子的犴牛，“哞哞”地诉说着他的不幸。刘主任说，自己参军前就是一个没开个的青杏疙瘩，瘦小孱弱，如同一株扒掉皮的小树苗。有人介绍樊梨花给他当媳妇，对相的时候樊梨花用围巾捂着脸，他并没看清老婆长得啥样子就点头应允了。他看到了樊梨花的身高体格，老年人都说“高高大大门前站，不会干活也好看”。樊梨花牛高马大、体壮如牛，自己还有什么不乐意的？可是刘主任天生不喜欢吃月饼，受不了青红丝的味道。一看到老婆那张白白的满月脸，他就想起了酥皮月饼，满屋子都是青红丝的味道，他实在受不了……

刘薛理说，刘主任的托词纯属吃柳条子屙箩筐，编出来的。是扯鸡巴熊淡！刘主任参军之后，共和国的军粮里凝聚着老百姓浓浓的拥军情意，犹如阳光雨露、氮磷钾肥，滋养着刘主任这棵孱弱的小树苗茁壮成长。不出三年，刘主任的军装从两个兜变成了四个兜，胳膊腿也都能填满褂袖裤腿了。刘主任的气力无限增长，撑得身体无限膨大，几乎就要爆裂了。他是女子报务连的高级技师，满眼都是军中天使。军中小丫有求于技师哥哥，莺歌燕舞，娇娜无力，催生出娇鸾雏凤。刘主任眼花心乱，管不住心猿意马了。据说刘技师相中了一个东北虎妞，那姑娘身材伟岸，一点也不输给樊梨花。看来刘技师依然热衷“高高大大门前站”的类型。虎妞外号“三大”。即是“腚大、脸大、乳房大”。腚大好生儿，乳大不亏子。只是那张脸和樊梨花相似，刘技师觉得虎妞那张脸是南瓜脸，不是月饼脸。小米饭、南瓜汤，老婆一个，孩子一帮。小米加步枪，打败了日本鬼子和国民党。南瓜是红色的革命瓜，那股甜甜的味道和软糯的口感，都是可以接受的。何况虎妞已经提升为排长了，地位也和自己相若。

樊梨花说刘技师是“扯鸡巴熊淡”。他目前的状况是这样的：大米饭、甲鱼汤，孩子没有一个，幻想着老婆一帮。如果他娶了东北虎妞，早就留不住元真之气了……

水至清则无鱼，人至贱则无敌。平时像猫咪一样温顺的樊梨花，说话要看丈夫的脸色。在丈夫面前低眉顺眼，只坐半个板凳。比方说她正在和别人说话，只要瞅到丈夫稍有不满的表示，马上噤若寒蝉，天大的秘密也能咽回去。听到“南瓜脸”的风声之后，樊梨花立马变成了母老虎。她奋不顾身地跑到部队上去，找连长指导员，找营长教导员，找团里的政治部主任，一把鼻子泪两行，动情的时候就骂娘。无论丈夫怎么劝，樊梨花就是赖着不走。她在部队上驻了48天，活生生地把刘技师的军装给扒了下来。

投之以木桃，报之以琼瑶。你叫我过不好，我叫你不好过。转业后的刘主任，咬紧牙关留元真，忍住青春之火的炙烤，死活都不跟老婆同床共枕。他是一个懂法的人，知道自己只要有毅力，能够坚持挺住180天的煎熬，到时自会峰回路转，柳暗花明又一村。可是这一回，他的如意算盘打错了。樊梨花咆哮公堂，在法庭上向所有的法官郑重表态，如果谁判他们离婚，谁就做好收尸的准备。樊梨花一准死在法院或者审判长的家门口，让秦台市的法院出一次大名。法官们害怕了，找遍整个法院，没谁敢惹这位不要命的姑奶奶。软的怕硬的，硬的怕横的，横的怕不要命的。

王彭生很佩服樊梨花大姐。如果当初母亲有这样的劲头，自己的家庭就散不了。父亲根本就到不了县级城市工作，“文革”期间也不会把枪口对准自己的好兄弟，更不会有后面的牢狱之灾。其实三八节看电影那天，樊大姐已经赢得王彭生的好感了。当其他单位那些小媳妇、老娘们调侃社会上男人养小蜜，化工厂的女工带着小白脸时，樊梨花挺身而出，指着王彭生说道：“这是我们厂的妇联主任，跟着妇女看电影是本职工作，怎么啦？”

“妇联主任？呵呵……哈哈……”其他单位的妇女不再尖酸刻薄了，剧场里响起了此起彼伏的会心大笑。

佩服容易诱发亲近之感。王彭生不光没替刘主任撰写《离婚申请书》，却反过来替樊梨花写了不离婚的说明材料，把刘主任写成了李甲、陈世美。并且和刘薛理主任一起给樊梨花想办法、出主意，通过郑昌林医生，帮了樊梨花一个大忙。

都说福无双至，祸不单行。王羲之家的对联老是贴不住，不论他写出什么样的对子，都有人悄悄地偷走，如获至宝地珍藏起来。最后他就把“福无双至，祸不单行”贴在大门上，果然保住了方家的墨宝。大年三十晚上，王羲之在对联的下面各续添三个字，变成了“福无双至今朝至，祸不单行昨夜行”。对联的内容与原来的迥然不同，品位也升华了。大家就是大家，一出招就是你抓破脑袋也想不到的高招。或者是心中也有，笔下却无的。

樊梨花的到来，对刘主任来说，无疑是莫大的福音。樊梨花是烹饪高手，像在家中饲养小花猫一样，精心地饲养刘主任。从樊梨花购买锅碗瓢盆开始，刘主任就松了一口气，再不用担心饭菜之中会有麻师傅的唾沫了，随时可以吃上热乎饭，衣服也有人洗了。早上起来，还能找到部队上当老兵的感觉，洗脸水有人端到床前，牙膏也挤得好好的。冬天，樊梨花把被窝暖得热烘烘的，青红丝被炒得滚烫。夏天，樊梨花努力地驱赶蚊蝇，关好门窗后，脱光洗净钻进蚊帐里，用自己白皙肥硕的身躯，把剩下的蚊子喂饱。她像香九龄一样，为自己心爱的丈夫暖席。还在屋里大肆喷洒花露水，以便减弱青红丝的味道。

化工厂里也有祸事，但这祸事应该不是厂里的，而是属于化工厂的两名员工。一位是仓库保管员章兴民，一位是财务科长郭重理。

章兴民好吃烧鸡，尤其好吃麻师傅的烧鸡。只要看到麻师傅旁边有鸡在溜达，他就觉得那只鸡是炸透煮熟的，恨不得这就逮过来啃上两口。只要麻师傅制作烧鸡的笼屉一打开，嗅着香气第一个来到饭堂的，必定是章兴民。他不在乎烧鸡上有没有麻师傅的唾沫，也不问烧鸡的价格，一准把最肥最大的那只鸡腿拽下来，送到嘴里大快朵颐，连骨头都不吐。没有鸡的时候，他就绿着眼睛直勾勾地看着麻师傅，看麻师傅那团驼峰一样油光发亮的光脊梁。两眼像斗鸡一样，看得麻师傅心里发麻。他说麻师傅隆起的脊背很像鸡胸肉。听到这样的说法，麻师傅脊背发麻，心里发毛。

章兴民和王彭生一样，都是处在试用期的学徒工。学徒工的工资是每月 18 块钱，加上 2 块钱的服装费，每月领取 200 大毛。一只烧鸡两块上下，啃十只烧鸡就囊空如洗了。学徒工几乎都是非常留恋地看着烧鸡干咽唾沫，转正定级后的工人，还有干部们，隔三差五地联手弄一只，解解肚子里的馋虫。章兴民丝毫也不节制，肆无忌惮地吃。只要麻师傅制作，他就是忠实的食客，他说麻师傅制作的烧鸡特别好吃。章兴民抽鸦片、吃摇头丸可能不上瘾，但他抵御不了麻师傅烧鸡的诱惑。他说如果敞开了吃，麻师傅的烧鸡一月 100 只也不够。有一次章保管便秘，蹲在厕所里起不来。很多领料的人在厕所外面大声呼唤，他像没听见一样，任你吼破喉咙也不吱一声。不知是那个捣蛋鬼冷不丁咋呼一声：“麻师傅的烧鸡!”

“我吃，我吃——!”章兴民提着裤子跑出来，一边系裤子，一边笑眯眯地说：“越嚼越香。”弄得隔壁女厕所的异性工友一头雾水。什么样的好东西？章保管躲到茅厕里面吃，还越嚼越香！他怎么能吃得下去呢？章保管说，他此生的最高理想和奋斗目标，就是能像座山雕一样，请麻师傅给他做一次百鸡宴。

吃烧鸡要花钱，学徒工没有几个钱，一个月20块钱的工资，要添置新衣服、要给女朋友买纯羊毛的红毛线，再抽空给老娘买几个包子、秤二斤果子，怎么算都是不够的。要增加收入，才能满足上述欲望，这是亟待解决的首要问题。章兴民天天趴在办公桌上抓头皮，天天在废账本上胡写乱划，谋划着如何解决入不敷出的问题。

郭会计也好吃烧鸡，他要把烧鸡打包带到厂外去。带到复新河的桥下去，那儿的桥耳洞被干活的民工堵上了，形同两间住房，房顶就是桥身。民工撤离之后，抗排队就把临时照明用的电线掐断了。房间倒是可以遮风挡雨，只是里面黑乎乎的，伸手不见五指。郭会计经常带上一只烧鸡，躲在黑暗的桥洞里剔骨撕肉。烧鸡散发的一缕缕幽香，沿着复新河畔飘散，被住在附近一个十分俊俏的小媳妇闻到了。她就步履蹒跚地跑过来，和郭会计一起同享美味。

郭会计说狗浪了叫，兔子浪了跳，猪浪了瞎哼哼，人浪了嘿嘿地笑。那个小媳妇逢人就笑，嘻嘻哈哈的，叫人骨头发酥，心头痒痒。所以郭会计诱惑她钻进桥洞里啃烧鸡。郭会计还说，嘴馋X就浪，有肉就上炕。只要她过来，自己就胆肥胆壮，该不该摸的地方，都敢下手划拉一把。再在黑暗中给她讲述鬼怪的故事，那个俊俏的小媳妇就嘿嘿地笑着往你怀里拱。第二天，两个人都发现自己的衣服上，到处都是油腻腻的手印子。

郭会计盛赞麻师傅的烧鸡，说麻师傅的烧鸡就像67度的衡水老白干，像古巴的雪茄烟，像中草药淫羊藿，非常有劲。郭会计星期天回家，公粮被老婆收得颗粒无存，啃几口麻师傅的烧鸡，马上钵满盆满，又可以出售余粮了。

郭会计好骂大会，嘴皮子又很利索，一般的人不是对手。厂门口有一个理发的许师傅，见了郭会计就不自量力的来两句，最后总是吃亏。他总想报一箭之仇，终日苦思冥想，终于想出了一个戏耍郭会计的办法。等郭会计再来理发的时候，他故意不给郭会计剃净，不是在芯子上留一个娃娃顶，就是在脑后留一撮八十毛。郭会计也是四十大几的人了，留这样的发型自觉不雅。又知道自己和许师傅的过节，处在屋檐下不得不低头。他一棵接一棵地给许师傅敬烟，把好话说干口。许师傅一脸满足，才会拿起剃头刀，在磨刀布上蹭几下，把郭会计头上那缕茅草割掉。有仇不报非君子，郭会计也琢磨着如何操许师傅一家伙。

月末编制好财务报表，郭会计哼着一首江南民歌：“好一朵茉莉花，我老郭伸手采了她……”他突然想起，前几天他曾在药店买了一包淫羊藿。桥洞钻多了，他怕自己顶不住，买了一包稀罕物，以备不时之需。这叫大闺女撕褯子，早作准备。因为麻师傅的烧鸡有“伟哥”的功效，他伺候得外面彩旗飘飘，家中的红旗不倒。没有淫羊藿的帮助，自己依然是钢钢的。他就用淫羊藿加冰糖，泡了一杯茶，谎称是从南方捎来的好茶叶，哄骗着许师傅喝进肚子里。

才有少半杯“好茶”落肚，许师傅就控制不住自己了。他把刚剃半拉头的顾客撂在一边，旋风般地跑回家去。老婆正在厨房里和面蒸馒头，许师傅不问青红皂白，拽着老婆就往卧室里跑，连洗手的空都不留给媳妇。老婆不明就里，连骂带打。许师傅连撕带扯，硬褪老婆的裤子。说什么“小兄弟一硬，不通人性”。不管老婆乐意不乐意，霸王硬上弓了。许师傅再次回到理发店，给顾客修理半拉头时，脊梁上多了十个白白的手印子。

麻师傅的烧鸡和淫羊藿一样，郭会计拉着年轻俊俏的小媳妇钻进桥洞里啃麻师傅的烧鸡，双方的油手印都按到对方的衣服上去了，结果会怎样？年轻人想象力丰富，可以自由翱翔在虚幻的世界里，再怎么想象都不过分了。

玩姑娘要大胆，玩娘们要皮脸。师傅领进门，修行在个人。郭会计只说这么多，剩下的要靠自己参悟了。

郭会计是个令人钦佩的高手，他说开始只带烧鸡，后来除了烧鸡之外，就得多带一包卫生纸了。第一次没有准备，废了他两只新口罩还有棉线手套啥的，很叫人心疼。

章兴民找到了致富的门路，荷包里鼓鼓囊囊的，烧鸡啃得更欢了。腰里还不断“高粱饴”和“大白兔”之类的东西。抽烟的档次也提升了，从“丽华”攀升至精装大“红旗”，继而是吐出一口烟就满屋子生香的锡纸“可可”。他经常把女朋友邀到宿舍里，啃烧鸡、喝老酒。他把宿舍糊成了照相馆的暗洗室，大概也在里面实习着郭会计教给他的一招一式。

门卫老传达师傅说，章兴民的女朋友进屋的时候整整齐齐，非常标致的一个人。出来的时候头发凌乱，衣衫不整，喘气也不顺畅，把粉脸憋成了关公关二爷，跟谁干了一仗似的。章兴民比郭会计小了一多半的年纪，想必对麻师傅的烧鸡，反应更为灵敏吧？

暗室亏心，天目如炬。天网恢恢，疏而不漏。要想人不知，除非己莫为。这是流传千古的警世名言。有些人浑然不觉，事到临头后悔迟……

章兴民的致富秘籍，郭会计如何勾引俊俏的小媳妇钻进桥洞啃烧鸡，并且从平坦的大路一直啃到茄子地。这些行为诡异、秘不示人的事情，原本以为只有天知地知、你知我知，眼睛只有四只，耳朵只有两双。熟料居然也能眼传六目，话进六耳，被曝光出来了。

事不过三年，贼不打自招。章兴民从进厂开始就以厂为家，厂里有啥，家里就有啥。厂里正在建造电石炉。电石炉需要很多杂铜、紫铜和铝质配件。像铜排、铝排、继电环、颚式导电板、电解铜电缆、黄铜棒、紫铜管等等，都是非常值钱的配件。章保管把这些东西倒腾出去，以废品的价格出售给好友铁哥们。他这个哥们是收购废品的个体户，天生就有生意人的精明潜质。他低价购进，又当作成品配件，高价卖给工厂，获利颇丰。这哥们也和他的好朋友章兴民一样，腰里有钱的时候好啃个烧鸡、喝点老酒、交个正当或不正当女朋友啥的。酒热面酣之际、情浓似酒之时，就忍不住向如胶似漆的女朋友吹嘘一二。曾几何时，山盟虽在，新鲜劲已过。有钱有势的暴发户，难免会演绎出喜新厌旧的故事。被冷落一旁的楚楚小可怜，有了秦香莲一样的境遇。性情刚烈一些的就搂不住火，对往日耳鬓厮磨的情侣既怨且谤。就跑到派出所去，把旧情人昔日醉后的吹嘘竹筒倒豆子，和盘托出。

拔出萝卜带出泥。追本溯源，自然就扯出了章兴民保管。事实清楚、证据确凿，章保管本人也供认不讳。依法量刑，属于监管自盗，被抓进局子里，判处三年有期徒刑。

郭会计是自己不小心，按他自己的说法是太过猴急了。那天像喝了淫羊藿、打了甲级睾丸素一样，情绪有些失控，忘了心急吃不了热烧鸡！那天下班以后，郭会计还是跑到老地方学猫叫，猫叫变成狗吼了，俊俏的小媳妇仍没露头。郭会计急不可耐，两条腿不自觉地向情人的住所划动。小媳妇正依着墙头，被一个枯瘦干巴的黄脸汉子纠缠着，一直不能脱身。小媳妇也是万分着急，翘首踮脚地左顾右盼，盼望着救星过来解放受苦受难的可怜人。

郭会计自然也会解救自己的小情人。他身躯伟岸，瞪着牛玲一样的大眼，攥着钵盂一样大小的拳头，把骚扰小媳妇的市井无赖吓得屁滚尿流，抱头鼠窜。郭会计来不及炫耀他的阳刚，来不及品尝胜利的喜悦，拉着小媳妇粉嫩柔软、近似无骨的小手，朝着复新河桥洞的方向绝尘而去。他体内积储着满满的能量，再不释放就要爆炸了。

那个有几分无赖的黄脸瘦汉子，早对俏媳妇垂涎欲滴，费尽心思撩拨挑逗，始终不能得手。心中就揣上25只小老鼠，百爪子挠心。好不容易瞅到她公婆丈夫都不在家的千载难逢之际，想向爱慕已久的心上人一吐心曲，又被郭会计给搅黄了。他心中好恨呐，恨不得凭空一声惊雷，把郭会计击碎了，不要伤着俊俏小媳妇的毫发。

他就像追踪狗特务一样，悄悄跟踪。等郭会计拉着俏媳妇钻进桥洞，男人女人的浪笑声掺着烧鸡的香味，一缕一缕地飘出时，他折身回返，跑得比兔子还快！

小媳妇的公婆和丈夫都回家了，正满世界吆喝着，呼唤小媳妇回家吃饭。干瘦的黄脸汉子跑到他们家，气喘吁吁地背了一首歪诗：

床前明月光，照到桥洞上。

一对狗男女，脱得精光光。

八

到了春夏之交的当口，常有“大雾垂江”的天气。牛奶一样黏稠厚重的大雾，铺天盖地的在天地间涌动，散发着潮湿而又浓烈的腥甜气息。

王彭生忘记了姐姐的训导，蜷曲在床上看闲书。姐姐告诉他先抓紧复习功课考大学，考完试才能看闲书。需要复习的功课是《数学》，可是翻开课本满眼都是寸把长的硝牙子，弄得他头痛不已，实在看不下去。再说了，现在厂里又交给他一项重要任务，他也凑不成整块的时间对《数学》进行系统复习。

郭会计被隔离审查了，由刘薛理、王彭生、王春曦、孔斌、王勇、刘超轮流看守，连上厕所都得跟着。刘薛理、王彭生、王春曦住在工厂，值夜班，领导人是刘薛理。其余三个人由王勇领班，值白班。

郭会计说，那天晚上他和有夫之妇马兰花都太木、太恋了。俏媳妇马兰花的皮肤白如冬雪，像戏台上唱的那样：二月梨花映粉墙，孝子落雪赶绵羊。那个白吆……乖乖！不光是白，还很细腻，就像细瓷盆里的凝脂，油光水滑，富有弹性。我的个乖乖，压路机碾轧麻（罗锅）师傅，死了也值（直）了。

郭会计说，人到死时无大过，混到要饭不再穷。已经到了这步田地，还有什么可顾忌的？只要把我放出去，我还去找她！只要她本人愿意，我这辈子就贴上她了。像石老道的膏药一样，黏得紧紧的。宁吃飞禽四两，不吃走兽半斤。宁吃仙桃一口，不要烂杏一筐。那滋味，是天仙般的享受！有花堪折直须折，莫待无花空折枝……大不了再被他们扒光了暴揍一顿，值。但是一定要保护好那玩意，不能被她婆婆的剪子铰了去……我操！郭科长宁愿忍受天大的委屈去做韦小宝，也不愿意当受人敬重的海公公。他知道再尊贵的太监也品尝不到男人的快乐。

那天不知道麻师傅煮烧鸡的时候兑了什么料子，啃完烧鸡就浑身燥热，像吹足氧气的炉膛，火苗噌噌地往上窜，不停不熄。往常一次就很满足，情浓的时候两次。接下来就是棉布击敲磬，无声、不硬。那天已经三次了，还像饿汉子进了包子店，只想再来一盘。

马兰花婆家那条大黄狗也跟在主人的身后，循着烧鸡的香味，颠颠地跑来了。按乡下人的笨法子计算，阿黄四条腿，速度比人快一半。他领先主人好一段距离，早已到了桥洞，趴在洞口上“汪汪”地狂吠。因为烧鸡的鲜香中，夹杂着女主人的幽香，它不敢把女主人当作烧鸡给啃喽。他想先把女主人叫出来，探寻一下究竟。狗吠之声十分洪亮，也很急切，居然没能引起野鸳鸯的警觉。不是色胆包天，是他们太过投入，太忘情了。如果他们早一点起身，跑掉一个，剩下的就可以撒泼耍横。捉贼捉赃，捉奸捉双。拿不到确凿的证据，望风扑影的事就是一桩无头公案。狗皮褥子没反正，你想陷害我，我还想往你身上栽赃呢？

没跑掉也不要紧，退而求其次。先把衣服穿得周正了，顶多是有不轨的图谋。意识犯罪不予处罚，通奸未遂不是大过。托关系厚的人从中说和，摆酒认错也就结了。他们偏偏沉浸在爱河之中，欲死欲仙，木耳不灵。

大黄狗叫不醒女主人，“哒哒”地溜了进去。它伸出长而宽大的狗舌头，白蛇吐信一样，伸展卷缩地舔着他们。狗舌头温润轻柔，一下一下的，从腚帮子舔到腮帮子，他们居然没有觉察。野鸳鸯依旧剧烈地在地上扭曲晃动，像一根没过油的大麻花。狗舌头为他们助兴，这对野鸳鸯都以为是对方在爱抚自己呢！

马兰花的公公、婆婆、娃他爹、小姑子、小叔子，还有前来走亲戚的娘家兄弟、娘家侄子，听完黄脸汉子的歪诗，怒火中烧，鼻子都气歪了！他们拿上手电筒，拎起擀面杖和顶门棍，一路急行军，杀气腾腾地直奔复新河桥洞。他们叫黄脸汉子管着阿黄，说是要让郭会计做太监，把他身上男人专用的配件割下来喂狗。阿黄太过贪馋，听到这样的议论就迫不及待地蹿到前头去了，险些坏了他们的捉奸大计。

两把五节电池的大号手电筒同时照亮，斗方之地的桥梁涵洞一览无余。郭会计和马兰花赤条条的，尚未脱离战斗。一条黄鳝缠绕着一条洁白的美人鱼，在地上忘情地滚动、搅拧，躁动不安，发出一阵阵兴奋的呻吟……

马兰花的侄儿抢先把姑姑背到脊梁上，他弟弟捞起一件外套，披在姐姐身上。爷儿两个夺门而出，一路小跑，绝尘而去。他们把马兰花连夜送回娘家，从此再未踏进婆家半步。其他人抄起鸡蛋粗细的棍子，对着郭会计就是一顿暴打。

郭会计像待宰的年猪一样，“嗷嗷”地直嚎。鬼一样的叫声，悲惨凄厉，在夜晚传播得格外悠远。正好桥东有一支夜间巡逻的联防队，被鬼一样的叫声招来了。他们的到来，救了郭会计一条性命，至少是挽回了他继续留在男人行列的资格。

马兰花婆家的人梗着脖子，和联防队员们对峙许久，才极不情愿地愤愤然离去。临行前，他们把郭会计的衣物抱到河堤上，掏出打火机，付之一炬。他们家的大黄狗，无福品尝人间美味，也只能咽下一口不平之气，悻悻然尾随主人而去。这一回他一直蔫蔫地跟在后头，没再蹿到前面去。

郭会计被联防队员押解着，浑身赤条条地往厂里走。到了石灰窑跟前，郭会计央求联防队员允许他从早已没有玻璃、只剩窗棂的窗户钻进更衣室，穿上下窑投料工人的黄色帆布工作服，蹬上牛皮翻毛皮鞋，带上缝有一圈护耳的工作帽，又扣上一顶安全帽，把自己变成一个不用化妆就可以入戏的“日本皇军”。联防队员并不立即送他回厂，而是不停地问这问那，把一丁点细节都掏腾干净。一直折腾到后半夜凌晨两点多钟，才算过足了干瘾。

联防队员把化工厂的门卫叫醒，让他找来分管保卫的领导。化工厂没有专职保卫干部，由兼管的领导刘薛理出面，写了收到条和看护保证书。保证不让郭会计乱说乱动，保证郭会计随传随到。联防队员走后，郭会计是又烧水又洗涮。秦台化工厂，因为郭会计风流快活，有了一个惹麻烦的不夜天。

第二天一大早，天刚麻麻亮，门卫潘振邦师傅用凉水擦了一把脸。他刚刚把扫街的扫帚拎起来，就看到马兰花婆婆家纠集了一伙子本家同族的人，气势汹汹地到化工厂来兴师问罪。因为他们的到来，化工厂像炸营反狱一样，乱成一窝猪了。

马兰花的丈夫拎着鸡蛋粗的擀面杖，非要把郭会计的人头揍出狗脑子不可。马兰花的婆婆手里攥着一把明晃晃的大剪子，要继续昨天受到联防队阻拦的工作，一定要把郭会计惹祸招灾的碎肉铰下来喂狗，让他一辈子当太监！他们越闹越凶，围观的人越来越多，都在暗中交头接耳，离开后就蜚短流长。一时间，化工厂上空阴霾滚滚，大家不分青红皂白，以偏概全，一概而论。说化工厂的男人统统道德败坏，化工厂俨然是扫黄漏网的“流氓窝”。家长吩咐上夜班的女工和上晚自习的女学生，都说“离化工厂远点”。非得路过化工厂的，一定要有保镖护送。治安联防也把化工厂列为重点灾区，一天巡逻三遍。

时间可以冲淡一切。眼看着时光要尘封往事，把化工厂洗刷到正常范畴的时候，负责供应销售的戚副厂长又和工具室的看护员来了一腿，重把化工厂的声誉打回十八层地狱。当时秦台人形容局势混乱，都说：“乱得像化工厂一样。”

厂领导陆续到厂了，他们分头行动，分别把马兰花的公公、婆婆、丈夫拉到一边去，敬烟、赔笑，和风细雨地做工作。陆书记分开围观的人群，跑进办公室给公交党委书记打电话，汇报这一棘手的情况。上级领导都拍了桌子咬了牙，下令隔离审查郭会计，一定要严肃处理！治安联防大队也送来了罚款通知书，按照《社会治安条例》规定，对郭会计这类造成严重不良后果的现象，处以500元罚金。

陆书记的电话还没打完，马兰花婆家的人就冲进了办公室。他们把马兰花被亵渎的内裤，还有一大堆揉皱搓乱的卫生纸团，一起放到陆书记的桌子上，弄得办公室像鱼肆一样，腥臭无比。大大小小追腥逐臭的绿头苍蝇结伴而来，整建制地往办公室里冲锋，怎么打都打不退。

“都是烧鸡惹的祸。麻师傅的烧鸡真带劲，啃两口就梆梆的……我操！”郭会计在隔离室里不停地抓头皮，抓挠完了就大放厥词。他说麻师傅的烧鸡真他妈的那个……就像女拖巴（瘫痪）子的下水道，真他妈的邪门。自己无非是怜香惜玉，看着马兰花天天干重活、吃杂粮，心痛而已。喊她一起啃烧鸡，无非是怜悯。开始并没有非分之想，不知道他妈的怎么地，啃着啃着，他们之间就有了微妙的化学变化。啃着啃着，自己精心哺育大半辈子、一直心爱珍藏的小烧鸡，就被马兰花那个狗日的小娘们叼到嘴里了……如果麻师傅没有两把刷子，大汉奸侯本升会看上他吗？不光看上了，还带到徐州去，可见侯本升是离不开他的。他弓腰驼背，尖嘴猴腮，哪里会吸引人？侯本升妻妾成群，没有麻师傅的烧鸡顶着，怎能受得了？

侯本升用人主要考察两个方面，一是要有真本事，二是必须长得丑。他在人的外观形象上，设定了四条基本原则：木无三分直、翻贴石榴皮、背后有靠山、武二郎的亲兄弟。木无三分直颇有几分艺术气息，说白了就是腿瘸、腰弯、脖子歪、鸡胸、斜眼、罗圈腿。翻贴石榴皮比较好懂，也有人说成是核桃去了皮、光腚坐簸箕。都是一个意思，都是川菜美味麻辣豆腐的提味主料、韩城花椒的味道——麻。背后有靠山，是指麻师傅一类的人物，尖嘴猴腮，弓腰驼背。武二郎的亲兄弟就是清河县紫石街那个卖烧饼的武大郎，人称“三寸钉枯树皮”。

侯本升在秦台的时候，为了寻欢作乐，专门创办海鹏女子中学，物色了一大群如花似玉的小老婆。到了徐州，贼性不改。秦台人说他是吃屎的狗离不开秫秸垛。他头上已经戴了一顶“铁杆汉奸”的帽子，唯恐这顶帽子变了颜色，所以长相周正一点的年轻人，他是不敢收容在自己身边的。

日本人赏识侯本升的忠诚，赏给他一个日本艺妓。侯本升如获至宝，天天带在身边炫耀。那个日本娘们有洗澡的嗜好，见了水比见天皇还亲。侯本升为了讨好这个日本老婆，专门在家里修建一间浴室，非常放心地让身边那几块糙料给日本老婆搓澡、捶背。

一天晚上，侯本升带着他的日本媳妇应酬完日本主子，很晚了才醉醺醺地回到家里。日本娘们照例到浴室去泡澡，照例叫那几块糙料中的一块前去伺候。这一次值班的是一块“石榴皮”。石榴皮刚刚啃完麻师傅的烧鸡，一肚子邪火。他看到一个白面口袋栽进水池里，马上嗅到一股浓浓的、馒头出笼的麦香味，忍不住想扑上去，狠狠地咬上两口。把插在馒头尖上的两粒紫枣咬下来，那味道一定是甜的。

日本娘们泡足泡够了，把皮肤泡亮了，把骨头泡软了。娇弱无力地躺在池沿上，由着石榴皮摆弄。石榴皮正面揉搓捶打完毕，两手托着她的臀部和腰际翻转。日本娘们熟练地配合，翻身弓背，像尺蠖虫一样，把两片又白又肥的屁股高高翘起。一朵盛开的牡丹花，流淌着黏糊糊的芬芳，呈现在石榴皮的眼前。他被那股诱惑男性荷尔蒙瞬间飙升的气味熏醉了，看到了春天在麦田里追逐嬉戏的野狗，以及它们繁育后代的情景。怀中那杆张大帅使用起来十分顺手的丈八蛇矛，收拾不住，跃然而出，箭簇一样飞射出去，准准地栽进了花蕊。

日本娘们感觉到下体有所异动，十分警觉地问道："什么地干活？"

石榴皮除了脸皮像雨打沙滩一样，有些斑斑点点，其他各个部位健壮如常，大脑反应十分敏捷。他非常机智地答到："里面地搓搓。"

脸上有麻子，心里有点子。信然。

"嗯。嗽——哼哼……"日本娘们也醉了，非常惬意地慢慢睡去。侯本升手下那几块糙料，丑陋畸形的躯体里燃烧着愤怒的火焰。他们也和鬼子有着深仇大恨，也有一腔复仇的烈焰，要为同胞姐妹们报仇雪耻！他们相互照应，轮流把门，利用洗澡搓背的有利时机，骑在日本娘们身上作威作福，终于把侯司令头上那顶"铁杆汉奸"的帽子，染成嫩韭菜一样的颜色了。

"麻师傅的烧鸡……我操，灵光得很呐。"郭会计不停地呲牙撇嘴，意马心猿，又溜到复新河的桥洞里了。

"不要嬉皮笑脸，抓紧把检查写好。"刘薛理组长提醒郭重理科长："一个月的隔离期，如果交待不彻底，在厂里过不了关就送到上面去。"

"送到上面也无所谓，上面的某些头头也有花花肠子。"郭会计不以为然，一脸很不服气的轻蔑。"本市的 xxx，还有调离本市的 xxx……都不止一个……"

"你只管交待自己的问题，不要胡诌八扯。"刘薛理组长板起面孔，十分严肃地训斥郭会计。叫他端正态度，深刻检讨自己。

看到刘组长脸上起了秋霜，郭会计十分识趣地收敛起"嬉皮士"一样玩世不恭的怪笑，铺展开稿纸，继续撰写他的花边检查。

"都是烧鸡惹的祸……"郭会计一边自言自语，一边奋笔疾书。麻师傅的厨艺技高一筹，叫人由衷地佩服。简直是炉火纯青，登峰造极，更贴切地说，是鬼斧神工！麻师傅做出的饭菜，都是他妈的女拖巴子的下水道，邪了门了。他烹饪的鲫鱼头，能叫人舍弃瓦屋楼舍，他能把烧鸡鼓捣出“鬼子肉”的味道来。有道是“驴肉滚三滚，神仙站不稳”，何况我们这些凡夫俗子？麻师傅的烧鸡香，透骨地香！不光是味道鲜美，还具备他妈的药物功效。只要啃了麻师傅的烧鸡，体内就有一股灼热的气流到处游走，腹腔内就积满了可以爆炸的能量。麻师傅的烧鸡是U235，不论是谁吃下去，立马就会变成原子弹！

吃完麻师傅的烧鸡，看到鹤发鸡皮的八十老太太，也会焕发出东珠一样的光彩，像二八妙龄一样如花似玉了。

化工厂地处偏远的城市郊区，墙里墙外都有花蝴蝶一样的大姑娘和小媳妇，男女混杂，日久生情。在一起相处久了，蝇营狗苟之事，在所难免。尤其是啃了麻师傅的烧鸡！麻师傅的烧鸡憋着一肚子坏水，包裹着一团邪火！只要把麻师傅的烧鸡吃下肚去，就泯灭了人性，迷失了自我，人就变成鬼了。郭会计说，啃麻师傅的烧鸡，连骨头都不舍得吐。他怀疑炮制烧鸡的料子里，有大烟壳、淫羊藿和甲级睾丸素。吃完烧鸡就像躺倒脱光的新媳妇，面对着饿狼一样满身蛮力的野男人，自己当不了自己的家了！

刘薛理组长甩给王彭生一个厚牛皮纸做的大号档案袋，叫他存档，送到厂部办公室。等头头们审查完了，再贴上封条，移送上级机关。

“最好不要看，真看了也不要外传。”刘组长反复地叮咛着。这份检查生动给力，内容翔实花哨，比当时流行的、让青年人追逐连看十几场还不疲倦的、一再加映的日本电影《望乡》还要那个……如果传扬出去，秦台会发生一场比唐山烈度更大的强地震。

在厂里各位领导的眼中，王彭生是一个循规蹈矩、听话本分的好孩子。他的调皮顽劣，随着年龄的增长，被脸上那股书卷之气给淹没了。对于刘组长的安排，他非常恭顺地点头应承着。刘组长前脚刚走，他就立马从档案袋里抽出郭会计的检查，仔细研读起来。郭会计详细地陈述了自己和马兰花在桥洞中发生的故事，的确叫人脸红心跳。不过王彭生更感兴趣的，还是郭会计揣度麻师傅制作烧鸡的两味主料：淫羊藿和甲级睾丸素！

王彭生把档案袋交给陆书记，旋风般地在厂里东跑西蹿。他找到了刘组长，又找到了郏医生，累得气喘吁吁，说不出话来。他上气不接下气地喘着粗气，用手指指天上刚刚露脸的月亮。大家明白了，那是樊梨花白皙丰满的银盆大脸……

九

小小子是家中的宝贝疙瘩，承载着长辈们太多的期望，有出息了是父母教子有方，沦落下去祸害爹娘。

王彭生一天天长大成人了，一直没有什么骄人的业绩让父母欣喜，所以父母都不待见他。不过同学、朋友、单位的领导和同事，还有一帮子不谙世事的傻妞，都把他当一根葱。这就淡化了他逆境中的痛楚，使他在缺肥少水的时候，也能茁壮成长。

姐姐的婚期越来越近了，文生跑到厂里来通知哥哥，郯城的舅舅要过来，帮着姐姐打奁妆。妈妈说彭生是家里的男子汉，要过去应酬。王彭生到财务室领出工资，又找刘组长签字，借支 30 块钱现金。钱壮怂人胆，兜里揣着五张老头票，身子立马轻飘飘的了。

郭会计的事情开始挽结了，不论是椭圆还是三角，总算画上了句号。他道德败坏，好逸恶劳，还望风捕影地中伤领导，不会有啥好果子吃的。郭会计受到了开除党籍、开除公职的处分。化工厂除了他的名号，通知他卷起铺盖，收拾行囊，屎壳郎搬家——滚蛋。王彭生想起了他整治剃头师傅的故事，追着他的屁股问："郭科长，那包淫羊藿呢？你喝完了吗？"

"有麻师傅的烧鸡顶着，哪里用得着那玩意！麻师傅的烧鸡，我操……吃烧鸡破费两块钱，不吃后悔一辈子……"虽然没有使用，郭会计仍旧精心地保存着。郭会计把淫羊藿放在一个精致花哨的铁盒子里面，一起送给了王彭生。郭会计看看比自己年轻一多半的小老弟，揶揄调侃道："你这样的儿马蛋子，烧鸡也不用啃，根本用不着这个。光棍汉子、儿马蛋子、铁匠的砧子、石匠的錾子，你现在是童子鸡，四大硬之一……"

王彭生红着脸接过那包淫羊藿，“嗖”地一声蹿出门去，把手里的宝物交给郑医生。他们伙同刘薛理主任共同密谋的拯救计划，就差一味甲级睾丸素和半斤烧酒了。

郭会计离开化工厂不久，以烙油饼、擀面条、烹饪鲫鱼头、制作烧鸡见长的麻师傅也离开了。他是拿着工业办公室的调令，风光体面地离开，不是被开除。他进了机关，仍然做他的火头军。虽然还干炊事员，但毕竟在上级机关！近水楼台先得月，麻师傅的行话是“靠锅的先煳”。天天围着首长转悠，办事还是方便一些的。人比人气死人，火头军和火头军不同。麻师傅是尿罐子喝香油，抖起来了，明显具有擢升的意味！大家都说这是郭会计的功劳。郭会计在他的花边检查里，对麻师傅的烧鸡浓笔重彩，花费了大量的笔墨，进行了大篇幅的鼓吹。看到他的检查，就能嗅到烧鸡的肉香，还能漂浮起一片粉红色的玫瑰云朵，让人欲死欲仙。麻师傅的烧鸡，是挡不住的诱惑！

材料会计张大伟也调走了，被他老婆强行拉到铜山县畜牧局，做了主管会计。他老婆是个非常敏感的人，知道染缸里面无白布。无论张大伟是不是正人君子，都要防患于未然！

化工厂新来了两位炊事员，是刘薛理主任找来的华山老乡，一个姓满，一个姓张。他们烹饪不出麻师傅那样美味的鱼头和烧鸡，制作出来未必会有那样的功效。他们干净利索，擅长家常饭菜。

化工厂的青年工人弹冠相庆，麻师傅的烧鸡再好，他的唾沫始终是一块阴霾，郁结心中，挥之不去。现在太阳出来了，云开雾散，大家又争先恐后地涌进了食堂。只有朱淑娟是个例外，她仍然时不时地揪拽王彭生，早上一顿咸糊糊，晚上一顿白米粥。

人事有代谢，往来成古今。人走可以茶凉，工作不能撂荒。化工厂的人事有了新的调整：王彭生除了在办公室当文书之外，还接替了章兴民的保管工作，工作的重点放在仓库里。这让王彭生难掩心中的狂喜。到仓库去当保管员，免了迎来送往的杂事，也免了早晚接听电话的差事。有空看闲书，还不用起早。财务室的现金会计江景方接替郭会计，升任财务科长。杨柳青接替江会计，做了现金出纳。朱淑娟接替张大伟，当了材料会计。

妈妈信守承诺，急着把郯城的舅舅、老表叫过来，给雨生打奁妆。但是做嫁妆用的木料要雨生自己掏钱买。舅舅不要工钱，吃饭、抽烟之类的事情，算在彭生身上。

嫁妆很快就打好了，舅舅和老表们急着赶回郯城去。妈妈说亲姊热妹，是至亲骨肉，干完活多住几天歇歇脚。舅舅说再亲再近都是亲戚，住在亲戚家里，难免局促和拘束。再说家里还有一摊子事，孩子也是分家另过的大人了，各人有各人的事忙，不能耽搁。没有留不住的客，也没有走不了的人。舅舅坚持不住，妈妈只好放行。

雨生买来酒菜，给舅舅饯行。妈妈把彭生给的三十块钱，用白纸抱起来，夹在送给舅舅路上吃的烙馍里。舅舅又悄悄地拿出来，塞进妈妈缝纫机的针线盒里。你推我让，推来让去，最后把那三十块钱弄得不翼而飞，不知去向。妈妈想起这事就唠叨，一直心疼到老死。

化工厂的成品库和材料库都在工厂的西南角，三个保管员轮流值班，上班时昼夜在岗，晚上睡在仓库里。下班后可以连休两天两夜，时间比较充裕。仓库盘存交接之后，王彭生和曹岳美进入，原来的老保管张心民留任，正好是三个人。

工具室在工厂的东北角，也是一个偏僻的旮旯。工具室有两个女工值班，也是昼夜在岗的大班轮岗制。她们都是刚从外地调来的小媳妇，四十郎当岁，徐娘半老，风韵犹存，俏如一枝清香淡雅的茉莉花。一个叫黄欣，一个叫白云。大家都按谐音叫她们“黄金、白银”。

这两个小娘子都是南方人，跟随父母在新疆生产建设兵团长大。她们对山清水秀的祖籍无限向往，下决心用自己秀美窈窕的身体做资本，换取重返故里的机会。宁愿南下一千，不愿北上一砖，是当时人们逐南舍北的心情写照。所以赶到征兵时节，她们打听到南方驻军过来带兵时，就撕去了未婚少女应有的矜持和含蓄，投怀送抱地缠上两个兵哥哥。和他们喜结连理，以军人家属的身份随队南迁。熟料她们做事不周，谈恋爱的时候沉湎爱河之中卿卿我我，没顾上深究爱人的仙乡何处，将来归宿哪里，等爱人转业退伍的时候，她们才知道爱人的家乡虽在新疆南边几千里远的地方，却连淮河都没过，在中国的地理分界线上，仍然属于北方。好在美梦圆了一半，丈夫们也都温柔体贴，惟命是从，也就凑合着过啦。

黄金的头发微黄，有异国风情。白银皮肤白嫩细腻，像融化的银子一样。她们明眸皓齿、朱唇粉面，都是少见的大美人。白云的丈夫和戚副厂长是一个镇的邻村老乡，同年入伍，她丈夫是海军，戚副厂长是陆军。因为这层关系化工厂才接收她的。她来工厂报到那一天，办公室门前摩肩接踵，人头攒动，把办公室围得水泄不通，撵都撵不走！不得已必须接班的男工，一步三回头，拧着脖子唱酸腔：

"一轮明月才捧出，千家万户仰头看。哈哈……"

"唉！好白菜都叫猪拱了，好女人都叫狗爬了……"男工友们，对漂亮女人的丈夫，和那些占有漂亮女人的人，怀有深深的敌意！

"这是谁？"有人故意这样问。

"我老婆。"戚主任得意地搂着白云的肩膀，向大伙炫耀："看看怎么样？俊不俊？"这句话一出口，就在心中扎下了根。硬薅出去，带起一块血淋淋的皮肉，搅翻一坛子山西老陈醋。

"请大家多关照。"白云十分大方地朗声大笑。"以后都是同事了，少不得麻烦大家。俺那口子现在是广州远洋公司的副船长，想买外国货的尽管打招呼。"

人们陆续散去，那朵闪烁着银子一般光华的白云也飘走了。戚主任那句调侃的玩笑话却在心中生根发芽，茁壮成长。如果她真是我老婆，阳光永远是明媚的，南极洲的冰山就该融化了……

人们常把七月说成是黑色的，因为每年的七月份开始进入酷热的三伏天气。七八九三天，又是学生参加高考的日子。大家平时都把本事闷在葫芦里，这几天就得掏出来看看！高考的日子是分水岭，你将来吃哪碗饭，能处在社会什么样的层级和位置上，那几天就决定了。考试卷是试金石，是骡子是马，拉出来溜溜。平时吹破大天也没人管你，分数是硬通货，考不出成绩就没有学校要你！

王彭生和妹妹以及秦台市成千上万的考生一起，迈着轻盈爽朗的步伐，一同走进考场。三天以后，精明的老师就能从脚步和面部表情上，判断出谁是跃过龙门的"文曲星"，谁是搁浅在沙滩上的"死鱼"。考好的同学步履轻盈，两眼放光，虽然尽力地压抑着，也难掩心中的兴奋和愉悦。考砸的同学步态迟重，愁眉紧锁，强扮笑脸也掩饰不了内心的凄苦。

王彭生参加文科生考试，考其他课程的时候，天上的太阳红彤彤的，不住地向天地间播撒着金色的光芒，把世间万物照耀得绚丽多彩，阳光依旧是明媚的。考《数学》的时候，他理解了答卷子为啥叫“考试”。没看到什么地方有明火，他却实实在在地感到了滚滚而来的热浪，先蒸后烤，小火慢炖。他身上的汗水一会就被烤光了，接下来是渗油。卷面上的铅字又活了，像蝌蚪一样滑落到地下，摇着尾巴游走了。卷面上、考场上、窗外的天空大地上，全都白茫茫的一片，都是寸把长的硝牙子！硝牙子慢慢地融化，又慢慢地板结，颜色由白变红，成了红红的焦炭块，“呼呼”有声地燃烧着。王彭生成了太上老君炼丹炉里的孙猴子，嗓子里冒着青烟，两眼红红的，成了血滴子！他被烧烤成一张薄薄的纸片，恰有一股微风吹来，他可以乘着这股微风逃离考场。杨戬手持硕大的照妖镜，模模糊糊地映衬着一张《数学》考卷，让他这个欺世盗名的学子无处遁形。

王彭生推说家中有事，和曹岳美大姐、张心民老兄各调一个班，偷偷地跑来参加高考。整个秦台化工厂，除了朱淑娟之外，没人知道他考过大学。.

仓库保管员虽然不是财会人员，珠算也是要会的。王彭生小学四年级的时候曾经学过《珠算》课程，因为兴趣索然，当初就没学好，后来就着爷爷的山芋糊糊喝进肚去，随着屎尿排出体外，被大风刮到爪哇国去了。好友孔斌给他送来一本《初级珠算教程》，教他加减“87625”，练习指法。起初王彭生还是非常虔诚认真的，像老学究背圣人训一样，天天摇头晃脑地咏唱：“一上一，二上二，三下五除二，四下五去一……”

孔斌的父亲是市农行行长，教学《珠算》的教材，学习《珠算》的方式、方法，不比专业学校少。弄得王彭生目不暇接，脑袋又开始肿胀了。脑袋一大就发烧，一发烧就犯浑。王彭生又像丢了“灵通宝玉”的贾宝玉一样，六神无主了！

秘密考大学的事情，可以瞒得住别人，却瞒不住自己。自己心中有一条坎，怎么也磨不过去。上大学的情结，牢牢地系在心房上。明明知道考不上，还是满怀某种期盼，等待着最终的审判！

发榜的日子到了，妹妹王文生赫然高中。王彭生的处境可想而知，孙山先生早在数百年前就给他总结出来了："金榜末名是孙山，彭生更在孙山外"。王彭生其它科目考得还差强人意，不突出也不逊色。《数学》考得太差了，他的《数学》考了16大分，比张铁生先生略强一些，没交白卷。《数学》成绩拉低了总分，他的分数距离录取分数线只差了四分！如果姐姐有能力把自己和妹妹一同包养起来，让他参加补习班，踏踏实实地补习一年，不光数学成绩会有所提高，其它科目也会百尺竿头更进一步。如果父亲不在关键的时候锒铛入狱，如果母亲不因为负气辞去固定工作，如果自己骨子里没有臭男人的傲气，甘愿吃软饭，恳求朱淑娟资助自己一年，如果……自己的历史或许能够改写。可惜，世上没有后悔药，莫斯科不相信眼泪，人生的旅程没有如果！

王文生考取了南京药学院，一本重点大学。王彭生悄无声息地退回化工厂，继续做他不太安守本分的仓库保管员。尽管他脸上挂着虚假的笑容，装作一副若无其事的样子，可是腹腔中那颗心疼痛无比，"吧嗒吧嗒"地往下滴血。

王彭生上大学的美梦，被《数学》试卷无情地击碎了，洒落在复新河沿岸嶙峋的怪石罅隙里，飘散在荒芜杂乱的草丛里。他好独自一个人，跑到静谧的河边去，对着一泓碧水发思古之幽情！他要查看嶙峋的怪石，翻弄荒芜的杂草，寻找他失落的幽梦！他也面对着波光粼粼的流水，发泄一下对另一位同学哥们的怨恨。那位同学名叫沙富星。上高一的时候，别人都循规蹈矩地去上课间操，他偏纠集几个调皮捣蛋的孩子开打"坷垃仗"。一块拳头大小的硬坷垃，从他手中飞出，划着优美的弧形曲线，准确地命中了数学老师贾从容的腰脊椎。贾老师像中了枪弹一样倒下去，躺在校园的乌柏树下。后来被校医和老师架走了，换个地方躺在病榻上，整整躺了一学期。彭生他们所在的班级，一个学期没上数学课。这是多么要命的一学期，彭生想起来就觉得痛心疾首。不论自己多么愚笨，一学期是小半年的时间，自己稍微留心一下，总能从"碱茬子地"里薅一棵谷谷苗，捞出来四分是不成问题的。那个万恶倒霉的沙富星，该杀！

朱淑娟看过彭生的成绩单，知道彭生没考取大学。他怕王彭生一时想不开，会做出什么愚蠢的傻事来。所以王彭生独自溜河边的时候，她只要发现就悄悄地尾随过来。

石灰窑东面的河岸，虽然可以靠船泊艘，却不是水泥修砌的专业码头。不是专业码头就没有专人管理，无论装载卸货，都是随机随意的。装卸工人想节省力气，运货的船家图省事，砂石料就随处乱扔，野草就肆意生长。河滩上乱石嶙峋、杂草丛生，犹如荒江野渡口。

王彭生坐在一块宽大的石头上，凝视着河面。河面上有几只扁嘴、尖嘴的水鸟，不规则地散落在水面上，随着微风推浪，悠闲地荡漾。一叶扁舟系在河边的歪脖子柳树上，一起一伏，让王彭生想起了“野渡无人舟自横”那样的古诗。他犹如贾宝玉开悟一样，幻化出飘飘扬扬的大雪，把世间万物遮掩起来，一片白茫茫大地真干净！那叶扁舟上突然出现一个披着蓑衣的垂钓老者，吟咏着：“千山鸟飞绝，万径人踪灭。孤舟雪笠翁，独钓寒江雪。”

一缕幽香飘然而至，是朱淑娟过来了。她身上散发着玫瑰花、牡丹花、芍药花、茉莉花、山茶花、桃花、梨花、杏花、栗子花、狗尾巴花等各种花草的混合气味，王彭生闭着眼睛也能猜出她来。

朱淑娟喜欢和王彭生闲聊，一见到这位小兄弟就有说不完的话。和这位小兄弟见面之前，她好刻意修饰打扮一下，往头上、身上撒一些绿色、黄色、红色的香水。所以玫瑰中有牡丹，牡丹中有菊花，还掺杂着茉莉花和各种水果的味道，弄不清她到底喜欢那种香型，或许这就是“士为知己者死，女为悦己者容”的一种真实体现。

王彭生一再强调，这位工友姐姐长得很美，就像荷花一样，淡淡妆，天然样，无需刻意雕饰，就是一个美轮美奂的姑娘。她偏不听信，还是好躲在屋里胡乱捯饬。大体是漂亮的人天生丽质，蓄意破坏也无损俊美的形象。往往是折腾一通，最终不满各种粉脂，于是端来一盆清水，洗净铅华，依旧是出水芙蓉的模样。

她悄悄地摸到彭生身后，用粉嫩的红素手蒙上小兄弟的眼睛。一股洗净却未褪尽的粉脂香沁人心脾。

“唉吆!”王彭生十分夸张地尖叫一声。朱淑娟被开水烫了一下似的，倏然松手。

“怎么啦?”朱淑娟瞪着惊恐的大眼睛，关切地询问着。

“我闻到了狗肉的味道，以为是小花狗在咬我呢。”王彭生大尺度地放松一下，鬼一样地笑了：“原来是你……”

“你呀！真是小坏蛋……”朱淑娟擂了王彭生一拳，顺势坐在旁边。她喜欢这种感觉，和喜欢自己、自己喜欢的哥们在一起，可以听到对方的心跳，可以感受到对方的气息。如同古人所说的那样，奴家今生修目前，郎行郎坐总齐肩。

“别苦闷了，明年再考就是了。”朱淑娟深情地说：“到睢宁去，叫我妈教你，我陪你一块复习。你文科底子不错，系统复习一年，明年准能考上。你长得清秀，我妈会喜欢的……”王彭生很困惑，弄不懂“长得清秀”和考大学有什么关系。

“我的傻大姐，你真是个憨妮子。”王彭生像摸到烙铁一样，本能地抽搐一下。“我怎能让你这般施舍!”他死要面子，劝说不了自己吃软饭。即便可以说服自己，又有什么资格和脸面跟着人家去复读！自己和她非亲非故，凭什么?

朱淑娟看到王彭生的脸上飞来一朵笑容，那笑容是剪辑黏贴过来的，和他内心的真实情感形同油和水，是互不相容的，是游离两层的。尽管他不停地笑，不停地嘻哼哼，扮作快活的模样。可是他笑得勉强，笑得虚假，笑得凄苦惆怅。这让她也想起了一句古话：“出嫁的姑娘哭是笑，落第的举子笑是哭!”她看不得王彭生那种强颜装欢的苦笑，泪水被勾引出来，途径粉红白嫩的腮帮，散落到嶙峋的怪石缝隙里了。

在河边放羊的牧童，前来岸边拉运石料烧石灰的工人，还有在厂棚下面砸石灰的樊梨花，都看到了朱淑娟和王彭生肩膀四齐地坐在一块石头上。牵手交颈，望着天上水中两个太阳，呆呆地坐了一下午。一个傻笑，一个憨哭。

十

秦台化工厂的材料库是一个人气很旺的地方，就像山东郯城县蔺王庄村的代销店，也像阿庆嫂开办的“春来茶馆”，领料、交料的人，想贪占一点小便宜的人，出发回来的采购员，都好聚集到仓库里交流情况。这儿远离办公室，天高皇帝远，无人管束，可以随心所欲、肆无忌惮地说笑、打闹。

办公室主任张惠玲来回跑了不下一百遍，一次又一次地张贴“不许闲杂人等进入仓库重地”的警示，都被祝托、朱新明、王尊晓、柳心听等供销科的采购员给撕掉了。他们都是戚主任的嫡系部队，碍于大主任的情面，不便发作。张主任搜肠刮肚、苦思冥想，从九曲回肠的皱壁深处挖掘出一条妙计。她买了一听小甜瓜一样的大红油漆，用排笔在醒目的位置写下了“仓库重地，闲人免进”八个大字。用油漆直接书写到墙上，揭不下来，也不怕水洗。看你们这帮兔崽子还有啥鲜招？

祝托率先出招，拿起排笔，蘸着张主任剩下的油漆底子，在“闲人免进”中间加了一个“不”字，“闲人免进”变成了“闲人不免进”。

见招拆招，张主任又在后面续写了“不行”两个字。“闲人不免进”变成了“闲人不免进不行”。

祝托又伙同朱新明、柳心听等人，把“不行”改成“行不行”，在后边草书一个“行”字，涂抹上一个大大的感叹号！

好手难敌众拳，何况是一帮子“走过南、闯过北，长江、黄河两岸尿过尿”的无赖坏熊。张主任甘拜下风，不跟他们斗法了。然而心犹不甘，又跑到戚主任那里，要求他对部下严加管束。

戚主任非常无奈地耸耸肩膀，这样一帮子孬熊，个个都是熬不动、煮不烂的老油条、滚刀肉。当面嬉皮笑脸，背后吹胡子瞪眼。戚主任说这些跑供销的人，都是“软硬刁憨精，一溜鬼吹灯。东西说话南北听，一半瞎话一半空”。平时“撬寡妇的门、挖绝户的坟、打瞎子、骂聋子”，啥缺德带冒烟的坏事都干，惹他们干嘛？再说你也惹不起，他们都是兔子的爷爷，老老跑家。猎枪打不住，苍鹰也难拿……

戚主任说得不错，这群人鬼点子很多，说话水平低下。一张嘴就在女人的乳房附近转悠，很少高过肩膀。越说越倒桥，慢慢地往下处溜，就滑到肚脐以下去了。

祝托在九江推销电石的时候，住在一家廉贱的小旅馆里，一同住店的还有外省市的七八个采购员。旅店门口有一家小商铺，一个服务员是冷面美人。据说她没有笑神经，她爹、她娘、她丈夫，从来没有人看见她的笑脸。同事们翻遍大脑皮层深处的记忆，也查找不到她有笑过的历史。采购员都是瞎包熊，聚在一起就想喊喊事。有人提议引笑那个冷脸美人，谁能引笑了，大伙凑钱请他喝酒。七八个黏上毛比猴还精的业务员，每人想了100多个鬼点子，那个冷脸美人依旧像解大手一样，脸皮紧绷着，没有一丝一毫的缓和。

各种招数屡试不灵，有人开出了新的价码，如果谁能引笑这个长着幽灵鬼脸的骚妮子，八热八凉四个大件，喝茅台酒，吸中华烟。除此之外，每人兑出十块钱来，奖励这位能够引笑萧杀鬼魅的高人！

重赏之下必有勇夫。那年月高级高档的享受就是“口子酒、前门烟，腰花、肉丝、炒猪肝”。现在烟酒都提到国宴的档次了，还有将近100块钱的奖金，谁不动心？驳大侠那样的憨熊也得跃跃欲试了。祝托出手了。他让其他八个人远远地缀在身后，装作若无其事的样子，在一旁冷眼观察。他独自一人走进小卖部，手托着腮帮，害牙疼病一样，呲呲溜溜地吹着凉气。

“我要这个。”祝托指指玻璃柜台下面的月经带。那时候没有卫生巾，女人月头见红的时候，都是用月经带托着卫生纸，勒在两腿之间。

冷面美人翻白眼看了祝托一下，拿起来扔到他怀里，依旧冷着脸。

祝托取开挂到耳朵上，往嘴上比划。翻来覆去地调换着姿势，怎么戴都不合适。

冷面美人依旧绷得住，冷冷地说：“你戴错地方了，那是月经带。”

“不禁戴不要紧，过了这几天就用不着了。”祝托装傻充愣，傻乎乎地憨笑着：“这几天风大沙多，临时起意买个口罩挡一下，风一停就扔了……”

冷脸女人再也绷不住了，哈哈大笑起来。压抑多年的笑声被解禁了，笑起来一发不可收拾。她止不住笑声，笑得弯腰岔气，两眼泪水。这一笑把多年的忧郁症给笑好了，容光焕发，比绷着脸更加美丽动人。对老人孝顺起来，对丈夫温柔体贴起来。他丈夫就是化轻公司的经理，为了感谢祝托治愈他老婆的顽疾，大笔一挥，先签了500吨的电石供应合同。市场经济刚刚在中国运行，市场的天平倾斜在买方一边。化工厂尚未投产，祝托就签来一笔大单，对工厂的发展促进不小，实属大功一件！

他们出发回来就聚在一起喝酒，他们的宿舍里酒气熏天，脏话连篇。那个鬼头日脑的祝托，二两小酒下肚，马上纵情高唱：“大姑娘、二姑娘，胡子长在了大腿上……”

王彭生懵懵懂懂，不明就里。大姑娘怎么会长胡子？缘何还要长到大腿上？他的学兄陈鹰飞早在初中一年级就什么都懂了！同学聚会的时候，很多同学嘲笑这个“百事通”。你一直钻在故纸堆里不出来，比我们多啃了那么多书本，那些书都读到狗肚子里去了！你真是既木且笨，难怪你考不上大学……

祝托和朱新明的兴致非常高涨，还在那里胡喷海侃，犹如屎壳郎打哈哈，喷涌着一股招惹苍蝇的气息，分明让化工厂的人感觉到，郭会计虽然被清理出去了，化工厂并不纯洁。似乎郭会计的躯壳离开了，他的幽灵仍在化工厂游荡，花花草草的桃色风暴又要刮起来，比郭会计在岗的时候更盛！

“你们说郭会计值不值？”酒热面酣之际，戚主任也少了当领导的矜持，和下属们一起疯闹。“郭会计虽然被开除了，他也确实享了艳福。我操……到底值不值？”戚主任脸上被一层亮晶晶的液体覆盖着，显得十分兴奋。他私下里经常谈论郭会计，说不清是同情、羡慕还是鄙视，总之是好谈论。一提起昔日的同事，就有一团洁白、肥厚、柔软、轻飘的絮状云朵在眼前升起，像大天鹅轻柔的羽翼拂扫心尖一样，全身惬意！

关于郭会计的消息，戚主任了解的最多。郭会计在岗的时候，就和戚主任非常投缘。两个人不喝酒、不搓麻将的时候，经常在一起促膝谈心。郭会计对恢复公职抱有幻想，每次到市里来，必定到戚主任家里一叙。他觉得，只有戚主任能帮他的忙，戚主任也乐意帮他的忙。

郭会计解放初期毕业于新乡财经学院，新乡市当时是平原省的省会，学校级别是不低的。他毕业后被分配到菏泽地区行政公署税务局工作，地区公署的专员盛召是秦台人。有这样的老乡罩着，前途应该是灿烂光明的。他偏要学习陈世美，见到漂亮的姑娘就大献殷勤。他是受过高等教育的人，见多识广，巧舌如簧，说得大姑娘小媳妇抿不拢嘴，花枝乱颤，青云欲散。郭会计借机摸打撩拨，很快就有了不良后果。他家里那个上大学之前就娶过门来的黄脸婆，听到风声后不依不饶，找到老乡盛专员，强烈要求把这个不省事、不叫人放心的"外头人"调到家乡来。旧社会男人在外面打拼，女人足不出户。秦台一带，把男人称之为"外头人"，把媳妇称之为"家里人"。细想起来，倒也贴切。王彭生觉得，男人更为贴切和形象的叫法，应该是"作难的人"。郭会计还有自己的父亲，都是典型的例证。他们虽然在女人怀里讨得了超值的温柔，可是在工作单位和家庭中，就要加倍作难，不被人理解，还万般无奈！

郭会计初来家乡的时候，不论他调到哪个单位，他的"家里人"都要跑到单位上，向领导汇报他的劣迹。汇报完了再满院子吆喝："这个郭重理是个大流氓！男人堆里他不去，女人行里他乱蹿。你们的老婆都长得漂漂亮亮，要提防着他点……"回到家里，他的"家里人"有机会就朝他脸上胡抓乱挠，总想把他变成《巴黎圣母院》里那个敲钟的卡西莫多，让女人见到他就惊呼："有鬼，救命!"因而把他当做瘟神，彻底远离才好。满以为他已经快满五十的人了，应该收心了。都说人过四十日过午，没成想他还有这么大的瘾头。稍不留神，他又闹了一出"啃烧鸡"的风流公案。郭会计的夫人这才想起还有一句话：三十如狼，四十如虎。站起来打伞，蹲下去掘土！现在想起来防范已经晚了，老娘们后悔不迭。

上级开除得好，开除得对。这个决策实在太英明了，挽救了一个家庭，挽救了一条生命。郭会计被开除回家，没有其他想法之后，他老婆疯疯癫癫的毛病不治自愈。破镜重圆后的小家庭，被浓浓的温馨笼罩着。

化工厂在无锡杨嗣定做的1.8万KVA特大型超高压电炉变压器，终于运到厂里了。厂领导大会说小会讲，在结扎上环的计划生育大会上，也要扯一扯变压器。说是万事俱备，只欠东风。变压器是关乎全厂职工命运福祉的关键设备，甚至关系到国家“四个现代化”的进程……全厂工人见面打招呼，不是问“吃了没有？刘元真两口子在一起睡了没有？”而是“变压器到了没有？”一些京剧业余爱好者，班前班后都要伸长脖子，中气十足地来上两嗓子：“盼星星、盼月亮，只盼着变压器它早一点到工厂……”

变压器来了，虽然是“千呼万唤始出来，犹抱琵琶半遮面”。但是，毕竟来到了，整个化工厂一片欢腾！

拖车司机的驾驶技术令人佩服，他能把小山包一样的大家伙从无锡拉到秦台来，确实不简单。把这样笨重的大家伙吊到基座上去，得找大吨位长吊臂的吊装机械。当时秦台还没有那样的大吊车，是生产主任刘家法托熟人从徐州请来的。那个秃顶光头、满脸胡须的吊车师傅，进门就向领导划圈子。这个人还是“秦台通”，刘薛理故意喊他“老师傅”，把他让到办公室里喝茶的时候，他头摇得像波浪鼓一样。

“到了秦台就不能再当老师傅了，秦台这个‘老师傅’是骂人的，俺晓得……”据说有一条发情的母狗在大街上和哈巴狗交配，因为身材、身高的悬殊，哈巴狗总是找不准位置，进入不了角色，急促忙乱，不得要领。这时一只大狼狗嗅着味道赶过来，咬走哈巴狗，顺利地完成了制造小狗崽子的工作。一个年轻的女性营业员目睹了这一场景，忍不住赞叹说：“这个大狼狗是老师傅！”

从那以后，秦台人只有在开玩笑的时候才称呼对方为“老师傅”。就像山东某些地区，喜欢别人喊自己“二哥”，而不乐意别人叫“大哥”一样。

“我这个人好记，脸长到头上去了，头发全长在脸上呢。你们就叫我秃瓢孙吧，千万别叫我秃孙子……”孙师傅咋咋呼呼，是个“自来熟”。“我说各位领导，你们也不用瞎忙乎，有一瓶老酒就行了。十个司机九个骚，剩下一个老酒包。剩下的那个就是我，我就是那个老酒包！

如花似玉的大姑娘，在我跟前脱光喽、躺倒喽，我得揪片树叶给她盖上。碰到酒就不行了，拔不动腿喽……哈哈……”

刘薛理主任像接到“圣旨”一样，急忙推出那辆擦拭锃亮的加重“永久”自行车，到市区购买烧鸡、驴肉和老酒。化工厂的司务长付绣兰是个女流之辈，只管卖饭票，其他的事情都由刘主任代劳。她是龙三不管龙四（事）。

刘主任告诉郑昌林医生，他会多买一些酒菜，特意带一挂能叫男人癫狂的“驴圣”来。晚上叫上王彭生，一同请刘元真主任过来赴宴。

郑医生是个明白人，一点就透的主儿。他非常郑重地冲着刘薛理点头，知道自己应该干什么。

郑医生风急马快地找到了办公室主任张惠玲，叫她开一张介绍信，到医药公司去进药、进医疗辅料。

这次进药和以往不同，郑医生在购料单上多开了两味药。

一味是消食理气的山楂丸，调理王彭生用的。王彭生高考落榜之后，表面上若无其事，但内心里凄苦无比。情绪影响食欲，饮食不均会伤害身体。于是那张清秀文雅、白里透红的脸一天天枯黄起来。郑医生以为他的肠胃不周正，先开开胃调理一下。朱淑娟也在暗中想办法，试着调理这个小兄弟的肠胃。她在咸糊糊里面打上了鸡蛋花，在白米粥里加了红枣和白糖。

另一味是甲级睾丸素，调理刘元真主任用的。甲级睾丸素，加上淫羊藿，铁打的神仙也躲不过！你刘元真从今天开始改为姓李，把名字改成玉和，也得把你变成采花大盗，叫你留不住元真！郭会计剩下的淫羊藿已经被王彭生要来了，就放在自己的抽屉里。有单位的介绍信去采购甲级睾丸素，也是裤裆里摸老二，手到擒来。要通知樊梨花梳洗打扮好，等着晚上那场鏖战！

周六的傍晚，轰鸣的机器声，嘈杂喧嚣的男女职工笑骂嬉闹声，随着紫红色的太阳一起落下西山。大门上那两颗耀眼的牤牛蛋一亮，一切杂音戛然而止。化工厂一片静谧，刘薛理牺牲了自己期盼已久、用蜂蜜冰糖浸甜泡酸的礼拜六，和郑医生、王彭生一起，倾听天籁之声。陪着刘元真主任喝上劲的老酒，啃着能够想起麻师傅和郭会计，继而就有一朵桃色红云出现的烧鸡，咀嚼阳刚大补之物“鬼子肉”。表面上祥和，内心也是非常凄苦的。

刘薛理在部队上当过司务长，《营养学》是必修课，中医理论也知道一些。中医上强调“药补不如食补”、“以形补形”。烧鸡和鬼子肉，既是食物又是药物。烧鸡虽然不是麻师傅亲手炮制的，但是基本底料的成分不会改变。还有“锅里滚三滚，神仙站不稳”的“鬼子肉”，都是高蛋白的营养物质。糖类、脂肪、蛋白质，是人体所需的三大营养物质，可以通过“三所循环”储存在体内，分解燃烧就能变成强大的能量释放出来，制造新的生命。按照中医理论，以形补形，吃鸡补鸡，吃了大叫驴身上的“鬼子肉”呢？还有那条一尺长的驴翘子？果真应验了，岂不要长出三条腿来？

酒场设在郑医生家里。郑医生没有参加刘薛理的理论研讨，躲在厨房里撕烧鸡、切驴肉。他老婆正按照他的吩咐，把玻璃针管和不锈钢针头，放到高压锅里消毒。这是若干天以前就设计好的步骤，甲级睾丸素和淫羊藿同时并用，来个双管齐下。天不怕地不怕，就怕双管一起下。有了这个双保险，再加上樊梨花的柔术媚功，你刘主任纵然有白蛇娘子那样的千年道行，又往哪里遁形？

刘元真主任被王彭生请来了，郑医生的烹饪任务也完成了。除了烧鸡和鬼子肉之外，又添了两凉两热四个菜。他们四个人，就在郑医生的厨房里，围着一张“地八仙”，东西南北，各守一方。王彭生年龄最小，负责斟酒倒茶。郑医生拿出一盒珍藏许久的茉莉花香茶，又拿出一罐子新进来的“雪梨膏”。郑医生弄来一堆又香又甜的东西，其实是想盖住淫羊藿的味道。王彭生倒茶，他知道里面的机关，看起来是一样的茶杯，一个水瓶里的开水冲沏。他们在暗中照顾刘主任，在他的茶杯里多放了一味中药淫羊藿！

刘元真主任那杆钢枪，一直在仓库里珍藏着，鲜有冲锋陷阵的时候。梭子里压满了鲜活的子弹，一粒也没浪费过。淫羊藿是一味壮阳的中草药，又给那些有生命的子弹添加了火药的剂量，增加了活力，使之更加活跃！环境越来越适宜，他们越来越躁动，恨不得把厚厚的皮肤拱出个窟窿，飞升到天上去。

刘主任的躯壳膨胀变形了，皮下到处都是扑不灭的烈焰。烈火熊熊燃烧，越烧越旺。忽然，有一股凉爽惬意的微风吹来，刘主任沐浴在秋波一样的微风里，十分舒坦。他睁开冒着火苗的眼睛，看到和煦的微风之中，有一张银盆一样又白又肥的满月脸。这张脸和在军营里当过排长的东北虎妞没什么两样，她们之间的差别，在于一个参军入伍，一个没进军营。她们的身材也一样，都是高高大大，肥肥胖胖。都是一头乌发，皮肤白皙。都有一张银盆一样的满月脸。如果让她们两个脱光洗净了，并排躺在一张床上，刘主任或许分不出谁是谁！老年人说过，平民百姓皇娘娘，脱了衣裳都一样。

刘主任坐不住了，推说肚子不好，想溜号。刘薛理也是军人出身，知道刘元真的子弹上膛了。救人救到底，送佛送到西。那就再助他一臂之力，帮忙吹响冲锋号！

"郑医生，有没有解酒的药？给刘主任打一针。"刘薛理向郑医生递送眼色。

"有。"郑医生会意，十分响亮地答应着，他早就把两支甲级睾丸素抽在针管里了。

大家违背刘主任的个人意愿，不管他同意与否，强迫给他注射。按胳膊的按胳膊，抱大腿的抱大腿，褪裤子的褪裤子。连郑医生的老婆也不避男女之嫌，上前来帮忙，迫使刘主任就范。

一堆旺旺的焦炭火，伸展着熊熊的火苗，燃烧正欢。甲级睾丸素相当于氢氧之气，不停地吹进炉膛。这样的炭火很毒、很辣。铁匠知道，遇上这样的旺火，无论金银铜铁锡，一概都要融化。夫妻间那点因为地位变迁所产生的芥子之蒂，当然不在话下！

刘主任像一匹被囚禁多日的野狼。大家一松手，他就如一支脱弦的利箭，"嗖"地一声蹿了出去。郑医生的家与工厂大院有一墙之隔，绕过去走大门只远60米。刘主任不愧是军人出身，四十出头的人了，依然身手敏捷矫健。两米多高的墙头，他纵身跃上，飘然而下，极像一个功力深厚的武林高手。

刘薛理说刘元真打熬不住了，是大年五更啃糖盘，迭不得叠。当天晚上，必定是双刀战单枪，大干一晚上。樊梨花大胜刘元真，喝光他的牛奶汤！

刘主任和樊梨花如何在被窝里鏖战，具体细节无从考证。只知道第二天是星期天，连好睡懒觉的王彭生都喝完咸糊糊了，他们两口子还没起床。

就是从那一天开始，樊梨花惨白的大脸有了血晕。按照文化人调的书包，他们这对夫妻算是名符其实、实至名归了。不久，樊梨花就挺起了大肚子，生了一个白白胖胖的俊丫头。刘元真、樊梨花、刘薛理同时想到了一个名字：双灵！

刘元真说淫羊藿很灵，甲级睾丸素也很灵。没有这两样宝贝物件，他不知道拱到那个狗窝里去了，根本不会耕种樊梨花这块肥美的白土地。

樊梨花说耶稣天主灵验，西天佛祖也灵验。她天天“上帝、菩萨”地祷告一百遍，精诚所至，金石为开。

刘薛理说，他们两个人的物件都还灵光，一个没毁一个没坏。所以一耕就灵，再耕还灵。果不其然，两年后他们又添了一个大胖小子。一龙一凤，儿女双全。

十一

姐姐婚后一年，生了个男孩叫鹏鹏。姐姐家住在化肥厂宿舍，离王彭生的工作单位有一公里的路程。周末、星期天、节假日，彭生就会跑过去，逗外甥玩一玩，教他背诵古诗词和九九歌，品尝一下升级当长辈的快乐。

外甥出生之后，妈妈就不再单独居住了。她被姐姐接过来，专门照顾这个小外孙。

姐姐家做一点另样可口的东西，姐夫就会用自行车把彭生接过来，一起享用。姐姐对弟弟，依然十分关注。尤其是谈没谈女朋友，女朋友长相如何，会不会过日子，姐姐关注的更为迫切。彭生知道，这里面包含着祖父母的临终嘱托。祖父母的嘱托言犹在耳，姐姐就是例行公事也要过问的。姐夫去喊彭生吃饭的时候，有两次看到他和朱淑娟腻乎在一起，一副没分家或是即将成家的样子。回家告诉姐姐不用瞎操心，小舅子有取悦女人的本事，身边不乏漂亮的女人。姐姐又警觉了。弟弟找不着对象她很犯愁，弟弟拉扯的女人多了她更犯愁。奶奶交代过，叫自己看着这匹桀骜不驯的小烈马，不能让他学爸爸！

姐姐已经结婚生子了，那颗善良柔弱的心脏里，装盛着丈夫和儿子，将来还可能有女儿，留给别人的空间已经很小了。王彭生十分清楚，姐姐对自己的关怀不会偷工减料，但是和婚前绝对不一样。自己必须走“自力更生”的道路，不能总是依赖别人的呵护。好在他幼年生性顽劣，练就一身孤胆，是可以独闯江湖的“独行侠”。

姐夫两周前就给彭生透信了，说是今年的春节到他们家里过。母亲在那里。妹妹这个“天之骄子”已经在大学的校园里混了一学期，马上就要放假了。她从小就和母亲贴合，肯定也会去姐姐那里。于情于理，自己也必须去那里！今年张丰跃的母亲不会再走闺女了，没人再陪伴自己喝开水、啃饼干、深更半夜大唱“样板戏”了。工厂已经开工投产了，可是为了响应国家号召，春节还是放假的。自己如果呆在厂里面，只能陪伴老传达，絮叨一些“民国”以前的故事。

流言蜚语，《成语大词典》上的正解是“没有根据的谣言”。王彭生感受到的，不是“恶意中伤”、“无中生有”的词义，而是它的动态形象。

“流言”无腿，却可以不胫而走。“流言”无羽，却可以不翼而飞，漫天翱翔。王彭生和朱淑娟的关系确实比其他人亲近，那是一种惺惺相惜、相互欣赏的正常情愫，是一种说不清是爱情还是友情的友谊。自然也是相互吸引，两情相悦的。他们从心里没有龌龊，没避讳闲杂人等，没顾忌流言蜚语。情不自禁时，也在人前并肩走，也在人后手拉手。除此之外，再无出格过分的举动。可是众口铄金，人们硬要添油加醋，往里面随意添加花椒、胡椒、大料面，还涂抹上一层橘红色的亮彩！

“只要手拉手，就能口对口。”

“先抓手、后摸肘，顺着胳膊往上走。爬雪山、过草地，最后直捣目的地。咹？我操！嘻嘻……”大家随意地发挥演绎着，弄得这对小姐弟百口莫辩，跳到复新河里也洗不清了。

流言如浮云，一阵西北风吹来，它就飘过徐州东南，飘飘洒洒地落到睢宁县了。朱淑娟的父母坐立不安了，马上搭车赶到秦台。不分青红皂白，硬要朱淑娟跟着返回睢宁去，由他们托人补办调动手续。

朱淑娟死活不从，坚持婚后再说工作调动的事。理由也很充分，仝心刚现在还在部队上，正在老山前线抗击越南鬼子，谁知道他将来转业到哪里去？现在调了将来还得调，折腾起来太麻烦，还得多花钱。

儿大不由爷，女大娘不管。可是事情闹得沸沸扬扬，当娘的怎能撒手不管？你已经是订过婚的人了，见到潘安也不能动心！再说了，仝心刚是部队上的作训参谋，腰里别着手枪呢，你不怕闹出人命吗？

朱淑娟恨死越南鬼子了，闹什么闹？明明是鸡蛋碰石头，还不自量力地螳臂挡车，有好果子吃吗？别说公理在中国一边，就算中国先揍你，你又有什么法子？鸡蛋碰石头，不论怨鸡蛋还是怨石头，吃亏的肯定是鸡蛋。只是你们把仝心刚给闹到前线去了，自己连摊牌的机会都没有。可气！可恼！

仝心刚的父母也听到了流言，表现得比亲家更为紧张。他们如临大敌，跑到化工厂秘密私访，还找到了厂党委的陆书记。

樊梨花大义凛然地站出来，带着十分明显的倾向性，为朱淑娟和王彭生遮掩。她说他们姊妹俩好在一起聊天不假，不过都是在我屋里啦，当着我的面呢。她都睡醒一觉了，她们姊妹俩还坐在她的床沿上，头抵着头地嘀咕。他们脸上放着光、眼里冒着火，嘻嘻哈哈地精神十足，好像彻夜不眠也不知道疲倦似的。樊梨花把这一段掐了，没播。

陆书记也替彭生说了不少好话，并且说自己也是刚刚转业的军人。陆书记拍着胸脯，十分负责任地向两位老人承诺：和尚不亲帽子亲，见到军人的家属格外亲。我一定看住朱淑娟，管好王彭生。以党性担保，一定保护。不，坚决捍卫军人的婚姻！绝不会让军人的妻子，在结婚前就变成糠心大萝卜。

仝心刚的父母满腹狐疑，心事重重地走了。也和他们尚未过门的儿媳妇一样，心生出对越南鬼子更为强烈的怨恨。他们和亲家在一起盘算多日，都同意等过年的时候，全心刚回家探亲就把婚给结了。可是越南鬼子挑衅不断，边界上一时半会结束不了战时状态。所有参战部队，只要还在战场上，只要没有脱离临战状态，一律取消休假！全心刚是刚开赴前线的野战部队，正好不能休假、不能请假，也不能调动工作。全心刚回不来，这婚就结不成。双方父母的心，全都悬在嗓子眼上放不下来。这都是越南造的孽。他们忘恩负义，是该挨千刀、中万枪的货……

送走军人的家属，陆书记把王彭生叫到办公室，语重心长、意味深长地促膝长谈了一次，叫他权衡利弊，见好就收。军人的老婆都是重磅炸弹，弄不好就要粉身碎骨的。现在正是风华正茂之时，花一样的年龄，千万不能把自己给毁了。你虽然身材不太魁梧，但是有才有貌，大丈夫何患无妻？我和你家大姨都很喜欢你，正准备把姑娘许配给你呢，你偏偏弄出这么一档子事……唉呀，唉——！

当天晚上，长得像花瓶一样好看的化验员绳艺敏上大夜班。她忽发奇想，要回家拿栗子到厂里熬粥喝。她父母都在杂品公司上班，家里不断栗子、核桃、香蕉、苹果、橘子、桂圆等干鲜水果。一个姑娘家不敢单独走夜路，就擂响了王彭生宿舍的大门。

“王彭生开门。不要穿衣服，等我进去再捯饬。”绳化验大呼小叫，搅得左邻右舍都不安生。睡在对面床上的王春曦也被聒醒了，捂着嘴“嗤嗤”地偷笑。绳艺敏长得非常标致，却是一个“马大哈”性格，说话不过脑子。初冬的深夜，外面是干冷的。她知道王彭生不会裸身睡觉，想先进到屋里暖和一下，再叫王彭生穿衣起床，陪她回家一趟。

王彭生明白这位傻大姐此处省略掉的意思，无可奈何地摇摇头，起身给她开门。王春曦不明白，或者是故作不明白，在一旁“嘿嘿”地哂笑。

“跟我回家一趟。家里的大人都睡了，我自己一个屋……”绳艺敏把一双凉爪子插进王彭生的被窝里暖着，忽然压低声音，贴着彭生的耳朵悄声说道：“我屋里藏了不少好东西，今天给你拿香蕉苹果吃。”

第二天王春曦只把“不用穿衣裳、家里大人都睡着了、我自己一个屋”，以及绳艺敏不摊班也跑到厂里来，硬拽着王彭生去女澡堂洗衣服等等传播出去。他没弄懂，没听见的地方全部省略了。这就有了想象的空间，可以随意填补一些有趣、有色、有味的东西，供大家茶余饭后咀嚼。

刘薛理主任说，王彭生是化工厂的贾宝玉，粉脂堆里的英雄。将来如果有仙缘的话，也是八仙中的宫无上（吕纯阳）先生。王彭生知道《吕洞宾三戏白牡丹》的故事，吕道长是个六根不净的骚仙。道家有个吕纯阳，释家有个欢喜佛，儒家的开山鼻祖孔圣人也说“食色性也”。可见三教九流的人都离不开“性”字。郭会计就曾经大言不惭地说过：幸福幸福，离开性就无福。性命性命，失去了性就没命！

刘元真说他是招惹是非的花蝴蝶、小蜜蜂，飞到西、飞到东，天天盘桓在花丛中。嗡嗡嗡，嗡嗡嗡……

王春曦说的比较粗糙，他把室友比作配种站的雄性动物，说王彭生是“骚羯虎头”。

大家嘻嘻哈哈的，硬要把郭会计的肖像糊到王彭生的脊梁上，弄得他面红耳赤，好长时间不敢和女同胞说话。

那个直接把王彭生打造成“花花公子”的绳艺敏，和另外几个同样居功至伟的女同胞，竟然对此事茫然不知！听完男同胞的议论之后，她们朗声大笑：“你们这些臭男人啊，就会瞎琢磨……真是狗皮贴到南墙上，太不像话了。男女之间就不能亲近一点了？心理阳光一点好不好？”她们都觉得王彭生还是个讨人喜欢的大男孩，和他交往不设防，也没有男女之间的忸怩和芥蒂。见到他就像见到阔别许久的小弟弟，摸摸他的头，搓搓他的脸，是非常正常的亲昵，无可厚非。

文生放了年假，已经从南京回来了。街道两旁的商店里，都用“三洋”收录机播放着各式各样的音乐。“嘭嚓、嘭嚓、嘭嘭嚓”的声音此起彼伏。过去被批判为“靡靡之音”的甜绵歌声，从各式各样的喇叭、音箱中飞出，挑逗着人们的耳朵，抚摸着人们的心灵。他们都把各自的年货搬出门外，试探着往马路中间挤，妄想把宽阔的大马路变成超级市场！

西伯利亚的寒冷空气很不安分，那么多的森林和雪原，那么辽阔的大地和天空，还不老老实实地守在那里，过舒心安逸的日子，非得鬼头日脑地跑到南方来，到处瞎溜乱逛。

冷空气来临，暖空气迎接。寒暖气流相遇，你来我往的寒暄客套，雨雪就被孕育出来了。1980年的第一场雪，比以往来得更早一些。雪的形态和路数也大异于往常。往日的雪要么是鹅毛大雪，飘飘飏飏。要么是盐粒一样的雪霰，“唰唰”地往下倾泻。往年的瑞雪不论大小，多半都选择在夜间降临。人们从睡梦中懒洋洋地醒来，崴在温馨的被窝里咀嚼幽梦，迟迟不想下床。把脸贴到玻璃窗上，不经意地向外随意窥探。“哇塞！下雪了！”

大地上茫茫一片，给人以意外的惊喜。埋汰脏乱的灰暗被洁白掩埋，碎玉一样的大雪随物聚形，大地上有了诗情画意，确确实实地换了人间！

今年的冬雪不一样，形态上是雪片、雪花夹着雪霰，优雅缓慢、零零散散的飘洒。离地三尺就开始融化，打在人的脸上是雪，滑落到地下是雨。人们困惑纠结，弄不清老天是下雪还是下雨。记得有一位聪明的学生和老师一起对对联，老师起头说：“东边日头西边雨。”学生应声答道：“老天爷爷两头忙。”那么既雪又雨，非雪非雨怎么形容呢？岂不是“老天爷爷胡乱忙”吗？

今年的雪是不速之客，没有任何征兆，倏然而至。并且选择在白天造访，弄得道路上、庭院里泥泞不堪，给露天摆摊和出行的人，带来了极大的不便。

这样恶劣的天气，姐姐又是买鱼，又是买鸡，还弄了一堆带毛的猪蹄子。说是猪蹄髈富含胶原蛋白，还没有脂肪，营养丰富，养颜美容。仿佛西施、貂蝉、王昭君、杨贵妃她们，都是啃着猪蹄长大的。王彭生经常在电影上看到葛存壮、汤司令他们啃猪蹄，怎么没啃成“奶油小生”呢？

姐夫是厂里的小头目，还在岗位上加班加点地干活。只要头上顶着二指长的纱帽翅，就得废寝忘食地忘我工作。上班要早到，下班要晚走，这是规矩。姐姐赶完集、买完菜，就忙着给孩子洗褯子，烤棉裤。那时候还没有“尿不湿”，县委书记的孩子也得包沙土，换褯子。孩子还不满一岁，分不清鸡屎和糖稀，更没有体谅人的心眼子。饿了就哭，吃饱了就闹。想拉就拉，想尿就尿。

妈妈有洁癖，见不得脏东西。沾屎沾尿的物件都是姐姐洗涮。姐姐在厂里忙工作，到家里忙家务，没有闲着的时候。姐夫常说，你姐天生就是紧张命，不停地拾掇洗涮，把所有的东西都洗完了，最后再洗她自己。

文生的同学络绎不绝，都想了解一下大学生的校园生活。

只有王彭生一个人，是孔夫子的门徒——闲（贤）人。刮鱼鳞、择猪毛的事，理所当然地落到了他的身上。他天生懒散，碰到这样的事情，眼白就会增多，鼻子就会挪位。

王彭生十分清楚，心中有一万个不满意也得藏起来。今天这事只能“怨而不谤”、“谤而不怠”。满屋子都是忙人，都是亲人，自己还能攀谁呢？其实只要不罢工，“怨谤”的心态，“懈怠”的行为，都已经无关宏旨了。怨谤不耽误干活，懈怠只是拉长做工的时间。刮鱼鳞、择猪毛不是在蔺王庄推磨转圈子，没人再来解放自己了。

拾掇杂碎是非常废水的，要到院外那个公用的龙头去冲洗。王彭生摇头叹气，步履迟重地向外挪动。他内心的凄苦化作愁云惨雾，密布在书卷气十足的粉脸上，拉紧了双眉，拉翘了嘴角，也拉动了一个妙龄女郎的心弦。那个傻妞叫江丰珠，是妹妹的同学，也是同学的妹妹。王彭生和她的哥哥是同学。那个年代的人，都出生在多子女家庭，这样的现象十分普遍。

“彭生哥，我来帮你弄。”江丰珠过来帮着彭生拎猪蹄，并且甜甜地笑着说：“这样的琐碎活应该让女孩子来干，你一个大老爷们家，帮我换水就行……”

榜样的力量是无穷的。江丰珠带头示范，其她女孩子纷纷效仿。像是急于展示自己心灵手巧、勤快贤淑似的，争先恐后地跟着彭生跑到井台去了。

王文生成了孤家寡人，她满脸都是问号，十分地困惑和纠结。这些人不是过来了解大学校园情况的吗？怎么都急切地追逐着哥哥？她喊破喉咙也没拽住一个！难道说她们都读过《汉书·高帝纪》？前来找自己是幌子，项庄要宝剑，意在王彭生？

王文生的猜测很快就被证实了，她的部分同学都好围着彭生转悠。

彭生在的时候她们兴致很高，有说不完的废话。彭生不来的时候，她们家中也都有要紧的事情，虚以委蛇地寒暄几句，就匆匆地告辞了。

江丰珠比其她人高明，彭生在的时候，她黏黏糊糊地和“彭生哥”东拉西扯。王彭生不在的时候，她缠着其她人谈论王彭生。除了母亲以外，姐姐妹妹都是和彭生共同生活过的人，对王彭生禀性爱好，心思脾气，以及过去的种种劣迹，知之甚详，可以把他的历史和现在，查个底掉！

江丰珠还知道散布流言蜚语，传播对自己有利的消息。小姐妹都聚齐的时候，她故作神秘地透露说：“昨天我和彭生哥一起看电影去了。”“昨天我在彭生哥的食堂里吃的饭。”“彭生哥在化工厂人缘不错。他说话幽默，都说他会捣……”

时间不长，大家都知道江丰珠和王彭生很铁了。铁到了“针插不进、水泼不入”的地步。

小姐妹们情绪趋冷，感到极度失望的时候，她跑过来陪着王彭生在姐姐家吃晚饭，一直聊天消遣到很晚，然后要求“彭生哥”送她回家。

“彭生哥，人家都说咱们……”她的开场白和吕诗雅、丁小荷是一模一样的。

“唔。”王彭生不温不火、不急不躁、不置可否。他停住脚步，仔细端详一下这位苗条的小妹妹。

江丰珠身材适中，皮肤白嫩细腻，白里透红，闪烁着迷人的光彩。她的眼睛不大，逆光的时候眯成一条缝，嘴唇就会微微开启，露出一口碎玉一样的白牙。她非常满意“彭生哥”这样仔细地端详自己，因而沉浸在温暖的幸福之中。看得仔细，说明他很欣赏，很愿意欣赏。她自信自己不是丑人，让他从头到脚地慢慢品评吧。在街上拾个钥匙练也要端详半天，何况是……做买卖的人都知道，褒贬是买主！端详得越仔细越是感兴趣，心里正考虑着准备收入囊中呐。她慢慢地往“哥哥”跟前凑，柔软爽滑的发梢扫到彭生的鼻子了，彼此可以感受到对方的呼吸和心跳。彭生往后稍退一步，江丰珠像磁石面前的铁屑，不由自主地往前跟进。她脚下踩着滚动的石子，重心不稳，栽倒在了“哥哥”的怀里。她趁势搂住哥哥的肩膀，热烘烘的脸庞也贴了上去。王彭生热烈地响应着，没有一丝一毫的抗拒……

姐姐苦口婆心地劝说王彭生，一再强调“一白三分俊，一俊遮百丑”。找老婆关键是看她能不能跟着咱过苦日子，不是到书店里买年画。花瓶好看，能当饭吃吗？只要真心对咱好，又能凑合着过日子，日久就会生情。她知道当时的家庭情况，弟弟又没考上大学，如同他自己写诗自嘲那样：“痴似贾宝玉，又无好皮囊。无为空碌碌，枉有聪明像”。人家姑娘能看上咱就相当不错了，千万不能犯轴，挑来挑去挑花了眼，再把祖父母的嘱托给耽误了。

老百姓常说，挑黑的、挑白的，最后挑个没皮的。谁能保证下一个就比这一个好？她不知道顽皮懒散的弟弟有多大本事，也不知道弟弟身后还有待选的预备队，坚持劝说弟弟，差不多就点头应允了。祖父母虽然共赴黄泉去了，其实并没瞑目。他们正站在九霄之外的云朵上，等着看到重孙子出世，等待着王家的香火延续呢！

王彭生决定和江丰珠相处，但并不急于把关系确定下来。他把自己的想法告诉了朱淑娟，得到了她的理解和支持。他们需要一块挡箭牌，挡住越刮越盛的流言蜚语。他们需要一种姿态，让朱淑娟的父母亲大人、公公婆婆大人，把悬在嗓子眼里欢蹦乱跳、想脱离胸腔的心脏，稳稳地装回肚子里。这样老人家也能卸掉包袱，睡一个安生的囫囵觉。他们鼾声四起的时候，这个可以稳定军心的喜讯也会被邮寄到前线，让仝参谋心情爽朗舒畅，安心戍边，更好地保卫祖国！

十二

华惠民、孔斌是和王彭生同一天进厂的工友，严格地说，应该是师兄弟。刚分配工种的时候，他们同在机修车间，接受杜传允主任的领导，跟着赵厚林师傅学艺。王彭生被抽调去新沂学习，孔斌进了配电室，华惠民留在厂里搞安装。王彭生从新沂回来后升进了科室。孔斌也去了供销科，成了戚主任的心腹亲兵。华惠民仍然留在机修车间，执着地坚守岗位，“乒乒乓乓”地砸着电极筒。

大家都很关心王彭生，在电脑、计算机尚未普及的年代，孔斌给小师弟找来了《珠算》学习材料。华惠民知道彭生好写好画，也能写能画。他诚心相邀，把王彭生带到家中参观他的地鳖虫，其实是把小师弟介绍推荐给爸爸。他爸爸华奉同是市文化馆的馆长，手底下管着一大批能写、能画、会拉、会唱的大能人。

华师兄端出一个残缺不全的缸盆子，里面盛着他的宝贝地鳖虫，学名叫土元。在200瓦的白炽灯光照耀下，地鳖虫异常活跃。它们啃着烂菜帮子、麦麸皮，在石子瓦片中穿梭，往沙土里遁形。有的大个子母虫驮着小个子公虫交配，有的母虫腚后面拖着一个槐豆荚一样酱红色发亮的卵囊。

华惠民的缸小乾坤大，里面装盛着一个纷繁热闹的大世界。王彭生觉得新奇、刺激，神情专注地望着那些大大小小的地鳖虫，看得非常入神。

“小爷们喝水。”华奉同馆长从屋里走出来，十分热情地和彭生打招呼。他用碧螺春招待儿子的同事，非常和蔼地啦着家常理短。

“你父亲是秦台的风云人物，是个大能人，我认识的。”华馆长说：“能人不安分，做事轰轰烈烈，福祸难料。”

王彭生对华馆长的见解十分认同。爷爷说父亲从小就好瞎折腾。奶奶经常叹气，很担心父亲死不到床上。

“听惠民说你好看书，也能写。平时都看什么书？有空的时候写点东西，我让朱敦仁老师给你指导一下，好好地培养培养你。”华馆长知道儿子忠厚老诚，儿子欣赏的人也不会是奸猾狡诈之徒。

王家是中国跻身前三甲的大姓，自古就人才济济。华馆长询问王彭生：“说说你们王家历史上出现过的名人和光辉事迹。”

提起王家的名人，王彭生激动、欣喜，仿佛能跟着沾光似的。职务最高的当然是王莽，他曾经推翻刘平帝，做过短暂的皇上。不过他是外戚叛乱，是危害正统的谋逆之徒，一直不齿于英雄之列。所做的事情也轰轰烈烈，却没有人承认它灿烂辉煌。诗人也不少，有王维、王勃、王之涣、王昌龄等。他最为推崇的，还是那个可以用洲际导弹搭得上关系的祖上本家王羲之。提起王羲之，大家就会想起天下第一行书《兰亭序》，就能想起“王右军”的名号，想起“东床快婿”、“入木三分”的典故和成语。

王羲之是前无古人、后无来者的天下第一“书圣”，书法上的造诣登峰造极，无人可比。他有力透纸背、入木三分的功力，有着别人不能望其项背的神韵！曹植的《洛神赋》中，有“翩若惊鸿，婉若游龙，荣曜秋菊，华茂春松。仿佛兮若轻云之蔽月，飘飖兮若流风之回雪”的章节。如此华美的篇章，竟然成了赞美王羲之书法的专用词语！有人说王羲之的书法鬼斧神工，是仙传神授，难以描摹。也有人说王羲之观蛇斗而书法长。他得万物之灵气，日月之精华，加上慧根聪敏，悟性极高，非常人可比。在神秘的色彩后面，也能透过洗黑的“墨池”，磨秃的“笔塚”，看到他勤奋刻苦的影子。

冰冻三尺非一日之寒，绳锯木断非片刻之力。王羲之达到的境界，确实不是随便熬几个通宵就可以赶上的。据说他的儿子王献之从小就跟着他学习书法，学到十八岁了，写出自己的名字拿给母亲看。王羲之见“献”字少写一点，拿起笔来信手给他点上了。王母详细审查很久，把王献之叫到跟前，写了十四个字的评语：“我儿苦练十八年，唯有一点像羲之。”

还有另外一个传说，是关系到山海关的。传说山海关城门楼子上面那块匾额，是王羲之题写的。城门下有一个卖粥的老汉，是一个五迷三道的书法爱好者，尤其钟爱王羲之的墨宝。他从学徒到师傅，从弱冠到耄耋，一直在王羲之的墨宝下面卖粥。怀着对王羲之的无限敬仰，眼观着他的墨宝，体会着他的墨香。卖完粥就拿着刷帚疙瘩写写画画，心摹手追地苦练“山海关”这三个字。

有志者事竟成，只要功夫深铁杵磨成针。天长日久，卖粥的老汉把王羲之题写的“山海关”，临摹得惟妙惟肖。突然有一天，山海关那个“關”字里面的绞丝脱落了。王羲之已是作古之人，不可能爬出坟墓写字。这个绝笔有谁能续上呢？官府贴出告示，招募撰写“绞丝”的人。成千上万的文人墨客，摩肩接踵地前来应聘。山海关车水马龙，衙门口门庭若市。热闹了年把，那个“绞丝”竟然无人写得出来！官府又出了新的告示，说是谁能写出这个“绞丝”，写得和王羲之真迹一样，就奖励谁一千两银子。

重赏之下必有勇夫，卖粥师傅拨动了他的小九九，写好这个“绞丝”旁，是他卖八辈子米粥的收入。写完这个部首偏旁，顶多花一顿饭的功夫。这个偏旁写好了，自己的后半生就可以砸烂粥缸子，天天睡懒觉。或者把粥缸换成酒缸，天天吃香的、喝辣的。写不好也没关系，榜文上又没有“砍头”的条款，继续顶着王羲之的墨宝卖粥就是了。

行家一出手，就知有没有。卖粥老汉笔走龙蛇，技压群雄，轻而易举地拔得了头筹。他如愿以偿了，后半生尽享荣华富贵，用不着早起卖粥了。不过美中不足，他的功力欠火候，只能形似不能神似。走近看就像王羲之亲笔书写的一般，离远了依然看不到门里的“绞丝”。所以一直流传着“近看山海关，远看山海门”的说法。

华馆长赞许地点点头，小爷们不是绣花枕头，肚里还是有些东西的。自己身为文化馆长，腹中有诗有书，有必要向后辈子侄展示一下，让他们长点见识，知道前辈也是才高八斗、学富五车的饱学之士。腹有诗书气自华。华馆长口吐莲花，字字玑珠。他讲了“学无止境艺无涯”。讲了“书山有路勤为径，学海无涯苦作舟”。讲了中华历史源远流长，中华文化博大精深。讲了中华文化体系中的各种瑰宝。从文学、美术、音乐，谈到了茶文化、酒文化和饮食文化。讲到了“大智若愚”、“治国如同烹小鲜”。还谈到了高深莫测的中华武术，谈到了少林寺和尚武功了得，可以“法力稣棍”等等。上下五千年，纵横几万里。

华惠民十分高兴。他看到父亲一脸灿烂和爽朗，小师弟显然已经通过面试了。希望他除了锦心绣口之外，还能写出一篇让老父亲和朱敦仁老师都能看得上眼的好文章。

进入到 20 世纪 80 年代，随着“改革开放”的不断深入，港台之风越过宽阔的海面，一缕一缕地向大陆吹拂过来。邓丽君、徐小凤的歌声，包裹着劣质廉价的电子表和计算器，充斥着大街小巷，遍布城乡的每一个角落。年轻人留着大包头，穿着扫街的喇叭裤，带着蛤蟆眼镜，拎着四个喇叭双风道的收录机。随着“嘭嘭嚓嚓”的音响节奏，又扭又跳，仿佛他们腿上装有发动机，腰里、脖子里都安上了弹簧。

"活春宫"一样的扑克牌，也被祝托、柳心听这样的孬熊带到了秦台。

戚主任急匆匆地走到办公室，把门窗关起来，把门帘、窗帘拉下来，迫不及待地掏出祝托送给他的"春宫"扑克牌，一张一张地详翻细看。54张扑克牌，54个花式动作。54条色狼，54只狐狸，对着戚主任挤眉弄眼，演绎着狼狈为奸的故事。扑克牌翻到一半的时候，戚主任头昏目眩、大汗淋漓，喘气也像看到兔子的细狗，"呼哧呼哧"地兴奋粗壮起来。他坐不住了，骑上他的轻便凤凰车，箭簇一样往家中射去！他把老婆叫到卧室去，一起翻看那摞比麻师傅烧鸡还要提气的扑克牌，看得老婆面酣耳赤，春潮激荡，不能自持……

"孬熊祝托，你弄得这个玩意不错。"戚主任请祝托喝酒，见面先劈头盖脸地大骂一通，把祝托骂得心花怒放。这是戚主任表扬人的特殊方式，越骂越亲，越骂关系越铁，不骂就疏远了。等戚主任骂完了，无论祝托提什么样的要求，报销一些不太合乎规定的费用，戚主任都会笑骂着给他签字。

"外面的好玩意太多了，听说广州、福建有黄色录影带，香港那边跳脱衣舞，男女混杂在一起，现场直播……"祝托逢人就渲染外面是个花花世界，不出去走走看看，到老能后悔死。

戚主任被说动了心思，决定亲自上阵，冲到一线去闯荡一下。改革开放以后的变化，一日千里，他已经深切地感受到了。

孔斌和王彭生都被戚主任选中，进了供销科。孔斌专职跟随戚主任拎包，是贴身的心腹亲兵。王彭生负责内勤，也顺便伺候着祝托、朱新明、柳心听等外勤人员。帮助他们送汇票、押车运货啥的。

刘薛理主任说戚主任有着侯本升一样的心态。孔斌虽然比王彭生高大，但面部皮肤粗糙一点，所以他选择孔斌当亲随。他身边常有女客户，谈完业务还要谈谈感情，翻看一下扑克牌啥的，不能把眉清目秀的小伙子带在身边。

孔斌说跟着戚主任出发是享福的差事。旅途中坐卧铺，停下来住高档宾馆，想吃什么菜，可以随便点。但是要有眼色，知道什么时候紧跟，什么时候回避。

戚主任随身带着他的宝贝扑克，出发的时候和女客户一起翻，在家里和老婆一起翻。

戚主任说，不论干啥事，都有个新鲜劲。时间一长，新鲜劲一过，就出现审美疲劳了。头刀韭也不鲜了，黄瓜妞也不嫩了。那片丰厚蓬松、温暖柔软，像羊毛一样散发着清香气息的白色云朵又浮现在眼前，晃得他精神恍惚，老是走神。

戚主任心中有了一个非常强烈的愿望，这个愿望像蓬松的云朵一样，不停地膨大升高，并迅速地占领了脑海。盘桓其中，挥之不去。他突然有了艺术细胞，滋生出美术家那样高雅的想法！如果能欣赏一下战友老婆的裸体，再拍几张不同姿势的艺术照片有多好。战友一出海就是半年不在家，闲着也是闲着，资源被无情地浪费着，既可惜又叫人心疼！

开发利用优秀的人体资源，是一项高尚文雅的工作。俗人不太理解，认为这样的念头是霉烂长毛的坏想法，这样的行为是肮脏龌龊的。先进的理念、超前的意识，一般都不容易被世人理解。就像摩西带领族人出埃及，就像李大钊先生宣讲《共产主义 ABC》，都是不被当时世人理解的。自己也要有牺牲和奉献精神，敢于为人之先。巴解不吃螃蟹就是俗人一个，就会悄无声息的淹没在历史的长河之中，他就没有勇敢的典故流传，他的名字就不会被后人知晓。反正改革开放没有固定的模式，上级允许摸着石头过河。自己未尝不可以率先展示一下先进的理念，荡涤一下僵化腐朽的陈旧思想。

高雅之事不足与外人道，更不能与外人谋。外人杂七杂八的想法、心态和感受，都可以弃之不顾，但当事人的想法要仔细揣摩。做不通当事人的工作，她就不会欣然接受。没有当事人的配合，不论多么高雅、多么完美的计划，都不能付诸实施。一个鲜活的面容跃入脑海，是祝托那个孬熊。那个孬熊送给他一副有着神奇魔法的扑克牌，那副扑克牌可以煽情，甚至可以使人暂时丧失理智。扑克牌是可以借用的道具，但是光靠扑克牌还不行。具体行动是个耗时耗力的工作，能量是物质转化的，还要有可靠的物质基础作保障！譬如说单楼许庙的驴圣、驴大肠，麻师傅的烧鸡，刺猬饭店的猪头肉等等，都是必须储备的“物质基础”。

郭会计说过，玩闺女要大胆，玩娘们要皮脸。白娘子是开怀下蛋的母鸡，在她面前不能一本正经了。她不是老三届的高中生嘛，可以背诗给她听。自己刚从客户那儿学了一首，还没来得及展示呢。

“远上寒山石径斜，白云深处一女娃。停车做爱枫林间，露出裆中那朵花。”戚主任吟唱着歪诗，眯着眼睛想，如何在白娘子面前嬉皮笑脸，让她认可自己是许仙。记得老年人说过“烈女怕缠郎”，那就黏缠不放，死缠烂打……

戚主任先在领导班子会上提议，让黄欣上长白班，让白云常值大夜班。这是一个极富人性理念的建议，因为黄欣的丈夫就在本市机关工作，常年没有夜班。让自己的阶级兄弟每隔十天就当一回光棍，独守空房，抱着膝盖苦熬慢慢长夜，我们却躺在温暖如春的被窝里，温香软玉抱满怀，于心何忍呐！

白云女士和黄欣不一样，她丈夫大半年漂泊在海上，白云在哪儿睡觉都一样。她丈夫休假回家也无妨，休假的时候不上班，那样的事情白天也是可以操作的。白天人的精神振奋，是最佳的工作状态，活儿干得认真精细，产品也会更加聪明和标致。很多傻X糊涂，以为只要男人夜晚归家就不会出轨。这样的想法大错特错了。男人在白天兴致更高，次数更多，时间更长，活儿干得更好！

务虚工作顺利地完成了。戚主任的建议获得了通过，大家赞同他的说法。与人方便与己方便，不图别人的方便也是功德善举啊！戚主任向工具室的全体人员宣布这一决定时，意味深长地向白云挤挤眼，嬉皮笑脸地说：“别怕天黑，伙计，我抽空过来陪你……”

戚厂长果然言而有信。他说男子汉大丈夫，无信不能立于天地之间。他守信如节，令出法随。

在一个月朗星稀的夜晚，戚主任从朋友那儿酒酣归来，化工厂因为压负荷停车等电。戚主任怀里揣着一包熟羊肉，急忙打开办公室，从抽屉里拿出一包可可烟，又拿起那副具有春宫图案、具有催促发情功效的扑克牌，风急马快地锁上房门。老传达说只见黑影一闪，可可烟的香味就在工具室里飘散了。

上夜班的工人们已经吃过了夜宵，各自寻找犄角旮旯，趁压负荷的间隙迷糊一会。只有聂永光、李见平、王新果、王保民等人，是嗜赌成性的赌徒，聚在电工值班室里赌香烟。

“独头、两道、杠子拿”、“老千、虎头、人八对”。他们平时抠抠索索，吸烟不舍得让别人。到了赌场上就格外大方，十支八支地往上押。烟卷都被揉搓得空了半截，他们依旧一丝不苟地押宝，赌兴丝毫不减。曲终人散的时候，赢家拿着一把卷烟的纸皮，向别人炫耀他的战果。不在乎能不能吸到烟，玩得是点子！赢了就是手气好，点子兴，赢一堆账皮子也高兴。如果谁的臭手摸到了女和尚的生殖器，一晚上不能翻身，一颗烟不拿也是死皮耷拉眼，满腹不高兴。这就是人的精气神，没有喜悦在里面支撑着，就会得忧郁症。虽然还喘着一口赖气，形同僵尸一般！

好赌的人身心投入，全神贯注，可以达到忘我的境界。据说他们几个赌友，怕家人骚扰，星期六买了两包大蜡烛，跑到郊区一个机井屋里彻夜豪赌。后半夜里瞌睡虫上来了，大家都想抽支烟提提神，可是翻遍所有人的口袋，都没找到火柴和打火机。他们都把香烟叼在嘴上，舔舔闻闻，过着干瘾。黎明时分，有一个拾粪的老大爷从井屋旁路过，嘴里噗嗒着一明一暗的旱烟袋。他们像见到救星一样，连声呼唤到跟前，借火对烟。老大爷看到屋内明晃晃的大蜡烛，十分不解地问：“这蜡烛上的火头不能点烟吗?”

大家相视而笑。人都是一天三混蛋，不知道哪一阵？今天摊到晚上了，四个赌徒混蛋的时机，空前地一致……

如果还像那天一样，他们浑浑噩噩地赌到天明，听到开饭的电铃去食堂，吃完饭回家挺尸，睡到晚上再来上夜班。化工厂的班次正常轮转，单调机械，周而复始，就没有故事可讲。偏偏那天大家都机灵，高压指示灯一亮，他们全都发现了。大家的表现也是空前的一致，没有一个人混蛋，没有一个人迷糊！

他们撂下扑克牌，收起瘪瘪皱皱的烟卷，叫醒酣声如雷的班长。“来电了，起来干活！”

当班的工人被班长急招起来，从不同的角落里拱出来，向电炉车间靠拢。大家打着哈欠，揉搓着惺忪的睡眼，回归到各自的工作岗位，重新开始战斗。

送上高压电，机器“轰轰隆隆”地运转起来。相安无事也就罢了，化工厂日月轮转，星星还是那个星星，月亮还是那个月亮。可是天不作美，刚出完一炉电石，冷却水管的截止阀就“呲呲”地拉着哨音往外喷水。这就得到工具室去借大管钳，拧开阀门往里面压盘根。

扑克牌和熟羊肉混合在一起，有了超自然的力量。它们把戚主任和他心中那朵圣洁的白云，带到了宇宙的边缘。他们沉浸在银河中牛奶一样的波涛里，尽情地畅游嬉戏，忘记了地球还在旋转，忘记了自己的躯壳还在凡间。工具室的大门是有内插销的，因为戚厂长过于急切，白色的云朵过于麻痹，男女双方过于投入，神情太过于专注，竟然没有把插销销上。高压汞灯如同刚从牤牛腚上摘下的睾丸，闪耀着带有血色的青紫色光芒，把斗方之室照得如同白昼！室内的地坪是平整光洁的水磨石地面，光可鉴人。床上地下两组黄鳝绕白鱼的情景，全都毫发毕现，清晰异常，比复新河桥洞中那组鲜活的画面更为生动……

工具室的大门被二班长余微尘和机修工薛绽梅同时推开了，他们身后跟着几个好热闹的赌鬼。大家被眼前的景象搞懵了，忘记了前来工具室的目的。身子也像蟠桃园里的七仙女，被孙大圣使用“定身法”定住一样，走不进去，退不出来！耳畔同时响起了黄脸汉子告发郭会计的歪诗：

床前明月光，地上鞋两双。颠鸾又倒凤，大门没插上！

戚主任他们被开水烫了一样，倏然分开，各自套上裤头。戚主任尴尬地强笑一下，抱着衣服灰溜溜地跑走了。那朵美丽的白云用床单蒙上头，“呜呜”地大哭起来……

十三

1981年，“革委会”这个响彻云霄的名字停止使用了。政府、机关和企业都恢复了“文革”前的称谓。

这一年秦台爆炸了两条新闻，出了一雅一俗两大名人。

秦台市出了一个全国知名的大作家赵本夫，他的短篇小说《卖驴》，在当年的全国文学大奖评比活动中，荣膺一等大奖。作家和他的作品，一夜之间蹿红全国！在秦台这块千年热土上，赵本夫的名字更是家喻户晓，响彻云霄。据说有一位文学青年，啤酒喝多了，被浓浓的尿意顶弯了腰。两腿夹股着，急切匆忙地跑到厕所里打开方便之门，酣畅淋漓地享受着倾泻的快感。他腋下夹着一本《小说选刊》，被厕所里另一位蹲坑的同胞看见了。

“你拿的《小说选刊》里面，有赵本夫老师的《卖驴》吗?”

“有。我都读过六遍了。那文笔……啧啧，真过瘾……”

“我都读过十六遍了！啧啧……老道的很……”

蹲坑的伙计站起来提裤子，小伙子把淋完透雨的家伙收进裤裆里。两个人看到了对方的衣着打扮、性别特征，都傻眼愣住了。小伙子是个莽撞汉，慌不择路，居然跑进了女厕所。姑娘的心思也不太缜密细腻，或者是被“唔唔”的驴叫声搅乱了心思，看到他进门站在那里撒尿都没反应过来，还腆着脸问人家要书看！

因为惦记着那本《小说选刊》，惦记着书中那匹油光水滑的大青驴。走出厕所之后，那个时髦漂亮的小姑娘，虽然略有尴尬和羞涩，并没舍弃帅气的小伙子扬长而去。她追寻着驴嘶马鸣的声音，嗅着油墨的芬芳，像一匹欢蹦乱跳的小驴驹子，踮踮地跟着小伙子走进公园，在鹅卵石铺砌的林荫小路上，慢步徜徉。

小伙子把《小说选刊》交到姑娘手上，十分热烈地和她讨论驴子，引申探讨驴子以外的大牲口。譬如说牛马、猪羊、骡子、黑狗等等。于是又扯到了“仁义犬马”这样的议题，说起来杨二郎的哮天犬，刘备胯下的卢白马。继续衍生出有关伦理道德的话题，说是“骡马比君子，牛羊玩他娘”。

姑娘的脸羞红了，用《小说选刊》挡住她的粉脸，像月亮钻进云层一样。不过话匣子已经打开，思路趋于清晰和活跃，就像疲惫不堪的溺水之人，沉浮在风高浪急的江面上，只能随波逐流。江面上起了漩涡，把他们带进了另一条河汊。他们穿越了历史的长河，远离了大大小小的家禽家畜，跑到了万里长城，想到了孟姜两家种下的大葫芦，以及从葫芦里锯出来的美人孟姜女。

“孟姜女在家里洗澡，万喜良趴在墙头上偷看。他是第一个看到美女光腚的人，所以孟姜女才下嫁给她……”那个摩登俊俏的月亮从云层里探出头来，深情地望着小伙子，意味深长地询问着：“你是第一个偷窥我的异性，你看到了吗？”

这话意有所指，小伙子心领神会。

“看到了，看到了……”小伙子像小鸡啄米一样不停地点头，扳着姑娘的肩膀，凑近她的耳朵小声说：“屁股真白，就一点点黑……”

“该死，你真坏……”

“你真好，好得不得了！”小伙子掩饰不住内心的喜悦，对着云层中的月亮发誓：“天上的月亮和星斗见证，我今生今世，只对你一个人使坏……哈哈，男人不坏，女人不爱……”

小伙子歪打正着，被几瓶子啤酒撑破了肚皮，误闯女厕所，抱得美人归。他们喜结连理，说赵本夫和他小说中虚拟的驴子是媒人。等他们生儿育女，忙乎完传宗接代的事情，想投到赵老师门下学习创作，并且对赵老师玉成美事进行报答时，赵老师已是专业作家，调到省城去了。

秦台的另外一位名人叫“驳壳枪”。驳壳枪既不姓薄，也不姓柏。他的真实姓名无从考证，考证出来也无人喊叫。估计和“薄”、“柏”的谐音、邪音都搭不上关系。大家为啥送他一把手枪当做雅号，实在揣摩不透。是“驳壳枪”子弹出膛时一声爆响嘹亮，还是这个名字像子弹一样能够远传远射，实在是搞不清楚。

驳壳枪杀人不偿命，他还把一位醉酒的女性公务员拉回他的居所，压在身子下面，当褥子铺了一晚上。所以驳壳枪的名气越来越大，人气越来越旺！

驳壳枪和大作家赵本夫同一年成名，也是1981年。那一年的夏天，一个细雨霏霏的早晨，驳大侠领着一个患有精神病的女青年，在刚刚拆除的“三面红旗”旧址上，演示人类繁衍后代的操作过程。执勤的交警没有处理类似问题的经验，打电话请示大队领导。大队长和教导员全都是脚脖子上长草，慌（荒）了腿了。他们紧急调度全市各个路口、岗亭、卡点的交通警察，还有联防队员啥的，跑步前往肇事地点，面向外、背向内，把驳大侠圈在核心，手挽手、肩并肩，围成一个硕大的圆圈。圆圈外面人头攒动，围观的人摩肩接踵。

那天有一位省里的领导到秦台来视察，看到那样热闹的场面很是感动。他以为市民自发地组团欢迎领导，不停地从车窗里向外挥手，向围观的群众招手致意。听说那一年秦台市获得了省里几千万的拨款，全都得益于那次不雅的轰动事件。

警察筑起一道人墙，像群臣伺候皇上野外临幸嫔妃一样，保护着在欢乐谷畅游的智障男女。这在秦台市是开辟鸿蒙第一遭，是空前绝后的壮举！恐怕找遍全国、乃至全世界，都鲜有第二例出现。

驳壳枪居住在汉城东大门南侧一个闲置的耳房里，铺盖穿戴都是好心老太太施舍的退旧品，吃饭店里的大鱼大肉白馒头。那时候人们羞于打包，认为拾掇残汤剩羹是丢人掉份的行为。多半个烧鸡、鲤鱼，肥嘟嘟的大块肘子肉，还有雪白的馒头米饭，都往泔水桶里倒。饭店打烊的时候，驳大侠之流就会蜂拥而至，帮饭店干点脏累的粗活，就可以肆无忌惮地从泔水桶里捞鱼捞肉。有时候他们行动晚了，在半路上碰到拉猪食的人，也能敞开肚皮可劲造。秦台地区民风淳厚，秦台人心地善良，更有一些靠主向佛的人，懂得“救人一命胜造七级浮屠”的道理。连小猫、小狗、小虫子都小心翼翼地呵护着，何况是人呢？

驳壳枪还是秦台市的“净街使者”、“清道夫”。秦台市位于苏鲁豫皖四省七县的交叉结合部，地理位置特殊。各个省市的偏远地区，都经常有高级干部前来考察视察。当地政府厌烦那些终日在大街上游荡的、蓬头垢面的智障人群，嫌他们影响市容，有碍观瞻。但是他们再憨再傻也是人类，不是猪马牛羊，不能剥皮吃肉，不能在市场上销售。那就只有一个办法，以邻为壑，把这些半人半鬼的神经病送到邻县去。眼不见心不烦，清爽一会是一会。

秦台周围都是落后荒僻的经济欠发达地区，是深受其害的重灾区。适逢邻县美化环境、整理市容的时候，市内就会激增一些衣衫褴褛、蓬头垢面的精神病人。开始市领导也是愁肠百结，无可奈何。后来知晓了个中秘密，也如法炮制，以其人之道还治其人之身。责令民政局和公安局，警民结合，严防死守，务必净化本地区的社会环境。双手难敌众拳，“马其诺防线”很快就被突破了，临近各县的人渣从不同的方向过来，挡是挡不住的。市领导悟出了“被动就要挨打”的道理，改为主动出击。先收容，后送走。也把人渣拉到两省两县的边境线上，指示那群憨家伙朝邻省、邻县的方向走，不许回头。

同行是冤家，憨子也不例外。人们慢慢地知道打包了，把整装一点的饭菜带走。有的家庭开始喂养宠物，开始和驳大侠争食了。养猪场赚了钱就要扩大养殖规模，增加了不少造粪机器，也不像先前那样慷慨大方了。

外地的憨子也来抢食，这让驳大侠不能容忍！对于食客打包，养猪场扩编增容，他是敢怒不敢言，更不敢有任何不满的表示和举动。对于外来的憨 B 傻蛋，他像看到了田里的地瓜一样：生可啃熟不可啃（是可忍孰不可忍）！他就带领本地几个小憨子，对外地的同类大打出手。憨子只是大脑呆傻，身体其他部位发育正常，神经系统极为敏感，也是知道疼的。驳大侠的措施比政府秘密收容转移的效果更为显著，也更为快捷。有碍观瞻的人群迅速消散，纷纷遁形。大家都知道这是驳大侠的功劳，于是驳大侠就不在被驱除之列，优哉游哉地穿梭在秦台的大街小巷。好心人还送他一根顺手的白腊杆子，一辆带卧斗的脚踏三轮车，叫他把打伤、打残、甚至是打死的憨子、傻子、神经病，送到城外去。

驳大侠患有间歇性精神分裂症，不犯病的时候是个半憨，也能听懂部分人话，能与别人进行简单地交流。平日里，他不犯病的时候，不论秦台市区内谁家有红白喜事，他都不受邀请而至，比接到请柬的人还要正点准时。他或者给事主家点火放炮，或者是举哀哭丧，跟着吃一顿大席，混两包赏烟。秦台市区内，常住人口已经超过了十万人，迎送嫁娶送粥米，当兵上学出老殡，都要摆场宴客。驳大侠跟着哭爷爷奶奶，跟着喊婶子妗子、七大姑、八大姨，天天弄一肚子油腻，把与呆傻的脑袋极不相称的身体，喂得滚瓜溜圆，脑满肠肥。身上的灰垢被浸润得油光发亮，像汽车底盘上的油泥。

晚上，找不到女憨子的时候，他就领着几个追随者，整片整片地推倒路边的栅栏，宣泄过剩的精力，释放惹祸的能量。

犯病的时候，就有人把他送到孙楼或黛庄（两家离秦台最近的精神病院）去，恢复一段时间再接回来。他像候鸟一样，从秦台飞到精神病医院，从精神病院飞回秦台。

大家都习惯这样的生活方式，看到路边的铁栅栏完好无损地矗立着，就相互转告："驳壳枪进枪械修理所了。"

看到街上晃荡的憨家伙减少了，就知道驳大侠回来了。

有福之人不用忙，无福之人跑断肠。老百姓常说，憨人有憨福，要强命不长。憨B拉胯的驳大侠，有过一次令正常人羡慕不已的奇遇。因为这次奇遇，他的私密生活有了一次质的飞跃，是一个高高的起点，树立了很多正常"高富帅"小伙也难逾越的里程碑！

那是一个激情燃烧的夜晚，驳大侠推倒了一片又一片路边的栅栏，依旧消耗不了过剩的能量。他就蹬上他的"宝马"三轮车，满城乱转悠。到了凌晨两点多钟，他在一个小区的门口，看到一滩柔软的烂泥。那是一个被冷风吹走了灵魂，被乙醇烤僵了脑子的女性同胞。她在外面喝醉了酒，一同热闹的酒友害怕她丈夫会有不良反应，没敢把她送到家中，而是把她放在离家很近的小区门前了。

驳大侠刚从黛庄回来，脑袋接近于半正常状态。开始他也想学雷锋，询问那位穿着制式服装，戴着大檐帽的女干部家住哪里。那女子酒气熏天，醉眼朦胧，错把野猪当白马。她看到自己的丈夫过来接她了，吐着酒肉混合的粗气朝驳大侠怀里乱拱。驳大侠想把她抱到"宝马"车上去，可是她柔若无骨，瘫软稀烂，拉起来是一条棉丝线，放下去是一滩臭牛屎。

来回拉扯几下，金属钮扣被扯飞了。那个小姑奶奶居然没戴乳罩。两个肥美坚挺的雪白乳房，像两只振翅欲飞的白鸽子，噘着樱桃一样亮红的嘴唇，"咕咕"地鸣叫着。看到这样的情景，正常人也克制不住，何况驳大侠脑残、脑瘫呐！

驳大侠把素不相识的女公务员抱上他的"宝马"车，拉进了他的狗窝。后面的事情似乎很明朗了，无需赘言，大家也能猜到结果。驳壳枪自己表述的意思是：以前也没饿着过，不过吃的都是杂面窝窝头，好不容易捞着一个白面大发馍，肯定要多啃几口的。

黎明时分，巡逻查夜的联防队员，听到驳大侠的狗窝里鬼哭狼叫，以为驳大侠又在祸害女傻子呢。出于好奇，他们探头往里瞅了一眼。一眼瞅到了大灰狗一样蜷曲在旁边的制服和大盖帽，脸都吓绿了。

他们把驳大侠从架上摘下来，兵分两路，一路护送女公务员回家，一路把驳大侠扭送到治安辖区的派出所。

“怎么回事?”值班民警黑着脸训斥驳大侠。

“嘿嘿，我弄得她上下嘴里都是鼻涕……”驳大侠木讷讷地傻笑着，反复重复一句话：“我弄她两嘴鼻涕……嘿嘿……”

公安干警很无奈，劈腚踩他两脚，叫他滚蛋了。稍停又追出去把他叫回来，告诫他出去不要乱说。

狗窝里藏不住骨头，憨家伙也知道把好东西翻出来品尝。“驳大侠弄了女公务员两嘴鼻涕”的流言，像流行感冒的病毒，被大风吹散，飘落到千家万户。大家都得“感冒”了，还相互传染，连乡下人也知道了市区的风流公案。

街头巷尾、茶余饭后，大家都在议论驳大侠的光辉事迹，谈论起来“啧咂”有声：“驳壳枪这狗日的哪辈子修来的福气……”

“这鸡巴不如长到憨子身上了……”

还有一些年轻人幻想着驳壳枪的艳遇重演，正好出现在自己身边。于是都购买带卧斗的三轮车，都骑着三轮宝马在深夜溜达。

社会有需求，企业大发展。秦台地区制造三轮车的企业如雨后春笋，“咕嘟嘟”的往外直冒。后来升级换代，改成电动三轮、电动汽车。秦台电动车产业如火如荼地蓬勃发展，已经成为全国最大的电动车产业基地。驳大侠和那位不知姓名的女性公民，是功不可没的!

后来，秦台不光电动车产业迅猛发展，就连新版的《好汉歌》，也在秦台的上空回响：

路见美女一声吼啊，
看你喝酒没喝酒啊。
醉后的美女更温柔呀，
丈夫不搂咱就搂啊!
唉嗨、唉嗨，咿呀嗨，

该拉走时就拉走啊！

骑着电动三轮车呀，

风风火火满街蹓啊……

秦台市的男人如临大敌，想把老婆变成钥匙链上的饰物挂件，天天拴在裤腰带上。每天晚上，大闺女、小媳妇，甚至是满头银发的老太太，都不敢踏出家门半步，更不用说外出喝酒了。

当时的秦台市，空中飘荡着“天上掉下个林妹妹”那样苍凉的歌声，大街小巷里，流淌着宝马三轮“滴滴答答”清脆悦耳的铃声，徜徉着“踢踢踏踏”的驴子碎步声。整个城市人声鼎沸，尘土飞扬，驴蹄声碎，车铃声咽。

驳大侠那样的艳遇可遇不可求，刻意追求会弄出“花痴病”来。再说女同胞并不祈求那样的机遇，气势先自弱了一半。

驳大侠与女公务员的风流公案，有很多人出来辟谣。说公务员不一定就戴大檐帽，戴大檐帽的并不一定就是公务员。当时流行这样的顺口溜，可以佐证他们的言论不谬：

现在的社会真热闹，

制式服装人人要。

单位看门的老传达，

割猪蛋的“小劁刀”，

头上都有大檐帽！

当作家是大多数男女青年的共同追求，有人坦言“热爱文学”，有人深藏不露。但是都在暗中较劲，巴不得像赵本夫老师一样扬名立万。对于男性文学青年来讲，搞创作或许也能摊上“厕所相亲”那样的好事，能给家里省下一大笔彩礼呢！当时秦台订婚的彩礼明码标价为13000元，吉祥数。彩礼一万三，家里过的暄，孩子做大官。除此之外，迎亲的时候还要用红色的皮箱给新媳妇送去“上轿红”。红皮箱，响当当。没有皮箱，甭想进庄。有了那个帅小伙的巧遇，家长们也是大力支持孩子学习文学创作的。

幼儿园的娃娃也嚷嚷着，叫阿姨给家长下通牒，叫家长给孩子买个驴驹子养着，等孩子长大了，驴驹子也长大了，卖掉驴子自然就是作家了。

代课老师哄骗他们说："学好数理化，走遍天下都不怕。写不出小说也没啥。"

教育要从娃娃抓起，倘若不是她们从中作梗，早早地就培育出一批作家"芽苗"。时至今日，说不定就能拱出一群"韩寒涵"那样的参天大树。

老太太有些不满意，经常抱怨孙子、孙女们，都想当"坐家"了还到处乱跑，以后老实地呆家里坐着。

"奶奶，你不懂。"晚辈们耐心地解释着："当作家是写小说的。小说就是从小处说起……"

"瞎说。小说就是小孩瞎胡说……"奶奶不高兴了。她家就住在幼儿园旁边，这事奶奶已经整明白了，别想糊弄老年人。"幼儿园那帮吃屎的孩子天天嚷着买驴驹子，等长大了卖驴当作家，我都听着呢!"

王彭生的三位文友加学兄，张丰跃、董雅平和李志卓，像驴子一样，踮着碎步跑到了化工厂。他们来找王彭生，要学习欧洲文艺复兴时期的大文豪，准备组建民间文艺"沙龙"。

张丰跃已经大学毕业了，他学的是蚕桑专业，被分配在多管局工作。他介绍了一位徐州师范学院中文系的高材生李纯玉。李学兄已经读大四了，马上就要毕业。听说学校已经找他谈过话了，要把他留到大学里执鞭任教。

王彭生介绍了自己小学的同班同学，绰号叫"老夫子"的于磊。老夫子在校就读期间，一直是语文课代表。语文成绩很好，作文写得很棒。

董雅平介绍了邮政局的李际鸿和刚刚大学毕业，被分配在第六中学当教师的吴肃宁，还有他的另一位同学，在市规划局工作的陈益珉。

李际鸿比较能扯，又拉上了本局的工友张厚新，还有刚考上大学，正在徐州师范学院就读的邵鸣坡和糖烟酒公司的门市部经理郭晓兵。

李志卓洁身自好，不交俗友。他没介绍别的文学爱好者，是怕他们耐不住寂寞，坚持不下来。搞文学不能急功近利，有功利思想的人写不出伟大的作品。

他们一共十二个人，平时各忙各的，有空就聚在一起谈天说地，交流心得。一个没有组织、没有领导、没有行动纲领和计划、极度松散的“沙龙协会”，就这样成立了。沙龙的领头羊是张丰跃和董雅平，沙龙的灵魂是李志卓。他说赵本夫老师不光艺术水准高，棋艺也高。曾经伙同棋友成立过“枌榆棋社”，我们这个艺术沙龙，就叫“枌榆文学社”。文学创作注重细节，我们学习赵本夫老师，也从细节开始。赵本夫老师能够成名成家，和早起加入“枌榆社”有莫大的关系。我们就说“枌榆文学社”是赵本夫老师给取的，我们都是“枌榆社”的成员，说不定将来也会大红大紫……

后来王彭生通过华馆长认识了刚从部队转业回乡的文化局创作干部刘本夫，通过刘老师认识了红透天的全国知名作家赵本夫。王彭生把“枌榆文学社”的全体成员，悉数介绍给赵刘二位老师，然后又各忙各的去了。只有李志卓一个人例外，他几乎每天都要前往赵老师的府邸问安一次。赵老师出发到外地或是有应酬回家迟了，他就蹲在坑塘边上傻等，非得见着赵老师家的成员，刨清底细才离开。颇有“程门立雪”的劲头和意味。他说近朱者赤近墨者黑，不跟师傅睡技术学不会。赵本夫老师非池中之物，迟早要离开秦台这块弹丸之地，到更大的地方去发展。不抓紧时间接受熏陶，将来怎么写出传世不朽的伟大作品？在赵府熏陶几天，他必定有所感悟，必定要把“枌榆文学社”的成员召集到一起，进行传经布道。

赵本夫老师对李志卓的执着坚守是深为嘉许的，却不刻意提倡大家跟进效仿。赵老师说人可以一辈子热爱文学，但不能指望“文学”谋生，若是想靠“文学”吃饭，实在是太难了。

李志卓认为赵老师故意示之以艰危，是考验我们这些业余作者的。前途是光明的，道路是曲折的，只有不怕困难、不畏艰难险阻的人才能到达光辉的顶点。这样的道理李志卓懂得。不论困难有多大，不论路途有多远，他都会坚定不移地走下去。别人可能会退缩，可能会半途而废，甚至是功亏一篑。他李志卓是个拧种，决计不会背叛文学！

大家都被李志卓感染了，毫无节制地畅谈文学创作，彻夜不倦。按照老年人的说法，只要这群倒霉孩子聚到一起，就是豆腐干子推牌九，没有点了。

他们这一群文学青年，虽然语文成绩不错，能写出一两篇拿得出手的作文来，却都是初学乍练的黄嘴小雏。对小说的立意谋篇、行文布局、语言提炼等等，都是一头雾水、不甚了然。不过他们自视很高，都认为自己是“胸中有丘壑，动静皆风云”之类的人物，理所当然地可以写出不朽的传世之作。至于编辑部频频退稿，说明编辑们不具备伯乐那样认识英才的慧眼。同事和朋友们看后不加赞扬，说明他们水平低下。阳春白雪，和着概寡。结果自然是“风流不入时人眼”。知音难觅，郁郁寡欢。

王彭生按照华惠民师兄的要求，写了五篇散文。分别是《春光》、《夏阳》、《秋姿》、《冬韵》和《乡间的烧烤》。

可能是华馆长的金面难驳，也可能是朱敦仁老师有意奖掖后进，王彭生的五篇散文，都被《秦台文艺》采用了，分五期陆续刊出。虽然只是一个市级的内部交流刊物，还算不得发表。但是毕竟是钢笔字变成了铅字，还有些许稿费可以拿，这对王彭生的鼓励是很大的。千里之行始于足下，大部头的长篇巨制缘自不起眼的豆腐块！王彭生的信心增强了，笔耕的劲头也足了。

十四

爱因斯坦解释《相对论》时打过这样的比喻：一个人坐在烙铁上，一分钟等于一小时。和漂亮的姑娘在一起，一小时等于一分钟。

化工厂负责供销的戚副厂长说，小头舒服了，大头就得难受。不知道这样的理论是不是“相对论”，反正这里面也是存在因果关系的。

那天晚上，戚厂长的肚子里填满了烧酒和羊肉。就像老套筒里装满了火药和铁砂子，又用探条捅实了一样。这个火药桶挪到工具室，就被54张春宫图一样的扑克牌给引爆了。

第二天早上，白云的两只眼睛熬夜加上痛哭，便变成了两只熟透的大桃子。也像黑夜中燃烧着的两个红灯笼。

船长夫人挑着两盏燃烧正旺的红灯笼，抱着一个硕大的牛皮纸包裹，怒火万丈地走进了陆书记的办公室。

无可奈何花落去，似曾相识燕归来。剥去外面那层厚厚的牛皮纸，陆书记就有了似曾相识的感觉。里面的内容物也是女人的亵衣内裤和沾有戚厂长体液的卫生纸团。不光内容像抄袭剽窃的一样，就连招惹蚊蝇的腥臭气息，也和马兰花她婆婆送来的东西惊人地相似！

陆书记叫来办公室主任张惠玲和政工书记牛皋，记录下白云女士的哭诉，叫当事人和见证人都签字捺印。然后把这份血泪斑斑的控诉书，连同那包惹人联想却败人胃口的污秽之物，一同送到了工业局的纪检室。

工业局纪律检查委员会派专人来到化工厂，找白云和相关当事人调查核实情况。对戚厂长进行了问询，并做了笔录，宣布了对戚厂长进行隔离审查的决定。原来郭会计下榻的寝室还没住进去新人，再次升格成“隔离室”，把化工厂的风云人物戚厂长关了进去。

“孬熊祝托，偏要送我那样一副扑克牌……”戚厂长双手抱着头，蜷曲着身体蹲在椅子上。他像一只褪净羽毛的公鸡，舒展不开美丽的翅膀，昂不起高傲的头颅。像体面的人在大庭广众之下被扒光了衣裳，像青蛙被人剥去了外皮，不光难受，还很羞愧。他头痛欲裂，心事满腹。想到了自己的前程和家庭……自己在部队上苦干了十年，从一个大头兵混成了连长。可是转业到地方，自己虽然被安排了工作，却莫名其妙地成了工人。自己又苦苦地奋斗十年，从工人变成干部，从一般干部晋升成主要干部。转眼之间，“富贵于我如浮云”。一切都成了泡影！不仅如斯，自己还成了落水狗和落汤鸡，成了人们茶余饭后的谈资、笑柄。十年一觉扬州梦，赢得青楼薄幸名……

老婆会原谅自己吗？即便看在孩子的面上，不跟自己一般见识。自己也得吃“鞋筐子”的饭，看老娘们的脸。就像被劁过的猪，被骟过的马，再也挺不起背直不起腰来了……堂堂七尺男儿，落到如此下场，惨呐……

当时的狸猫欢如虎，落时的凤凰不如鸡。戚厂长的花心被痛楚和悔恨煎熬着，被木刀钝锯撕扯着。尽管他的级别待遇比郭会计要高，尽管他在隔离期间有上级纪律检查机关派人前来陪伴，他依然是寝不安席，食不甘味。

小头一硬，不通人性，原子弹也敢瞎胡弄。小头一耷拉，知道事情办瞎了。自己采摘的是曼陀罗，不是马兰花。可是身临其境的时候，他又是那样的兴奋，兴奋得几近癫狂！都说“白的松、黄的糠，又麻又秃的甜又香”。可是这个“白面口袋”一点也不松，也不是拒人门外的“铁戒指”。它极易插入，又像松紧带一样自动收紧，简直妙不可言，妙处难与君说。

戚厂长的老婆一直哄骗他，经常给他讲《皇帝赴宴》的故事。说从前有个风流成性的花心皇帝，不遵守“帝王不入臣府”的规矩。他经常到大臣家串门，看见谁家的夫人漂亮，就把这个大臣派到外地办差。叫大臣的夫人设宴招待他，乘机调戏。有一个侍郎的夫人花容月貌，气质高雅，仪态万千。花心皇帝看得魂不守舍，又故伎重演。侍郎的老婆相当聪明，做了一百道菜肴，都是同一种味道。皇帝也不傻，揣摩到其中的寓意。既然都是一样的味道，自己已经有了三宫六院七十二嫔妃，何必再坏君臣之义？于是就打消了图谋不轨的念头。

戚厂长当时就持怀疑态度。他听说过一个《姑嫂怨》的故事。说是有一个农家的姑娘，兄妹二人。哥哥结婚后变得十分懒散，早上不起，天不黑就睡。也不像婚前那样孝顺父母、心疼妹妹了，有点好东西都是偷偷地拿给老婆吃。小姑子羡慕嫂嫂，也想找一个像哥哥一样体己的郎君。她经常和嫂子一起干活，就避开耳目悄悄地问嫂子：“女人结婚是啥样的？”

“傻样，还能啥样？”嫂子想叫小姑子留在娘家多干几年活，故意哄骗她说：“晚上睡觉的时候，拉一个百十斤的口袋压在身上，天明就知道啥样了。”

小姑子按照嫂子说的办法做，一夜翻不动身，喘不匀气，伸不开腿，舒不动臂。一句话，难受死了。从那以后，她就深信结婚就是受苦受难，出嫁就是步入十八层地狱。只有那些品行高尚，普度众生，信奉

“我不下地狱谁下地狱”的人，有着“割肉饲虎”般菩萨心肠的人，才会义无返顾地找婆家。所以不论小伙长相如何？婆家富有程度如何？她都一概摇头拒绝。拖了六七年，二八姝丽长成婉约少妇的模样，再不出嫁就可以当“老姑娘”种了。父母不再顾及女儿的感受，冒着当“狠心爹娘”的危险，硬把女儿嫁了出去。

三天回门的时候，小姑子见了嫂子又打又骂，连呼“上鬼子的当了!”

戚厂长有了切身体验，发现世间果然没有两片完全相同的树叶，就像人的斗箕、狗尿的骚味一样!

王彭生的两位学兄张丰跃和李纯玉，都在争分夺秒地谈恋爱。张丰跃拉着女友钻树行子，像鼹鼠一样，专找荒僻黑暗甚至是恐怖的地方。这样的地方没人打扰，可以放心纵情，独享恋人的温柔。都说君子重色不轻友，可是热恋之中不自觉地就疏远了男朋友。

李纯玉的变化不太显著，星期天、节假日依旧跑回来，拱到彭生的宿舍里，黏黏糊糊地说东道西。他迷恋的姑娘在糖厂工作，和王彭生的单位只隔一道围墙。他需要这个小学弟传情递语，送个电影票、毛线团啥的，给他当通讯员和电灯泡。

那个姑娘姓汪，深深的眼窝，有些异国（至少是异族）情调。第一次见到她，王彭生就想起了苏小妹调侃哥哥的诗句：“前年一滴相思泪，至今未流到庭前”。她那明亮的眸子里，蓄着一汪深不见底的清水，流淌着奔放的热情，散发着芬芳的气息。看酥了李学兄的骨头，把他彻底地迷住了!

王彭生也在三心二意地谈恋爱，是试探性的，停留在观察考核阶段。虽然接吻、打波那样的事情也干过，但是还没有最后下定决心，拿不定主意要收哪一个。

李志卓、董雅平和老夫子都还没处对象，小布点李际鸿也没处对象。其余的人不透露自己的隐私，他们几个成了掰不开的鲜姜，终日形影不离地黏糊在一起。

还不到下班的时间，李际鸿的电话就打过来了。他在邮电局工作，打电话方便，还不用花钱。

化工厂的老传达，把两只蒲扇一样的大手围成喇叭状，满院子吆喝：“彭生，王彭生！电话找你。”

热心热情的老传达师傅，还有电话那头的李际鸿小伙，都不知道，今天把王彭生拘过去，牵扯出好几个人都摊上事啦。

王彭生赶到邮电局营业大厅的时候，还没到下班的时间。李际鸿像被刚刚关到笼中的野兔子，焦急无比地转圈子。一会低头看左腕上那块明晃晃的上海表，一会仰头看墙上那个圆形的“三五”牌大挂钟，校对着大小两块钟表的时间。和他一个班的方娟、董琦、甘昌胜都有事请假了，他一个人当班，被栓得牢牢的，逃不了号。

“彭生哥，快到柜台里面来。”李际鸿见到王彭生，像见到他的梦中情人马澜一样，无比亲切。他指着小山一样杂乱无章的包裹堆，脸上愁云凄惨。“过来帮我归置一下，收拾妥贴了咱们就可以下班。”

这时王彭生的同学俞文明和张醇也来了，他们是集邮爱好者，过来买邮票。王彭生打开角门，把他俩也叫进来，一起帮着李际鸿拾掇。拾掇好包裹，挑拣好邮票，他们又一起跑到张醇家里，各自选了一本爱看的小说。张醇住在文化馆的大院里，他妈妈是图书馆的管理员，家里藏有书架上借不到的好书。

当天晚上，是《平原游击队》里白皮红瓤的维持会长敲梆子——平安无事。第二天晚上出事了。这事出得蹊跷，让王彭生、李际鸿、张醇、俞文明这四个好在一起谈论女人，一提起女人就想敲梆子的小伙子痛苦万分，追悔莫及。他们明明是无辜的，却像哑巴吃黄连，一肚子苦水没地方倾诉。

第三天早上，邮电局营业大厅对着单子清点包裹，结果账物不相符，少了一个从宁夏寄来的滩羊皮大衣筒子。查看值班记录，是李际鸿一个人值班，他的朋友王彭生、俞文明、张醇都进到柜台里面了。这就好比鼻涕淌到裤裆里，黄泥巴抹进了腚沟子，是啥不是啥的，谁能说得清楚？

一个滩羊皮筒子，一百多块钱。他们都已经转过正、定过级了，是劳动局批复的二级工人。每人每月 36 块钱的工资，扎紧裤腰带，过两个月的清苦日子，也能凑钱还上去。可是这个名誉就瞎了，终生都有抹不去的污点，影响入党、提干、说媳妇，事情确实太大了！

四个倒霉蛋，还没擦净腚上的臭鸡屎，还没想出如何处理这件事情。令他们想不到的是，接下来还有更大的事情发生。后面的事情要负刑事责任，他们再借几个胆子、再长几个蛋也不敢面对了。

文化馆前面那个临街的信用社失盗了。这个营业部和文化馆只有一墙之隔，营业部的后窗户就在张醇家的院子里。窗户是敞开的，没有任何防护措施。站在张醇家的院子里，垫上一把椅子、方凳啥的，就可以随便出入信用社的营业厅。那天下午，他们四个人都在张醇家里。叽叽咕咕的，直到天黑才走。家里没有大人，营业部关了大门。表面上没有任何异常，背地里干些什么勾当？

王彭生的父亲王义轩被释放回家了，是无罪释放，不是刑满释放。既然无罪，公职和党籍是要恢复的。王彭生满怀喜悦。父亲的问题平反甄别之后，自己就是正常人了，就不会再有低人一等的感觉了。然而，这样的欣喜也驱散不了心中的惆怅。邮电局的包裹、信用社的钞票，是两座压在心头的大山。自己虽有誓做愚公的决心和信心，可是要刨走这两座大山，从哪儿下镐呢？

王彭生的那些同学们，上山下乡的知青返城了。袁艺、李新、陈丽之流都像胡汉三的还乡团一样，趾高气昂地回来了。他们都进了糖厂，和王彭生一墙之隔，上班时可以站在工作台上侃大山。

当兵的也复员了，只有王凯歌、侯晋楷和陈福来提干了，还得继续留队服役。学兄孙健民用十斤全国通用粮票换了一把短刀送给他。那把刀子半尺多长，闪烁着青幽幽的冷光，锋利无比。王彭生说，那把刀子就是荆轲藏在画轴里、图穷匕首见的匕首，工友们说是攮子。不论名归何处，它都凝聚着同学的纯真友谊。王彭生一直小心翼翼地珍藏着，后来竟然也迷失了方向。刀子虽然丢了，友谊却牢牢地印在了心中。他和孙健民、张大忠、王坤建、温立泰、刘敦振、顾鸣康等当过兵和当过红卫兵的同学，处得像亲兄弟一样！

天之骄子们也完成了学业，高坡、张琪、王洪军被分配在徐州工作，郭海波去了苏州。只有学美术的学兄张广才，回到了母校任教。他给王彭生画过画、写过字，还专门把他叫到家里，请他吃了一顿西洋大餐，名字叫黄瓜沙拉。他们聚在一起喝酒、抽烟，谈人生的理想和抱负，也谈论美院课堂上的异性裸模……

王彭生的人身自由没受控制，不过活动范围被界定在本市范围内。每天都要在单位里露面，不能出远差。估计其他哥们的处境也是一样的，必须像哈巴狗一样，随传随到，不能呲牙，老老实实地等候着公安局的调查结果。

好事不出门，坏事天下闻。白色的云朵随风飘荡，不知怎么就飘到了远洋货轮上。那个帽子被戚厂长染变了颜色的副船长，还没停泊靠岸，就先把缆绳甩到了秦台化工厂，系着老婆的杨柳细腰，像放风筝一样，牵着那朵多情美丽的白色云朵，晃晃悠悠地飘到广州去了。

戚厂长依旧蜷着腿蹲在椅子上，捶胸顿足地写检查。十个手指头都被熏成了金黄色的烟梗子，头发三寸多长了也不修剪，活脱脱一个刚下威虎山的“长毛贼”——绺子。

局机关的纪检员突然不来了，局长和公交党委书记都给陆书记打电话，告诉他戚厂长的隔离解除了！大家都说戚厂长有活动能力，在社会上广结善缘。他虽然被隔离了，大门不出二门不迈，自有能人为他出头。

有人说市委一位重量级的头头是戚厂长的“老铁”，也有人说他有一群穿黄皮的战友都在领导岗位上，一同扛过枪的战友关系非同小可，那是过命的交情。不少人对后一种说法强烈质疑。都说当兵的人后悔三年，不当兵后悔一辈子。从部队上转业的军官都有十年八年的军龄，谁还愿意重返部队？和戚厂长走近了，他随时都能把军帽重新扣到你头上……

一个爽朗的晴天，骄阳如火，万里无云。一辆帆布罩顶的军用吉普开进了化工厂。车上下来四名公安干警，他们径直走进党委办公室，把陆书记和厂里的头头脑脑都叫到一起，然后把王彭生叫过来，向他宣布调查结果。

邮电局的滩羊皮袄筒子，被一堆废旧的报纸、包装纸掩埋在一个角落里，大扫除的时候翻了出来。信用社的失窃，是他们的内部员工监守自盗。两个年轻的信贷员，毫无节制地挥霍，入不敷出了就生歪点子。

后来分赃不均，又像疯狗一样相互乱咬，把那点小把戏抖搂出来了。

案情大白于天下，王彭生、李际鸿、俞文明、张醇都是无辜的。不过他们也要从中汲取教训，不要随便进入营业柜台里面，不要在是非之地停留。

王彭生终于被洗白了，心中是异常兴奋和激动的。陆书记和在场的厂领导都向公安局的同志拍着胸脯表态：王彭生这孩子我们了解，他绝对不会做这样的事情。一开始我们就知道这是一桩冤假错案，心里跟明镜似的，就是嘴上没说……

公安局的人又把陆书记拉到一边，小声嘀咕几句话。陆书记叫过王彭生，让他到家属院里去喊戚厂长，就说组织的处理决定下来了，叫他到厂里来签字。

解除隔离之后，戚厂长的形象大为改观。头发已经精心修剪过了，喷洒了桂花油、打了摩丝，像狗舔的一样，能滑倒苍蝇。嘴边那蓬乱草也被剃须刀打扫干净了，紧绷的皮肤下面，隐隐地泛着青色的光芒。一双三接头的牛皮鞋，擦得乌黑锃亮。裤子上的熨折，像刀刃一样锋利笔挺，能旋掉萝卜皮。戚厂长的头也昂起来了，胸也挺了，嘴里叼着烟卷，迈着军人的步伐，派头十足地走进了工厂。戚厂长说他早就知道没有好事，不过男子汉大丈夫，敢作敢当，倒驴不能倒架。所以他只是愣一愣神，片刻之间就昂起高傲的头颅，潇洒地吹起了口哨。厂里的人都说戚厂长吹奏一首欢快的曲子。王彭生听到的曲调，分明是哀怨婉转，如泣如诉！

戚厂长的一只脚才踏进办公室，两个虎背熊腰的公安壮汉，就拧住了他的胳膊，向他出示了逮捕证。

戚厂长没有郭会计幸运。郭会计那朵马兰花一口咬定是通奸不是强奸，这就减轻了罪衍。戚厂长那朵白云一口咬定是强奸不是通奸，她对船长有了交代，这边谁也保不了戚厂长啦！

糖厂的袁艺不摊班，过来找王彭生玩耍，目睹了眼前的一幕，有点丈二和尚摸不着头脑。王彭生被搞懵了，大脑里又拱出了寸把长的硝牙子。直到袁艺的拳头杵到肩窝上，才清醒过来。

“咋回事?”袁艺问彭生。

“都是那玩意惹的祸……”王彭生把学兄拉进宿舍，向他介绍戚厂长腾云驾雾的故事。不过戚厂长是他喊到厂里戴上铐子的，他心里结了一个冰疙瘩。

袁艺安抚着小兄弟受到戕害的心灵，陪着他长吁短叹。他们从课外书上读到过“女腰仗剑斩蠢夫”。知道女人身上有“销金窟”和“无底洞”。今天又长了见识，知道女人的那玩意还像火葬场的烟筒一样，是“毁人的炉”。

戚厂长自诩金枪不倒，说是可以打遍天下无敌手。只要他伸出一根手指头，随意弯曲勾一勾，就有漂亮的女人跟着走。而且是义无反顾地紧跟不回头！他的牛皮吹炸了，一杆钢枪断得七零八落。看来无论是罗成的烂银枪，岳飞的沥泉枪，徐宁的勾镰枪，还是赛电枪马克沁，只要杵错了地方，不是折断就是炸膛！

十五

化工厂的人事又有了一次大的调整。陆书记调到局机关，出任公交系统的党委副书记。戚厂长被开除了党籍和公职，刘家法厂长调到了乡镇企业局。刘薛理、刘元真、刘成广、孙建果、杜传允、张忠和、王善逗这些军队转业干部，重新恢复行政级别，调到行政事业单位工作。刘薛理当了公安交警大队的教导员，孙建果当了检察官，张忠和进了司法局，刘元真去了交通局，刘成广当了乡镇的民政助理员。套用小品演员的一句话，是产房里面传喜讯，升（生）了。

孔斌和华惠民都调走了。孔斌被他父亲调到了市农行，华惠民换了一家更好的工厂。党委秘书张惠玲也调走了，她的工作由王彭生接任。王彭生还不是共产党员，虽然干着秘书的工作，仍然叫文书。

新来的厂长叫麻石良，和郭会计是大学同学，也是学习财会专业的。当过会计的人都知道精打细算，也懂得管理。正好化工厂调走了一大批资历深、工资高的老家伙，化工厂甩掉了一个大包袱。剩下一批朝气蓬勃的年轻人，管理的难度大大地降低了。

冗员已经自然裁撤了，能够兼职的尽量兼职，反正是兼职不兼薪。人员减少了，工作效率反而提高了。王彭生也身兼两职，一边在办公室里忙乎，一边到河沿上收料。河边运石头的船几天才来一次，文书要行走在工厂和各个机关单位之间，虽然忙乎，却很随便。领导以为他不在厂里就在河边，不在河边就在各个机关，所以单位不考他的勤。无论王彭生在不在工厂，都按满勤计算。偶尔假公济私一次，也不用请假，也不扣工资和奖金。

王彭生拿着开票联单、圆珠笔、复写纸，还有钢尺、探条啥的，去复新河边收石头。那些石头是从北山和独山运来的，瓦块那么大的青色石灰石，又叫“瓦子石”。船家的运单上都多写多算，大船在水上漂着，不好过秤复核，只能量方。

俗话说十个土鳖子赶不上一个街滑子，十个街滑子比不上一个水猫子。土鳖子是指生活在农村的乡下人，街滑子是指生活在街头、集镇的城里人。乡下人摘一筐烂杏到城里去赶集，城里人说：“先尝后买，知道好歹。”“呼呼啦啦”地围了一圈人，把一筐杏都尝完了，也没人掏钱买。乡下人到城里卖柿子，怕自己眼拙脑笨顾不过来，讲好了吃柿子把后腚的蒂柄放在自己跟前，查“柿子腚”算钱。可是城里人戴着斗篷吃柿子，把柿子腚别在斗篷上，一筐柿子吃完了，地上没有几个柿子腚……乡下人害怕街滑子，不到万不得已，宁愿去跳复新河，也不和城里人打交道！

水猫子就是那些逮鱼摸虾玩船的人。据说有一位街滑子想骗湖猫子一顿酒喝。就像偷鸡先撒一把米，钓鱼事先“下窝子”一样。他先请水猫子喝酒，和他交朋友套近乎，等着他还席。街滑子把酒菜的档次压到最低，心想水猫子还席的时候，再节省也得比自己这一桌丰盛。他买了二两酒，兑了一斤八两水。拍黄瓜、调萝卜，等散街的时候从鱼市上捡了两条瓜子鱼。

街滑子自己也觉得酒太孬、菜太少、鱼太小，就先声夺人，自我解嘲说：“我用鱼肉招待你，虽然小一点，也是鱼。”

轮到水猫子还席了，他先端来一盆清水，告诉街滑子说：“君子之交淡如水。咱们是真心实意交知心的朋友，不摽着花钱喝酒，今天就以水代酒。”接下来他又吩咐老婆端上一盘筷子来，对街滑子说：“今天我请你吃竹笋。虽然老一点，也是竹子……”

街滑子十分惭愧，自己在街头市尾转悠了几十年，自认为是兔子的爸爸，老跑家。现在才知道人外有人，天外有天。自己和水猫子兄弟相比确实技差一筹，是俩枣跟着仨枣走，差了一枣（招）。

到了该来船的日子，王彭生抱着他的行头，早早地来到复新河畔。坐在和朱淑娟一起坐过的石头上，伸长脖子、瞪大眼睛往上游眺望。

上游漂来一艘木质大船，是往化工厂运送石料的驳船，也是王彭生的诺亚方舟。船老大不是地道的“水猫子”，是个半路出家的野和尚。

船老大叫厉程遥，比王彭生大六岁，是一个部队复员军人，被分配在云南省体委科研所工作，是专职小车司机。

有一次，单位领导把他和小车一起借给了昆明市政府，让他拉着首长出一趟差。完成任务回到昆明之后，首长很高兴。他卸下了沉重的包袱，心里很轻松。那时候还没查酒驾，吃饭时领导拿出来珍藏的好酒，热情地劝他小酌几杯。一是领导的金面难驳，二是顺利出色地完成任务，凯旋归来，心情爽朗。三是秘书、保卫等随行人员跟着起哄，推杯换盏，觥筹交错，杯盘狼藉。他酒后晕乎乎地爬到驾驶坐上，开着小车回家。

在距离家属小区不到三百米的地方，酒劲上来了。赶跑了理智，晃晕了脑袋，晃花了眼睛，他终于没能绕开那个横档在马路中央的垃圾桶。他很是义愤填膺，城管那帮子孬熊都是干什么吃的？把垃圾桶当红绿灯摆放也不管！酒壮英雄胆，乘着酒兴豪情大发，撞他个狗日的。损坏公物由城管局负责，撞坏了车子单位出钱维修，横竖沾不上我老厉的鸟毛！

越野吉普是四轮驱动，底盘高、力量大。咸菜缸一样的垃圾桶被厉程遥撞飞了，在空中划了一条美丽的弧线，斜射出去，蹭了一下路边灯的杆子，稳稳地落到了路边的花坛上。

清理路障的事情办得漂漂亮亮，稳稳当当。但是事情并未就此了结。厉程遥看到垃圾桶后面也有一个棉布口袋一样的东西，往反方向飞出，结结实实地砸在凸起的路边石上。

一声尖锐的惨叫从棉布口袋里飘出，像是锋利的匕首刺进了厉程遥的心脏。一肚子好酒化成了冷汗淌出体外，他的大脑清醒了。急忙停下车来查看，垃圾桶后面有一个捡破烂的老太太，因为天气阴沉，路灯昏暗，又有垃圾桶的掩护，厉程遥的眼睛也被直冲云霄的酒气蒙住了，没发现后面那个老太太。现在老太太蜷曲着躺在路边，脑袋被路边石撞开了花。红白之物搀和在一起，散发着腥甜的气息，像辣椒酱拌老豆腐一样鲜艳！

老太太三女四子，一辈子含辛茹苦地抚养着七个孩子。老头子驾鹤西游之后，她孑然一身，孤苦伶仃，成了无人赡养的鳏寡老人。老人家自己捡拾破烂，苦度日月。七个子女杳如黄鹤，任凭街道居委会怎么查找，始终不见踪影。老人家出了车祸之后，七个子女如约而至，不知是怎么联系的，一下子都到齐了。

丧葬费、赔偿费全都是单位出的。可是那七个子女呼天抢地，领完补偿款依旧不依不饶，强烈要求把肇事者绳之以法。

上级领导也是很有人情味的，考虑是因公出车，垃圾桶也确实放的不是地方，老太太也算违反交通规则。有关部门按规定吊销了厉程遥的驾驶执照，把他刑事拘留送进了看守所。最终免于刑事处分，没判实刑。单位怕老太太那七个“孝顺”的孩子前来搅闹，放了厉程遥的长假。

厉程遥的原籍是秦台沙庄厉白庄，紧靠微山湖和复新河。他家祖祖辈辈都以捕鱼挖藕为生，是地地道道的“水猫子”。他父亲受不了太阳的炙烤，扛不住污水的浸泡，扔下挖藕的铁锹和逮泥鳅的“地龙”，跟着中共湖西专区李贞乾的队伍跑到单县去，吃粮当兵了。

解放后，厉程遥的父亲也混了个一官半职，是秦台市法院的庭长。厉程遥出生在秦台市，成长在秦台市，自幼就远离了烟波浩渺、深不见底的微山湖和复新河，缺乏风浪的洗礼。

在审理一对夫妻闹离婚的民事案件中，厉程遥的父亲厉高镶庭长的心尖子，被俊俏少妇那双勾人的眉眼拽歪了。不论男方如何坚持反对，他都一味偏袒女方，利用手中掌有党和人民交给他的权利，利斧劈树根一样，硬生生地拆散了别人的家庭，判决他们离婚了。

厉庭长把判决书寄给男方，却让女方到法院里找他签字领取。小媳妇到法院里来了，厉庭长推说判决书锁在同事的抽屉里，同事正好有事请假了。对不起，只好麻烦那位漂亮的女性公民再跑一趟了。女公民的娘家住在乡下，厉庭长为了表示歉意，请女公民下馆子吃饭，并骑着加重永久自行车，亲自送小媳妇回娘家。

一来二去，脸皮越蹭越熟，关系越处越近。厉庭长把判决书交给那个小媳妇，似乎还有浓浓的歉意，仍然请她下馆子吃饭，仍然用加重永久自行车送她回娘家。只是中途拐了一下弯，拐到青纱帐深处，折倒了一片老玉米……不知道是哪个村的玉米，生产队是注定减产了。厉庭长和那个长相妖媚、刚刚拿到离婚判决书的小媳妇却丰收在即。没过多久，小媳妇的肚皮就像吹气一样，迅速鼓胀起来了。

判决别人离婚的人，自己也要离婚。近水楼台先得月，向阳花木易为春。厉庭长有拆天补地的本事，没让老婆出庭，就拿到了离婚判决书。他老婆是农家妇女，不懂办案程序，看到盖有红彤彤的法院印章，就觉得这是最终裁定，是更改不了的事实。农村的女人胸襟博大，善良厚道。只要求丈夫把儿女都给她，别的什么要求都没有。那时厉程遥才是十几岁的大男孩，看到母亲以泪洗面也是满腔怒火。可是没有实力的愤怒毫无用处！

厉程遥盼望自己快点长大，长大了身板有力气，先把那个伤害母亲的狐狸精打烂撕碎了，再把那个天天拱在狐狸精怀里喝骚奶，常年冷落母亲的男人揍扁了，擀成一张薄薄的包子皮，把狐狸精的骚肉包起来，蒸一个大大的“骚包”去喂狗。

厉程遥长大了，被母亲送到部队去当兵，在军营里面入了党。思想觉悟提高之后，思忖着自己和父亲以及狐狸精的矛盾似乎是人民内部矛盾，不能采取过激的行动，那个蒸“骚包”的野蛮计划就先暂时搁置吧。不过他很少到父亲那里去，一看到父亲就想起继母，就能嗅到狐狸的骚味，就有唤狗逐猎的冲动！

家是温馨的港湾，母亲是孩子的蓝天。受到挫折的男子汉，一门心思想老娘，根本不去考虑男儿有泪轻弹不轻弹！

厉程遥回到了母亲的身边。母亲一直没离开厉白庄，一直带着两个妹妹在湖面上、河道里玩船。儿子回来啦，母亲觉得她们娘仨玩得那条船太小了，何况女儿也大了，窝憋在一起，洗洗涮涮的不方便。于是一狠心卖了老林上的楸木林子，又让乡亲们担保贷款，买了一个大吨位的挂浆机。儿子原来是玩方向盘的，现在摆弄大舵，原理是一样的。再说谁也不会把垃圾桶摆放到河道中央，在河道里跑船，比在马路上跑车更为顺畅！后来厉程遥才知道，汹涌的波涛下面也会埋藏“阶级异己分子”。渔网能缠绕挂浆机，损毁、新建的桥桩能撞碎船体。若不是自己收留一条毛色灰暗的癞皮狗，自己就葬身京杭大运河，船毁人亡啦！

他一直认为人是万物之灵长，是最为金贵的高级动物。那条癞皮狗像烈马一样不吃回头草，直至悲壮地死去，他才承认人有龌龊鄙劣的一面，是介于魔鬼和天使之间的两足动物。心中充满善念的时候，人可以升华为天使。恶念一生，人马上就会堕落成杀人喋血的魔鬼！

驶进化工厂码头的时候，厉程遥已经熄掉了“突突”作响的柴油机，让大灰狗抱着操纵杆向前滑行。他站在仓棚下面，用淘米水淋一株盆栽月季。看到狗在开船，这对王彭生来说，是破天荒的第一次。他十二分地好奇，就跑到船上去，和船老大多聊几句。

厉程遥从小被野狗咬过一回，母亲带着他到医院注射狂犬疫苗，到狗的主人家铰狗毛烧灰敷伤口，把他折腾得非常狼狈。从那以后他对狗又怕又恨，最大的愿望就是全世界的人都变成花和尚鲁智深，或者是杭州灵隐寺的济颠大师，迷不迷恋烧酒他不在乎，好吃狗肉就行。吃遍天下恶狗，殃及狼豺等犬科动物！

厉程遥入伍到云南边防部队，开始被分配到训犬队当训导员。面对那些有过深仇大恨、畏恨交加的家伙，他的工作不是十分出色。但是厉兄高中毕业，一米八的块头，既机灵又帅气，首长舍不得把他退回地方。于是把他抽调到小车班，改行给领导当司机。司机、秘书，首长的心腹。改行之后，他一直很受领导的器重和赏识。领导有意让他穿上四个兜的服装。可是天不作美，有一次他拉着首长去昆明，吃饭的时候喝了两杯小酒，摸黑赶回驻地的时候又赶上阴雨天。山路崎岖，细雨霏霏，突然从山包上冲下来一只大黄狗，狼一样的眼睛在车灯的照射下闪着幽幽的冷光！厉程遥心头一颤，猛踩刹车，却错踩了油门。大黄狗被撞上了树杈，吉普车也偏离了主干道，撞到路边的大树上，险些跌下悬崖。车上的首长或多或少都受了一些皮外伤，厉程遥倒是完好无损。不过他的形象被撞坏了，领导不再议论提拔他的事，而是让他离开部队，复员到地方去了。

厉程遥收留那只癞皮狗，纯属意外。

俗话说“小鸡不撒尿，各有各的道”。“盗亦有道”。船家自然也有道。“水猫子”通情达理，入行随规矩，不知者不怪。船家有一句行话：“不怕不知道，就怕不学习”。厉程遥就犯了不懂装懂的大忌！

父母离异之后，母亲带着两个妹妹回到厉白庄，却把厉程遥送到姥姥家，让他跟着舅舅家的老表一起读书。他放假的时候回家看妈妈，母亲比老师更严厉，天天黑着脸催促他做作业，不让他到水边乱跑。他也见过船家祭祀河神的仪式，只知道要摆贡品、放鞭炮、往水里倒酒，但对具体细节不甚了然。如果他谦虚一点，问问资深的船家。或者让母亲出面，聘请一个德高望重的老大帮忙主持一下河祭仪式，那条癞皮狗要想伴陪在他的身边，连一霎霎的可能都没有。

母亲虽然为了儿子痛下血本，刮骨剜肉地赔光了家底，还借了钱贷了款。母亲采取了一系列壮士断腕般的壮举，置换来一条二手驳船。那条驳船是即将出嫁的女儿，还要花钱梳妆打扮一下。补漏刷漆，安装动力机械，加固大舵和桅杆，都是费时、费力、花功夫的细发活。

人靠衣裳马靠鞍，三分长相七分穿。那艘旧驳船送进船坞一个多月，被修理工整治一新，下水前已经威风凛凛了。厉程遥按照“水猫子”的规矩，准备非常虔诚地拜祭各路“龙王、水神”，然后隆重开张！

厉程遥出生在新社会，成长在红旗下，参军后又加入了中国共产党，原本就是一个无神论者。祭奠各路神灵，无非是入乡随俗，想尽快地融入“船家”的行列之中，不图吉祥图和气。他看过《少林寺》电影，很欣赏护寺武僧师傅那句话：“酒肉穿肠过，佛祖心中留。”坊间也有“信神有神在，不信神不怪”、“心到神知”的说法。神仙闻香知味，不会像凡夫俗子一样，大吃二喝，制造污秽。所以厉程遥羽化成蝶之前，虽然对各路神灵满腹虔敬，行动起来依然是克勤克俭的。他买了一小挂鞭炮，灌了一瓶廉价的散酒，拾掇几个苹果、梨子，买些烧饼油条啥的。走出集市很远了，他又重新检视一下准备敬献给神灵的贡品，发现没有一丁点荤腥，这就暴露了他抠门小气的嘴脸。若是磕一个头放三个屁，行好如同作恶，惹恼神灵得不到庇佑，上供还有什么意义？

敬神如同敬己，拜祭完神仙的贡品可以犒劳自己。既然是这样，“河祭”如同改善生活，买一个猪头又有何妨？

厉程遥折身返回集市，在集头上看到了那只在垃圾堆里胡刨乱拱的癞皮狗。那条狗浑身上下灰不溜秋，毛柴无光，天生一副脏兮兮的样子，谁见了都想往它身上浇点洗涤剂。脸上却有一条明显的金线，把丑陋的狗脸一劈两瓣。苏北一带传说“断脸狗”很不吉祥，一定是主人嫌弃他了，把他扔在垃圾堆里，让他自生自灭。

厉程遥把灰暗无光的癞皮狗拾起来，用手掂一掂，沉甸甸的压手。估计剥皮去杂也得有七八斤重，赶上一个猪头的分量了。剥皮之后的裸狗，肉红脂白，看不出皮毛上的杂色，想必神仙也不会怪罪。

神仙对厉程遥别出心裁的祭酹有没有意见，因为没有任何神灵表态，凡人无从知晓。可是当天聚集在闸口等待查验放行的船老大，看到厉程遥要剥狗祭神，无一例外地全都气绿了脸。烙在他们灵魂深处铁定的祭神规矩，祭祀的牺牲要用“六畜之首”的首，而不是狗头。

“狗肉不能上席面”。连招待体面的亲戚朋友都不能用狗肉，何况是神仙？规矩可以千古流传，自有它继续存在的道理，是千万不能胡乱更改的。一粒老鼠屎能坏一锅汤，一个人犯浑，牵累的是全体船家。《西游记》上明文记载，凤仙郡的国君得罪了玉帝，整个国家持续亢旱。若不是唐僧师徒取经路过，若不是唐三藏悲天悯人、菩萨心肠，后果谁能设想？祸出一人手，罪是万人当。这是所有船老大都不愿意看到的。

幸好厉程遥的刀子没有刺进癞皮狗的胸膛，属于犯罪未遂。幸好他的母亲带着两个妹妹及时赶到，她们打躬作揖地陪着笑脸和好话。母亲的泪水像山西清徐的老陈醋，泡酸了大家的鼻梁。两个花朵一样的小妹妹，灿烂的笑容像一缕缕春天的阳光，温暖了大家的胸膛。

厉程遥知道众怒难犯，及时收手。他重新购买猪头祭神，重新购买瓶装好酒犒劳同行，赢得了大家的理解和谅解。他还没有办齐航道上的各种资质手续，就被船家们批准“入行”了。

大家的腮帮都被乙醇烤红的时候，话就稠了。他们向新老大传授不足与外人道的行规，比如把石头摞虚一点，就能多出方数。在沙子下面埋上笆条，也有异曲同工的妙处，这些都叫“虚方”。任凭收料的怎么扣方，还是比“实方”占巧。装货的时候甩给工人两包烟，掖给头头两瓶酒，他们就多装少算。交货的时候涨出的方数是自己的，比送出去的烟酒划算多了。另外还要贿赂收料的人，让他睁一只眼闭一只眼……

那条癞皮狗被养大了，虽然皮毛依旧灰黑发暗，两只眼睛却亮亮的，充满了灵性。他的所作所为，也在印证着“仁义犬马”之说。杨二郎麾下的哮天犬，刘备胯下的卢马，还有驮着赵构皇帝渡过黄河的泥马，都有传奇的色彩，是癞皮狗比不上的。不过它也通晓人性，知道看物护主，是一条万里挑一的好狗。

厉程遥修理柴油机的时候，癞皮狗知道为主人叼来扳手、钳子、螺丝刀一类的物品。主人上岸办事的时候，一个手势、一个眼神，它就知道主人让它跟随自己还是留在船上。若是跟随主人上岸，它就亦步亦趋。若是留在船上，它就寸步不离。并且恪尽职守，不让任何人靠近，直至主人归来。更为神奇的是，他被厉程遥调教得能开挂浆机。只要没有疾风大浪，不过闸口，癞皮狗就威风凛凛地站在驾驶台上，两个前爪扶着操纵杆，让主人翘着“二郎腿”，坐在一边看闲书。厉老大过去是汽车驾驶员，只抬轮胎、发动机，抬不得“二郎腿”。现在改行开船了，反而有了休闲的福气。他是木驳船上的船长，那条被诸位老大从河神口中抢救出来的癞皮狗，是名符其实的狗“大副”!

厉程遥没有贿赂王彭生，至少没用物质去贿赂。他的驾驶室兼卧室里，有许多沾有油垢的文学图书和期刊，王彭生可以随便翻阅，也可以带回去研读。他们第一次见面的时候，厉程遥正在专注入神地读着《狐仙择偶记》，还饶有兴致地向王彭生讲述书中的故事和人物。恨不得自己就是憨老弯，能碰上“狐狸精”一样俊俏的寡妇……

在以后相处的日子里，王彭生在厉老大的驾驶舱里，经常和同乡师傅赵本夫老师谋面，还不时看到了陆文夫、高晓生、王蒙、铁凝、莫言、梁晓声、张贤亮、张抗抗、王安忆、贾平凹、路遥等一大批光芒万丈的名字。他们也在一起喝了酒、吃了饭，吐露了心中的秘密。

厉程遥不过是虎落平阳、龙困浅滩而已，不会一辈子在河道里养他的癞皮狗、开挂浆机。所以他也不守船家的规矩，把不可外传的“行规”透露给王彭生这个小兄弟。

王彭生知道了船家的秘密，自然是快刀利斧，剁下去不少虚头。他的业绩显著优于前任，获得了麻石良厂长的赏识，重新调回到厂部里去，当了办公室主任。

王主任的脑袋被河风吹得有些发胀，心被河中天上两个太阳炙烤得有些野性。人虽然坐到了厂部办公室，那颗心却落在了厉老大的驾驶舱里，在沾满油腻、闪烁光芒的字里行间跳荡。耳边不时响起曹丕天子的盛世恒言：“盖文章，经国之大业，不朽之盛事。”于是心中就萌动了写小说的臆想，做起了“当作家”的春秋大梦！不管将来能不能收获理想，暂且种下一团火热的希望！此刻王彭生对文学的挚爱程度，已经非常接近学兄李志卓了……

十六

临近1982年春节的时候，秦台市显得格外美丽。晚上，整个城区披着银色的月纱，像恬静的公主。早晨，它顶着橘红色的朝霞，变成了朝气蓬勃的白马王子。王彭生的心情是兴奋和爽朗的，就像父亲看到了美酒，未尝先醉。

王彭生的父亲开始呼吸自由的空气了，在高墙外面自由自在地和家人在一起享受天伦之乐，春节的饺子馅里包满了温馨和幸福。这是一大喜事。

姐姐王雨生、妹妹王文生的户口都解决了，从农业户口变成了非农业户口。这件事情现在看来没有多少实际意义，但在当时是关乎个人前程、命运，让人羡慕落泪的大事情。文生考取大学就把户口迁到了南京，开始“吃国库”了。王雨生和他丈夫王新华多方奔走，多次申请，经公安户籍管理部门的调查核实，确认她的户籍应该归属在“非农业”的范畴。这是二喜。

姐姐王雨生再结珠胎，临近春节就要瓜熟蒂落，临盆生产。姐夫是五世单传，争取了生二胎的指标。她第一胎生了个男娃娃，如果再来个闺女就是儿女双全，这是中国人传统思想中最为理想的结果。如果再来一个小子，就多了一个帮锤打架的小伙伴。打虎亲兄弟，上阵父子兵。人多势众，不受欺负。无论弄璋弄瓦，都是天大的喜事。这是三喜。

谁都没想到，上述三喜催生了第四喜。这个喜讯也让王彭生和亲戚朋友们合不拢嘴，这个喜讯也像石头扔进醋缸里，在王彭生时常谋面的女友圈子里，溅起了几朵酸涩的涟漪。

春节过后，江苏省文化干校筹办一个文艺创作培训研讨班，各个县市都选派几名有功底、有才气的创作人员参加学习。秦台市首选赵本夫、刘本夫二位老师。二位老师合计着，把王彭生也带过去开开眼界。另外秦台市在春节之前，也要开办一期创作培训班，地点是党校，时间是一周。

刘本夫老师有一个邱姓同学，是秦台第二人民医院的院长。邱院长有个外甥女叫韩如月，是个临近毕业的卫生学校实习生，正在第一人民医院妇产科实习。小韩也是文学爱好者，邱院长托刘老师培养她。王彭生每天都要到医院去给姐姐送饭，刘老师就叫他通知韩如月来培训班学习。

姐姐王雨生喜添千金，取名王赋文。这是早就拟好的名字，男女通用。

王彭生来到医院妇产科病房的时候，大人小孩都在酣睡。姐姐产后虚弱，刚刚和母体分离的外甥女，还没睁开眼睛。

一个穿白大褂、戴着大口罩的年轻女性，悄无声息地飘了进来。她是查房换药的医务人员，两只杏核一样又黑又亮的眼睛被长长的睫毛包围着，骨碌碌乱转，看上去非常传神。王彭生看她一眼，忍不住又看一眼。那双水汪汪的毛眼睛也正在王彭生的脸上逡巡。双方不停地扫描，心中似乎有了某种默契。王彭生开启棱角分明的嘴唇，无声地轻笑。对方虽然戴着大口罩，眉宇之间早就泄露了笑的秘密。口罩遮住了姑娘大半个脸盘，一时难见庐山真面目。口罩没遮挡的部分，皮肤是粉白细嫩的。王彭生想起了杨朔大师的散文，猜想着洁白的纱布口罩后面，是一朵盛开的山茶花。

“你们这儿有个叫韩如月的吗?”王彭生热切地盯着“山茶花”，这样询问。

“有啊，你找她干什么?”她就是那朵山茶花。这几天舅舅老是来烦她，十分执着又不厌其烦地给她说婆家。她正在痴迷文学创作，为了安心完成学业，为了“宁静致远”，为了阻止母亲、姑姑、姨姨和其他闲杂人等组成的、前仆后继的说亲队伍，她公布了三十岁之前不谈恋爱的计划和决心。如果面前这个小伙子是相亲队伍中的成员，自己如钢似铁的心肠倒是可以软化，酌情把婚期提前个十年八年的。母亲和舅舅一准会讥笑自己。说硬话是没碰上心动的男人，碰上心仪心动的男人，钢铁分子的结构就会扭曲变形，甚至是化学变化，一块铁板成了发面烙饼。管他呢，只管和心爱的情郎谈恋爱，让他们七嘴八舌地议论去吧！韩如月还不知道什么是恋爱，见到王彭生之后，心中充满了甜蜜，她准备慎重地考虑恋爱问题。

“我就是韩如月，你叫什么?找我干啥?”山茶花的心跳在加速，语速和血液流淌的速度都在加快，脸色又红又白，像潮起潮落的海岸。一会是波涛汹涌的水浪，一会是裸露的沙滩。

山茶花有意展现她的容颜，把遮住花蕾的口罩摘下来，吊在胸前。她的脸庞容光焕发，隽永秀美，活力四射。柔软浓密的青云被裁剪得长短适中，在脑后打成蝴蝶结，扎了两个刷帚把。刷帚把一跑一颠，更显得俏皮活泼，愈发可爱了。她还是一个满脸稚嫩的学生娃，一副天真无邪、憨态可掬的样子。稍微扇动一下鼻翼，就仿佛置身于科尔沁大草原一样，带有牛羊腥膻味道的奶香阵阵袭来！不过她的上颚牙齿太碎太密了，队列不太整齐，挤出了略微外凸的弧形，说笑时嘴唇一噘一噘的，细看像个撅嘴鲢子。

“刘本夫老师叫我来的，通知你去参加创作短训班。”王彭生亮出了底牌，山茶花开得更加娇艳了。可想而知，这个像姑娘一样秀气的小伙子，肯定也是一个文学爱好者！道不同不相为谋，志同道合者可以情投意合。热血又一次急速上涌，就像马陵山上飘来的火烧云，罩住了那朵娇艳欲滴的山茶花。

“短训班什么时候开始？什么时候结束？在啥地方举办？”山茶花打了一通连珠炮。她问得急切，也迫切地想去报到。她猜想着、渴望着，眼前这个一脸书卷气的小伙子，一定是短训班的同学。她猜测得非常准确。王彭生不光是一个文学爱好者，而且是“文学爱好者”流中仅次于李志卓的中坚分子。从1980年代初期到1990年代初期，整整十年时间，他坚定不移地疯狂热恋文学创作。那时候他才是一个二级工，每月36块钱的工资。扣除生活费、人情礼节费、偶尔孝顺父母的费用，所剩无几。他依然坚定不移地投稿，用自己微薄的薪金，长期不懈地支持共和国的邮政事业。十年没能磨成一剑，他仅在文坛上泛了一个小小的浪花，就悄无声息地滑进了商业的海洋，险些和文学创作绝缘了。

“我来接你吧。”王彭生想模仿欧洲绅士，做一个怜香惜玉的护花使者。“短训班明天开始，一周后结束。我们之间现在刚刚开始，可能没有结束……”王彭生深情地注视着山茶花，意味深长地补缀一句。

“我求之不得呢……”火烧云像红色的盖头，先是罩在头上；慢慢地融化开来，变成红色的瀑布，向全身各个部位渗透，一直到神经末梢。脖颈、手腕、手掌等没被服装遮挡的部位，全都是下蛋母鸡那样的颜色了。

在学习班上，大家相互自我介绍。有稿子的拿出来朗诵，行话叫“通稿子”。没稿子的听别人朗诵，可以指手划脚地提意见。大家踊跃发言，热情很高，声调也很高。大家争做一字之师，高八度的洪亮嗓门可以率先引起别人注意。

王彭生和韩如月都是初次参加学习班，感到新奇。说话谨慎，处事低调。他们走完例行程序，腻乎在一起，躲到角落里嘀嘀咕咕。他们罔顾别人的发言，超出了程序设定的范畴，私下里交流了很多与文学创作无关的情况。

学习班结束之后，山茶花要求王彭生送她回到宿舍里。那间私密的闺房是她和表妹合伙租住的，位于医院和秦台中学中间。表妹正在秦台中学读高中，住在这儿两个人都方便。

王彭生要学欧洲绅士，自然是非常爽快地应承了。送到宿舍门前，王彭生抽身想走。韩如月微笑着把他拽进室内，从表妹的挎包里掏出一个煮熟的凉鸡蛋，扒去皮塞进王彭生的嘴里。她对这位素昧平生的“彭生哥”，一见倾心，那股由衷的疼爱从心底流淌出来，汇聚成真诚的笑容呈现在脸上，实实在在地把王彭生感染了。山茶花并不了解王彭生，也没打算仔细盘根问底。她还不知道王彭生身边有几个欲抛彩球、巴不得被丘比特射中的傻妞，知道了也不在乎。竞争无处不在，逐鹿中原，还不知道鹿死谁手呢？如果是抢夺铅笔橡皮，韩如月可以大度相让。但是抢夺王彭生不行。提起“彭生哥”，她儿时的野性就开始回归了。绝不能把彭生哥交给别人，不论有多少人喜欢他，自己是爱得最深、最真的那个。一辈子长着呐，别人照料不好他！只要王彭生点头认可，凭直观就可以把终身托付给他。

王彭生了解到，眼前这位天真烂漫、一脸斯文的山茶花，幼年的时候和自己一样，懒散无赖，蛮不讲理，是伙伴们心中的“土匪恶霸”。她虽然没有往书记家灶膛里埋子弹的英雄壮举，却也曾把“仇人”家的筷子当搅屎棍，沾上污秽放回筷笼里。付出就有回报，她的艰辛劳动为她赢得了小朋友的敬畏，也为她赢得家长一顿饱打。她能进入学堂读书，也是事出偶然。

1973年夏天，刁蛮泼辣的韩如月背着她的三弟弟，在大槐树的荫凉下看蚂蚁上树。快吃中午饭的时候，她的二弟弟哭哭啼啼地跑回家来，说什么都不去上学了。因为他把同桌女同学祁可欣的圆珠笔弄毁了，那支三色圆珠笔是从北京买来的，整个秦台都找不到第二支！

祁可欣就住在学校附近，是家里的独生女，是父母的掌上明珠，也是班级里没人敢随便招惹的霸王花！

韩如月的二弟已经吃了苦头，左右两片腮帮上，都印满了霸王花的手印子，此刻都已红肿起来。两边均匀地肿胀，那张娃娃脸依然是对称的。霸王花非常负责地告诉他，这还不算拉到。上午让他吃了带把的烧饼，下午请他吃“疙瘩梨”，明天是“窝心脚和千层饼……”那个小姑奶奶菜谱内容很丰富，惩治人的花样复杂多变，可以保证一个月不会重样！

一股不平之气在韩如月的体内游走，引燃了她满腔的怒火。她的嘴歪了，眼斜了，鼻子也挪动了位置。

俗话说打狗也要看主人呢！你祁可欣也不打听打听，韩东升可是我韩如月的亲弟弟，你也敢太岁头上动土！这社会还有王法吗？

吃过中午饭，韩如月背着三弟弟，牵着二弟弟，亲自护送弟弟去上学。她要亲自会会那朵不可一世的霸王花，为弟弟报仇雪耻。不信祁可欣能有三头六臂，纵然有，也要把她揍扁喽，捏圆喽，再揍扁喽。让她知道马王爷有三只眼，吹奏的喇叭是铜的……只要我韩如月出马，你祁可欣就威风扫地了。大人们常说：强中自有强中手。你是老虎也得卧着，是蛟龙也得盘着……

韩东升和援兵一起走进学校，身后有了一座大靠山，底气十足。他昂首挺胸地走进教室，傲视着祁可欣。正好上课铃响了，老师走进课堂。祁可欣不便发作，胸中的怨气不断上涌，把黑色的瞳仁挤走了，翻着白白的眼珠，狠挖韩东升。

人心绪不宁、精力不能集中的时候，眼睛也不老实。祁可欣和韩东升此刻都没有心思学习，四只眼睛骨碌碌地不停转悠，一会对视，一会游走。祁可欣的眼睛像锥子，直扎韩东升的皮下。韩东升胆怯心虚，冷汗淋漓。避开祁可欣的目光，又感到她的目光像锤子，在他身上不停地敲打。

韩东升觉得四肢发冷、发麻，腰腿发酸、发软。犹如一只被斗败的公鸡，满眼哀怨地向窗外求援。

祁可欣顺着韩东升的目光向外看，立刻像触电一样抽搐一下。韩东升的情绪和感觉，被她完整地复制了。她的眼白在消退，瞳仁回归正常。韩东升的姐姐，一个比她大四岁、高一头的万恶丫头，正虎视眈眈地守候在窗外。“万恶头”的块头和凶猛程度，足可以和大象、恐龙划等号。她怒目圆睁，目光炯炯，如电光一样犀利的目光，隔着玻璃朝自己的身上胡劈乱砍。霸王花身上的霸气和威风，被匪气十足的万恶头削剪得不成体统！

“韩东升。”祁可欣小声呼唤着同桌同学，语调十分温和。“我的圆珠笔已经修好了，不用你赔啦。我爸说了，咱们是同学，一辈子同学三辈子亲，断了骨头连着筋。这支笔送你也无妨……”

韩东升喜出望外，没想到事情这么快就有了180度的大转弯！这都是因为姐姐……韩东升感激地望着窗外，憨乎乎地傻笑着。

老师发现了韩东升的古怪表情，顺着他的目光往窗外扫了一下。这一眼如同救生艇上的救命钢索，捞起了一个老守田园、愚昧无知的农村泼妇，把她变成了有知识、有修养的文化人，彻底改变了她的命运。

老师看到玻璃窗外有一张充满灵气的脸，一双渴求知识的眼睛。窗外站着一个年满十岁的小姑娘，背上驮着一个不到两岁的男娃娃。

老师用教杆敲打着讲台，让韩东升站起来，非常严肃地问道：“外面趴在窗台上的人是谁?”

“姐、姐……”韩东升低垂着头颅，不敢看老师的眼睛。

“好。你坐下吧。”老师平静地点点头，又往窗外看了一眼。他看到一张白纸，一片荒漠，一块未经开垦的处女地，一匹桀骜不驯的野马，一棵枝枝杈杈的小树苗。白纸可以绘制出最新最美的图画，一旦绘制好蓝图，就能建造出人间胜景，把狗窝变成天堂。没人去描绘蓝图，永远是白纸一张，只能做包装纸。未开垦的土地杂草丛生，是田鼠和野兔的乐园。开垦之后的土地可以变成米粮仓，播下种子就苗绿穗黄，生机盎然。就像“北大荒”变成了“北大仓”。野马看上去自由自在、优哉游哉，实则危机四伏。荒原上到处都是泥淖沼泽，到处都是豺狼虎豹，一不留神就有灭顶之灾。经过调教的野马，飘逸通灵，可以负重载物，可以驰骋千里。顽劣的驽马，可以变成“千里神驹”。小树苗不修不剪，任其自由生长，乔木也能长成灌木。形态畸形，多枝多节，拉不成板，旋不成杖，只能劈开当柴禾。修剪管理，施肥浇水，结果就大相径庭了。弱小弯曲的小树苗，经过修剪呵护，可以笔直参天，干粗冠大，葳蕤茂盛。既可以结出累累的硕果，又能成为楼宇的栋梁！

教书育人如同栽树，“园丁”这样的称呼不是随便乱叫的。十年树木，百年树人。浇树用水，滋润启迪人们的心灵用汗水和心血。“人类灵魂的工程师”这样的称呼，更不是随便乱叫的。这样的头衔里面，凝聚着心血，凝聚着汗水，凝聚着责任！

千里之行始于足下，先有跬步，后有千里。育人不能速成。想叫这个愚昧无知、混沌未开的黄毛野丫头，成为有益于社会的可用之才，第一步是拉进学校的门槛。

孔圣人早就说过“有教无类”的圣训，共产党建立新中国之后马上在全国范围内开办“扫盲班”，目的就是要知识的阳光照耀每一寸土地，要知识的雨露浸润每一个角落。自己是传播知识的人，是“传道、授业、解惑”的人，执鞭任教20多年了，还有这样的大龄儿童游荡在校门之外，奇耻大辱啊！

这位老师姓王，叫王传仁，和韩如月的父亲是同学。他人如其名，传播各类文化知识，全都自觉自愿，当仁不让。王老师在心中暗自埋怨自己的老同学：你韩建明大小也是个村干部，受党教育培养这么多年，也是上过初中的文化人，所学的知识都就着糊糊喝完了，还是装到狗肚子里去了？

“小丫头，你是韩建明的女儿吗？”下课之后，王老师走出课堂，亲切地询问着韩如月。“你到学校来干啥？想上学吗？”

韩如月到学校里来，原本是找祁可欣打架的。她不能告诉王老师。王老师和父亲是同学，一准会把自己的劣迹一点不落地汇报给父亲，那样自己就惨了。说实在的，自己真的很想上学。可是，家长交给自己的任务是割猪草、看弟弟。那年月“知识无用”论甚嚣尘上，父母又都重男轻女，能让自己上学吗？自己上学以后弟弟怎么办？她怯怯地瞟了王老师一眼，点点头又摇摇头，不知如何回答。

“俺姐想上学，俺爸爸不叫她上。”韩东升拱进人堆，替姐姐回答王老师的提问。

看到韩东升，王老师什么都明白了。弟弟已经进了学堂，比弟弟大四岁的姐姐还在家里看更小的弟弟，家长的态度不是昭然若揭了嘛。不行，是金子就得让它发光，不能把明珠永远埋在污泥里。王老师决定去找自己的老同学，和他理论理论。

时代不同了，男女都一样。这是共产党的一贯主张，早已响彻神州大地。这是一句人人耳熟能详，具有划时代意义的纲领性口号，也是一句大路边上的话，随便什么人，随便什么场合，可以拿起来就说。说是一回事，做是另外一回事。新中国成立20多年了，国人真正践行这句话，做到表里如一，仍然是困难重重。

明知山有虎，偏向虎山行。王老师是学校的教务主任，是优秀的中国共产党员。共产党员不怕困难，天大的事也难不倒共产党员！共产党员的神圣职责之一就是解放全人类。涵盖了整个人类，当然包括眼前这个疯丫头。责任心越来越强，拯救迷途羔羊的决心随之坚定不移。

王主任的老同学热情接待了王主任，但在对待女儿入学的问题上并不爽快。他支支吾吾地扯了一大堆理由，无非还是学习好了也不能考大学，呆在学堂里花钱混日子，瞎耽误功夫，把家里的活计都撂下了……即便可以考大学，闺女大了要出嫁，钱都贴到婆家去了。自己落个人财两空，很不划算。

韩如月的母亲倒是深明大义，力挺女儿入学。中国一直重男轻女，强调“女子无才便是德”。老人家深受其害，她不想自己的悲剧历史在女儿身上重演。自己小的时候，也是聪明好学的孩子。绣花做鞋、描云画凤，大人教什么她会什么。可是善良贤惠的母亲，一边向她们讲述姥姥如何狠心绕残她的脚弓，当时死的心情都有，现在负重站立也是疼痛钻心，像锥子扎得一样。控诉完了还谋划着如何为女儿裹足！幸好八路军过来了，她和姐姐才幸免于难。那双脚丫子才没被又臭又长的裹脚布缠绕束缚，得以自由生长。老人家的脚丫子得到了解放，思想上的禁锢仍然存在。她母亲把哥哥和弟弟送进学堂，把她和姐姐留在家中，不允许她们走出大门去抛头露面。结果可想而知，哥哥军事院校毕业，当了团长。弟弟医学院毕业，当了院长。自己和姐姐大字不识一个，只能留在乡村当家庭妇女。天天围着锅台转，要么就到大田地里见见世面，累得腰酸腿疼，顶着一头高粱花子。更让她感到心气不顺的是，自己连个名字都没有，随着丈夫的姓叫韩邱氏。

韩如月的母亲旗帜鲜明、立场坚定，义无反顾地支持把女儿送进学堂。家里再穷，砸锅卖铁也为女儿交学费。虽然他们“不得人”，学好了也不会被推荐上大学。不上大学也不能让女儿当睁眼瞎，要往闺女的脑袋里装填一些有用的货色。

老婆和同学站在一条战线上，自己成了孤家寡人。再说新社会强调男女平等，自己一个小小的大队治保主任也扛不住形势，没有充分合理的理由把女儿圈禁在家里。

王主任笑了。既然大家的意见统一了，明天就把孩子送到学校去。至于学费问题，就不让老同学操心了。自己虽然是个民办教师，负责一个小学生一学期块把钱的学费，还是不成问题的。

初进学堂，韩如月仍然是个女魔头。原来的班级霸王花祁可欣退位让贤，把“女老大”的头衔拱手送给韩如月。她和另外一位女生韩爱英，成了“大姐大”的贴身跟班，被男同学背后称呼为“狗腿子”。

疯魔头也有侠肝义胆，知道扶弱抑强，主持公道。她把全班的女同学都认作亲妹妹，不论谁受外人欺负了，她就率领自己的小姐妹群起而攻之。这样不要命的愣头青货色，连男生也不敢招惹。她在女同学心目中的威望与日俱增，如日中天！她也非常享受这种“恶霸领袖”的神气和威严。如厕之后，她站在厕所门前，模仿中央领导人接见外宾的模样，惺惺作态地和所有进出厕所的女生握手拥抱，直至上课铃声响起……

1976年10月6日，“四人帮”垮台了，中国的乱象随之终结。凭成绩、凭本事上大学的高考制度得以恢复。那时候是一考定终身，考上大学就能“吃计划”，毕业之后就是国家干部，正式分配工作。

韩如月从懂事那天起，就有了“吃计划、吃白馒头”的梦想。那时候只能躲进厕所或是钻进被窝里做梦，上大学、当干部对她来说，是银河系以外的星宿，是遥不可及的。现在那颗星星变成了陨石，散落到地球上来了。就看你的学习成绩如何，有没有本事捡起那块陨石。

韩如月把这个喜讯告诉家长，愣愣地呆了一个晚上。她似乎是一夜之间醍醐灌顶，参透了玄机。第二天她向聚集在身边的小姐妹挥挥手，说了一声：“古德拜。”她告别了在一起疯闹的小姐妹，也告别了过去的自己。她脱胎换骨，重新做人了。她彻底变了一个样，开始在课堂上认真听讲，开始一丝不苟地做作业，开始不耻下问，尊重并虚心请教老师问题。她开始拜“能者”为师，开始知道并践行“见贤思齐”。谁比自己强就向谁学习，谁学习好就向谁看齐。

骄傲使人落后，谦虚使人进步。韩如月虚心好学，不懈努力，她的学习成绩像坐了火箭一样，直线上升。“恶霸”很快变成了“学霸”。从小学五年级开始，她一直是班里的领军人物，学习成绩稳居班级第一、年级第一、全镇同级第一。

1979 年，韩如月初中毕业。中考的时候面临两种选择，一是上高中，一是上中专。她的考试成绩非常突出，如果选择上高中，她就和表妹一样，进入江苏省重点的秦台中学。秦台中学是博士后的摇篮，是北大、清华、南大的后备军基地。只要进入秦台中学，就有一条腿跨入了国家一本重点院校了。可是家庭经济状况不允许，父母在通往大学校园的道路上给她亮起了红灯。她只能委曲求全，不得已求其次，选择上中专了。上中专也有两个选择，一是上幼儿师范，毕业后到幼儿园当幼儿教师。另一个是上卫校，毕业后到医院当护士。考虑到舅舅是院长，毕业后好就业，她就选择了卫校。

这个选择是非常正确的，王彭生是这个选择的直接受益者。他应酬不暇，接连醉酒的时候，韩如月就在家中给他输液解酒，不用往医院里折腾。

十七

正月十五的晚上，秦台市到处玲珑剔透，流光溢彩，大街小巷上都悬挂着各色各样的花灯，铺张着节日的喜庆。

韩如月邀请王彭生，陪伴自己赏花灯。他们沿着秦台的主街解放路向西行走，观看一街两巷美轮美奂的花灯。王彭生想起了一幅古代绝对，这幅对联还牵扯到“囍”的来历，成就了宋朝名相王安石的金玉良缘。据说王安石弱冠之年进京赶考，途径一个集镇。镇上的马员外有个千金小姐，貌若天仙，满腹经纶。她看不上一般的凡夫俗子，想找一个有真才实学的如意郎君，就以文会友，用对联招亲。她亲自拟写上联“走马灯、灯走马，灯熄马停步”。王安石思虑良久，没能对出下联。他怕误了三年一度的考期，没敢在小镇上滞留。但是这个水准很高又刁钻古怪的上联，如同牌坊上的浮雕，深深地凿进他的心里。事有凑巧，科举试卷上也有一句刁钻古怪的对联，是“飞虎旗、旗飞虎，旗卷虎藏身”。

王安石两眼一亮，马上想起了小镇上的上联。真是佳句天成，偶然巧得，轻折蟾桂，荣登金榜。整个考场只有王安石一人对得押韵合辙，天衣无缝，其他人不是空白就是胡诌八扯。王安石独占鳌头，高中状元。他荣归故里时，又路过那个小镇，看到那句对联仍然孤零零地悬挂在员外府的门楣上，像路边野店招徕顾客的幌子，在微风中飘荡。他取出文房四宝，笔走龙蛇，把殿试的对联写出来，凑成珠联璧合的一幅绝对，抱得美人归。洞房花烛之时，王安石喝得微醉，想起自己巧遇一幅对联，因此好事连连：高中状元，做了高官，还娶回一个聪明贤淑、如花似玉的绝美娇娘。短短的数月之内，他就春风得意，独占了“洞房花烛夜，金榜题名时”两大人生乐事！喜从天降，双喜临门！于是他铺开宣纸，饱蘸笔墨，把两个“喜”字并排写在一起，这就是“囍”的由来。

王彭生还想起了《隋唐演义》上各路草莽上元夜里大闹扬州城，李渊的乘龙快婿柴绍撕破人家的灯笼，猜出谜底是“遇事三思而后行，再斯（撕）可矣”。他们一路走着、看着、谈着、笑着，一直走到灯光球场。那里是文化馆举办有奖猜谜的现场，灯笼上、墙壁上、路灯之间拉起的铁丝上，到处都是各式各样的谜语。

彭生的妹妹王文生，还有她的一帮子闺中密友，也在广场上猜谜。

王彭生和韩如月一般四齐地走着，和王文生她们对面碰头了。

“哥。”

“彭生哥……”

王文生的阵营里大呼小叫，一片骚动。猜谜的游人被惊吓了，纷纷驻足转颈，朝发声来源之处观看。

王文生和她的小姐妹们也都瞪圆了眼。她们惊奇地发现，“彭生哥”身边的女友又换了！这是一个穿着朴素、不施粉脂的土包子。她身材适中，长相水灵，就是土得掉渣。她的举止习惯还与这座城市格格不入，不论拱进多么稠密的人堆，一眼就能挑出来。

“树上的鸟儿成双对，绿水青山带笑颜……”人堆里飘出了黄梅戏，是《天仙配》的唱词选段。是要暗示王彭生什么吗？

流行歌曲也飘了出来，阴阳怪气地唱着：“记着我的情，记着我的爱……路边的野花你不要採……”这又是什么样的暗示呢？

调皮的男孩子跟着附和，诙谐地改词不改调。“路边的野花很可爱，不採它也自己败。不採白不採……”

王彭生入神地听着，牵动了万缕愁肠，拨动了心中的“小九九”。自己不能老是穿梭在女人的石榴裙中间，在好几条船上跳来跳去，举棋不定，进退维谷。弱水三千，取一瓢而饮。广厦千间，择七尺而眠。世上美女如云，像春天的韭菜一样，一茬一茬地往上蹿。连“四海之内莫非王属”的皇帝都占不过来，何况自己一介草民。要知道进退，懂得取舍，仔细思考一下“见好就收，适可而止”。女人有花老珠黄的时候，男人也会鸡皮驼背。少年天仙老如猴，等自己跌价掉份的时候再来找她们，就是正月三十贴门神，晚了！

一直像姐姐一样对自己关怀备至、宠爱有加的工友朱淑娟是非常不错的，但是她订婚在先，并且还是军婚。军人腰里那个鼓鼓囊囊的铁家伙不是吃素的，自己不能招惹！眼前这个一起猜谜的韩如月也非常不错，她身上有一股子顽强拼搏的执着，有一股子蓬勃向上的朝气。她只要发奋努力，学业就有小成，这说明她的智商是高的。遗传学上说过优生优育，好地才能出好苗，这是千古不变的金科玉律。娶这样一个老婆，自己的儿子就像阳光雨露之下一棵不缺肥水的树苗，可以茁壮挺拔地成长。有良好的遗传基因，加上后天努力，日后上大学应该不成问题。

朱淑娟对王彭生的观点十分赞同，肯定了他的想法和做法。

“你能在热恋中保持如此高度的理性，真是难得！”朱淑娟盯着王彭生看了许久，仿佛要重新认识他一样。这是迷乱自己心性的冤家，自己一直用倾注着心血的咸糊糊和白米粥喂养他；恨不得把心肝剜出来，剁碎了烧咸糊糊给他喝。现在事情已经趋于明朗了，自己浪费了那么多咸糊糊和白米粥，跟喂猪喂狗没什么两样！

“哥。那儿有一个大奖一直没人拿得走，你去猜一下。”文生把哥哥拉到一个宫灯面前，朗声念道：“制服孔老二，打一位历史名人。”

王彭生略一思索，马上有了答案。他故意卖个关子，从地上捡起一个空烟盒，掏出笔来，在烟盒上写下谜底，又把烟盒折叠好，交给妹妹。

“你到兑奖处去领奖吧，就说是你猜到的。”王彭生信心满满，有十足的把握。“我们在这儿等待结果。”

王文生和她的小姐妹像一群美丽的花蝴蝶，又像欢快的小燕子，叽叽喳喳，翩翩飞舞。

韩如月使劲拽拽王彭生的衣襟，朝前呶呶嘴。她的舅舅、妗子和表妹也来到广场上猜谜，和他们不期而遇了。他们简单地寒暄几句，就分道扬镳了。舅舅好像有话要对如月说，在大庭广众之下又不好启齿，只是反复地叮嘱着，星期天务必回家去，我有重要的事情告诉你。

王彭生猜出的谜底是“管仲”。他猜对了。孔圣人的名字叫仲尼，制服孔老二就是管住仲尼喽。兑奖处把一位本市著名画家娄哲生的水墨画交给王文生，连声夸赞这个谜语猜得好！猜谜的人不光聪明，还要有相应的学识，否则猜不出来。

“彭生哥，咱们走吧。”可能是舅舅的出现影响了她的雅兴，韩如月显得有些紧张。“送我去医院，我今天晚上值夜班。”

“好吧。”王彭生告别妹妹，告别妹妹的朋友和同学，被韩如月拽出了灯光球场。

走到僻静的地方，韩如月止住了脚步，牵住了王彭生的双手。

“我舅舅要告诉我的重要事情一定是相亲。”韩如月直视着王彭生，两眼流露出急切而又炽热的光芒。“我不想听舅舅说什么重要事情，我要把我自己的重要决定告诉你。”韩如月扑到王彭生的怀里，把腮帮贴到他的胸膛上，闭着眼睛说：“我要嫁给你……”

这是王彭生乐意听到的话，他也知道自己迟早会听到这句话，没想到来得这么迅速，这么突然。自己还没掐断其她热线，正愁得一脑门子官司，不知道如何应对呢。

韩如月是一个直率坦诚的姑娘，大胆直白，没有矫揉造作。其她姑娘都是先说：“人家都说咱俩……”然后引出正题。韩如月不穿靴、不戴帽，不吞吞吐吐、不藏头露尾。她开门见山，坦露心中的爱慕，爱得情真意切。她扇动了对方的情愫，让王彭生和她一起坠入爱河，跟着她十分投入地相爱！

在省文化干校学习期间，王彭生认识了徐州市的著名作家刘振华、董遥、袁成兰、程乐坤等人，还结识了著名画家刘山民、著名诗人王辽生等人，收获颇丰。在学习期间，让他很有感触，记忆最为深刻的是王辽生老师讲的一句话。王辽生老师在作创作辅导报告时说，不论是写诗还是写书，都要充满激情。试想一对夫妻不冲动，怎么会有孩子？这话富含哲理，意味深长，赢得了长时间响亮而又热烈的掌声！

学习结束之后，王彭生和秦台的作家赵本夫、刘本夫，还有徐州国画院的刘山民老师成了要好的朋友，时常相聚在一起。

赵本夫、刘本夫老师的爱人都是医院的医务工作者，这更坚定了王彭生选择韩如月作为终身伴侣的决心。自己一直做着“作家梦”。当作家的先决前提条件，就是要找一个在医院工作的老婆。

秦台市民间文艺沙龙中，德高望重的长者是张丰跃和董雅平，核心人物是李志卓。他们也对当作家的这条“潜规则”深信不疑，都在托关系打听医院新分配过来，尚未结婚谈恋爱的女性工作者。张丰跃下班之后去找王彭生，邀他一起去刘本夫老师家，和他一起探讨这件事。并且向他的爱人透露内部最新消息，“枌榆文学社”的所有成员，都为她和赵本夫老师的爱人准备了一条硕大的鲤鱼，请她们帮忙玉成此事。秦台一带的规矩，酬谢媒人的答谢宴席上，要有一条大鲤鱼。鲤鱼大小的程度以宴请的桌子为依据；桌子多长鱼多长！

张丰跃很有福气，高中毕业就赶上了恢复高考，参加工作就赶上了重用知识分子，中央强调干部队伍要“年轻化、知识化、专业化”，这几“化”都能划着张丰跃，他参加工作没多久，就被提拔为多管局的副局长了。主管农林牧副渔，办这样的小事应该是秃子头上抓虱子，不费吹灰之力。他却小心谨慎，不敢越雷池半步。他说上边还有局长，机关里还有七八个不干活光问事的调研员。他们这些新提拔的年轻干部要尊重老同志，不能擅自做主。老同志也当仁不让，说是要把年轻干部“扶上马、送一程，送了一程又一程，就是不舍得丢缰绳”。

刘本夫老师的老婆王美华，是秦台市人民医院妇产科的护士长，听刘老师陈述过“枌榆文学社”那群光棍汉的诉求。她性格开朗，为人古道热肠。她心里早就掂量着这事，兜里装着一大把红丝线，随时准备拴住有情人的手腕。

听说张丰跃和王彭生要来，王护士长特意邀请两位年轻漂亮的女实习生到家里来。一个是医学院的阚淑华，一个是学高护的宗毓灵。

张丰跃年长几岁，多吃了几年咸盐，见识多一些，知道如何讨女人欢心。女人都喜欢幽默的男人，指的是语言而不是长相。所以张局长先换上一身笔挺的新服装，用摩丝发胶把头发定型抹亮。见了漂亮的女同胞之后，先是非常绅士地握手寒暄，接下来就讲述《笑林广记》中那些幽默的故事。

阚淑华和张局长年龄相仿，沉稳端庄。宗毓灵和韩如月在一个年龄段上，妖媚活泼。她们都在转动美目，不停地打量张丰跃和王彭生。阚淑华的目光像流淌的河流，平稳不失热情。宗毓灵的目光像山间清泉，清冽的光亮一闪一闪的，好像跑出一对钩子，又仿佛要说话。王彭生想起了有人这样赞美女人，说看女人长得漂亮不漂亮，不看她的五官是否端正，不看她的皮肤黑白粗细，也不看头发疏密长短，而是看她的两个眼睛会不会说话！如此衡量的话，宗毓灵是非常漂亮的。她的皮肤微黑，也像松脂一样细腻，苗条的身姿闪烁着琥珀一样的颜色，俏如一朵紫色的牡丹。

张局长给大家讲述张三、李四一伙子朋友轮流坐庄喝酒。李四是个小气鬼，轮到他做东的时候就躲，躲不掉就拖。这天又轮到李四做东请客了，大家在约定的地点等候李四。看看要到晌午了，就像外国话剧《等待戈卓》一样，大家左等不来，右等不至。大家失去了耐心，一同找到李四家里。李四躲在里间屋子里，让老婆站在门口虚应故事。

李四的老婆是个实在人，很听丈夫的话。面对前来讨酒的朋友，她按照丈夫教导的路子说：“俺那口子昨天晚上就躲出去了，估计十天半月的回不来。”见大伙将信将疑，她又私自补充一句：“你们想让他请客，得等到下辈子。”

李四听到此言，迫不及待地从内室跳出来，劈脸打了老婆一个耳光，凶巴巴地骂道：“败家的娘们，谁让你许给他们日子的？”

大家笑了一会，张局长接着讲。他说从前有一户勤俭持家的人家，从不做菜，下饭的菜肴就是悬挂在房梁上的咸鱼。那条咸鱼是祖上流传下来的传家宝，年龄比当家老头的爷爷都大。

老头带着他的儿孙坐在房梁下吃饭，吃一口饭看一眼咸鱼。有一个孙子不老实，想多贪多占，吃一口饭看了两眼咸鱼。另一个孙子忿忿不平，起身向爷爷告状。爷爷安抚这个守规矩的孙子，说不要理他，咸死他活该！

大家又笑了一回。刘本夫老师技痒难耐，讲了一个更有趣的故事。他说从前有一个屠狗卖肉的老汉，一辈子会过日子。临死之前，他把三个儿子叫到床前，询问道："我死之后，你们打算怎么办？"

老大先说：您老人家一直教育我们说"人死如灯灭。厚葬不如厚养"。我们也不大操大办，买个薄匣子，草草安葬就是了。

老汉摇摇头，把目光转向老二。老二说还得节俭，薄匣子也不用买，直接用草席卷起来，挖个坑埋了。入土为安，要个道理就行。

老汉还是摇头。大家都看老三，看他有什么好主意。俗话说老二刁、老大憨，奸猾拐坏是老三。老三见识过人，说出话来不同凡响。他说光节俭是不行的，还要想办法创收。他的办法是通知所有的亲戚朋友，大张旗鼓地出老殡，光收礼不酬客。把客人打发走了，再把老父亲扒出来，剁吧剁吧扔到狗肉锅里，煮熟了当狗肉卖。樊哙在狗肉锅里加老鳖都能卖出好价钱，掺上人肉味道岂不更好！

老汉赞许地点着头，交待老三说："不要到你姥姥那个村子去卖肉，你舅舅好赊账，吃肉不给钱。"

大家又笑了，音量更大，持续的时间更长。

轮到王彭生开讲了，他知道"掉书包"已经不行了。丰跃兄和刘老师已经抢占了先机。跟着鹦鹉学舌炒冷饭，了无新意，很难再调动大家的笑神经了。秦台人把"重复、模仿"称之为"吃二屁"，最不受人待见。

王彭生讲了一个现代版的笑话，是秦台现代名人"驳大侠"的段子。

按照上级的指示精神，秦台民政局在体育场出售福利奖券，两块钱一张。就像朱大牙摇麻糖一样，十摇九空，一个摇到麻糖的人，也是大伙救济的。朱大牙是拾麦打烧饼，清赚。

驳大侠好热闹，天天在体育场转悠，捡拾人们丢弃的饮料瓶废报纸啥的，三天卖了五块钱。工作人员见老驳手里捋着钞票，就逗他说："你也去买两张看看。"

驳大侠从谏如流，真的去买。憨人有憨福，驳壳枪买了两张奖券，有一张是头等大奖，奖品是一个长虹大彩电。电视台的记者随即采访，想为买彩煽情造势。采访记者是刚从学校毕业的大学生，才到秦台不久，还不知道"驳大侠"其人其事。记者走到驳大侠身边，把麦克风对准驳壳枪，用普通话问道："请问这位先生，此刻有何感想？"

驳大侠揩着鼻涕，"嘿嘿"地傻笑着说："民政局想操我唻，撺掇我买奖。我买了，得了一个大彩电。民政局没操着我，叫我操着他了……"

大家又笑了，笑声轰堂。王美华和阚淑华都笑弯了腰。宗毓灵用手捂着嘴，"嗤嗤"有声，一边笑，一边飞眼去瞟王彭生。王彭生接着讲了一个不识趣的傻老汉。这老汉有一个七八个月大的小孙子，非常调皮。这天儿媳妇给小孙子喂奶，小孙子调皮捣蛋，不正儿八经地吃奶。老汉看见了，作争抢之状，吓唬孙子说："你再不吃我就吃了。"儿媳妇瞪他一眼，噘着小嘴说："王大庄卖香油的，咋想来。"儿子也寒着脸训斥老子："瞎说胡吣！"老汉满脸委屈地向老婆诉苦，这个熊羔子在你的奶头上吊了三年我都没说啥，我还没真吃，说说他就恼了……真不是个东西！"

这时刘老师家又来了一位客人，是秦台另一位稍后成名的著名作家王震山。他当时还是水利局的小车司机，一个魁梧帅气的转业军人。驾驶员掌握着方向路线问题，在当时是非常令人羡慕的。当时社会上这样传唱：一等人是"手术刀"，天天有人送红包。二等人是驾驶员，车轮一转就有钱……驾驶员不光挣钱容易，还因为不离首长左右，办事也方便。天天走南闯北，见多识广，知道的事情也多。王老师去过特区深圳，这又拉着领导考察完葛洲坝，刚从"天府之国"转一圈回来。

接着大家的话头，王震山老师也讲了一个幽默诙谐的小段子。他说有一个人不会说话，出口就能伤人。家里总是不让他出门，亲戚、邻里之间的红白喜事也不让他参加。姐姐生孩子送粥米的时候，他实在憋不住了，强烈要求前往，并对着太阳发誓，保证一句话都不说。他果真信守承诺，自始至终除了吃菜喝酒的时候张嘴，吞咽完食物立马把嘴绷起来，像贴了封条一样。吃完大席他走到姐姐、姐夫面前，非常真诚地说："姐姐、姐夫都嫌我不会说话。今天我一句话都没说，我外甥要有个好歹可怨不得我了！"全家人都跟着生气，也很惆怅。这样下去怎么得了，一个朋友也维不住，谁家的姑娘敢嫁给他？父母思来想去，决定先替儿子物色几个朋友。一个好汉三个帮，一个篱笆三根桩。有亲戚朋友帮衬着，或许可以糊弄一家子人家。父母打酒买菜，叫儿子出去拣要好的伙伴邀几个过来喝酒。儿子邀请了四个人，先来了一个。稍停一会，儿子沉不住气了，自言自语道："该来的不来，不该来的来了。"先到的客人听了这话，哪里还坐得住？第二个客人又来了，儿子感叹道："该走的不走，不该走的走了。"第二个客人也坐不住了。剩下的两个客人一起来了，询问前两位客人为何离席？东道主说明情况后又补充一句："我又不是说他们两个，他们生哪门子气呢？"这两个客人的屁股刚沾上板凳，立刻觉得板凳变成了烧红的饼铛，迅速弹射起来，一溜烟跑走了。

大家笑后相互打趣，说谁是该来的没来，谁是该走的没走……

王老师又讲外地的见闻。他告诉大家，我们这里还在大树特树"万元户"。苏南、浙江、广州、泉州一带，已经开始睥睨"十万元户"了。他们认为"万元户不算数，十万块钱刚起步，一百万还凑乎，超千万元才算富"。

王彭生的心动了，想起了"著书也为稻粱谋"这句话，应该也是至理名言吧！到"商海"里游弋一圈，既长知识又增加阅历。现在搞创作凭一股子灵气和满腔的激情，并未窥探到创作的门径。古人说："行万里路，读万卷书"。还要接触更多的人，经历更多的事，然后再搞创作，或许可以写出有分量的作品……

不知道是什么原因，社会上一直流传着"穷文富武"的说法。可能是在学习过程中，穷人家买不起文房四宝，折一截树枝在沙盘上胡写乱画，也能学成文化。习武多费衣衫多费鞋，也多费粮食。不是殷实之家，养不起习武之人。也可能是文人孱弱，肩不能挑担，手不能提蓝，还自命清高不务实，大多穷困潦倒。就像鲁迅笔下的孔乙己，总说“君子固穷”之类的浑话，总和富足搭不上关系。武人练就一身功夫，有的是力气，肉皮锤既大且硬，给富人家押货保镖，给大户人家看家护院，给达官显贵当贴身卫士，都能把肚皮撑圆了。如果不顾礼义廉耻，啸聚山林当绿林好汉，发不义之财，敛财是很快的。所以鲜见武林高手沦落街头……

王彭生渴望做一个不愁温饱的潇洒文人，不愿意做孔乙己那样的穷酸腐儒。文化人也要风度翩翩，不能不修边幅。文化人也要锦衣玉食，至少是衣食无忧，不能衣食无着。文化人也要宽容大度，不能尖酸刻薄。

王彭生还在呆呆地想心事，大家已经转换了话题，聊到作家的笔名上去了。大家都说了一串笔名，而王彭生只有一个，是珍藏在心中将近十年的秘密。他给自己取的笔名叫思鲁，当然希望自己有鲁迅那样的名望和才华。但他的初衷本意不是冲着大文豪鲁迅去的，他思念的是祖籍山东。淳厚的故乡热土里，长眠着他的祖父母王福林老先生和李淑英女士。

这时刘本夫老师的大公子刘春牛小朋友从里间拱出头来，突兀地说了一句没头没脑的话：“把阚阿姨给张叔叔，把宗阿姨给王叔叔！”才上一年级的小布点，也想争做月下小人，而且是不征求当事人的意见，随随便便地乱点鸳鸯谱。虽说是童言无忌，无奈当事人毫无思想准备。小春牛的话就像一只巨大的雕鹗飞进树林，一鸟入林，百鸟哑音。犹如一块艳红的绸子布，在室内飞旋一会，悄然落在未婚青年男女的脸上。

为了带领大家走出尴尬的困境，刘老师重拾“笔名”的话题。他说还是上初中的时候，有一个同学给自己取了个笔名叫“鲁鱼”，很好笑的。

大家一时没能领悟个中玄机，很迷茫地看着刘老师，满脸都是问号。这个名字有啥好笑的？

“把这两个字拆开变成三个字，再读一下就好笑了。”刘老师提示一下。大家略一沉思，马上会意了，禁不住哑然失笑。

“鱼——啊，还是鱼……”宗毓灵想读出来，刚一张口就知道自己犯了一个天大的错误。这个笔名拆开以后是不能大声朗读的，尤其是女孩子。自己还是未婚的女孩子！宗毓灵的脸色，像公鸡头上的冠子一样。她不自觉地瞟了王彭生一眼，慢慢地垂下头去，小声抱怨着：“你们这些当作家的人，不说正经话，也没有正经人……”

十八

1982年就像复新河里的蹿条子鱼，在水面上泛了一个花就坠入历史的长河之中，落到后面去了。一眨眼的功夫，波纹还没散尽，鱼儿就寻不见踪影了。

1983年如期而至，春姑娘已经开始梳妆打扮了。但是冬天的气息非常顽强，人们依旧脱不下冬装。不过河面已经开启了，气温再回升几天，厉程遥老大就会在河道上跑船。他和王彭生就可以告别“飞鸿传信”、“请明月代问候”的日子，可以促膝而坐、对面晤谈了。

朱淑娟依旧揪着王彭生喝咸糊糊和白米粥，虽说王彭生的表现让她失望，她和这位牵肠挂肚的小兄弟是猴子不拉屎，没有缘分（猿粪）。这辈子不可能在长枕大被下面戳波戏水了，更谈不上什么爱情的结晶。她也心知肚明，知道自己精心炮制的咸糊糊和白米粥，灌到王彭生的嘴里是泥牛入海、肉包子打狗，不会有任何结果。可是惯性使然，她使不住闸、刹不了车。

“你的那些烂事都处理好了吗?”朱淑娟问王彭生。不等对方回答，又急切地追问道：“是不是除了韩如月之外，其她妹子都出局了?”

“是的。连姐姐也出局了。”王彭生嗫嚅着，不敢看小朱姐姐的眼睛。

“我早就猜出来了。”朱淑娟木然地说：“你的事情定头了，我放心了。很快……我很快也会定下来……”如果当初先见王彭生，后见民政助理员，婚姻历史笃定是要改写的。现在说什么都晚了。一失足成千古恨，再回首是百年身！

王彭生一直和别的姑娘胡勾乱联，朱淑娟是知道的。她非常放心，也支持弟弟这么做。王彭生事先向她汇报情况，是拉大旗作虎皮，扯个幌子打掩护，心里还是向着自己的。把韩如月领进工厂的时候，小兄弟也向自己打了招呼，但是表情是严肃的，态度也是认真的。最不能让人忽视的一个细节历历在目，那就是王彭生学了章兴民，用报纸把自己的宿舍糊成了照相馆的暗洗室，连一丝丝光亮都透不进去。他想干什么？

仝参谋在前线教训了两年越南鬼子，有兄弟部队前来换防，他们的队伍撤出了战斗序列，回到后方来修整。俗话说："当兵三年，母猪赛貂蝉"。仝参谋是有六年军龄的老兵了，朱淑娟长得像水葱一样漂亮。在前线的时候，他天天捧着定婚未入洞房的妻子照片过干瘾。现在好不容易回来了，"圆房"的愿望十分迫切和强烈！

周六下午，正在徐州师范学院读书的邵明坡回到秦台。李际鸿纠集董雅平、李志卓、于磊、郭晓兵、王彭生等狐朋狗党，在邮电局北二楼的职工宿舍里喝酒聊天，疯闹到零点之后。翌日早晨，王彭生九点多钟才从睡梦中醒来，依旧是满身烟酒气息，头疼得像要裂开一样。要不是朱淑娟敲着窗子喊他起来喝咸糊糊，他可能要在床上过礼拜天。

王彭生如厕洗漱之后，朱淑娟已经把碗筷、锅灶搬运到他的宿舍里来了。王彭生感到诧异，连忙询问他的小朱姐姐："今天怎么回事？不嫌臭气了？"

朱淑娟把透气的门窗关起来，朝床下和角落里喷洒花露水。她幽幽地吐了一口气，冷玉一样的蛋形脸上，笼罩着一层忧郁。

"我的喜期到了，给我祝福吧。"朱淑娟抄起王彭生的双手，非常动情地说："好弟弟，真舍不得离开你。可惜我们有缘无分，我不能陪你一辈子……"朱淑娟告诉王彭生，他的身边不会缺女人。只要他愿意，就有女人喜欢他。长相清秀文雅，安全可靠，是让老人和女人放心的那种类型。这是讨女人欢心的重要因素，但不是主要的。最关键的还是王彭生会说话。出口成章，酸甜适中，亦庄亦谐，张弛有度，收发自如。只要男人嘴巴抹上糖，就叫女人喜洋洋。只要男人嘴巴抹上蜜，就叫女人笑嘻嘻。有一些油头粉面的面首男人，靠一张巧嘴吃软饭，把握不好尺度，把蜜糖放得太多了。加糖过量就会发馊变酸，让人倒牙，全身起一层小米粒一样的鸡皮疙瘩，因而心生厌烦。彭生小弟说话像春风一样轻柔，像一片鹅翎轻扫腋下，让人感觉到痒痒的，很舒服。这个小冤家还知道最讨女人欢心的话题是和她们谈论她自己，并在杂乱无章的扯淡中，不动声色地恭维她们。让撒切尔和戴安娜给她们当陪衬，让追逐的对象当主角！

王彭生还从故纸堆里寻找讨好女人的良方，翻出了“潘、吕、邓、小、闲”五字要诀。“潘”是指潘安之貌。王彭生虽不像哪吒、罗成那样俊美，却是一脸书卷之气，能取得女人的信任，激发女人的好感，这就足够了。

“吕”是吕不韦，暗指有权有势的人。也有人说“吕”字应该改为“驴”字，吕不韦就是嫪毐，阳物硕大，像叫驴一样。

王彭生头上也顶着半指长的纱帽翅，又非常年轻。有道是“不畏前贤畏后生”，在中国“年轻”和“有为”是紧密相联的，这就给人以丰富的想象空间。

“邓”是富比石崇的邓通先生，皇帝赐给他一座铜山，有取之不尽用之不竭的铸钱原料。王彭生自然比不了邓通，正好那年头傻丫头们讲究“纯情恋爱”，把爱情放在至高无上的位置，并不看重金钱，甚至以“拜金”为耻。这就像古玩市场上的“土老帽”卖破碗，叫王彭生“捡漏”了。

“小”是在女孩子面前拉小架、赔小心，不论对错与否，都要让她有伊丽莎白和武则天的感觉。她是君临天下的女皇，拜在她石榴裙下的男人是跳梁小丑。

“闲”是指有空闲时间，有钱有闲才能有功夫泡妞。天天忙得小辫挺直，脚后跟直打后脑勺，放在狐狸洞里也无心顾及。就像牛顿、陈景润等人，心中没有美女的位置，是因为忙得太狠了，没有闲情逸致。坊间流传这样的话：大头忙碌小头闲，大头一安然，小头闹翻天。

八九十年代的女人还不像今天这样务实，还追逐理想和抱负，还漂浮在云层之中两脚悬空。这也让王彭生钻了空子……

“我那个……姐夫……回来了吗?”真的要和小朱姐姐分手了，王彭生心中酸溜溜的，十分不舍。不过身为男子汉，不能像娘们一样抹鼻子。他强扮笑颜，故作轻松地笑了起来。那笑容和高考落第时一样，是从别处黏贴过来的，极不自然，比哭还难看。他从心里拒绝“姐姐”这样的称谓，私下里也偷偷地叫她“心肝宝贝蛋”。朱淑娟虽然红着脸，也是笑眯眯地应承着。

“我知道你心里不舒服，我也是。他今天不来明天准到，他说结婚后想办法让我随军。这一别不知何时再相见，我的心好痛……”朱淑娟的眼圈红了，两片腮帮上也飞出两朵烟霞，很羞涩地把脸贴到王彭生的鬓腮上。“我们拥抱一下，接个吻吧……这是我要的……祝福……”

王彭生的心里也篷着一堆干柴，此刻被朱淑娟点燃起来，生出了熊熊烈火。他与朱淑娟紧紧地抱在一起热吻着，两只咸猪手颇不老实，不自觉地探手入怀，胡乱抚摸起来。他触摸到了两个小小的乳房，乳头也很小，像没开个的青柿子。又仿佛是两只羽翼未丰的雏鸟，受到惊吓不自觉地振翅欲飞。“扑棱”一下又马上收拢翅膀，两只细小的脚爪紧紧地抓住树枝不放，害怕一松手就会栽倒地面上，被老猫叼走了。王彭生知道，这两只小鸟很快就会羽翼丰满，变肥变大。因为它们已经得到了男人的爱抚。结婚之后，它们接受异性爱抚的频率会增加。仝参谋比自己强壮，揉搓的力度也会加大。听老年人说过：女人的手发鸡巴，男人的手发奶妈!

朱淑娟激灵一下，猛地把王彭生推开，脸上红扑扑的，大口喘着粗气：“你越界了!”

朱淑娟梳理着凌乱的头发，两只眼睛瞪得很圆，像一只受到惊吓的小鹿。“好弟弟，搂搂抱抱亲个嘴行，不能越过‘三八线’……你要是受不了就找韩如月，做了那事就得负责一辈子。作为女人，必须把她的第一胎和第一次都留给丈夫，这是原则。你知道吗?”朱淑娟一脸迷茫，喃喃自语。

她说听老年人说过，和异性亲吻如果没有异味就可以成为两口子。如果感觉到对方有口气，或者排斥对方的亲昵，就是月老没在他们之间拴红线。硬在一起生活会遭天谴，注定是不幸福的。她已经尝过王彭生的口水了，分明是甜的。她怎么和这位小冤家走不到一起呢?

“知道了。我老实了，光亲嘴行吗?”王彭生还想品尝香甜的长吻，也想把自己的私章印到她的灵魂深处去，让她一辈子忘不了。臭男人的德性，就想把所有漂亮的女人都聚拢在自己的身边。自己可以心安理得地挑选女人，却受不了被女人遗弃。那么作为男人的原则是啥呢?彭生想起奶奶临终的教诲：“千万不能学爸爸”。祖父母不希望自己离婚，那就是不能抛弃老婆孩子。当然，也不能把脏病染到身上来……

“你是个捣蛋鬼，太坏了，我不相信。”朱淑娟拒绝王彭生，但口吻不是太坚定，让王彭生觉得有机可乘。

“向党保证，我真的不怪了。”王彭生伸手搂抱朱淑娟，把嘴唇凑过去。

朱淑娟用手掌挡住王彭生的两片热唇，极度地不信任：“真的不怪了?”

“真的。”王彭生郑重其事地点着头，朱淑娟动摇了。

“那就再来一次……”朱淑娟飘过一缕轻柔的声音，慢慢地闭上了眼睛。

王彭生没有机会继续向小朱姐姐表达“祝福”了。老传达那洪亮的声音在大门口响起，波及到整个院落。“朱淑娟，有个当兵的找你……”

朱淑娟急忙跑了出去，脸上挂着慌乱。王彭生稍停一会才走出来，桌上的咸糊糊已经凉透了。

朱淑娟收拾好东西，把王彭生喊过去介绍给丈夫。“这是我在厂里认的弟弟，叫王彭生。”

“好帅气的小伙子，像个大姑娘。”仝参谋热情地和王彭生握手，不无遗憾地发着感慨：“要是早几年到这儿来带兵，我一准把你带到部队上去。”

仝参谋是开着军用吉普来的，把朱淑娟的物品和她本人一起塞进吉普车，给在场的人撒了一圈喜糖、喜烟，启动车辆，把化工厂的厂花拉走了。

朱淑娟把头探出窗外，深情地注视着王彭生，把右手贴到左胸上。王彭生理解这个哑语的含义，是“你在我心里”。

军用吉普拉着朱淑娟绝尘而去，车后冒出一股青烟，车内响起了苏小明演唱的军旅歌曲《军港之夜》：

军港的夜啊静悄悄，

海浪把战舰轻轻地摇，

年轻的水兵头枕着波涛，

睡梦中露出了甜蜜的微笑。

海风你轻轻地吹，

海浪你轻轻地摇，

远航的水兵多么辛劳。

回到了祖国母亲的怀抱，

让我们的水兵好好睡觉。

……

拉走了化工厂的美女，

我们的步兵也想睡觉……

王彭生突然烦躁起来，满脑子都是要流氓的坏念头。他痛恨自己当初只想节省两块钱，没吃麻师傅的烧鸡。如果自己当初和郭会计、章兴民一样，哪怕是啃下一霎霎鸡皮，自己也有200%的把握，把朱淑娟浑身上下糊满油腻腻的手印子。

韩如月按照舅舅的吩咐，礼拜天回到家里。她想知道舅舅告诉她什么样的“重要事情”。

家里像开会一样热闹，舅舅、妗子、大爷、大娘、叔叔、婶子、哥哥、嫂嫂，全都聚齐在家里，围着她的父母说三道四。

看到韩如月回来，大家倏然缄口，用眼神继续交流着。还是舅舅率先打破静默，以长辈的身份关心外甥女。他老人家先问了工作、学习和业余爱好什么的，最后切入正题。

“十五陪你看灯的小伙子是不是你处的对象?”舅舅知道，翻腾外甥女“三十岁之前不谈恋爱”的陈账，没有丝毫的现实意义。谈恋爱是好事，真像以前似的，刀枪不入、油盐不进，三十岁之前横竖不谈恋爱，还不把家长急死？谈恋爱是好事，关键是看怎么谈，和谁谈……

“是的。”韩如月坦然承认。“我喜欢他。”

“你对他了解多少？”舅舅不急不躁，不温不火。“他家在哪儿？父母是干啥的？家里有没有房子？他本人是干部还是工人？是正式在编人员还是临时聘用的？”

舅舅抛出了一串问题，像冰雹一样又冷又硬，一下子把外甥女给砸晕了。

韩如月热血上涌，把头脸都涨红了。嗫嚅半天，依旧语塞着说不出话来。她沉浸在甜蜜的爱河之中，没工夫也没想起来询问这些庸俗的问题。“我爱的是他本人，问其他人干什么？”

“你还太小，太单纯，不懂生活。”大家纷纷开口说话，把自己的经验积累、对人生的感悟说出来，诱导启发自己的亲人。谈恋爱是寻找人生的伴侣，要和他终生厮守在一起。结婚就要过日子，米面油盐酱醋茶，缺少哪一样都不行。人又不能生活在真空里，想把小日子过得滋润了，不现实一点行吗？

面前站着的这些人，都是韩如月至亲至近的人，但她觉得不如“彭生哥”亲近。她知道亲人们都是真心实意地为了她好，但是她听不进只言片语。彭生哥的形象是完美的，几句风凉话无损他的完美。恐怕在场的人全都抡起十八磅的大铁锤，也砸不烂她心中的“彭生哥”。

已经是二十世纪晚期了，社会高度文明，父母和长辈很难按照自己的意图包办子女的婚姻了。不过也剥夺不了长辈干预晚辈的欲望和提出合理化建议的权利。这事急不得。罔顾现实，闭着眼睛奢谈爱情的人，都是精神思想不健全，过分幻想、理想化的病人。陷入热恋的泥淖之中不能自拔，固执己见不听亲人劝说的年轻人，是需要监护的重症病人。

舅舅是医院的院长，知道业内流行这样一句行话，叫做“病来如山倒，病去如抽丝”。外甥女病得很重，用药太猛了怕起副作用。他要文火慢攻，一层层地剥茧抽丝。他相信精诚所至，金石为开。只要功夫深，铁杵磨成针！

韩如月被亲友团围在中心，瞪着惊恐的大眼睛团团乱转。她像掉进陷阱的小鹿，急于想逃离困境，对周围的人充满了戒备之心。

医术高明的人都能读懂病人的心理。舅舅知道，再僵持下去戒备就会演化成敌意，更不好理喻了。不论干什么，都要留有回旋的余地，知道适可而止。舅舅开始转换话题，把气氛缓和下来。

“年轻人涉世不深，需要学习的地方实在是太多了。”舅舅抚摸着外甥女的额头，尽量让她放松下来。其他人也按照舅舅的节拍，放低声音，放缓声调，端出慈祥的目光和温和的微笑。

“刘本夫老师是个有学问的人，为人处世的知识和经验也很丰富，你也要向他好好的学习。”舅舅循循善诱，向外甥女灌输着“留心处处皆学问”的道理。“婚姻自主，恋爱自由。你自己的事情当然由你做主，不过老人和亲人的意见是可以参考的。刘老师阅历丰厚，见多识广，又一心向着咱……这件事不要急于定下来，不妨请教一下刘老师，请他帮你拿拿大主意……”

舅舅还有一句没说出口的潜台词：刘本夫老师是他的同学铁哥们，会按照舅舅的意图劝说外甥女的。

十九

初春的河道微风不著，波纹不起。清澈的河面铺陈到天边，像一方长镜，把天空的彩练和两岸的景物尽收水底。平静的水面上，有一层轻烟薄雾一样的水汽缓缓升腾，慢慢化开。果然是碧波连天，波上寒烟翠。

厉程遥老大从上游漂淌过来了，他亲自掌控着挂浆机的扶手，狗大副不知道跑到哪里去了。那盆月季花依旧摆在老地方，只是已经枯萎了。枝头上还挑着几朵没笑开的小蓓蕾，是永远不能绽放的干花。厉老大的头发长而凌乱，唇边也长出了胡须，看来已经很久没有修饰脸面了。厉老大是非常讲究体面的，他时常挂在嘴边上的话是：“头可断，发型一丝不能乱。血可流，皮鞋不能不上油。”过去一天刮三遍脸，风趣地向王彭生炫耀：它们不想叫我露脸，我不让它们出头。

厉老大身上的军用大衣和头上的军用棉帽，全都沾满了油垢和粉尘，早已看不出青橄榄那样的颜色了。据说这都是狗大副闹腾的。大灰狗最后那声悲壮苍凉又极为悠长的吼叫，摄走了他的魂魄，他从那之后就开始颓废萎靡了。

封河之前，厉老大往南方送了一趟电石，有了两个让他终生难忘的经历。

刚刚进入六月份，麦子即将开镰的时候，提前进入了多雨的汛期。厉老大拉着一船电石，沿着隋炀帝游山玩水的河道，向祖国的南方漂流。他要把电石送到宜兴去，先从复新河北上微山湖，再转道京杭大运河，从江都入长江东进，去目的地宜兴卸货。航程将近一千公里，航期将近一个月。

有礼的街道，无礼的河道。单身跑船的男老大，都是赤条条地在光天化日之下操作舵杆，仿佛裆下那坨猪下水一天不晒就要长霉似的。碰到岸边淘米洗菜的妇女，还要高声吟唱着下流的荤话："漂亮的大妹子，敢不敢跟我去趟高粱地，让你看一样好东西……"

厉老大毕竟是半路出家，又有文化，还在部队上锻炼过。他的正统思想相对较浓，野性不是很足。所以不论有人没人，也不论是在江海河湖，他都套着一条牛头短裤。那堆猪下水被包裹在薄薄的纱布之内，鼓鼓囊囊的，像是装在网袋里的橘子。

厉老大不敢像以往一样夜宿晓行，因为船上满载着电石。电石是易燃易爆的危险物品，尤其见不得水！赶在多雨潮湿的季节运电石，有点老鼠给猫当三陪的意思，挣钱不要命。

厉老大决定日夜兼程，不舍昼夜。他要尽快地把货物送到目的地，尽快地把危险扔出去，尽快地把运费拿回来。上次在高邮境内的运河上邂逅相遇那个女老大景水香，充满野性的温存让他刻骨铭心，无时无刻不在思念当中。

那是上一次从扬州返回的时候，卸完货物又揽着了回头货，出一趟差挣两份钱，他的心情像春天的阳光，暖洋洋地敞亮。返航的时候他喝了八两老酒，到江都的时候就觉得头晕，酒劲越来越大，到高邮地段就头昏目眩，睁不开眼皮了。他离开舳舻千里的主河道，把驳船弯进一个河汊里，停下来眯瞪一会儿。他的狗大副照例溜到岸上去打野。昔日那条险些被敬献到祭台之上的癞皮狗，虽然毛色依旧发柴发暗，块头却像发面卷子一样，滚瓜溜圆，牛犊子一样又大又壮。那条狗极具灵性，知道主人不杀加上喂养，是天大的恩德！知恩就得图报。他上岸溜腿回来的时候，嘴里总是衔着狐狸、野兔、长尾巴雉鸡之类的野味，给主人下酒。

狗大副最爱追逐捕获野兔子，让人觉得《狗和兔子的传说》真实可信。传说狗和兔子是荣辱与共、同甘共苦的好朋友。狗蹄子上原来是穿鞋的，所以不怕荆棘、圪针和蒺藜，什么地方都能去，跑得也比兔子快。兔子非常羡慕“狗鞋”，找狐狸商量如何得到它。狐狸“如此这般”交代一番，兔子受命而去。他找到狗大哥，告诉他树上的果子比猪肉还好吃，叫他爬到树上去，采几个下来尝尝。狗不知是计，脱下鞋子“噌噌”地爬上树去。兔子趁机穿上他的鞋子，绝尘而去。从那以后狗和兔子就成了不共戴天的仇人，狗见到兔子就要追上去咬死。

交朋友的时候，狗经常到兔子家做客，知道兔子住在什么小区，几单元几号楼。兔子怕狗前来寻仇，又到其他地方钻窟窿打洞，建立新的安乐窝。这也是“狡兔三窟”的由来。

厉老大也知道投桃报李。拾掇野味的时候，总把内脏下水赏赐给狗大副。做人得有良心，好心有好报，多行不义必自毙。厉老大知道公冶长的故事。传说古时候有个懂鸟语的人叫公冶长，他和所有的飞禽都是好朋友。老鹰、鹞子之类的猛禽，知道哪个山头有受伤或死去的猎物，就会在半空中高叫：“公冶长、公冶长，东面山头死了一只羊。快去拖到家里来，你吃肉，我吃肠……”

公冶长严守双方约定，一直信守君子协定。他家的猎物越聚越多，吃不了就腌起来，一年四季不断荤腥。后来常年吃也吃不败，就开起了卤肉作坊。他卖肉不要本钱，富得很快。人富了心黑，就有一些为富不仁的勾当。经商使人精明，精打细算之后他的嘴巴合不拢了。乖乖，每年扔给大鸟的野物下水，确实是一笔不小的收入。他为了聚敛钱财，开始背信弃义。他把动物的下水卤制好出售，不再给报信的鸟儿吃了。

天长日久，鸟儿心生怨恨，决计要惩治一下这个贪财如命、不讲信誉的小人。一个春光明媚艳阳高照的早晨，公冶长又听到了鸟儿欢快的叫声：“公冶长、公冶长，一头死虎卧在北山岗，一群猎人都要抢。赶快想法占有他，别忘了咱们的老规矩；你吃肉，我吃肠……”

公冶长急忙跑向北山岗，果然见到密密地围着一圈人，在山梁上喋喋不休地争论着。他还没有跑到跟前，就扯直了嗓子咋呼：“都别动，是我打死的。不骗你们，真的是我打死的……”

等他跑到跟前，头颅一下子大如笆斗，重有千斤。两条腿轻如灯草，支撑不住沉重的身躯，软软地瘫倒在地。

那儿有一具无名尸体，捕头们正找不着凶手呢。有人前来顶缸，那是再好不过的。公冶长成了杀人犯，被警察带走了……

一朵胭霞被清风裁下来，正好落在厉老大的脸上。红色的胭霞像一块蘸着温水的绢帕，在厉老大的脸上轻轻地擦拭着。厉老大被弄醒了，看到狗大副正趴在身旁，伸着猩红的狗舌头舔他。他舒了一个懒身坐起来，知道已经到了黄昏，该做晚饭了。西天上已经不见了太阳的踪迹，地平线上还有一抹即将逝去的残霞。河荡里蒲苇轻摇，几只落单的水鸟在哀鸣。这情景极其容易让人想起马致远的古诗：古道西风瘦马，枯藤老树昏鸦，小桥流水人家，夕阳西下，断肠人在天涯。

狗大副用头顶着主人的腰际，示意他把头转到东边来。东面紧挨着他的驳船，有一艘比他这艘木船大一号的水泥船。船上站着一个浑身湿漉漉的女老大，手里拎着一尾鲤鱼。她刚从水里爬上来，成串的水珠不停地往下掉，湮湿了脚下的甲板。她的泳装瘦小一点，紧裹着又白又肥的身躯，身上各个部位的准确位置，一览无余地展现在厉老大眼前。厉老大咽了一口唾沫，一股火苗从胸中蹿升起来，越烧越旺，把身上那副龌龊的猪下水烧得肥大硬结起来。

厉老大直不起腰来，想起了家乡的一句歇后语：张五楼的粥，谁喝谁舀吧。说是知识青年上山下乡时期，有一个漂亮的女知青到张五楼赶集。当时正是三伏天，城里人洋气，穿着引人注目的花裙子。她溜乏逛累了，坐到卖粥的摊子前喝粥。那姑娘大大咧咧地劈开双腿，叉着腿坐在老板对面的板凳上，裙子被两条白腿撑得很开。肥大的内裤被揉搓在一边，没盖住女人身上那个最隐秘的地方。结果春光大泄了。卖粥的老板看到这幅活春宫，元真之气在体内急剧游走，像是要把皮囊撑破一样！这时有新顾客前来光顾，大声叫道：“老板，来碗粥。”

老板已经站不起来了，又不想丢掉生意，就讪笑着说：“没有外人，谁喝谁舀吧。”

女老大“喷儿”一笑，胸前两座玉山上下乱颤。厉老大沉到腹底的老酒又被晃荡起来，变成葡萄酒的颜色充盈到脸上。

“喂，会修挂浆机吗？”女老大冲着厉程遥大叫：“我的挂浆机坏了，过来帮帮忙。”

“好的。等我洗个澡上来。”厉老大就地一滚，“扑腾”一声跳下水去。他浑身燥热，急需降温。另外他也内急。人有三急：屙屎、尿尿、生孩子，急起来就等不得。他又不能当着女老大的面撒野，只好钻到水下去，把那股温热腥臊的体液排到运河里。运河直通长江，长江连着大海。厉老大的尿液随波逐流，增加了大海中的含盐量。

厉老大痛快完了浮出水面的时候，女老大和狗大副已经有了争执。狗大副炸开鬃毛，呲着牙“呜呜”地鸣叫着。女老大手握长长的篙杆，神情紧张地与之对峙。原来女老大想到厉老大的船上找工具，灰毛狗自知守土有责，坚决不让她越界。

“你把这个畜生关起来，我害怕。”女老大冲着厉程遥露出一口洁白的牙齿，非常迷人地微笑着。“把他关起来，我给你做鱼吃。”

狗是人类最忠实的朋友，人类从原始社会围猎时期，就一直受到狗的帮助和保护，从狗朋友那儿得到许多实惠。狗大副是厉老大独一无二的朋友，不仅相互帮助，还相依为命。厉老大也吃过不少狗大副俘获的野山鸡、野兔子，是受过狗大副很多恩惠的。狗大副不会首先背叛自己的主人，厉老大也不会对狗大副苛刻不义。可是美女的要求不好拒绝。

女老大并无“沉鱼落雁、闭月羞花”之美，但是很有韵味。尤其是怀中那两座玉山，就有别于其她女性。别的女人怀中也揣着撩人的乳房，也是大小不一、形态各异。无论是丰满单薄，乳头大小，或如坚挺的山峰，或如倒扣的瓷碗，或如下垂的皮口袋，或如没长开的青杏疙瘩，都是羞怯内敛，不事张扬的。静卧美女胸前，像主人一样贤淑。眼前这位女老大，怀里揣得好像不是乳房，而是两只好斗的鹞子，“扑扑楞楞”地胡拱乱撞，急于飞到服装外面来，一展它们的风采！女性的十足韵味被彰显出来了，也强烈地怂恿着厉老大释放男性的骚情。

厉老大的心跳加速了，也像女老大的乳房一样，“扑扑腾腾”地胡拱乱撞。穷酸秀才朝思暮想的享受，就是“红袖添香夜读书”。女人伸出一只素手，就让他们彻夜无眠。自己想要探寻究竟的可不是女人的指甲盖，而是两座风光无限的玉山！只要把狗大副关起来，就能陪着女老大吃鱼喝酒。水猫子做鱼的功夫是很独到的，做出的味道也是非常独到的。他们讲究“原汤化原食”，逮着哪儿的鱼，就用哪儿的水烹饪。鱼鲜汤美，堪称一绝。喝到酒酣，谈到兴浓，说不定可以相拥相偎，说不定可以“爬雪山、过草地”，肆意亵渎那片白茫茫的雪原……

偌大一个河湾里，就他们孤男寡女两个人。夜幕已经降临，江雾也将升起，在黑暗的河面上，在轻摇微荡的小船上喝酒，没有狗大副的打扰，肯定是可以喝出一点故事来的。

人类讲究“为朋友两肋插刀”。狗大副虽然“非我族类”，毕竟和人类相处多年，又是很有灵性的优秀“异类”，应该知道“成人之美”的道理。

成人之美，没齿不忘情。先叫狗大副受一夜委屈，等女老大走了，厉老大会用吃剩的鱼刺犒劳他的。

事情就这样敲定了。厉老大以为，只要自己认可的事情，狗大副都不持异议。厉老大把狗大副唤到后仓，掀开“八尺”的盖板，示意让他钻进去。狗大副顺从地跃进舱底，等候主人的下一步指示。平时厉老大要取什么东西，都是这样支使狗大副的。这一次没有其他任务，就是要把狗大副禁闭起来。

女老大做的鱼确实很有味道，人也耐琢磨，像她做得鱼儿一样，很有味道。女老大姓景，叫景水香。她家祖辈玩船，是地地道道的“水猫子”。这一点看看脚丫子就能知道。长期在江河上跑船的人，赤着脚紧抓甲板，五个指头支奓开来，方便用力，下盘扎实。像厉老大这样半路出家的人，还不习惯赤脚干活，五个脚趾头并拢在一起，像军人的队列一样整齐。

因为常年在水上漂泊，居无定所。景水香的父母亲又要子心切，对“计划生育”政策和措施落实不力，一气生了七个闺女还没有罢手的意思，横下心来深翻耕地，不耙出儿子来誓不罢休。景水香是家中的三仙女。老爷子也作两手打算，一边积极耕耘，让老婆的肚皮再鼓胀几回，争取生出亲生的儿子来。同时给长大的闺女买船分家，叫她们独立行船，碰到合适的就拉到船舱里睡觉，招个上船女婿，尽快地生个亲孙子出来。不得已求其次，孙子姓景，香火也就传承下去了。景老大还夸下海口，谁先生出男娃娃，就陪送谁一艘“铁驳子”。

姐姐们都在暗中较着劲呐，自己也得加把劲。幸好江上飘来一个厉程遥，单从外观上看，厉老大是达标的。再喝酒聊天，考考他的学识，了解一下他的婚姻状况。

上中学的时候，听老师讲过诸葛亮的《用人七章》：

一、问之以是非而观其志。

二、穷之以辞辩而观其变。

三、咨之以计谋而观其识。

四、告之以祸难而观其勇。

五、醉之以酒观其性。

六、临之以利而观其廉。

七、期之以事而观其信。

在酒桌上慢慢地调理他，看看他到底是个什么货色。晚上请他吃鱼、喝酒，可能还要抽烟，就和他谈鱼、说酒、讨论烟。

“我们湖里的鱼儿种类很多，吃法各有不同。”景水香冲着厉老大咋呼：“鲤鱼红烧、鲢鱼清炖、鲫鱼要用醋煨成糟鱼、鲶鱼烧汤做冻，你喜欢吃什么鱼？怎么吃法？”她在诱惑厉老大说话。

厉老大把狗大副关起来，拱进仓廒里穿好衣服和鞋袜，赶到景水香的船上检查挂浆机。先查油路、电路，再查螺丝和配件。厉老大在陆上开车，在水里行船，是有经验的老把式了。没费什么力气，他很快就发现了问题。是油管爆裂了，换一根新的花不了几个钱，也费不了多大劲。不过他并不想马上把它鼓捣好，有这个由头牵着，今天她就得在河汊里过夜。如果修好之后她把船开跑了，自己没有理由跟着追，该会多么失落啊！

“天黑了不得劲，手电筒的光线太弱了，明天再修机子吧！”厉老大这样咨询景水香，实际上是给她下通知。

“行。这事不急。你过来帮我做鱼吧。”景水香见厉老大换好一身崭新的行头，穿得像入殓一样，禁不住笑了：“这是在河道里，又不是在大街上。有礼的街道，无礼的河道。我说伙计，你这么正经干什么？”

看到景水香身着泳装，几近赤裸地在甲板上刮鱼鳞。厉老大一下子局促起来，好像自己做了什么龌龊的事。河道正好和街道反过来，“守规矩”成了“没规矩”。景水香在暗示什么吗？厉老大也是见过阵仗的人，现在还没到时候，会叫你“喊爹叫娘”的。

受到厉老大的影响，景水香把鲤鱼下锅之后，洗净手脸，也找出一件大红的衬衫穿在身上。她是一个文学爱好者，读到了铁凝的小说《没有钮扣的红衬衫》，逛遍商场也没看到“没有钮扣的红衬衫”，就买了一件带纽扣的红衬衫。红衬衫尖领圆摆，像一团火在燃烧。下摆正好包住屁股和臀部，两条颀长的白腿裸露在外面，好像下身什么都没穿。让人联想更多，有了更为强烈的诱惑力！

景水香是山东鱼台人，自幼跟随父母在微山湖里漂泊。父亲嗜酒成性，近朱者赤近墨者黑，熏陶着全家人都爱喝鱼台米酒。现在鱼台米酒更名为“孔府宴”酒，广告词是“喝孔府宴酒，做天下文章”。景水香是文学青年，仓廒里总是储存着几箱“孔府宴”酒。

景水香用孔府宴酒和各种杂鱼招待厉老大。厉老大的脑袋被景水香的红衬衫烤得高热难耐，舌头也被烧大了，说话有些吐词不清。

“酒的种类有很多，按颜色分有白酒、红酒、黄酒、绿酒……”喝酒谈酒，才能谈得持久。“单是这个白酒，也可以细分很多种类。有高中低档，高中低度；还有浓香型、酱香型、芝麻香型、混合香型等等。我国的名酒首推贵州茅台，被尊为‘国酒’。其次是四川五粮液、山西汾酒、陕西西凤、山东的景芝白干和江苏的‘三沟一河’。就是双沟大曲、汤沟大曲、高沟大曲和洋河大曲……”厉老大是在省城混过的老江湖，自然是既有学识又有经验的。酒已经斟好了，马上就能扯出烟来。

“现在流行的外烟是云顿斯、剑牌、良友和万宝路。国内的香烟编了一首顺口溜：一云二贵三中华，红塔山上红杉树，红塔山下阿诗玛，还有一朵牡丹花。”厉老大和景水香觥筹交错，推杯换盏，越喝兴致越高。

景水香对厉老大的谈吐表现高度认可，厉老大的学识、见识和外观形象，都已经征服了面前这位聪慧泼辣的船家姑娘。

“快吃鱼吧。”景水香给厉老大斟酒布菜，炫耀着她胸中积累的鱼类知识：“这个蛤鱼，南方叫昂刺鱼，也叫黄辣丁。这是黑鱼，山东叫孝鱼，南方叫乌别鲤。浙江台州一带的人不吃鲤鱼，你知道为啥吗？”

“知道。鲤鱼是他们的救命恩人。”厉老大回答景水香的提问，又如数家珍地说了许多景水香不知道的、关于鱼类的知识。浙江东南沿海山区居民，远古时期也是相互争斗的。当地土著居民和外地迁徙的流民，各个村寨的土著相互争夺领地，都是大打出手。越打积怨越深，越打越不可调和。住在上游的村寨，就在山涧小溪里投毒，想毒死下游的敌人。虽然手段卑劣，却是“不战可以屈人之兵”。

山里人都吃山溪里的流水，山溪里有成群结队的鲤鱼。鲤鱼成了第一道防线，有效地阻止了敌人的阴谋。鲤鱼被毒死了，下游的人就知道水里有毒，不能饮用了。鲤鱼活得欢实，水体就是洁净无毒的。山民们与鲤鱼休戚与共，共同生活在同一片蓝天下，长期相互扶植。人们为了观察山溪里的水体是否洁净，便不再捕捉和食用鲤鱼了。时间久了，不捉鲤鱼、不吃鲤鱼就成了规矩。

我们生活游走在淡水区域，对海鱼了解得不多，也不详细。淡水鱼类的优秀佼佼者，首推河豚鱼。拼命吃河豚，人连性命都敢舍弃，也要品尝河豚的美味。足见河豚鱼在人们的心目中，价值是弥足珍贵的。其次是鳜鱼，桃花流水鳜鱼肥。鳜鱼在微山湖一带被称为季花鱼，早就被丹青圣手记录在案。另外还有武昌鱼。毛主席对武昌鱼情有独钟，写过“才饮长江水，又食武昌鱼”的诗句。上海人也喜欢武昌鱼，上海人精明，会算计。他们计算出武昌鱼头小体大，五脏不多，可食部分在95%以上。黄河大鲤鱼，是淮海战役时，刘伯承元帅吃出来的名气。就像泰兴的黄桥烧饼，被陈毅元帅夸火了一样。战前刘伯承元帅在开封品尝黄河大鲤鱼，还写条子塞进鲤鱼的口中。据说那张条子写下了淮海大战一定大获全胜，果然大获全胜。鲤鱼是雏龙，刘元帅借助鲤鱼的锦口鼓舞士气，堪称神来之笔！鲤鱼的名头就像淮海战役中的“隆隆”炮声，响彻神州大地。当然了，还有鲫鱼、鲥鱼、鲈鱼、长江刀鱼、山东郯城境内沭河里面的团鱼和沙锥鱼。不过，厉老大最看好的，还是安徒生笔下那条“美人鱼”。

“美人鱼是假的，现实生活中看不到。”景水香一直发呆、发愣，听到末尾兴犹未尽。

“谁说是假的？美人鱼远在天边近在眼前。”厉老大仰起脖子，灌下半碗老酒，深情地望着景水香。“你就是美人鱼。你在水里游动起来，就是不折不扣的美人鱼……”

“好！喝完酒咱们下河去游泳。”景水香也猛灌一口老酒，开心地笑着说：“美人鱼要把你这个白马王子带回水晶宫……”

厉老大和景水香都喝得差不多了，提起“美人鱼”来，两个人的酒兴趋于淡薄。景水香是微山湖的女儿，是江河里的精灵，入水就是一条地地道道的美人鱼。厉老大虽是半路出家，也是从少年开始就在河湖边上逡巡，对水打心眼里亲近。哥本哈根那个冰冷的石头雕塑，每年都吸引成千上万的游客前往观瞻。面前有一条活的美人鱼，是热乎乎的血肉之躯，不比那块冰冷的石头更值得观赏吗？

厉老大脱去外套，除掉鞋袜，景水香早已鱼跃入水，把平静的河面搅起了浪花。他们像咬籽的鲤鱼，你追我赶，相互嬉戏。带有不同电荷的身体紧密接触，摩擦出了火花，燃烧起了热量。他们就在水下剥光了身上的遮羞布，忘情地抚摸着对方，把银色的鲤鱼羞成了锦鲤。月亮姐姐也捂上了眼睛，悄悄地潜行到云层中去了……

小小的河汊里，充满了激情，充满了欢愉。两只驳船相互碰撞，撞碎了平静的河面。愉悦的呻吟飞出舱廒，惊醒了静谧的夜晚。

月亮溜走了，太阳出来了，天大亮了。厉老大睁开睡眼，仔细地欣赏着躺在身旁的景水香。景水香赤条条地仰卧在一旁，像个白面口袋似的。那件艳红的衬衫枕在她的头下，像一团烈焰在燃烧。厉老大胸中的火焰又被引燃了，翻身骑跨上去，想起了乡间流传的俗谚：娶来的媳妇买来的马，任我骑来任我打。景水香紧闭着眼睛，把红衬衫抽出来蒙在脸上。脖颈之下一概裸露，把一片白茫茫的雪原留给厉老大，任他“踏雪寻梅”，肆意践踏……

二十

挂浆机修好了。

景水香知道《没有钮扣的红衬衫》又改编成电影《街上流行红裙子》了，特意又买了和衬衫一样颜色的红裙子。景水香一身火红，愈显得皮肤白嫩。她和父亲约好了，今天务必赶到江都去装货，要往南面赶，不能和厉老大同行了。

厉老大班师回朝，中途赶到邳州去卸货，要往北面赶。

两个人南辕北辙，劳燕分飞，走不到一起了。

景水香仿佛一簇燃烧的火苗，乘风破浪地漂往下游，像是河道里漂浮着一团“火烧云”。厉老大打开“八尺”的盖板，解禁他的狗大副。

八尺里存放着厉老大一堆没洗的脏衣服，被狗大副撕得七零八落。他平时都是躺在主人触手可及的地方休息，享受着主人的爱抚，呼吸着主人的气息。猛然被关了禁闭，它很不适应。幸好后舱里有主人一堆脏衣服，衣服上沾染着主人的气息。

厉老大折腾一夜，腰酸腿疼，上下眼皮也涩得打架。他就躺在甲板上，沐浴着夏日的阳光，昏昏沉沉地睡了过去。直到狗大副又用它那猩红的舌头去舔主人的脸颊，天上飘落下凉晶晶的雨滴，他才激灵一下醒了过来。

时间已经是午后了，天空中不紧不慢地抽着细细的雨丝。河道上开始起风了，风把河面吹皱了，把雨丝吹散了。眼前雾蒙蒙的一片混沌，能见度大大地降低了。

厉老大起火做饭，喂饱自已和狗大副。然后驾驶着他的木驳船，向上游远航。

雨越下越大，风越刮越急。都说水火无情，水撒起野来也是地动山摇，非常狰狞恐怖。在狂风骤雨之中，平时恬静的河面变得咆哮起伏，像是一方长长的幕布，被无形的大手不停地抖动着。载重七八十吨的大木船，像火柴盒一样，轻飘飘地从高处往低处滑落，又从低处抛向高处。屋漏偏逢连阴雨，虽然此时柴油机没出故障，而挂浆机的扶手却控制不住航向了。

前方不足两百米的地方，围着一圈插上三角形小红旗的浮标。这个标记像灯塔一样，有着指示方向的功能。它告诫往来的船只绕道行走，小红旗圈禁的地方，水下是正在修建或刚被撞断的桥桩，也可能是隐蔽在水下的其它障碍物。这类障碍物木驳船是惹不起的。水泥驳船或者是钢铁制造的铁驳子，撞上它们无非变形漏水，沉没了也能花钱捞起来，修理好了还能使用。木驳船撞上它们，肯定是粉身碎骨，连一块囫囵帆板都剩不下。想一想船板飘进江海，货物沉入河底，自己这百十斤要葬身鱼腹……多么可怕啊！

厉老大感到事态严重了。附近没有可以停靠的港口，没有可以躲避风雨的河湾河汊，也停不下船来修理挂浆机扶手。只能舍弃操纵杆，去抱大舵。大舵活了，平时碍手碍脚的木橛子，撂在那儿推都推不开。此刻像掐头断尾的虬龙，不停地扭动身躯，像是乘风腾空一样。厉老大往前追着，想把大舵抱住。但大舵像鲶鱼一样，“刺溜”一下滑走了。快步紧趋过去，它又猛然折回身来，当胸给你一击。厉老大被击倒在甲板上，爬起来又被击倒，他再次顽强地爬起来，牢牢地抱紧了大舵。可是甲板是用清漆油刷过多遍的，被雨水淋湿之后，像抹了油一样光滑。他的皮鞋上没有防滑的凸点，任怎么用力都抓不住甲板。

脚底下不能使劲，手里就用不上力。大舵自由飘荡，厉老大像秤砣一样在舵尾上悠来荡去，根本控制不了航向。三角形的小红旗在风雨中猎猎招展，那个可以把驳船、人狗和货物一起送进十八层地狱的障碍物越来越近了。厉老大胆战心惊，惶然无措，对着苍天大叫：“老天爷，帮我一把吧！”

信神有神在，不信神不怪。厉老大平时并不敬神，甚至还有不恭之处以及亵渎的嫌疑。危难之中向上苍呼救，上苍居然显灵了！厉老大觉得脚下一涩，可以使上劲了。他咬着牙使出吃奶的劲来，往前挺了一步，一步，又一步。船帮擦着浮标的外缘，刚刚好驶出险境。

厉老大的心险些蹦出腔外，身上的汗水超过了雨水。他长长地舒了一口气，四肢酸软无力，再也站不住了。他横躺在甲板上，任凭风吹雨淋。

风雨过后，雨后初霁的天空上悬挂着彩虹。厉老大缓过劲来了，看到狗大副的肚皮上血肉模糊，正蜷曲在铁锚旁边，痛苦地抽搐着。甲板上印着厉老大的皮鞋印子，鞋印子里面黏着带血的狗毛。

厉老大明白了，所谓“上苍显灵”，是狗大副卧倒在脚下！

厉老大被感动得一塌糊涂。过去经常嘲笑别人“狗眼看人低”，现在“人眼不能看狗低”了。狗大副思念自己的时候，曾经在“八尺”里撕烂自己的脏衣服，自己当时不理解，还心存怨恨。那是多么不应该啊！粗心的汉子，工作和生活上多有疏漏。自己光顾着和景水香在河道里、前舱中快活，就没有想起这位忠心耿耿的狗兄弟。男大当婚，牙（雄）狗大了也该谈恋爱，自己怎么就没想着给狗兄弟找一条温柔的异性小花狗呢？

厉老大和狗大副有了过命的交情，在相当长的一段日子里，情同手足，同食同寝。狗大副还像以往一样，尽心尽责，忠于职守。在风平浪静的日子里，在宽阔的河道上，很敬业地站在驾驶台上，掌控着挂浆机的扶手，让主人翘着“二郎腿”打呼噜。船只泊港靠岸的时候，狗大副继续流窜到山脚树林，或是去广袤的旷野之中，给主人衔来山鸡、野兔子啥的。

又过了两个月，还是在高邮境内的小河湾中，厉老大和景水香又一次邂逅相遇了。

上一次“踏雪寻梅”之后，厉老大的种子就在景水香子宫中着了床，并且生根发芽。时隔两个多月，小厉船长正在母亲的肚子里茁壮成长，小船长兄弟姐妹也在厉老大的身上躁动不安，想循着同胞的行动轨迹前进，直至来到绚丽多彩的人世间。景水香急于把这个天大的喜讯告诉厉老大，厉老大更迫切地想到“雪原”上寻找久违的温柔。他们两个人是干柴烈火，如蝇见血，恨不得这就搂抱在一起，滚落在甲板上，砸碎一河的宁静！

想和景水香在一起温存，先决前提条件是把“狗大副”关起来。景水香和厉老大船上的狗大副，有着解不开的积怨。

厉老大心疼他的狗大副，尤其是和狗大副共同历险之后，他把这个异类朋友升格为同类兄弟。平心而论，厉老大真不愿意囚禁自己的助手加兄弟。可是景水香温存的媚眼，甜甜的笑靥，白白的皮肤，淡淡的幽香，像狗舌头一样丰满猩红、极具弹性和质感的嘴唇，都是挡不住的诱惑。实在是不好抗拒。

在厉老大心中，狗大副绝对是一条充满灵性的好狗。从某种意义上说，它的局部表现甚至超过了人类。可是再灵通、再优秀的好狗也是畜生，狗和自己的同类（尤其是异性同类）相比，实在是微不足道的。

厉老大决定把狗大副禁闭起来，拿好朋友的自由去换取女人的温存。暂时委屈一下老伙计，等景水香走了再加倍地补偿他。

接受上一次的教训，厉老大把所有的脏衣服都拾掇出来，送到景水香的船上去，用洗衣粉泡起来。

智者千虑必有一失，也是和景水香见面过于急切，厉老大忘了在后舱里放上水盆和狗食。后舱不过咫尺之地，被太阳炙烤得热气腾腾，估计空气中的含氧量也大大地降低了。

狗大副是很有灵性的，灵通的好狗都机灵无比。狗大副见主人又指着“八尺”让他拱进去，想起上次的憋屈，犹犹豫豫地逡巡不前。厉老大照准狗腚，劈腚一脚，把他的异类兄弟踢下舱去，顺手盖上压板，插上销钉。

小舱的空间过于狭小，连转身回旋的余地都没有。关上舱盖之后，又热又闷。狗大副蜷曲在舱底很不舒服，不停地用狗爪子抓挠舱壁，用狗头顶撞盖舱板。后舱内传来刷锯那样难听的“唰唰”声，是狗爪子制造的噪音。愤怒而又剧烈的“砰砰”声，是狗头顶撞出来的。这样的声音老是让景水香分神，她一听到后舱传出动静，就像受到惊吓的小鹿一样，瞪着惊恐的大眼迷茫地到处张望。景水香的神情不专注，直接破坏了厉老大的情绪，使他心有旁骛，不能尽兴地操作。据说坏情绪不光败兴，也会导致“接班人”的质量低劣。这就让厉老大很不高兴。只要厉老大动了真气，后果是很严重的！上次你撕烂了我的脏衣裳都没跟你计较，再宠着、惯着，狗胆越来越大，说不定就敢咬烂主人的皮肉。上一次舍命救船，其实也是自救。试想船毁人亡了，一条癞皮狗还能独自逃生吗？就算有功，也不能功高震主！俗话说“有情甭搞，一搞就了”。你的好恶要随着主人的意志为转移，这样做才算得上一条好狗……

厉老大没有耐心对狗进行说教了。他抱出两床厚棉被，严严实实地蒙在盖舱板上，给“八尺”小舱装上了“隔音层”。棉被确实减弱了音量，却把后舱的所有缝隙挡严，使小舱内更加污浊和窒息。狗大副憋不住了，“嗷嗷”地鬼嚎起来。厉老大拿起篙杆，把景水香的水泥船撑到对岸去，在远处不受任何干扰，尽兴忘我地快活着。

狗大副憋闷窒息，“呜呜”地哀鸣着。

厉老大和景水香玩累了，躺在甲板上休息，歇过来之后接着玩。在水里玩、在甲板上玩、在船前头的大舱里玩，甚至跑到河边的树林里野战。

景水香被折腾腻歪了，推开厉老大说：“光知道要流氓，还吃饭不？”

厉老大嬉皮笑脸地说：“不吃了。流氓可以当饭吃，再玩一盘去睡觉，明天中午都醒不了，保证不渴也不饿。老年人说过，人是一盘磨，睡着了不渴也不饿。”

景水香笑了，笑得非常甜蜜。这个一米八的大汉子，一见面就猴急猴急的。一遍又一遍地重复着制造人类的工作，从白天折腾到晚上，还腻在自己的身上不下来，他是多么在乎自己呀！不吃就不吃，自己也是腰酸腿软，没有力气做饭了。

他们相拥在景水香的前舱里，赤条条地搂抱在一起，直到第二天中午十一点才醒过来。

“看来做爱真能当饭吃。”景水香看着双方狼狈的样子，忍不住笑了。“昨天中午就没吃，到现在省了三顿饭。”

厉老大走下床来，趔趔趄趄地险些摔倒。他晕晕乎乎的，感觉到天地在旋转，像醉了酒一样。感情过度的相爱不光可以当饭吃，还可以当酒喝！

厉程遥老大和女老大景水香，昨天过度地亲热，体力当然也是过度透支的。他们吃了象征常来常往、拉扯不断的杂面条，吃了补充能量的荷包蛋，浑身上下依旧软绵绵的，又酸又麻。他们对着脸躺在甲板上，晒着秋日的阳光，慢慢地恢复体力。

“我给你破个谜语猜。”厉老大玩船之后，从那些粗野的船家嘴里学了不少荤段子。荤油爆炒的谜语，也是调情的手段之一。“半山腰里一老翁，终日飞行半空中。虽然不是神仙位，神仙造死它造生。打一个人体器官，你说是啥?”

“我也给你破一个谜语。”景水香自幼生活在船上，小的时候被父母亲用绳子和救生圈绑在一起，就在前后舱和甲板上溜达。大人喝酒聊天，说到兴起根本不顾及她们的存在。她也有一肚子荤故事。“半山腰里一条河，河边长满茅草棵。一条泥鳅来喝水，喝得没有吐得多。也是人体器官，你说是啥?”

两个人四目相视，一起“哈哈”大笑起来。他们都清楚对方炫耀的是什么，都憋在肚里不说破。

景水香翻身坐了起来，瞪着厉老大看了一会儿。忽然一脸凝重。“咱们别说这些浑话了，说多了你又不老实……”

“这么庄重干什么?正经话才有几句?天天板着脸说正经话，活得太累了。”厉老大也折身坐了起来，把景水香拥抱在怀里，贴着她的耳朵说：“那事都办了，还正经得起来吗?”

“办了那事才得正经呢。男子汉大丈夫，首先要敢作敢当，要对自己做过的事情负责。要是逢场作戏，完了事揉揉膝盖走人，我会把女人最珍贵的贞操奉献给你吗?”景水香煞有介事，一脸庄重地训诫厉老人。“也怪我一时糊涂，没把事情说清楚就让你……现在我把底牌亮给你，应该怎么办，你自己掂量。”

“你是说……”厉老大抚摸着景水香温润软滑的肚皮，似乎已经知道自己要负什么样的责任了。“有了?”

“嗯。”景水香狠狠地掐了厉老大一把，娇嗔佯怒。“你这么大的块头，这么壮的身体。一见面就如狼似虎，能不怀上吗?光顾着跟你要流氓，什么情况都没问。现在交代一下你的情况，报报家门吧。”

按照景水香的要求，厉老大把自己从出生到现在，凡是能够记得住的历史及社会关系，不论光彩不光彩，竹筒倒豆子，一股脑地说给了景水香。在云南昆明那段历史他也如实地坦白了。在云南他有一个订过婚、上过床的女朋友，是高干子女。如果不是那天晚上鬼使神差地撞飞马路中间的垃圾桶，他和“高干子女”已经燃上大红蜡烛，贴上红红的“囍”，双宿双飞在罗霄帐的长枕大被之间，风流快活多时了。

车祸耽误了婚事，车祸成就了一对野鸳鸯。

“你放心好了，我对你绝对是真心实意的，一片赤诚可对天。”厉老大信誓旦旦，一脸真诚。如果“高干子女”同意离婚，事情就万事大吉了。如果她不同意离婚，男子汉大丈夫也要敢于担当，切切实实地负起责任来。现在不是提倡“一国两制”吗？一九九七年香港就要按照这个模式回归祖国了，后面还有澳门和台湾。国家大事都能摆得平，何况自己这个小家庭？不论事情发展到哪种地步，自己一定要负责到底！自己就按照国家提倡的指示精神，游走两个家庭之间，当一艘合格的水陆两栖舰艇，使之和谐相处。就像《平原游击队》上的维持会长敲梆子——平安无事。

景水香摇摇头，自己心中已有主意了。厉老大是国家干部，现在不过是“龙卧浅滩、虎落平阳”罢了。龙非池中之物，早晚要腾飞升天，此时隐居，待时也。自己和他原本就不是一挂车上的骡子，能有这样一段孽缘已经不容易了，不可能把他终生绑在自己的驳船上。即便她和厉老大处在同一阶层，双方都是地地道道的“水猫子”，厉程遥是家中唯一的宗室传人，他也不会同意做倒插门的女婿。退一万步说，就是这个冤家能为感情抛家舍业，他的母亲大人也是绝对不会同意的。

“叫你妈认我做干闺女，把我接到你家的船上生孩子。”景水香知道，如果自己生出一个带把的男娃娃，父母一定高兴得把嘴巴咧到耳后去，根本不会在乎是不是“野种”或者“杂种”的。如果生出一个臭丫头，自己就永无出头之日。所以生孩子要避开父母，秘密地进行。生个“茶壶嘴”就抱回老景的船上去，惊得父母把下巴、眼睛掉下来！要是生个“破茶碗”就叫厉老大的母亲拉巴着，拉扯大了找个好婆家。自己继续寻找上门女婿，为老景家传宗接代。自己已经是一个“糠心大萝卜”了，再招上船女婿，条件肯定降低不少。只要是男人，有生育能力，懂不懂风月都凑合着过了……

厉老大和“高干子女”依然订过婚、睡过觉了，不光有了夫妻的名分，也有了夫妻之实。那是一堆不好捋顺的乱麻团，恐怕一时半会扯不清楚。只能先按照景水香的意思，让母亲认下这个“干闺女”，接到自己的家里去，静养着等候生孩子。

景水香告诉厉老大，送完这趟货她就向父母告假，说在河道上认了一个干妈妈。干娘和她特别投缘，非得叫她到家里过一段时间不行。珠胎已经结下了，时间就不能再耽搁。晚几天肚子就要显形了，没办法在父母面前圆谎。她要求厉老大回家马上向母亲通报这件事，一定要把母亲摆平了。下月农历十六，月亮最圆的时候，他们会像牛郎织女一样，非常浪漫地在秦台市东关复新河码头上相会。

景水香在小河汊里盘桓了两天，厉老大把狗大副囚禁了三个晚上。景水香离开之后，厉老大揭去棉被，打开盖舱板。一股灼热的气浪迎面扑来，把厉老大顶了一个趔趄。浓浓的腥臭在甲板上弥散，叫人窒息得张不开嘴。

狗大副已经奄奄一息了，身上沾着屎尿，口里淌着黏涎。他对猛然射进舱内的阳光很不适应，两只忧伤的眼睛眯缝起来。

厉老大心存歉疚，也很难过。他拽着狗大副的两只前爪，把他拖到甲板上来，心中不住地埋怨自己。把这么好的朋友祸害成这样，真够残忍的。以后景水香再来也不能这样对待自己的朋友了。狗大副是一条极具灵性的好狗，让他和景水香多接触、多熟悉一下，他也会适应景水香身上的“女人味”，也会把她当作朋友的。他一旦认准朋友，就和你肝胆相照，铁了心地追随，绝不背叛。这样简单粗暴的处理，只会加深隔阂，增加矛盾。自己的工作方式、方法欠妥，一定要承认并彻底改正过来。

记得书上写过：肝胆之交，多出草莽。自己曾经和小兄弟王彭生探讨过“朋友”的概念。彭生说：“朋友就是肝胆可以相照，生死可以相托。”

厉老大和狗大副一同闯过“鬼门关”，是“过命”的交情，应该是“肝胆相照”的朋友了。自己确实不该如此对待“生死相托”的好朋友！看来自己的闲书看多了，缺少“草莽”身上的“义气”和“率真”。

狗大副已经把气息调匀了，站起来试走两步，蹒跚一下也能站稳了。他抖擞颈毛，呲出尖利的牙齿。厉老大一愣。他过去从未把这样狰狞的面目展示给主人，他想干什么？

狗大副猛然跃起身来，狠狠地撞向厉老大，把主人撞翻在甲板上。然后调转狗头，箭簇一样射到岸上，消失在茫茫的旷野之中。

岸上的野草被狗大副划开一道口子，像驳船犁开的水痕。“水口子”很快就闭拢了，原野上恢复了安静。因为草丛掩盖了狗大副的行迹，显得格外神秘。

厉老大心中虽有触动，但并没想到狗大副会一去不复返。狗大副生气是可以理解的，他不过是要要小性，撒撒娇，不会有太出格的行径。也许是到岸上打打野食，用不了多久就衔着一只野兔或山鸡什么的，踮踮地跑回船上来了。厉程遥耐着性子在小河湾里等候，就像等候景水香一样，翘首远眺，心神不稳。

时光在厉老大焦急的观望和等待中流失。第一天过去了，狗大副没有回来。第二天又过去了，狗大副依然没有回来！一连等了五天，狗大副就像飞走的黄鹤一般，杳无音信。

厉老大不能再等了，他要到目的地交货。交完货还要赶回秦台去，在复新河码头等候景水香。中间还要和母亲见面，商量一下景水香和“高干子女”的问题，看看如何取舍。这些事情也很重要，哪一件都耽误不得。

厉程遥的母亲解放前生活在农村，解放后随丈夫进城工作，离婚后回家玩船。历经了“土鳖子”、“街滑子”、“水猫子”三大人生重要历程，一档一档地升级，现在已经是老谋深算的“睿智”型老人了。

老人家隔三差五地回一趟老家厉白庄，因为外地亲友和儿子单位的信件没办法寄到船上来，通讯地址仍然是老家厉白庄。老人家收到两封信，一封是儿子单位的，一封是“高干子女”的。老人家揣着这两封信，在秦台境内的李楼闸口等候儿子厉程遥。

单位的公函告知厉程遥过完年回去上班，说是当事人已经被摆平了，不会再瞎闹腾了。可能是领导担心厉程遥再无端地乱撞垃圾桶，不让他继续开车了。把他调到了后勤机关，负责领导和员工的“衣食住行、吃喝拉撒”。

“高干子女”在信上说，她和厉程遥的女儿已经出世了。前一段时间因为工作忙加上生孩子，也生厉程遥酒后驾驶并且乱撞垃圾桶的气，曾经赌气想离婚。后来气消了，心想已经订了婚还怀了孕，为了孩子也得认下这个丈夫。不愉快的事情已经过去了，自己的心结也解开了，赶快回到昆明来，继续举办这场延期的婚礼。亲朋好友天天询问好几遍，等这场喜酒等得心焦了。当然了，再急也不在乎这一时半会，呆在家里陪老娘过完春节，把手头的事情处理好，去工作单位报完到，再张罗婚庆的事。

作为母亲，必须设身处地的为儿子着想。她老人家思虑再三，知道儿子在景水香面前可以颐指气使，说一不二。在“高干子女”面前就得低眉顺眼，说三为四。可是儿子要到云南去上班，景水香只能抱着篙杆在湖面河道上溜达，他们之间隔着“山海关”呢！俗话说“丈夫、丈夫，一丈之内是夫，一丈之外靠服”。丈夫去了彩云之南，老婆留在长江以北。天南地北，天各一方，日子久了肯定会发生桃色的故事。

儿子在昆明工作，却把当地首长的闺女给得罪了，日子还会舒坦吗？得罪烧火的，吃不上熟馍馍。只要退掉这门亲事，别提以后升迁的事，眼下这个饭碗也难说能够保得住。

当断不断，必受其乱。到了这个节骨眼上，容不得丝毫的犹豫。老太太痛下决心，把心里的天枰倾斜到云南去了。

到了阳历九月份，景水香怀胎二个多月，肚子即将隆起，行动稍有迟缓。她背了一个大大的花布包袱，从秦台汽车站徒步赶往复新河码头。厉程遥老大和母亲还有两个妹妹，全都驾驶着木船赶过来，等候这位不知道怎么称呼的亲人。

景水香像个白面口袋，低着头拱进舱廒，把厉妈妈惊得愕然一愣。这样雪白光鲜的人儿她还是第一次见到，还有那一双又黑又亮的眸子，有着媚人入骨的风韵。

厉妈妈阅历丰富，有着非常老道的社会经验。她觉得自己颇有先见之明，没见面她就觉得景水香不是太正经。儿子说她第一次见面就以身相许，还不轻佻吗？叫儿子和这样的人结成连理，还两地分居，无疑就是埋下一个祸根，那是决计不行的。不过厉妈妈在湖面上和江河中行走多年，还是通情达理、很识大体的。她把景水香留在船上，热情周到地伺候着。

厉老大独自一个人，驾驶着他的木驳船在微山湖、复新河、京杭大运河以及万里长江上游走。年后就要回到昆明去，返回单位去上班。所以他不再着急赶路了，慢悠漫游，仔细观赏着秦淮河沿岸的风景，品尝着淮扬菜系的美味。停靠每一个码头，希望能够找到他的狗兄弟，把他带到云南去。

有志者事竟成，苦心人天不负。天寒地冻、河面冰封的时候，厉老大在秦台的李楼闸口见到了狗大副。

狗大副明显地落魄了，像是经历了三个世纪的沧桑。原本就灰暗无光的柴毛稀疏而脏乱，因为没有人梳理，纠缠在一起滚成了疙瘩蛋。他身上沾满垃圾和草屑，两只眼睛散乱无神，眼角上挂着一团脏兮兮的眵目糊。一条后腿虚悬着，不是扎进了异物就是挨了调皮孩子的闷棍，他跛脚了。腿残导致了奔跑的速度减缓，因而追不上猎物，时常吃不上饱饭。所以他骨瘦如柴，腹部的肋条清晰可辨，不用费劲就能查得很清楚。他把狗窝安在一截废弃的水泥井管里，借以抵御从西伯利亚飘来的寒冷北风。跟随厉老大在江湖上行走时，皮毛虽然灰暗发柴，但却是厚厚的一层，像貂绒一样温暖。他披着厚厚的皮毛在大雪纷飞的原野上追逐野兔子，从来不知道什么是寒冷。他刚从水泥管里探出头来，厉老大就把他认出来了。

厉老大和狗大副相依为命好几年，还结下了“带血的情谊”。狗大副的身形神韵早就铭刻在厉老大的心里了。

看到狗大副这副落魄的样子，厉老大心痛得像刀割一样。他满怀歉疚地伸出双手，想把“狗兄弟”拥抱在怀里，与之终身相守、不弃不离，再也不让狗大副受一丁点委屈和伤害了。别看他现在潦倒狼狈，一副行将就木的样子。架不住连吃两副猪下水，狗毛又支奓起来，变得滚瓜溜圆、精神抖擞了。

“来吧，伙计。跟我到船上去，给你炖鱼吃。”厉老大蹲在狗大副前面不远的地方，舒展双臂向狗大副招手。“过来吧伙计，再不关你了。”

狗大副踟蹰犹豫，往前迈一小步又退了回去。李楼闸是厉老大经常停靠的地方，厉老大没来的时候，狗大副天天站在码头上痴等。被人打瘸腿了依然在码头上坚守，有着“坚贞不屈”的风骨。一副“任尔东南西北风，咬定青山不放松”的执着憨傻。主人被他等来了，他的心中没有欣喜，继而是掉头逃窜，不想再续前缘了。

厉老大站起身来追赶，他知道这是最后的机会，无论如何都不能再错过了！狗大副跛了一条腿，快跑的时候身体失衡，跌跌撞撞地摔着跟头，已经跑不快了。厉老大长着两条孙达德一样的超级长腿，拽开大步，很快就能赶上狗大副。

狗大副转过身来，看到主人已经接近自己，一个前仆就能抓到自己。向前跑已经摆脱不掉主人了。他身形一矮，从主人的胯下钻过去，一头撞向借以藏身御寒的水泥井管。

随着“嗷嗷”的两声哀鸣，又传来了“哐当”、“噗通”两声钝响。狗头开花了，狗的躯体跌落在尘埃之上。

狗大副超然物外，一缕幽魂无牵无挂，走得逍遥。他把一副臭皮囊和积攒了三个世纪的“沧桑”留给了厉老大。

陈年沧桑的滋味在厉老大心中急剧发酵，化作两股热流在双目中奔涌，化成更凄厉的哀号释放出来：“呜——呜——呜呜——呜呜呜——”

福无双至，祸不单行。

狗大副的愤然辞世，深深地刺痛了厉老大的心窝子。他内疚自责追悔莫及，心灵深处有了一道永远抹不去的暗影。他还不知道，家中发生的另外一件事情，也是他心中永远的伤痛。

厉妈妈把景水香留下之后，就用木驳船藏娇，把景水香封闭起来，不与外人见面。那年月未婚先孕还是一件丢人的事，不宜张扬。另外厉妈妈也觉得景水香的肤色和眼神非常可疑，那是一副招蜂惹蝶的模样。她腹中那个小宝宝的来路目前还没摸清，儿子开办的是独资公司还是股份制有限公司？她一定要把这事弄清楚了，才好确定下一步的行动方案。这是一件棘手的事情，不容易一下子捋清楚。因为知情人是景水香，她会跟自己说实话吗？

景水香身为未出阁的黄花大闺女，也害怕熟人看见她的大肚子。不论在水上航行，还是停泊靠岸，景水香一概缩在舱廒里不出来。她来投奔厉妈妈的时候，背了一个大包袱，包袱里全是各种花色的柔软面料。她不停地给腹中的宝宝做包、做袄、做棉裤、做鞋袜，生活虽然机械单调，但十分充实。她心灵手巧，针线活干得漂亮，完全不是农村老娘们的做派。她把每一件制品都变成了工艺考究的绣品，绣上了同一个图案。那就是老井旁边有一棵枝叶繁茂、硕果累累的荔枝树，寓意腹中的宝宝是老景和老厉共同制造的。

景水香用彩色丝线绣出的精美图案，明白无误地告诉厉妈妈，她儿子开办的是独资公司，拥有100%的股权。厉妈妈觉得景水香哗众取宠、欲盖弥彰，愈发可疑了。儿子打小就实在，长大了也没有哄人的心眼。实心汉子好上当，别再让人给卖喽，还帮着别人数钱呢。果真如此，这个人可就丢大了……

既然儿子已经决定回到云南去，和“高干子女”破镜重圆。就要全心全意、一心一意地维系家庭和谐完整，不能再出任何岔子。国家提倡“一国两制”的构想应该是权宜之计，最终肯定要“天下一统”。儿子想参考这个“国策”治家，似乎并不妥当。想让儿子义无反顾地回到“高干子女”身边，和和美美地过日子，就要掐断儿子的一切非分之想。景水香和她肚子里的孽种是儿子最大的牵挂，自己要想办法解决儿子的后顾之忧。大清朝的雍正皇帝为了扫清乾隆君临天下的障碍，就亲手杀死了弘历的哥哥弘时。自己也是爱子心切，为了儿子也是可以对其他人不义的。

老太太心地善良，景水香腹中那个小宝宝无论是不是嫡亲血脉，自己都不会把他置之于死地。她有另外的办法，就是把孩子送给一户好人家，向领养者索取一些营养费。老人家心中已然有了合适的人选，解家庄的解老拧两年前就托她寻找大闺女养活的“私孩子”。他邻居家有一个远房亲戚生了一群丫头片子，把精气神都耗净了也没鼓捣出一个带把的，想儿子都想疯了。谁要是能给他抱养一个男娃娃，他出七万块钱的谢礼。要是抱个臭妮子，倒找钱他也不要。解老拧的媳妇就是“稳婆子”，常做这些亏心刻薄的缺德事。这一次对不起景水香，做出这样下作的勾当，还非得找她帮忙不可。处理好孩子，再给景水香踅摸一个好婆家，叫她远走高飞。只当儿子做了一个梦，从今以后和她们母子再不谋面，不论有没有缘分，都老死不相往来了。

二十一

解老拧人如其名，是地地道道的“别牲口”，做事总好和别人拧着劲。不论别人说什么，他总会用“那不一定”来接茬。你顺着他说话，他也会脱口说出“那不一定”。大家熟知了老拧的脾气性格和那句惯用的口头禅，长他一辈的人见了面就会猛然说出：“解老拧是人揍的。”

“那不一定。”解老拧发觉自己吃了大亏，已经失语难收。涨红着脸嘟囔着：“我操，你这个老家伙操人。反正我和你儿子一样……”后面这句话是说“老家伙”不一定是人，不过自己沦为人家的儿子，也占不了多大便宜。

解老拧的脑袋很灵光，年轻的时候和几个姨老表一同到姥姥家走亲戚，妗子烧一锅山芋糊糊招待他们。说是大冷的天，喝山芋糊糊暖和。妗子一碗一碗地给他们盛糊糊，嘴里不停地重复着：“多喝糊糊，喝糊糊暖和。”其他人虽然也想吃馍馍，却不好意思说出来，心里憋着怨气低头喝糊糊。解老拧猛然站起来，伸手从馒头筐里摸了一个大馒头，冲着妗子朗声说道：“妗子，我认冻死也得吃个馍。”

解老拧起头，其他人效仿，一筐子馒头很快就被吃光了。妗子心痛、着急，又没办法说道，沉着脸和自己较劲，两天不吃东西。

解老拧住在山东境内，却与江苏边境的厉白庄“屋搭山、地连边”。他在苏鲁豫皖接壤地区很有名气。附近十里八乡的乡亲们，官生私生的孩子都是找他老婆接生的。不想养活的孩子，也是交给解老拧处理。他这个人有一样子好处，只要给钱，什么事情都干。

解老拧和他老婆全都风流成性，他在外面沾花惹草，他老婆往家里招蜂惹蝶。有一次解老拧深夜醉酒，回到家里蒙头就睡。正赶上附近庄上有一户人家的母驴难产，来请“稳婆子”过去接生。听到敲门声，他老婆急忙捣醒解老拧，惊慌失措地告诉他：“快跑，我那口子回来了。”

解老拧拎起衣服就要跳窗户。又一想不对，这是自己的家呀！再细想老婆的举动也不对，是不是平时自己回来晚了，真有别的野男人越窗而逃？

传说解老拧给在南方打工的小儿子写过一封信，这样嘱咐儿子：现在社会风气不好，南方尤甚。别让花花世界迷乱了心性，干出啥出格的事来。玩女人内耗体力、外耗财力，仔细想想是很不划算的。当然了，年轻少壮的身体，精力充沛，邪火满腔，偶尔偷鸡摸狗也是可以理解的。一定要找干净的女人玩，千万不能染上脏病喽。你想啊，你一染上病，回到家里就会传染你嫂子，你嫂子又会传染给我，我再传染给你妈，我们庄上还会有没病的男人吗？

厉妈妈推算着干闺女的生产日期，提前一个月把船开回沙庄镇。叫亲闺女打扫好老宅子，买好鸡蛋、红糖、褯子布，把景水香藏到家里了。她又扯一块布料，提两瓶老酒，到解家庄去找解老拧，叫他帮助自己解决这个棘手的问题。让解老拧当郭槐，跟她合唱一出"狸猫换太子"。不对呀，这出戏里没有狸猫，景水香肚里那个私孩子也不是龙种，说到底就是"解老拧拐卖私孩子"。

景水香临盆的时候，厉妈妈烧了一大锅热水，把屋子遮挡得严严实实。她和稳婆子在屋里招呼着，叫解老拧开着三轮车在不远的地方等候着。稳婆子卷起一个毛巾把，让景水香咬在嘴里，尽量不要喊出声来。她们吓唬景水香，说是要把计生专干招来了，不论生个什么玩意都是白喝一碗胡椒茶，瞎糟蹋红糖、鸡蛋和小米。注定要人财两空，丢人带罚款，双料倒霉蛋。景水香未婚先育，非婚生育，更不合法度，是要"罪加一等"的。

景水香被两位老人教训得羞愧难当，早就没了主意，只能乖乖地听话，任凭干娘摆布。

吉人天相，景水香的命好。腹中的胎位很正，是先出头的那种顺产。不过景水香孕期缺乏必要的锻炼，又吃了太多的补品，小家伙比正常的婴儿胖大一号。刚开裆的小母鸡，第一次下蛋也是费劲、费时的。生孩子的工作量和工艺难度远远大于母鸡生蛋，景水香淌了一身汗水，一床血水，孩子还是没生出来。

“真不行就动剪子吧？”稳婆子支奓着双手，转头询问厉妈妈。那双迎接新生命的老手，沾满了血渍和羊水。

“只能这样了。”厉妈妈点头同意接生婆的意见，把泡在老白干里的大号裁缝剪刀递给稳婆子。

随着一声凄厉的惨叫，婴儿的头颅拱出了产道。景水香昏死过去。

厉妈妈一见是个男娃子，知道七万块钱就要到手了。阿弥陀佛，上苍垂怜，自己赔不了本了。她连忙朝接生婆使了个眼色。稳婆子接到信号，不等婴儿哭出声来，就急忙抱到外面去了。厉妈妈叫过来亲生的女儿，把景水香的一大包褓绣品和奶粉、鸡蛋等鸡零狗碎送给解老拧。自己在屋里沏好红糖茶，剥开热鸡蛋，掐景水香的人中和虎口，对她实施土法救治。

景水香醒来了，厉妈妈按照接生婆的吩咐，先给干闺女吃了回奶的药物。然后哄骗她说孩子体质太差，要到大医院去睡恒温箱，估计得四十多天才能调理好。现在你不方便出面，先让厉程遥本家的嫂子带着孩子去治病，就说孩子是她的，罚款由我们出。孩子是个小丫头片子，治好病是拉巴着还是送别人，全由你自己决定。现在啥心都甭操，安心地坐月子，把身体养好再说。

景水香恨自己不争气，关键的时候昏厥过去。不论是儿是女，当娘的总要看上一眼吧？再说了，她对干娘的话将信将疑。小家伙在肚子里时常乱踢乱打，一点也不老实，分明就是男孩子的禀性，怎么会是丫头呢？不过在肚子里隔皮猜瓜，自己又没有X光眼，看不见皮下的孩子。

干娘说自己生了个丫头，说的那样肯定，那样不容置疑。自己毕竟没有未卜先知的本领，又在关键的时候昏厥，没能亲眼鉴定孩子的性别。老天真要让老景家绝后吗？果真如同干娘所说，自己一个待字闺中的大姑娘，拖个“油瓶”干什么？厉程遥滚回云南去，不认这壶酒钱了，自己还得嫁人呢。还得想办法招个“倒插门”的女婿，继续为老景家续添香火！

景水香虽是女流之辈，却有一身巾帼英雄之气，更兼体谅父母的孝悌之心。为了却父母的心愿，为延续老景家的香火，她不惧斧锯鼎镬。什么刀叉剑戟、拐子流星、三聚氰胺、敌百虫、敌敌畏，她也是不那么在乎的。谁要是射击高手，有把握一枪命中十环，她立马就敢脱裤子。可是自己的肚皮偏偏不争气，刚一开裆就放了一个“哑炮”，生出一个让人讨厌的丫头片子。听医生说过，生男生女在男人不在女人，男人的精虫起关键作用。如此看来，她有一块肥沃的土地，是厉老大的枪炮不行。要么就是射击技术不行，准头太差了。让这个一见倾心的老伙计回云南慢慢校正枪法去吧，自己要考虑换个男人了。

景水香想起了在船上听那些醉汉胡吣的荤故事，说是有一个汉子娶了一个俊媳妇，全家人惊喜得不得了。可是那个小娘们连续三胎都生丫头片子，婆婆不再待见她了，天天摔盆打碗，指桑骂槐。小媳妇被骂得火冒三丈又不敢发作，就到庙里去烧香拜佛。她跪在送子观音面前，鼻子一把泪两行地诉说着心中的委屈。

“大慈大悲的观世音，我是可以生出儿子的。在娘家为闺女的时候，我和野男人偷情，连生三个都是男娃子。这样说来，生不出男孩的责任不在我这里。不怨我就得怨他了，可是这三个闺女也不是他一个人鼓捣的。我被弄糊涂了，问题到底出在哪儿呢?”估计观世音也被弄糊涂了，断不清这件无头公案。

景水香也被弄糊涂了，都说“野外操作、提前下把”容易生出男孩子，并且是聪明漂亮的男孩子。自己身体力行地验证着这条野史定律，也是没出阁就找了野男人，怎么就不灵了呢?

既然是个丫头片子，就委托干娘找个好人家，把她送给别人吧。孩子是娘身上掉下的血肉，自己当然不舍得送给别人。可是“计划生育”越抓越紧，不能因为一个丫头片子耽误老景家传宗接代的正经事。

满月之后，景水香除了身形微胖之外，全身各个部位均无显著的变化，仍然是大姑娘的身姿。

厉妈妈扯了一个床单当包袱皮，包了一大包时髦的新衣服，还有两万块钱在里面。干亲是面子局，全靠钱财来维系，出手不能太小气。俗话说“干亲一进门，不想东西就想人。”儿子已经被她鼓捣到手了，自己要花点东西把儿子赎出来，让他自由自在、无牵无挂地回到云南去。自己也要带着两个闺女回到船上去，继续巡视长江大河了。

和干娘分手的前一天晚上，景水香听到两个干妹妹在厕所里面瞎嘀咕。说是“妈妈把毛侄送人了，在干姐姐面前一定要咬死牙印，都说是丫头片子”。

景水香原本就有疑惑，现在疑团更重了。她觉得事有蹊跷，怀里揣着一个大大的问号，憋得肚子鼓鼓胀胀的，又有了怀孕的感觉。

厉妈妈送别干闺女的时候，和“螟蛉之女”依依不舍。谈到不得已送给别人的小孙女，也是痛心疾首，肥肥的泪珠不断线地滚落。景水香也鼻头酸酸地跟着嚎啕，哭得悲悲切切。不过她感觉到干娘眼泪淌得太多，似乎并不悲痛，哭声和泪水里透着一股子虚情假意。

景水香搭车去了李楼闸，她和厉程遥有约定，过完月子在闸口见面，算是相互送行吧。现在她要把心中的困惑说给厉老大，叫他查清他们孩子的性别和下落，如果是个男孩子，一定要想尽一切办法弄回来。查不清这件事，或是故意遮掩什么阴谋，她不光恨这个男人一辈子，也不会轻易和他罢休！别说厉老大躲到云南去，就是他离开太阳系，景水香也是决计追过去找他大兴问罪之师的！

景水香给厉老大下达完通牒，就搭顺风船前往欢城二级坝，找她的爹娘去了。厉老大扛着一肩膀责任，揣着一肚子心事和怨气，到复新河码头去找老娘。老娘开船之后，都是先拉一船瓦子石，送给秦台化工厂烧石灰，然后再承接其它活计装船远航。他暗自埋怨老娘糊涂，不论是男是女，都是厉家的骨血，拉巴着就是了，干嘛要送给别人呢？女孩子有出息的多啦，像古代的花木兰和穆桂英，还有一代女皇武则天，都是叱咤风云的人物。如果自己的孙女也是这样的宝贝疙瘩，你老人家还不把肠子悔青喽？

厉妈妈对把孩子送人这件事供认不讳，并且宽慰儿子：一个臭丫头片子，没必要过于在意。过完年抓紧赶回云南去，和老婆热热乎乎地过日子，还愁鼓捣不出儿子来？男子汉大丈夫，不能在这些鸡毛蒜皮的琐碎事上纠结，要有大胸怀和长远的眼光。男人家如果英雄气短、儿女情长，肯定做不成大事情。

解老拧说，收养孩子的人支付营养费、误工费、精神损失费共计七万元，他割了一万块的耳朵。让景水香带走两万块，剩下的四万块悉数都给儿子。孩子是他们创造的，老太太不花这个血钱。

厉老大问母亲把孩子送给什么人了，老太太吱唔一下，说是送给一个过路的外乡人。儿子一千个不相信，天底下哪有这么巧的事？正赶上景水香生孩子，就碰巧有一个要孩子的外乡人从门口经过。浮萍一样的外乡人，没根没梢的，母亲会把孩子给他吗？

厉老大和妈妈的谈话泄露出去了，秦台地区又多了一句歇后语：厉妈妈卖孩子，自产自销。

在厉程遥的眼里，母亲确实有大丈夫的胸襟。他们母子被父亲抛弃之后，母亲没哭没闹，带着他们返回老家，并且含辛茹苦地把他们养大成人。还叫他上学读书，参军入伍。一想起这些，他就切齿怒恨那个夺走爸爸的骚“狐狸精”。对母亲的怨气瞬间烟消云散，继之而来的是浓浓的感恩之情。

母亲已经把事情做下了，埋怨没有一丝一毫的用处。还是自己留心查访，把事情弄个水落石出。真是个男孩子，要留下厉家的根苗，也还给景水香一个公道。可是，自己年后就要回云南去了。云南离江苏太远了，自己又不能擅离职守。

去找化工厂的王彭生，那小子和自己相互援引对方为知己。朋友的定义是“肝胆可以相照，生死可以相托”。这话也是彭生小弟亲口说的。我不托生死，托付一件大事应该可以吧？

厉老大离开家乡之前，特意带着微山湖里独有的四个鼻孔的大鲤鱼，还有野鸭子、白莲藕、咸青皮啥的。把船停靠在复新河码头上，请王彭生到驳船上喝酒。

王彭生下班以后，放弃和女朋友约会的时光。拎着两瓶“双龙”泥池酒，踏着“过山跳”晃悠到船上去，和厉老大同享寂寞。

年轻人追求的幸福，不外乎工作、事业和爱情。王彭生工作是程序化的，干长了就觉得平淡无奇，只要不出差错，天天重复着昨天的故事。爱情上非常顺利，差不多大小的女孩子都好和他腻乎。他身边正围着几朵娇艳欲滴的鲜花，百般展示绚烂的姿色，释放着浓郁的芬芳，等候他的取舍。刘薛理说他身上沾有龙涎香。刘副厂长所说的龙涎香和鲸鱼口中吐出的香料同一个名字，不是同一种物质。他说的龙涎香，是长虫交配时流淌出体外的分泌物。

刘厂长说，蛇类性交的时候，两条长虫像麻花一样拧在一起剧烈抖动。动物繁衍后代，是靠雌性性腺分泌出的特殊气味招来异性的。所有同种类的雄性动物都能接收到信息，都在邀请之列。能够有幸成为“新郎官”，和“美娇娘”共度千金良宵的寥寥无几。它们要长期较力，经过艰苦卓绝的争斗，最具实力的选手才能脱颖而出。蛇也如此，成千上万条长蛇相互追逐，争抢雌蛇。谁能扭动生风，带着雌蛇飞离地面，谁将来就有希望成龙。雌蛇最热衷这样的偶像，全身亢奋，全力配合。这时，它们的分泌物混合在一起，雾化飘洒在草丛、树叶上，是精美绝伦的长效春药。谁要是有幸沾染那么一丁点，就会终身受益。怀春的姑娘对龙涎香极为敏感，可以嗅到那股特殊的气味。只要感受到空气中有龙涎香的分子、气味，再漂亮、再文静的姑娘，立马就会没皮没脸、没羞没臊，硬拉着你去拱高粱地。社会上经常出现“一朵鲜花插到牛粪上”的现象，而鲜花长久陪伴牛粪，还像王八瞅绿豆一样对眼，那堆“牛粪”十有八九是沾上了龙涎香的。

龙涎香是稀罕物，得到它并不容易。长虫都在夜深人静的时候，出没在人迹罕至的地方。它们分泌的那个“龙涎香”是稍纵即逝的，只要曙光初现，立马就消于无形。存在的时间比昙花、露水还要短暂，得到它也是可遇而不可求的。王彭生知道刘厂长在续写《天方夜谭》，把子虚乌有的事情编纂出来，诱惑年轻人遐想。

刘厂长还说，动物性交基本上都是从后面插入，是“面对背”操作，不能交流感情。所以动物没有“性高潮”。人是万物之灵长，高级动物，懂得享受。人类做爱的姿势以“传教士”为主，俯仰结合，面对面地操作。可以交流感情，可以相互抚摸调情，可以激发潜能。所以人不需要原始冲动，随时可以交欢，情酣兴浓就可以达到高潮。蛇的交配姿势介于人和其他动物之间，它们相互扭缠，头尾相互平行，可以“耳鬓厮磨”，也可以全身“抚摸”。蛇又是充满灵性的长寿物种，所以能制造出人间极品龙涎香！

听完刘厂长的故事，大家相互笑一笑，未置可否。可是青年男工的胆量陡然增肥了，零点之后下了中班仍不回家，非跑到复新河堤的树行里面去蹚几趟草窠子不可。不怕鬼嚎，也不怕蛇咬。

王彭生在事业上没有长进。在小报上发表几篇“豆腐块”，他就飘飘然做起了“当作家”的春秋大梦。凡是“全国邮资总付”的文学编辑部，他都去信问候过。他还不按套路出牌，从不顾及“不许一稿多投”的清规戒律，写出稿子来就发往全国各地。所以他收到的回信特别多，青鸟殷勤，飞鸿不断。他在化工厂的知名度，也像堆砌的退稿一样，一路飙升着。

“王彭生，你的信。大信。”老传达特别热忱，天天亮开浑厚洪亮的嗓门，满院子吆喝。“王彭生的大信来啦，七八封呐!”

聪明人一听就知道，大信就是退稿。不过大家还是非常佩服王彭生。能和这么多文化部门建立通讯联系，在秦台化工厂仅此一人，别无分号。因为这个原因，工厂的官样文章和私人信件，都出自王彭生的手笔。工厂的年度总结报告、领导的发言稿、出黑板报，这是他的分内工作。替别人代写书信、代写决心书、检讨书、情书、个人述职报告啥的，是分外工作。

李志卓经常抱怨王彭生，文学创作是神圣严谨的事业，要认真对待。勤于动笔，多写是好事，可是不能乱写。像领导干部的讲话稿、单位年终总结、个人的述职报告、检讨书、决心书啥的，一点艺术成分都没有，写常了会把文风惯坏的。文学爱好者写东西要有选择，要对自己对读者负责，不能胡写乱画……

厉程遥经历了太多的变故，又继承了狗大副积攒了几个世纪的沧桑，明显地未老先衰了。他还不到三十岁，眼角就裂开了浅浅的鸡爪纹，像是三十多了一样。俗话说“三十多，看眼角，眼角无纹就不多”。厉老大不光眼角有了皱纹，鬓角的头发也稀疏了，还隐隐地泛着灰白。

厉老大向王彭生讲述他和狗大副的交情，讲狗大副的“狗格”如何高尚，失去狗大副他是如何的伤心和悲恸。讲他和景水香的疯狂，讲他和景水香制造了一个鲜活的小生命。那个可爱的小宝宝极可能是个“茶壶嘴”，母亲硬说是个臭丫头片子，还把他送给别人了。说到这儿，厉老大抱着王彭生的头颅大放悲声，哀震四野。

王彭生被厉老大搂得有些窒息，清楚地感觉到兄长的热泪滚落到自己的脸颊上，把自己的眼泪也勾引出来了。这时候厉老大提出帮助寻找失散幼子的请求，是无论如何都不能推脱的。

他们哭完了继续喝酒，又聊起了“佐伯桃和羊角哀”、“管仲和鲍叔牙”、“俞伯牙和钟子期”、“马克思和恩格斯”。他们要效仿这些名垂青史的名人和伟人，演绎纯真的“君子之交”。君子之交淡如水，小人之交甘如饴。君子之交信守的是承诺，承诺的是责任，除此之外不添加任何附加条件。纯真的友谊，是不掺糠不使假的那种真情厚谊。

喝到后半夜，他们想起了后勤厂长刘薛理讲的故事，上岸去蹚草窠子。把浑身上下都弄得湿漉漉的、凉飕飕的，再回到船上喝酒。

那个盖房子用的架板，棚在船上叫“过山跳”。窄窄的一溜，连接着船帮和堤岸，踩上去晃晃悠悠，很难保持平衡。王彭生不喝酒的时候都走不稳，天晓得他们是如何上岸，又怎么回到船上去的？

驳船漂在水面上，水面被溜河风荡漾着，起起伏伏，很不扎实。厉老大和王彭生醉步踏在甲板上，像踩着海绵一样，踉跄着脚下不稳。厉老大想起了高邮境内的小河叉，自己和景水香疯狂过度没吃饭，也是这种感觉。景水香调侃“干那事可以当饭吃”，自己感悟出“还可以当酒喝”。他把这事说给王彭生，两个人笑得前仰后合，拱进舱廒里温热剩菜，重新开席，接着喝。

日上三竿之后，厉老大和王彭生的酒劲终于过去了。他们醒来了，用塑料桶从河里面汲水上来洗漱。厉老大又郑重托付一遍“找孩子”的事，告诉王彭生这次回云南之后，他准备弃职从商。在当今的社会里金钱虽然不是万能的，但是离开了金钱是万万不能的。过去想挣钱政策不允许，就像你家老爷爷，白瞎了一身的本事。现在什么都放开了，是骡子是马，得拉出来溜溜。一闯三得，大胆是成功的一半。赶在太平盛世，不能虚度光阴，辜负了千载难逢的好时光。

他已经有了婚生和非婚生两个孩子，要履行做父亲的责任。母亲从年轻的时候就被父亲抛弃了，鳏寡一人拉扯他们姊妹三人，太不容易了。寡妇门前是非多，不用划拉一火车。没有父亲的帮衬，家里就塌天了。母亲为了养活他们，必须忍辱负重，付出比常人多几倍的艰辛和尊严，自己也要让母亲有一个安定、幸福的晚年。

母亲说她生了三个孩子，坐了三次月子，都没能痛痛快快地吃鸡蛋。老人家毕生最大的愿望就是敞开肚皮吃鸡蛋，吃个“鸡蛋饱”。身为人子，一定要想办法把老人家这个宏伟的愿望满足了。

他还告诉王彭生，继续坚持创作。要勤写多看广交涉，要拜访名人大家，汲取创作经验和营养。顺河中学有一位姜维石老师，是百里挑一的大儒，是泰斗级的宗师，一定要去拜访他。我如果能挣大钱，会像恩格斯资助马克思那样，无私地援助朋友。如果我失败了，你也去经商，增加阅历，积累经验，对创作也是很有帮助的。

二十二

刘本夫老师的老婆王美华大姐，是个张开嘴就能看见屁股眼的直肠子女人。说话咋咋呼呼，为人古道热肠，做事风急马快。性格外向而乐观豁达，从来不知“忧愁”为何物。这两天，这只快活鸟的肚子里有了心事，脑门子上有了官司。

宗毓灵是她的铁杆美眉，好得形影不离，恨不得合穿一条裤子。韩如月是丈夫同学的外甥女，一个灵巧讨喜的小丫头，天天见面就露出一嘴白牙，笑眯眯地喊妗子，怪招人疼爱的。

宗毓灵和王彭生在一起吃了两次饭，对他很有好感。凑着在一起看电影的时候，她嘴唇贴着王美华的耳朵说：“那个王彭生不错，你儿子已经当众宣布结果了。你就当一回月老，撮合一下呗。”

王美华大包大揽，大大咧咧地应承了。“凭小宗妹妹这样的人品和长相，打着灯笼也难找。算他老王家有福气，被毓灵妹妹看上了。只要把这个喜讯告诉他，王彭生必定咧着大嘴傻笑，像穆桂英劈叉一样……”

散了电影，王美华乐滋滋地走回家，盘算着如何成人之美。

韩如月正在门前的路灯下看书，等着妗子回家呢。她把谢媒人的鲤鱼都拎来了，玩了一个“霸王硬上弓”的伎俩，硬要妗子当媒人，目标也是王彭生。

王美华失眠了，吞了四片“安定”，依旧睡不踏实。

“老刘，你说这事咋办呢？”深夜一点多钟了，王美华把丈夫从睡梦中推醒，叫他帮自己出主意。

“啥事咋办呢？”刘老师一头雾水，根本不知道老婆说什么，还以为她在发癔症呢。“天大的事明天再说，我要睡觉。”

宗毓灵只要见到王彭生的影子，就放声纵情歌唱：“妹妹找哥泪花流，不见哥哥心忧愁……”

韩如月把王彭生拽到书桌旁，哽咽着说不出话来。她用圆珠笔和王彭生交流，在刘春牛的演草纸上一遍又一遍地写着：“我离不开你！”

女人谈恋爱，就像不懂事的娃娃吃东西。没人争抢的时候不觉得饭香，只要有人伸手拿馍馍，那个非常普通的面疙瘩立马就是世上最好的香饽饽，马上招人青睐。所谓“情人眼里出西施”之类的情愫，多半是在那样的氛围内被诱发出来的。先入为主，一旦认定了，便割舍不下。王彭生很幸运，刚一步入谈婚论嫁的年龄就有女孩子触碰他，引发了一系列连锁反应。或许情场上也存在着“蝴蝶效应”。

看到王彭生和宗毓灵、韩如月的感情纠葛，王美华万分着急，比自己掉进漩涡里还着急。半夜里又睡不着了，继续摇醒丈夫讨主意。

刘本夫老师睡意正浓，在酣睡中做着甜蜜的美梦。美梦被人搅扰了，瞌睡虫却没被赶跑，这让刘老师大为光火。

“你就是个猪脑子。这样的事情别人能使得上劲吗？皇帝不急，太监急死也无益。”刘老师敲打着老婆的额头，两个眼泡鼓得像金鱼。“这件事情要王彭生自己拿主意，他喜欢谁自会和谁好，别人瞎掺和是六个指头蒯痒痒，多了一道子。这事不能用行政命令，也不能胡乱撮合。捆绑不成夫妻，这事你不知道吗？”

王美华恍然大悟，“哧哧”地傻笑两声，“噗通”一声仰倒在床上。

当面教子，背后教妻。刘老师平时除了工作就是“爬格子”，难得有训诫妻子的时间和机会，正好借此机会给老婆好好上一课。王美华不给他留下这样的机会。思想一通就没有心病了，脑袋沾上枕头就能酣然入睡。

在秦台坊间的文艺沙龙枌榆文学社中，在赵、刘二位本夫老师家里经常出现的文学青年中，王彭生成了大家关注的焦点。大家关心他的“罗曼蒂克”史，关心他最终会把哪位美眉抱回家，而不是他的艺术水准和未来的前途。李志卓对这一点非常不满，认为大家过于流俗。谈恋爱也要追求品位和档次，不能一味地摸黑钻树林。要在花前月下鼓捣出诗意来，最好能和《罗密欧和朱丽叶》或者是《梁山伯和祝英台》扯上一丝半缕的联系。

王彭生本人也为这件事情困惑纠结着。他知道韩如月深深地爱着自己，自己也非常喜欢韩如月。可是他也不想拒绝宗毓灵或其她姑娘的柔情蜜意。接到类似的信息，他也积极地响应，回报着同样的热烈和急切，抛洒着同样灿烂的笑容和媚眼。如果不是宗毓灵主动示好，王彭生是不会率先追求她的。他被个别女工友和某些同学的妹妹及妹妹的某些同学宠娇了，无需死乞白赖地围着姑娘转。他脚踏在多只船上，享受着多份缠绵。两位医务界的小姑娘如坐针毡，急得团团乱转，都想叫王彭生立马表明态度，马上选边站队。她们都承受不住这样的煎熬了！对于想知晓结果，又无奈等待的人，哪怕只等一分钟，那个时间也是无比漫长和饱受煎熬的，等待的过程是焦躁不安和非常痛苦的。

一个星期六的下午，刘本夫老师携夫人一行，到老家刘菜园为弟弟处理什么重要的事情，晚上就留宿在桑梓之地，不回家过夜了。他们夫妇爱子心切，不忍心让儿子回农村受罪。儿子虽然是个男子汉，可是年纪尚轻，必须有人照看。王美华委托张丰跃、王彭生这两位小兄弟，晚上在他们家里过夜，帮助照看刘春牛一夜。

受人之托，忠人之事。王彭生和丰跃兄拎一瓶子泥池酒，包一包咸水花生和羊杂碎，在刘老师的厅堂里和小主人一起就餐。喝着老酒，聊着文学创作和女人，确实别有一番滋味在心头。

还在人民医院实习的韩如月，每逢礼拜六都要回赵庄老家看爹娘，就不再光顾刘老师的府邸了。宗毓灵不知道美华大姐回老家，已经跑顺了腿，吃完饭就往刘老师家蹓达。

张丰跃和王彭生刚刚喂饱刘相公，正要打开瓶盖斟酒，宗毓灵就赶到桌前了。她又挽上袖子，系上围裙，到厨房里煎了一盘葱花鸡蛋，糖调一个“心里美”脆萝卜。

宗毓灵的介入，不光丰富了餐桌的菜肴，也提高了大家喝酒聊天的兴致。

年轻人做事利索，原本相熟，在一起不拘束、不客套。大家都是霍元甲打拳随心所欲。风卷残云、酣畅淋漓地海吃海喝，不一会就把桌子弄得杯盘狼藉。酒也喝干了，宗毓灵用筷子敲打着酒瓶，放声高唱《酒干倘卖无》。张丰跃倒像一个称职的家庭主妇，拾掇着杯盘碗盏，送到厨房里洗涮。

宗毓灵追着张丰跃进厨房，和这位大哥哥说了一会悄悄话，然后拿着抹布过来擦桌子。毕竟是清纯娴雅的大姑娘，在熟人面前可以不拘俗礼，可以甩掉矜持和娇揉造作。但是女儿身毕竟是女儿身，不能像“二青皮”一样，翘着“二郎腿”坐享其成。

三个文学青年在一起，很有共同语言。他们天南地北、古今中外、历史地理、过去现在和未来，漫无边际地扯着。不知不觉中，时钟一圈接着一圈地旋转。深夜十一点多了，王彭生熬不住了，在正房的大床上搂着刘公子先睡了。

张丰跃一边和宗毓灵絮叨，一边从刘老师的书架上抽出一本弗洛伊德的著作来翻看。

王彭生觉得自己的胸前压了一座山，他又憋又闷还喊不出声来，活生生地能把人给急死。他急出了一身冷汗，好不容易折腾醒了。原来是刘春牛这个小少爷，把胳膊腿都压到他的胸前了。他知道这是梦魇，就是坊间流传的“鬼压床”。他把刘公子的胳膊腿拿开，折身坐了起来。床上没有张丰跃的踪影，他到哪儿去了？他从里屋走到外间，外间的小床上也没有这位老夫子。感情他睡到偏房去了？王彭生拉开堂屋门，看到偏房的灯依然亮着。这个老夫子读起书来有股子呆劲，是可以通宵达旦的。复习考大学的时候，他白天用绳子把自己圈禁在椅子上，除了吃饭、上厕所，就是埋头翻书本。晚上他熬不住的时候，就凑合着睡在一只长形的条凳上，一翻身就会掉到地上，醒过来接着再钻故纸堆。

王彭生悄手掂脚地走过去，非常谨慎地把脸贴到窗户上。

偏房的门是虚掩的，窗户没拉窗帘。小床上仰面躺着一个赤身裸体的人。这个人身姿苗条修长，乌云一样的青丝散落到腰际，两座玉山挺拔高耸，亚麻一样的皮肤像绸缎一样光滑闪亮。

王彭生的脑袋充血了，躺在床上的不是张丰跃，是宗毓灵！他马上嗅到了龙涎香的味道，那是一种抵御不住的诱惑！他略一迟疑，伸手就想推开房门。往前再迈一步，就可以进入温柔之乡。这可是千载难逢的机会，机不可失，失不再来。王彭生只是稍为犹豫一下，天赐的良机在犹豫之中丧失殆尽。刘公子被屎尿憋醒了，拖着哭腔大喊："王叔叔，我要尿尿。"

把刘春牛的事情处理完，拍着、哄着他再次入睡。等刘春牛睡熟了，王彭生非常急切地再次来到偏房的窗户下面。房内的灯依然亮着，不过房门插上了，宗毓灵用被子把自己裹得严严实实，连脑袋都不露。

王彭生慢慢地退回去，冷汗如浆，再一次湿透了衣裳。

天刚麻麻亮，张丰跃就拎着包子、油条还有老缸子粥回来了。他说自己起得早一会，去给大家买早点了。

王彭生知道他是昨晚走的，并且一夜未归。不知道跑到哪儿风流快活去了，还推说去给大家买早点，你哄鬼吆！

还是昨天晚上在一起喝酒的三个文学青年，还在那张桌子上吃早饭。王彭生和宗毓灵下意识地对视一眼，都有些不自然。

宗毓灵草草地扒了几口饭，就像清风一样飘走了。王彭生和张丰跃仍在刘老师家做窝子打铺，直到刘老师夫妇回到家中才离开。

傍晚时分，韩如月披着晚霞来到化工厂。她蹦蹦跳跳地敲开了王彭生的宿舍，两个羊角辫一荡一荡的。她没有自行车，从汽车站一路跑到化工厂，累得气喘嘘嘘。粉嫩的小脸红扑扑的，清澈明亮的大眼睛很有神韵，长长的睫毛"忽闪忽闪"的，分明就是一朵即将绽放的山茶花。她身披橘红的晚霞，显得分外清纯和圣洁。

王彭生找到感觉了，立刻心有所属。人世间最令人感动的，莫过于纯洁和真诚，再没有其它东西可以如此深刻地触动人的心灵了！

王彭生到食堂打了两份饭菜，回到宿舍里就插上门，把自己和恋人关在暗室里。人的眼里往往只有那个自己喜欢并苦苦追求的人，其实喜欢疼爱并苦苦追求自己的人，更值得珍惜。

"彭生哥，你喜欢我吗？"

“喜欢。”王彭生郑重地点着头，说的是真心话。

“那你娶我吗?”韩如月一脸期待，她想马上知道结果。她知道“彭生哥”是她心中的唯一，可她只是群芳中的一朵，并不是“彭生哥”心中的唯一。不论她沾得多么黏糊，追得多么热烈，都有分手的可能。一想到要和“彭生哥”分手，她就心痛难忍，像被刀子捅了一样。可是……现实是不能回避的。她想到了“不得已求其次”，做不成夫妻也要做朋友。

“你不详细了解一下吗?我的脾气秉性，家庭情况和社会关系什么的，你统统不知道。现在就把关系定下来，不轻率吗?”王彭生要试试这位小美眉，看她爱自己有多深，是不是“月亮代表她的心”。

“我只爱你本人，其他的什么都不在乎。”韩如月态度非常坚决，说的也是真心话。舅舅给她介绍不少高干子弟，还有大款家的阔少爷，她根本不和人家见面。王八吃秤砣，铁了心地追随“彭生哥”。

“我很懒。”王彭生告诉韩如月，他散懒的程度不可想象。简而言之，就是拉屎也舍不得花力气，全靠地球吸引力。结婚成家之后，别指望我会分担家务的。另外家庭情况也不好，父亲的问题还没落实，母亲没有工作……

韩如月不等王彭生说完，就伸手捂住他的嘴，轻声说道：“我愿意……”

“不需要考察、考虑了?”王彭生这样问。

“不需要了。”韩如月非常肯定地回答。“我家在农村，还有三个弟弟上学，负担也够重的。他们学习都不错，考大学是没有问题的……你不嫌弃吧?”

“不嫌弃。”王彭生又一次郑重承诺。当初书记大人要招赘他为“东床驸马”，他以身高有悬殊，站在一起不协调为由拒绝了。实际真正有悬殊的是“门槛”。他决计找一个各方面条件都低于自己的老婆。爸爸虽然被无罪释放了，可问题还没彻底解决落实。果真攀龙附凤，找一个门不当、户不对的大家闺秀，实在不好相处。就像当初爸爸和妈妈，如果彼此的家境、阅历、文化程度和社会地位都相当，是不会劳燕分飞的。既然是终身伴侣，就不会在意家境是否殷实。对外人尚且要做到

“老吾老以及人之老，幼吾幼以及人之幼”，何况是自己终生相守、相濡以沫的妻子。老婆的父母就是自己的父母，老婆的兄弟就是自己的兄弟。分忧解难是义不容辞的责任，王彭生不会推脱的。

“跟我回家见见岳父、岳母呗?”韩如月提出了新的要求。

“那好吧。你抽空带我到你们家去一趟。如果你的父母和你态度一样，我们就可以登记结婚了。”王彭生下了决心，尽快完成祖父母的遗愿，不在“粉脂堆”里瞎混了。

“真的?”

“真的!”

“嗷——!”韩如月扑进“彭生哥”的怀里，非常幸福地闭上了眼睛。

王彭生把韩如月拥抱入怀，热烈地亲吻着，一只咸猪手探入她的衣内，在她身上肆意游走。“山茶花”愉悦地呻吟着，并不抗拒。在相互爱抚之中，王彭生把爱人抱到床上，香囊暗解，罗带轻分。

韩如月初解风情，羞涩异常。王彭生听了一肚子荤故事，前几天又了解了厉老大和景水香的实际操作工艺。小的时候常溜大队、生产队的饲养场，受到过猪狗牛驴的暗示和启发。可是理论和实践是存在距离的，他们的第一次急切草率，很不得要领。

韩如月春光大泄，王彭生跑了原阳。他们的夫妻关系确定下来，一下子就实至名归了。婚后小两口常说一句只有他们两个人知道的玩笑话。就是什么事情做得不太如意，或是忙中出错的时候，他们就会相互调侃：“慌得啥？跟第一次似的。”

二十三

韩如月等不到星期天了，她向实习岗位的领导请了假，带着王彭生回赵庄老家去。她们家的左邻右舍、分支近门、七大姑八大姨全都到齐了，黑压压地挤满了院落。

韩如月兴高采烈地把王彭生介绍给亲友们，并领着王彭生逐一认识她的婶子、大娘、姨娘、嫂子、妗子。王彭生一一行礼打招呼，不分男女老幼，一概抛洒香烟。他看到满院子赶集上会一样密集的人群，都用审贼一样的目光，挑剔审视着他的各个部位和一举一动，心中不免有些发怵。那些目光像X光一样，极具穿透力，能把服装后面遮挡的雀斑、痦子审查得一清二楚。能把隐藏在灵魂深处的不健康思想挖掘出来，公布于大庭广众之下。

王彭生唯恐举手投足之间有什么错讹，拿着劲左右都不是。两只手交叉在一起，相互揉搓着，不知如何是好。韩如月把他领进堂屋去，让父母看护着。自己旋风般地冲到街上去打酒买菜，身后洒落了一串甜甜的笑声，像砍剁甘蔗一样，“咯咯”连声。

农村做饭、做菜和城里不一样。城里人用小锅在炉子上颠炒，刷完锅再做下一道菜。因为煎炸烹炒、清炖红烧是有讲究的，放的佐料不一样、火候不一样、色泽形态不一样，各有各的味道。农村人为了省柴火，饭菜一锅烀，四五道菜一锅烩，都是一样的颜色，一样的味道。不过农村人厚道，饭菜透着实惠。馒头蒸得很大，汤碗、菜盘都是溜尖溜尖的。

吃过中午饭，韩家的人盛情挽留，一定要王彭生留下来喝汤。“喝汤”就是吃晚饭，全国很多地方流行这样的说法。这个说法起源于元朝末年，流行于明清之后。

传说蒙古人统一中国之后，建立了大元帝国。忽必烈的铁骑刀利马疾，很快就征服了大半个世界。若不是给养跟不上，“地球村”早就建立起来了。蒙古人知道汉人聪明，怕汉族人密谋串通，推翻他们的统治。于是严格监管铁器，还不让汉人吃饱。

蒙古人在每一个村子安插一名村长，掌管着菜刀、铁锨、犁头、铁锅等可以改制兵器的铁器。白天干活，到村长那里领锅做饭，吃完中午饭立马上交，晚上是休息睡觉的时间，不允许吃饭。怕村民们填满肚皮有力气造反，肚皮瘪了没力气捣乱。汉族人心中愤恨，敢怒不敢言。背地里称蒙古人为“鞑子”。

农忙的时候，体力活太多、太重。有一户农民饥饿难耐，实在是撑不住了，就偷偷地用砂锅煮饭吃。冒出去的炊烟被大元朝委派的鞑子村长看到了，他提着马鞭前来兴师问罪。

村长走到违规者的家里，农户正好刚把凉水烧开，粮食还没下锅。这个庄稼汉是个聪明人，应变能力极强。他向村长汇报说："累了一天了，又渴又饿。领导说了'不许吃晚饭'，我们也不敢违反政策规定。烧一口热汤喝喝、洗洗，解解乏总可以吧？"

这样的理由不好拒绝，把人搞得太疲劳影响第二天的工作效率，直接影响大元帝国的财税收入。

把鞑子村长糊弄走了，这个精明的汉子继续烧水做饭。他悄悄地把自己的做法告诉亲朋好友，大家奔走相告，都开始秘密地做晚饭吃了。只是见面打招呼的时候不能说"吃晚饭"，大家就心照不宣地问讯："喝汤了没有？"

吃中午饭的时候，王彭生已经被难为得出汗了。还没结婚的准女婿，第一次到老丈人家里做客，必须是光腚坐板凳，有板有眼的。说话不能大声，吃饭不能"吧唧"嘴，喝汤不能有"呼噜"声。不能是个"闷葫芦"，也不能表现得太张狂，尺度、分寸很难把握。所以王彭生坚决要回城里，说什么也不在老泰山家"喝汤"。

韩如月赞同"彭生哥"的主张，说是："客走主人安，你们就不要虚让了。这样的亲戚不必客套，客气过火就见外了。"她还要值夜班，和王彭生一起回城里。路上她不停地唱，不停地笑，身心快被甜蜜腌酸了。

"知道家里人是怎么评价你的吗？"韩如月望着王彭生，露出一脸得意之色。

"嫌我个子矮呗。"人贵自知，王彭生有自知之明。

"姥姥说你长得像姑娘一样秀气，脸上一点疤瘌都没有。大舅说你是个风华正茂的儒雅青年。就是……"韩如月停顿一下，慎重考虑一下王彭生的感受。她太在乎王彭生的感受了。"他们都说，如果你再高出一霎霎，那就完美了。"她没告诉王彭生，她在亲戚邻里面前，面红耳赤地与人争论，说"彭生哥"不算矮个子。再说了，矮一点怕什么？古代有齐国名相晏子，现代有当代伟人邓小平，还有列宁、鲁迅、拿破仑、卓别林、赵本夫、刘本夫等等，身材虽然不太魁梧，能力和能量却抵得上千军万马。傻大个子有啥好的？连奶奶那样的农村小脚老太太都知道：人大了楞，狗大了呆，包子大了净韭菜。

当时的姑娘找对象，对男人的身高是有具体要求的。她们说：一米八的帅、一米七五的派、一米七的赖、一米七以下的菜。王彭生身高一米六八，站在最后一个台阶上，被人称之为“三等残废”。

身高一米八多的学兄袁艺，时常故意在王彭生面前昂首挺胸，显摆他的魁梧高大。王彭生同样挺直腰板，趾高气扬地咋呼：“只见高人多穿布，没见矮人少走路。”

韩如月不在乎王彭生的身高是多少。在她的心里，王彭生是宋玉口中的“东邻之女”，增一分则高，减一分则矮。多一分则胖，少一分则瘦。著粉则白，涂硃则赤。现在的王彭生就是完美的化身，是她最为稀罕的至宝！

韩如月急着想回城里去，除了想和王彭生在一起腻乎之外，还想尽快地见到王美华妗子。她要把自己和王彭生确定恋爱乃至婚姻关系的事情告诉王美华，这个妗子心直口快，像电喇叭一样到处广播。只要她知道的消息，很快就会传遍秦台。她需要这样的宣传和渲染，这个消息散布出去，其她姑娘手中的“丘比特之箭”，就不会射向王彭生了。

王彭生脚踏几只船，举棋不定甚至是左摇右晃的时侯，韩如月也想过和王彭生分手后的种种情形。她想到教堂的“唱诗班”里当一名修女，想到与尘世隔绝的名山古刹里当尼姑，想去武当山当道姑，想到原始大森林里参禅悟道，甚至想到过结束自己的生命。唯独没想到静下心来复习功课，参加工作后另找一个。还有两个月就要毕业了，她很快就得回到学校去复习考试。现在定下心来了，一定要顺利完成学业。要求分配到秦台工作，和“彭生哥”永远在一起。如果彭生哥的工作有调动，自己是可以考虑随行的。他到哪儿，自己就跟着到哪儿。

1983 年 7 月份，韩如月卫校毕业，如愿以偿地回到了家乡秦台，被分配到赵庄卫生院工作。行政 24 级，月薪 45 块钱，和王彭生这个三级工不相上下。虽然是干部身份，干得却是最基层的工人工作。

郯城是地震重灾区，是大地震的震中、震源，不久就要爆发一次比唐山烈度更大的、可以引起山崩海啸的大地震！这样的消息又一次传扬开来，弄得人心惶惶，连周边省市也不得安宁。唐山大地震的威力和灾难惨烈程度、财产损失程度、人员伤亡程度，大家都是耳熟能详的。据说著名地质学家李四光先生曾经预测中国发生地震的四大板块，是邢台、唐山、云南澜沧江畔和郯城地区。其它三个地方都已应验了，只有这个“郯城地区”还在不温不火地煎熬人。

古人说“引而不发跃如也”。是说箭在弦上，张弓搭箭却不射出，这样比一箭射出去的威力和恐吓程度不知要强多少倍。

“郯城地区”就是这样，明知道它是震中、震源，卖枣的跟着卖碗的，早早晚晚要有一场大震。它却故意拖延时间，不急不躁地考验着人们的心理承受能力。

这股“地震”风潮也刮到了秦台，秦台地区从城区到乡镇，家家户户都买竹篾子和塑料布，在室外的院落里搭起了防震棚。极目远眺，白花花的一片，像雨后拱出的蘑菇。

韩如月家也在院子里搭上了防震棚，她家的防震棚简洁别致，就是直接把竹篾子弯成弓形钉到床帮上，上面蒙上塑料布。这样不用砖瓦、不用泥土、不要檩条，节省不少建筑材料。各人还睡各人的床，只是把床移到室外安全地带而已，省事也方便。

韩如月用一张小床在树荫下圈占了一片领地，却很少在那儿住宿。因为王彭生下班后经常到赵庄来找她，小伙子贼心挺大，没有贼胆，不敢当着“娘家人”的面钻她的防震棚。韩如月只好领着他住进卫生院的单身宿舍里。关上房门沉浸在二人世界里，虽然甜蜜幸福，却承受着双重压力。一是未婚同居，不被社会认同，要受到舆论的谴责。二是果真闹起地震来，有被埋在瓦砾下面的危险。

热恋中的情人心无旁骛，对这些繁琐的俗礼和天灾人祸漠然置之。放纵他们的青春和激情，尽情地享受着幸福的生活。

“例假”的前七天和后八天，是女人排卵的日子，是孕育新生命的最佳时机。王彭生和韩如月对这几天充满期待，等不到下一次月经来临，韩如月就迫不及待地自我注射黄体酮，检测是否怀孕。彭生哥说了，一旦怀孕马上结婚。他倒不是模仿惠安人，玩“试婚”的把戏。也不崇尚泸沽湖畔的摩梭人，不想“走婚”。他觉得怀孕后马上结婚，和结婚后马上怀孕悬殊不大，身形都没发生变化，未婚先孕的劣迹可以被隐瞒。如果拖到非结不可的时候再结婚，老婆一准挺着大肚子，就招人笑话了。

检测的结果令人失望，打完黄体酮不久就会见红。王彭生带着恋人到处看医生，在赵庄卫生院、市立人民医院、徐州妇产医院等多处检查，结论是一样的。韩如月少年时营养不良，发育迟缓，卵子还不成熟，月经也不正常。要调理月经，还得吃“雌激素”啥的。

对症下药，事半功倍。韩如月服药半年，再打黄体酮下身就不再落红了。他们1985年年初举行婚礼，1985年年底就生了一个大胖小子，重达六斤七两。

王彭生的婚事是父亲操办的。父亲说老子欠儿子两个大场，一个是为儿子娶媳妇办喜酒，一个是为孙子送粥米办喜宴，都讲究“排场”。儿子欠老子一副棺材，就是要为父亲养老送终，入土安葬。

王彭生领了一个月的工资，又从财务室借支两百块钱，到市场和商场里大肆挥霍。他兴奋地发疯、发狂，所以出手格外大方，恨不得把市场搬进产房去。他购买了煤球、炉子、红糖、小米、母鸡、鲫鱼、牛肉、羊肉、鸡蛋、鹅蛋、通心草、穿山甲、芹菜、水果、驴头骨等等。还给妇产科的医生买了四只大烧鸡，不是麻师傅做的。

乱世需用重典，产妇需要大补。补不好老婆就要亏欠儿子，他是宁愿向介之推学习，从自己身上割肉给老婆吃，也不能让宝贝儿子受到一丝一毫亏欠的！

王彭生是文学青年，不知道食物如何搭配才能营养均衡。韩如月是医务工作者，粗通医道，知道人体必需的三大营养物质是糖、蛋白质和脂肪。但她没有系统学习过《营养学》，对好吃的东西兼蓄并收，没太注意“配伍禁忌”，没请教有经验的老年人。咨询一下产妇应该怎么补？哪些东西是要忌口的？不知道她吃错了什么东西，还是乳房形同“石女”零部件，乳腺管没有疏通。她生产之后一直没有下奶。

王彭生打听了很多民间投奶的验方，天天换着法子给老婆熬汤喝。鸡汤、鱼汤、肉汤、驴头骨头汤、芹菜鹅蛋汤，把老婆的肚子撑得凸起很大，像怀了双胞胎一样，结果还是光下尿不下奶。你说急人不急人？

老婆不下奶，儿子就得靠奶粉来养活。这样虽然加重了经济负担，但是初为人父，还有兑现祖父母遗愿的喜悦丝毫不减。

王彭生在单位里坐科室，工作是程序化的，是机械而单调的。所有的机关作风都一样，都是“一杯茶、一包烟、几张报纸翻一天”。王彭生还经常为外勤业务员押车送货，带回银行汇票啥的。不出差的时候要跑各个对应机关，替一把手开会、领文件，到劳动局办理职工转正晋级退职休养之类的琐事，是不用点卯考勤的。所以王彭生的工作又是自由散漫的，有很强的自主性和随意性。他可以晚来早走，在办公室呆腻了，或是被吞云吐雾的同事熏烦了，也可以一声不吭地溜出去，到附近的商铺里甩两把扑克换换脑子。

和门市上那些小老板玩牌，是有彩头的。王彭生知道“小赌怡情，大赌伤身”。自己虽然刚刚加薪，又提了一级两档，每月长了十五块钱的工资。百儿八十块钱，在小老板眼里，实在是微不足道的毛毛雨。就像鲸鱼吃老鼠，连塞牙缝都不够。那时候计划经济刚刚转型，市场监管不严，很多人在混乱之中无序竞争，火中取栗。以次充好是普遍正常现象，制假造假屡见不鲜。

有一个姓李的酒贩子，正打着牌腰里的传呼机响了，复机后知道对方急需两千斤散酒。他掀开盛酒的大缸，里面只有半缸酒。自己只顾着打牌，忘记进货了。这也难不住精明的生意人。他往酒缸里倒一些香料和甘油，然后拧开自来水龙头，“哗哗”地放满水缸，用棍子搅拌均匀。他告诉前来进货的二级批发商，最近散酒紧张，他走门子托关系才搞出来的，每斤加价一块钱。对方毫不迟疑地把现钞点给李老板，千恩万谢地走了。

那天李老板的点子背，输了一千多块钱。他眉头都不皱一下，像丢了一根烟卷一样，满不在乎地说：“老李没输钱，输半缸自来水。以后要玩就玩大的，小打小闹没什么意思。老子有的是自来水，还怕翻不过本来？”

那副得意忘形的样子深深地触动了王彭生。尽管他还犹豫彷徨着，下不了弃职从商的决心。不过不做“潦倒文人和迂腐文人”的信念已经在他心中扎下根来，很快就要破土而出了。

王彭生排斥商人的根源，来自人们对商人的一贯看法。“无商不奸”是挂在人们嘴边上的话，经商就得坑人，坑人就是缺德。这是一堵难于逾越的高墙，迟滞了王彭生从商的脚步。

改革开放之后，社会上很多传统的理念都在悄然地改变着。譬如说“工人穷、农民富、不三不四的万元户”。再譬如说“女人开放、男人搞活”。听听，想挣钱就不能太本分，也不能太老实了。不过有一条底线不能逾越，那就是“有毒的不能吃，违法的不能干”。

王彭生冷眼观察着，准备伺机而动。这样的大事他自己做不了主，不请示父母可以，不请示姐姐王雨生不行。姐姐手里有祖父母的托孤遗命，负责管着自己呢。

心中有了另类的想法，有必要向组织上汇报一下。王彭生跑到姐姐家蹭了一顿中午饭，晾晒一下胸中的构想。果然和他预想的一样，他被姐姐骂得狗血淋头。姐姐深受祖父母的影响，一丝不苟地按照祖父母的遗愿打造这个不守规矩的小弟弟。祖父母尊崇读书的人，认为当干部是“正经木头”。

王彭生没能考取大学，一直是姐姐的一块心病。上全日制大学有些晚了，现在还有“电大、函大、夜大、职大、自学考试”五种国家承认学历的业余大学。王雨生要求弟弟参加成人高考，上三年开放大学，拿一张大专文凭。弟弟现在是“以工代干”，有了文凭就可以转成国家正式干部。把这两件事情办成了，祖父母的心愿也就了了。

王雨生虽然已经成家立业，相夫教子是工作的重心。关心的对象也得从弟弟身上转移到丈夫、儿子身上。可是受人之托、忠人之事，对于祖父母的临终嘱托，她一刻也没有忘怀。对弟弟纠偏管束，她丝毫不敢懈怠。弟弟脸上的书卷气越来越浓，在单位上也混得人模狗样。可是他小时候劣迹斑斑，是有“前科”的。她深怕弟弟的“儒雅”没有长性，万一哪一天哪根筋再搭错了地方，犯起浑来惹祸招灾。即便不出什么大错，耍耍无赖，大错不犯、小错不断，气死公安局、难死法院。这就足够领导和亲友们头疼了。一定要给他制定一个奋斗目标，叫他静下心来苦读。手里有个猴牵着，就不会再生邪事了。

在姐姐眼里，王彭生还是那个不谙世事的混小子，似乎是永远长不大的。

按照“上级”的指示精神，王彭生决定复习功课，参加成人高考。“成人高考”在“全日制高考”之先，大概是五六月份的时候，算起来还有小半年的时间。王彭生静心读书之前，还有一件大事要办。

王义轩老先生赋闲在家，除了喝酒就是练习书法。听到大孙子横空出世的消息，喜不自禁。立刻铺开报纸，饱蘸着浓浓的墨汁，挥毫写下“笑看石榴多结子，乐见绿竹又生孙”。

按照秦台当地的习俗，女孩子出生九天，男孩子出生十一天，就要操办着给孩子送粥米。

送粥米和结婚相比较，是小喜事。单比较送粥米这件事，给男孩子送粥米是大喜事，给女孩子送粥米是小喜事。

王义轩操办着给孙子送粥米，这是“小喜事”中的“大喜事”，是人生中的一个重要里程碑。王义轩老人给孙子取的小名叫“梦兑”，意思是兑现了一次梦想。大名按族中班辈排序，叫王立栋，期待他长大后成为国家的栋梁之才。大家觉得“梦兑”不太顺口，一概呼喊孩子为“小栋栋”。

给栋栋送粥米那天，客人到的比彭生结婚时还多，气氛也很热烈。

喜宴结束之后，王彭生用脚蹬三轮车拉着包裹严实的老婆和儿子，回到赵庄卫生院坐月子。临行前他们拐到姐姐家，让母亲看看小孙子。

母亲看到孙子的额头上有一块浓黑的墨渍，是姥娘家“打黑狗”给涂上的。母亲微皱眉头，有明显的不悦之意。她叫雨生倒些温水在盆里，用抹布蘸着温水给他揩拭干净。母亲爱干净，见不得不洁的异物。

尽管生母没有参与给孙子送粥米的事，随着喜宴的结束，父母对儿子应尽的责任和义务已经落幕了。不论句号划得圆与不圆，父母都不再亏欠子女了。接下来王彭生开始登场，要慎重考虑一下如何养育儿子，如何赡养父母了……

在这个年龄段上，上要养老下要养小，是人生最为辛苦、最为操劳的时刻，也是责任最为重大的时候。

二十四

可能是优秀的人才都被全日制大学招走了，也可能是成年人有了家室的拖累，很多优秀的人才不愿意到考场上劳神。所以王彭生这样“吃菜嫌老、开瓢嫌嫩”的半拉醋就脱颖而出了。

这次考试，王彭生超常发挥。总成绩非常理想，超出了录取分数线好大一截，有好几所院校可供选择。其中最好的学校是南京金陵职业大学。

金陵职大是“定向委培”性质，脱产学习三年，毕业后转成干部身份。如果“委培”单位同意，也可以另行分配工作。出钱培养学生的单位就是“委培”单位。只是三年的学杂费、生活费一万多块钱，要在入学报到的时候一次性交清。

化工厂同意王彭生去上学深造，也同意支付这笔费用。不过要王彭生个人先行垫付，等毕业后仍回化工厂上班时，给以报销。化工厂的领导研究多次，怕王彭生毕业后不回秦台工作，先支付这笔钱就太冤枉了。

王彭生拿不起学费，就改换门庭，进入了扬州工学院大专函授班，学习“国际经贸与系统工程”专业。因为外语水平太低，入学不久就改了专业，学习“商务管理”了。

那是1986年，在这一年里老王家喜事连连。王彭生收获了宝贝儿子，考取了“围墙外”的大学。王义轩等来了徐州中级人民法院的改判裁定通知书，说他是无辜的。秦台市委组织部专门派人到家中看望慰问老爷子，说他不光无罪，还有功劳；有功于国家社稷，有功于党和人民；给他恢复公职和党籍，补发工资。

老爷子当场并没签字，他觉得自己舍生忘死地在战场上拼杀那么多年，又蒙受冤屈忍辱负重这么多年，平反昭雪后的职务级别和刚转业时一样，一瓢凉水都没添，心里很不平衡。

王彭生去劝说老爷子。为了做通老爷子的思想工作，他搬出了前国家主席刘少奇。你功劳再大，能大得过刘主席吗？刘主席到死都不知道自己还能平反昭雪，含着巨大的冤屈、悲愤和痛苦去了九泉。你能在有生之年看到这样的大好结果，有一个好的归宿和结局，不是很值得庆幸吗？您这样一把年纪了，给你再高的级别也不会到岗上班了，要那个虚名干什么？皖生已经不小了，谈恋爱结婚就得买房子，买房的钱只能指望着您老补发的工资。

王彭生以为，降两级工资也得接受平反。一是胳膊拧不过大腿，个人不能对抗组织，不能不识抬举。活鲜的鲤鱼不吃，摔死就吃不上了。二是只有父亲的问题解决了，他才能和别人的肩膀头等高，再没有低人一等的感觉了。

老爷子从谏如流，以手加额，感谢党和人民最终没有抛弃他，对他的忠诚和功勋予以认可。

老爷子签字同意组织上的决定和安排，不久又领到一块厚重硕大的铜质功勋牌，上面雕有国徽图案，刻着："王义轩同志，中华人民共和国的开创者、建设者。"老爷子舒心地笑了，办理了离职休养的手续。王彭生的入党申请，也被化工厂的机关支部提上了议事日程。

人们常说：人的命、天注定，胡思乱想不中用。王彭生的机遇一直不错，运气一直不好。这话乍一听颇令人费解，其实是极容易弄懂的。就是他每每都有被人赏识的机会，却最终不能如愿以偿。那句形容"峰回路转"的著名诗句，到他这儿就颠倒了位置。先是"柳暗花明又一村"，接下来却"山重水复疑无路"了。

去年这个时候，王沟镇武装部的武装干事赵厚建，为抢救国家财产、保护弹药库和附近居民的安全，像英雄王杰那样，奋不顾身地趴到手榴弹上，被炸死了。为了宣传赵厚建烈士的英雄事迹，市团委准备组织一个演讲团，到全省各地巡回演讲。演戏需要脚本，演讲需要底稿。时任团市委少宣部部长的张丰城负责稿件征集工作。收上来一摞演讲稿，张部长看后都不太满意。他到电视台去找好朋友袁艺，叫他帮忙物色撰稿人。

袁播音"嘿嘿"地笑了，说老朋友糊涂，咱们的同学王彭生好舞文弄墨，去找他呀。

张丰城恍然大悟，拉着团市委副书记刘素华一起去化工厂找王彭生，又到工业局找局长出面，替王彭生请了两个礼拜的假期。

王彭生没有辜负老同学的重托，也没玷污组织上的临危受命。他的演讲稿得到了听众的一致好评，受到了评委们的高度认可，获取了最高奖项。后来他又为在对越自卫反击战中牺牲的秦台华山籍战士宋邦爱的英雄事迹撰写了演讲稿，也是好评如潮。

工业局的年度总结报告也找王彭生执笔了，几个局长和书记私下里碰头，有意要把他调到局机关的人秘股当秘书。那时候各个机关都缺“笔杆子”，组织部也需要这样的人才。虽说近水楼台先得月，工业局在本系统内调度员工也有着得天独厚的优势。可是组织部是管干部的，官大一级压死人，工业局长也归组织部管理。组织部放出这样的口风来，工业局就偃旗息鼓，不敢再有觊觎之心了。

王彭生受到上级领导赏识，有可能上调的事声势很大，整个工业系统都知道，团市委也知道，化工厂里更是沸沸扬扬。可是这事就像平地突起的龙卷风，来得快，去得也急。来的时候雷霆万钧，来势汹汹，去的时候像灭火退潮，悄无声息地远离。并且一去不回，就像从未发生过一样。

当时他父亲的问题还没最终定案，没有得到妥善的解决。王彭生本人只是入党积极分子，连个预备党员都不是。政治条件不合格，政治审查没通过。

王彭生灰心了，想起了孔融的儿子说过的一句话：覆巢之下安有完卵？父亲已经失去了昔日的光彩，早就风光不再了。虽然共产党不搞株连，可是在位当权的人有些是父亲“文革”期间的对头，自己想在“仕途”上进步，恐怕也像大诗人李白行走在四川崎岖山道上的感慨一样：蜀道难，难于上青天。不得已而求其次，当不了官能做个“富家翁”也是美事一桩。买起马配起鞍，娶起媳妇管起饭。至少要让老婆孩子衣食无忧，不能让他们缧绁于生活琐事之中，受“柴米油盐酱醋茶”的羁绊，做不成于国于家都有益的事情。倘若祖父母还活在世上，他们也不会愿意让重孙子受一丁点委屈。王彭生十分佩服李嘉诚，做生意的念头更为强烈了。

1989年，徐州市文联举办“国庆四十周年征文大奖赛”。王彭生给组委会寄去一个短篇小说《断手》。他的作品脱颖而出，受到全体评委的青睐，荣膺特等奖。除了《获奖证书》之外，还有一百元奖金。他用这笔奖金给儿子购买了可以促使身体长高的“锌元宝”。

人人都有围城心理，王彭生不太满意自己的身高，就想叫儿子“青出于蓝而胜于蓝”。所有能够促使身体长高的药物、食物他都往家里倒腾，睡觉时还要把栋栋的小腿捋直了，生怕影响儿子的发育生长。都说外甥不离舅家门，几个小舅子都长得牛高马大。老王家祖上也是一色的大个子，血脉里也流淌着“长高”的基因，或许是可以隔代遗传的。就像自己可以被祖父母“隔代”抚养一样。儿子果然出落成一米七八的大个子，在女人制定的择偶标准里，虽未达到一米八，却也超过了一米七五，算是很有派头了。

徐州《大风》杂志已经决定采用发表王彭生的小说。当时的主编刘震华老师亲自到秦台来，叫朱敦仁老师把王彭生找到文化馆，当面奖掖后进：“小伙子，文笔功底不错。好好努力，会出成绩的。这篇东西我们不光要发表，还要往《小说选刊》上推荐。”已经离开秦台，调到南京出任江苏省作家协会副主席的赵本夫老师，也亲笔写信祝贺。赵老师说王彭生是当时秦台业余作者中悟性最高、进步最快、最接近成功的一个。李志卓召集枌榆文学社的全体同仁聚餐，向王彭生表示祝贺。庆贺他没去行政机关当干部，文章憎命达，当上官就彻底地毁掉了。然而，因为经费问题，《大风》杂志一度停刊，小说没能刊出。

1987年，神州大地上一片欢腾。虽然没有“文革”期间那种“红旗如海歌如潮”的恢弘气势，可是火红的色泽是极为相似的。

首先是费翔的一曲《冬天里的一把火》，让费翔一夕成名，大红大紫。同年5月6日至6月2日，黑龙江大兴安岭地区发生了新中国成立以来最严重的一次森林火灾。过火面积达1800万英亩，相当于整个苏格兰的面积。坊间流传，这场大火都是这首歌给闹腾的。

同一个年度，大学生士兵徐良又唱响了《血染的风采》。血和火都是温暖的，都是红色的，都是令人发狂的。

神州大地被“一把火”烧热了，被鲜血染红了。秦台化工厂和全国各地一样，处在一片沸腾之中。这一年中国总工会进行试点改革，率先在江苏省的企业里推行“民选工会主席”活动。工会主席不再由上级机关提名认命了，直接由工人民主选举。

工业局的某些领导到化工厂里来吹风，授意厂党委要左右形势，参与并领导选举。不能搞无政府主义，不能让局面失控。暗示某某人可以入围候选人之一，要引导员工对他进行适当的关注。

新任化工厂的党委书记兼厂长，是刚从部队转业回来的副团职干部，叫成砚丰。此人做事光明磊落，一身凛然正气，对地方上一些蝇营狗苟的事情，极端地看不惯。

“民选工会主席”是市委的指示，局里凭什么横插一杠子？真是集体研究的意见，就拿红头文件来。个别领导吹风、打招呼，在我这里统统不好使。成书记没有理睬局领导的授意，而是进行了一场真正的民主选举。

王彭生是“民主选举”的直接受益者。他满票当选化工厂的工会主席，由中层干部一跃成为“副厂级”干部。王彭生也投了自己一票。记得有位伟人也这样做过，还嘲笑那个投票给别人的对手：“连你都不相信自己，谁还看得起你？”

市总工会的任命文件还没下发，成书记就在职工大会上宣布了这一结果，并催促王彭生走马上任。并说如果上级机关不认这个选举结果，我这个党委书记也辞职不干了。

上级机关顺应民意，任命通知书很快就下发到了化工厂。那一次秦台各系统共诞生了 57 名民选工会主席，王彭生赫然在册。不久工业局也来了一纸任命书，任命王彭生为秦台化工厂的常务副厂长。职务上又升一格，由一般的“副厂级”跃升为主要领导人，在一人之下千人之上了。

第二年，王彭生顺利地填写了《入党志愿书》，在“镰刀斧头”下面举起拳头背诵“入党誓词”，成为中国共产党的预备党员了。

召开党员生活会的时候，成书记率先发言。他说交接工作的时候，前任书记告诉他，王彭生从 1978 年就是入党积极分子，就被培养为发展对象。已经接受组织十年的考察了，现在也没背叛革命，还考验个啥劲？大家有什么看法就在会上开诚布公地谈出来，不要会后瞎嘀咕。我同意发展王彭生……

化工厂的总瓢把子是成砚丰，党委书记兼厂长。一个忠厚正直的老大哥，原则性很强，很有长者风范。生产厂长章子方，是一个学机械的工程师。经营厂长祝托，是业务员出身，操蛋猴一个。后勤厂长汪云霄，大队会计出身，精于算计。汪云霄后来架空了成书记，当了行政一把手。王彭生是常务副厂长，还兼任着工会主席，吃喝拉撒、鸡毛蒜皮的琐碎事都归他管。他的工作量比别人大，自然也比别人忙碌。他老婆采取三级跳远的方式向市区推进，已经调到马楼卫生院工作了，离厂区还有十华里的路程，骑自行车往返已经很方便了。

王彭生是在民主选举中被群众推举出来的，说明他在职工的心目中有些威望，人缘也是极好的。能和职工处好关系，一定要亲密频繁接触才行。他家就在工厂隔壁，老婆上班不在家的时候，就成了职工俱乐部。

王彭生一般是正常休息，有事的时候加班。自从升职之后，就很少再过礼拜天了。老婆是轮休制，休息的时候不一定是礼拜天。碰巧这个星期天老婆也休息，把儿子也带到城里来了。除了儿子之外，韩如月还给丈夫带来另外一个惊喜。那就是她已经接到调令了，调进城区市立第一人民医院工作，终于结束了“牛郎织女”般的两地分居生活。她们这次一同进城的医生、护士有二十多个人，来自各个乡镇。院方要求她们下个礼拜一同时到岗，她有了一个星期的小长假。王彭生十分高兴，跑到集市上买了二斤熟羊肉，给老婆孩子改善生活。

王彭生和老婆都上班，儿子平时住在姥姥家，由岳父母帮忙照看着。王彭生下班先到老泰山家里看儿子，哄睡儿子再到马楼陪老婆，天天忙得不亦乐乎。精神却是格外地饱满，心情也十分舒畅。祖父母说过，只要生出儿子来，他就对得起祖宗了。当然祖父母对王彭生有更高的期待，娶妻生子只是最低纲领。更高的期待是什么？祖父母没有交代，王彭生猜想着，应该是把儿子培养好，让他光大门楣，报效祖国。

老婆的烹饪技术不好，但做菜做饭的热情却很高。她上一个礼拜回娘家，买鱼、买肉地做了几个菜。大家看到鱼肉食欲大开，夹起来就往嘴里送，稍一咀嚼就吐了出来，齐声询问："家里还有咸菜吗？"

王彭生之所以买熟肉，是因为做卤菜的师傅煮肉时已经放好盐和各种佐料，不需要老婆自己烹调，只需要加热一下就行。这样大家都能吃得下去，省得暴殄天物。

王彭生逗弄着儿子，叫他背诵古诗词和《乘法口诀》。儿子三岁了，聪明乖巧，小嘴"叭叭"的，知道鹦鹉学舌。

慑于老子的淫威，小栋栋亦步亦趋地追随着父亲。不过是心不在焉，学得虚情假意。两只深潭一样明亮的大眼不是专注地注视老师，而是不停地往饭筐里溜号。饭筐里有几个橙黄焦稣的大烧饼，散发着诱人的香气。烧饼对孩子的诱惑超过了父亲，却因为父亲在跟前他怯怯地不敢伸手去拿。王彭生给儿子拿了一个，喊老婆把温热的羊肉端过来，叫儿子大快朵颐。

儿子不敢在父母面前无拘无束地拿烧饼，说明家长和孩子之间存有隔阂，至少是"生分"了。王彭生心里酸溜溜的，极不是滋味。他征求老婆的意见，决定把孩子接到身边来，在城里上幼儿园。

门外传来了敲门声，是经营厂长祝托这个坏家伙。他只要不出发，就积极地操兑酒场。他刚从南宿县回来，手里拎着两只符离集的大烧鸡。他说成书记家有沛县"张吉亮"的狗肉，那狗肉香啊，一点"狗腥"味都没有。我们叫上章厂长、汪厂长，一起过去搓一顿。

都是班子里的人，不好拒绝。大家都住在工厂的家属院里，很好聚拢。

汪云霄和祝托之间有点小过节，见面总好"杠"几句，现代的说法叫"呛声"。汪厂长当过大队会计，精于算计，又有心计。他没事就替祝厂长算账，算他每年花掉多少外协费、业务费，算他帮助其他工厂销货、购原料挣了多少好处费，算他抽烟喝酒的开销。越算越觉得心里不平衡，越算越觉得祝托那个孬熊占了天大的便宜，自己吃了大亏。自己主管全厂上千口人的"吃喝拉撒"，力没少出，钱没多挣。偶尔也买几把大笤帚、破铁锹啥的，都是烟袋锅里舂芝麻，小打油。购买工作服、给职工发福利之类的差事归工会主席管，那也不是什么好差事，人多嘴杂，众口难调。出力不讨好的时候居多，往往是“肉吃千人口，祸是一人当”。

汪厂长就觉得主管供应和销售是最惬意、最肥的美差。客户巴结，工厂倚重，轻轻巧巧地挣大钱，还能游山玩水，和不守规矩的“坐台小姐”吊膀子，天下的好事都叫祝托这个孬熊一个人独占了，可气，可恼！

成书记早就知道这件事，因为他是一把手，谁有什么委屈不平之事，都是找他倾诉的。家有千口，主事一人。找别人也解决不了问题。他们都在自己面前争功诿过，给对方上“眼药”。

两员大将失和内耗，必定会影响工作情绪和工作效率，必定会影响工厂的生产和发展。这事不能等闲视之，不能漠然置之。可是这事怎么调解呢？官话和套话解不开他们的心结，粗暴武断也解决不了问题。我们是国营大企业，不是家庭小作坊，家长制式的官僚主义要不得。

成书记想起了《红楼梦》里的《好了歌》，想起了老工友师傅常说的一句大实话：“有啥好争的。翘辫子的时候啥也带不走，还不是替别人挣命？”对。向本市的一位开明局长学习，给这两个孬熊放几天假，叫他们到火葬场去参观感受一下。他不自觉地模仿着那位局长的做法，不知道取得的效果是否相同？

酒桌上谈锋最健的还是祝托，他天南地北、水上、陆上、天上，信马由缰地到处转悠。接触面广、交朋友多，知道的新鲜事也多。他说社会上乱象丛生，首先是改革开放之后，外国鬼子不停地往国内渗透，把人的思想搞乱了。人们极度“拜金”，只要给钱什么事情都干。赌博、吸毒、嫖娼、卖淫，1949 年销声匿迹的东西又回来了。那些腰里有几个糟钱，到处作奸犯科的人，端起碗来吃肉，放下筷子骂娘。其次是温室大棚把季节搞乱了，不论什么季节，都能长出水灵灵的茄子、黄瓜、西红柿。再次是小姐把辈分搞乱了。南方某市有一个“三陪”女郎到一家公司去找老总结算嫖资。她告诉保安是老总的侄女，守着外人也“叔长叔短”，甜甜地叫着。单独相处的时候就是“兄弟、哥哥、小舅子”，爬到平级的位置上了。上了床又大叫“我的儿，使劲弄。叫老娘快活。”变成长辈了。

大家喝着、聊着、谈着、笑着，时光已经悄悄地飞走了。过了午夜十二点，大家的酒兴依然不减。

大概是当过兵的人都好酒，成团长也好酒。只要大家不欠屁股，他就不说散场。王彭生熬不住了，心里也惦记着老婆和孩子，催促大家回家睡觉。

早上五点多钟，乙炔车间主任胥青龙和他老婆林白虎打闹得不可开交，找到王彭生的门上了。他是工会主席，调解职工家庭纠纷，调和干群矛盾，都是他无法推卸的分内工作。王彭生草草洗漱一下，来不及吃饭就跑到厂里去了。

见到王彭生，林白虎急切地想说话。还没张开嘴就被丈夫瞪了回去，拧着头站在那里，一副欲言又止的样子。

胥青龙说啥都不让王彭生过问这件事，点名要找成书记。上夜班的工人和早起做饭的炊事员、打扫马路的门卫师傅，都凑过来看热闹。大家七嘴八舌地问这问那，人声鼎沸，像逢集赶会一样热闹。

闹腾到七点多钟，成书记从体育场跑步回来了。胥青龙夫妇跟着成书记进了党委办公室，把王彭生这个工会主席晾晒在一边。

林白虎是电炉车间的仪表操作工，长相清秀，很有几分姿色。身材也苗条匀称，三围凸显，曲线错落有致，耐人寻味和观瞻。她性格开朗，外向乐观，招人喜欢。同事们好和她说说笑笑、打打闹闹。

胥主任性格内敛，不苟言笑，而且疑心特重。他觉得凡是和老婆说笑打闹的人，都是和老婆有不正当男女关系的人。仿佛他老婆是青楼名媛，还是有钱人开窑子，不图挣钱图快活的那种人。似乎是勾勾手指头、抛抛媚眼就能拉她上床。她也不论年龄大小、长相如何、精明还是呆傻，甚至像那个不知名的女性公务员一样，连驳大侠也不拒绝，总之是裤带很松，人尽可夫。

胥主任天天下班后及早地做饭，及早地吃饭，及早地上床和老婆缠绵。云雨过后重新着装，披挂整齐了燃上一支烟，开始审讯老婆：

“你和 XXX，还有 XXX，到底睡了多少回？”

老婆耐心地向他解释，说同事之间说点玩笑话有啥大不了？这么严肃干什么？人又不能生活在真空里，总不能见到男人就寒着脸吧？人家又没得罪你。纺织厂里也有男工，我到哪儿都躲不开男人……除非你能挣大钱养活我，把我关在家里面，像旧社会的小脚老太太，大门不出、二门不迈……

胥主任不会让老婆辞去公职不工作，又忌恨她和男人说话接触，照旧天天晚上审问她。

林白虎上中夜班的时候，胥主任就匍匐在对面的楼顶上观察。带班的车间主任和值班长经常出入仪表间，俯身观察电流、电压情况，他硬说那是和老婆接吻。

林白虎被审烦了，把心一横，赌气说道："都跟我睡过，全厂的男人X过我。你告他们去吧！"

胥主任也是受过高等教育的明白人，知道法律注重的是证据。没有证据，红口白牙地说空话，法官凭什么采信你？

"把这些人的名字都写下来。和谁在啥地方，几次，都写下来。写好了签字。"胥主任把纸笔扔给老婆，又燃了一支烟。像猛然得了帕金森综合症一样，两手不停地抖动着。

林白虎负责车间考勤，拿出考勤簿来寻找男工的姓名，逐一誊抄下来。

胥主任抢过名单来，仔细浏览了两遍。有些不耐烦，也非常地不信任。

"怎么都是你们车间的？"胥主任质问他老婆。

"其他车间的考勤表不在我这儿。"林白虎抢白丈夫说："明天我到厂部去，找王彭生把总考勤簿给你要过来。"

夫人愠怒地抢白提醒了胥主任。是啊，厂部那几个瞎包熊怎么不在卯簿上？

"怎么没有王彭生？那小子一张嘴说话就能引起别人注意，人长得也俊巴。他就好和女人瞎勾搭，馋嘴的猫走到哪儿都偷腥，不吃也要挠两把，能会放过你吗？"

"好。这就写上王彭生。"林白虎夺过黑名单，把王彭生和其他几个厂长的名字都写了下来。"还有章子方、祝托、汪云霄。多啦……"

这就对了。胥主任暗想，成书记刚来，估计还没来得及上手。其他男人都不保险。老婆如花似玉，又水性杨花。把她放在一群骚流氓之中，就像肥嘟嘟的山羊肉丢在狼群里。也仿佛一条香喷喷的油炸鱼放进猫窝里，还能指望它会完整无缺吗？

望着手里一沓厚厚的信笺纸，上面写满了龙飞凤舞的钢笔大字，都是本厂男性员工的名字，比例占到95%以上。只有自己和几个退休返聘的老传达是漏网之鱼。成书记忍不住偷笑了。

“胥主任你好糊涂，你老婆真偷了这么多野汉子，你的脖子还不得被绿帽子给压折了？”成书记叫林白虎先去上班，把胥主任留下来长谈。娘们家碍嘴，说得不痛快。娘们家还好掉泪吧嗒地抹鼻子，烦人。

“我说胥主任，这事不好处理。”成书记给胥青龙倒上一杯开水，坦诚布公地告诉他：“牵扯面太广了，把这些人都开除了，工厂也就倒闭了。再说证据也不足……”

“林白虎都签字画押了，还说证据不足？”胥主任有些急躁，“噌”地一下从椅子上站起身来。

“咱们厂里处理过这样的案子。我来得晚可能不清楚，你一直在厂里，不知道人家的证据是啥吗？”成书记一点也不激动，示意胥主任坐下来。心急吃不了热豆腐，想解决问题要把事情的来龙去脉搞清楚。

“人家的证据是沾有对方精液的卫生纸和裤头子。你这算哪门子证据？”成书记抖动着手里的信笺纸，又好气又好笑。“你也不仔细看看这份举报材料，好好过过脑子。你老婆承认每个人都强奸她一百多次，关系维持十年之久，这还能叫强奸吗？”

“通奸也是不道德的！”胥主任又激动了，声音尖利高亢，有些歇斯底里。

“通奸道德不道德是道德范畴的事，但是通奸不违法，不归法院管辖。你明白了吗？”成书记再次平息胥主任的情绪，像兄长一样设身处地的为胥主任着想。“你也自信一点，不要望风扑影地天天抓流氓。要是全厂的男工都和你老婆有一腿，你还有脸咋呼吗？消消气到车间去上班，中午我叫祝托这个大流氓给你安排一场酒。”

事情不了了之，王彭生之流当了一次有名无实的臭流氓。中午祝托摆了一场酒，请厂里几个有头有脸的“流氓”陪着“受害人”吃饭。王彭生肚子鼓鼓囊囊的，一点食欲都没有。他喝了一肚子窝囊酒，一点饭食都没吃，下午觉得肚子有些难受了。

晚上厂里来了客户，祝托死乞白赖地硬拽王彭生，非得要他陪客不行。人脸贵似金，拒绝不得的。

北方人请客的目的就一个，就是要客人多喝酒。陪客的主要任务和责任，就是劝酒和灌酒。为了让客人多喝，有时候是需要自戕自残的。《兵法》上也有这种章法，叫做“杀敌一千，自损八百”。

王彭生连喝三场窝囊酒，连续三顿没吃饭，还真心实意、尽心尽责地陪着客人豪饮。越喝越难受，终于支撑不住了。他没能等到曲终人散，半途就溜号了。离开饭店他的肚子就开始翻江倒海，回到家里上哕下泻，软软地瘫倒在床上，人事不省。第二天人是醒过来了，肚子里还在火辣辣地燃烧着，吞咽不下去任何食物。四肢酸软无力，下不来床了。

王彭生的胃黏膜被酒精烧坏了，火辣辣地疼痛。喉咙芯上像被渔人整治过的鸬鹚，有一道无形的卡子，连水都咽不下去。病情越来越重，被化工厂的工友用担架抬上120救护车，拉到老婆的工作单位去了。

他以为自己得了食道癌，恐怕不久于人世。已经完成了祖父母交办的娶妻生子任务，什么时候去伺候奶奶爷爷都行。他虽然留恋社会，却也没有过多的遗憾。他唯一放不下的是儿子小栋栋，他还没长大成人，少了父亲的呵护肯定会多吃苦头。他给老婆写了遗书，叫她挺不下去的时候拿给雨生和文生看，这两个姑姑会把栋栋拉扯成人的。

王彭生虚惊一场，他的病是酒精烧出来的。医生给他做了两次“胃镜”检查，最后确诊是“胃酸反刍性浅表胃窦炎”。不算太重，但是天天火烧火燎的，非常难受。他住了48天院，瘦得形销骨立，抱着一大堆治胃病的药物出院了。医生告诫他一定要戒酒，还得忌口，忌吃“生冷油腻”的东西。

每当胃部或食道不适，他就非常怀念爷爷。如果祖父他老人家还活着，一定有法子治愈他的顽疾。

二十五

1988年，汪云霄当了秦台化工厂的厂长。

企业进一步深化改革，推行“联产承包责任制”。化工厂被工业局定为第一批改革试点企业，先行试验。

据说汪厂长和工业局的某位局长是同学，提前知道了标的。所以把众多的竞标者装进口袋中，他像锥子一样，轻松地胜出了。

竞标之前，汪厂长和祝厂长一同到火葬场观摩感悟了好几天。人死如灯灭，不论活着的时候如何风光，乃至是叱咤风云的大人物，死后也是一缕青烟随风飘散。再大的权势消于无形，再多的财富带不走一分。生前势不两立的死敌，死后放在一起也是爱恨滤灭，恩仇俱泯。

离开火葬场，祝托的意志有些消沉，但性格更为豁达了。人生苦短，你争我斗的没啥意思。倒不如与人为善，快快活活地多活几天。

汪云霄厂长另有精辟独到的见解。他认为人这一辈子确实太短了，还有一半的时间要在床上度过。眼睛一闭，两腿一伸，什么样的雄心抱负全部化为乌有。什么样美好的生活，再也无福享受了。所以活着的时候要奋力拼搏，能爬到什么位置就爬到什么位置。活着的时候愿望得到满足，才能死而无憾！他不能让光阴虚度。

美国著名学者拿破仑·希尔，在他撰写的《成功学全书》上讲述过一个这样的故事。有两个欧洲的业务员到非洲去推销皮鞋。第一个业务员来到非洲大陆，看到热带大草原上和浩瀚无垠、酷热难耐的大沙漠里，生活着一群群赤脚光背的土著黑人，他们都不穿鞋，皮鞋怎么销售？他折身回国，注定是无功而返。老板贼心不死，又派一名业务员前往非洲考察。第二个业务员看到的景象和前一位并无差别，不过心态迥异。他看到了一个潜在的大市场！这么多人都还没穿上鞋子，那怕每人只买一双鞋，市场是多么的巨大啊！他也马上返回本国去，向老板汇报这一惊人的发现，制定了一套切实可行的营销方案。毋庸置疑，他成功了，是巨大的成功。人和人之间的差异原本是很小的，结果的差别是很大的。很小的差异是心态不同，巨大的差别是失败和成功……

汪云霄和祝托就好比前往非洲考察皮鞋市场的业务员，不同的心态、不同的认知，导致了不同的结果。

汪厂长走马上任之后，企业里党的“一元化”领导地位就被弱化了。成书记还在那个办公室，还坐那把椅子，大家依旧称呼他为成书记。可是他成了清闲无事的“散淡人”，有职无权了。

和成书记一同清闲起来的还有祝托。汪厂长并没撤销他的职务，他仍然是化工厂的经营厂长。只是自主权小了，屁大的事也要请示汪厂长。

搞经营的客户脑子灵光，眼皮子也活络。他们知道再找祝厂长已经不顶事了，就不再麻烦他了。找到祝厂长无非说句客套话，最终还要去找汪厂长。不论办什么事情，都得汪厂长拍板才能定案。那又何必脱了裤子放屁，自找麻烦呢？干脆直接去找汪厂长，办事效率也提高了。

章子方和王彭生依旧很忙碌。汪厂长不懂生产，离不开章厂长。工会主席是民主选举产生的，他没有权利拿下去。另外填写转正定级表格、撰写各类报告、报表也是有些技术含量的，他也离不开王厂长。

汪厂长上台主政，也拉动了物价的飙升。各种商品的价格像是坐了火箭，大有冲破臭氧层，准备翱翔太空之势。工资随着物价往上涨，也打着跟头翻番了。货币却大幅贬值，像坐上了煤矿工人下井的罐笼，“嗖嗖”地直往下坠。

成书记算过这样一笔账，他在部队当营长的时候，每月 76 块钱的工资，买一百斤猪肉还剩三块钱。现在每月八百多块钱的工资，买不了一百斤猪肉。过去有福利分房，住房不用掏钱买，工资全部花在吃喝用度上。现在孩子上学的费用也高了，住房也要商品化了。光靠工资过日子，实在有点紧巴了。

王彭生越来越不安稳了，心中上涌着一股莫名的躁动，那个“下海捞鱼”的念头越来越强烈了。

经济转型与国际接轨，各类媒体上都有着“海量”的信息。王彭生在办公室翻看报纸的广告栏，晚上看电视的时候调到财经频道和农业频道，浏览“生财致富”的节目。他也利用闲暇时间和微薄的薪金，甚至考虑轻微借贷，尝试着发展家庭经济。他用玉米面熬过糖稀，他花20块钱从地摊上买过一本《致富秘籍》，按照上面的方子往地窖里储存辣椒、西瓜和番茄。他收购猪羊的苦胆，买了一大堆玻璃器皿提炼胆红素。他还找好朋友袁艺，从酒厂的酒精车间盗取杂醇油，做萃取异戊醇的实验。还尝试过养狗、养鸡……

结果糖稀没熬成，那锅糊糊难喝得不得了，连猪都不吃。西瓜就像烟墩窖里的红芋，腐败变质，散发着刺鼻的酒精味。胆红素倒是请师父提炼成功了，可是原料供应不上，收购原料的钱被皖生偷去，做了短程旅游的路费。王彭生和老婆辛苦积攒一年的工资，准备用于养殖。可是老泰山不顾韩如月的坚决反对，硬是购砖买瓦，给家里唯一没上大学的长子盖了三间红瓦房。

折腾了一年多，没搞出任何名堂来。王彭生夫妇的发财美梦暂时破灭了，只好回到现实世界。一边兢兢业业地认真工作，一边抽空爬格子，继续他们的文学创作。辛勤的耕耘终于有了结果，北京市文联的办公室主任苗家全老师，昆明《滇池》杂志的编辑张倩老师，都给王彭生来了一封“小信”。懂行的人都知道，“小信”就是正常信件，没有附带退稿。编辑们日理万机，如果不用谁的稿件，是没有时间单写回信的。苗家全老师帮助《中国》杂志阅稿，选中了王彭生的短篇小说《悲号》。张倩老师从众多的废纸堆里抽到了王彭生的短篇小说《沭河岸边一家人》和《小镇轶事》，觉得有些分量。为了奖掖后进，就推荐发表了。后来王彭生又陆续在《太湖》、《翠苑》杂志上发表了几篇东西。短篇小说《断手》在徐州市国庆40周年大奖赛上获得了特等奖。每篇作品的稿费都在百元之上，可谓名利双收了。这在当时的秦台坊间“文艺沙龙”中是引起轰动的，哥几个虽然都有作品面世，但王彭生著作最丰，获奖层级最高。李志卓又一次召集枌榆文学社的全体成员就餐，并且即兴发表演讲。他说贵在坚持，只要耐得住寂寞，长期不懈地坚持下去，就会有所建树。搞文学创作就像煮骨头，持续不断地添柴禾，火候到了自出胶，不怕他的骨头硬。如果半路上撤火，或是烧一把火停两三天，再添火的时候就是凉锅冷灶，永远煮不烂骨头。大家要抱定从一而终的决心，坚持不懈地奋斗。穷且益坚，不坠青云之志。老当益壮，宁移白首之心！

这一年王彭生由预备党员转为正式党员，这一年北京闹学潮，发生了“六四”事件。这一年到过北京的人入党提干都受影响。幸好王彭生没去北京出发，他的党员转正问题顺利过关了。

十月下旬，王彭生从市委组织部开会回来，拿回了一份文件和表格，这是他改变身份性质和命运的文件及表格。

徐州和苏州缔结为友好城市，秦台和张家港结成了姊妹城市，是张家港的帮扶对象。市领导实地考察学习，发现了苏北和苏南的差距，下决心要迎头赶上。苏南的乡镇企业办得好，苏北也要大力兴办乡镇企业。徐州市委号召全市各个企业的管理人员，自愿报名组成“支援乡镇企业工作队”，下派到全市各个乡镇去工作三年。工资还在原单位领取，每月增补一百块钱的生活补助费。行政关系暂时不变，组织关系转到所在乡镇。三年届满，愿意留在乡镇工作对方又同意接收的，原来是干部身份的，予以提拔。原来以工代干的，转成干部身份。这是“工转干”的最后一班车，王彭生必须搭上了。即便转不成干部，每月多拿一百块钱，可以给儿子买一把玩具手枪，可以给老婆买一瓶洗发液啥的，陡增了不少男子汉的豪气！

早在1985年，部队转业到企业当工人的退伍军官，重新恢复干部身份，另行安排工作。化工厂的刘薛理去了公安局交通警察大队任教导员，孙建果进了检察院，王善逗去了规划局，张忠和去了司法局，刘元真去了交通局，刘成广到了首羡镇，杜传允回到了上海。那时候表现突出的“以工代干”人员，可以搭车转干，但必须到乡镇去工作。

当时王彭生符合条件，但考虑刚刚结婚，老婆还在乡下，自己转干后不一定被分配到老婆所在的乡镇，生活会更加不方便。王彭生放弃了那次机会，没去组织部门报名应聘。现在是最后一次机会了，自己的年龄也一年大似一年。现在强调干部“年轻化、专业化、知识化”，拖是拖不起的，正好老婆已经进城了，无论如何也要抓住这根“稻草”。

王彭生去找汪厂长，坦露了自己的想法。汪厂长虽然犹豫，最终还是点头同意并签字盖章了。他是一个工于心计、精于算计的精明人，王彭生在职工中威望很高，又比自己年轻二十多岁，马上就拿到大专文凭了。把这样的人留在身边，等于埋下一颗定时炸弹，早晚要把他轰下椅子来。自己不要没事找事，养虎为患了。汪厂长决定拿开身边的达摩克利斯之剑，叫王彭生远离化工厂。自己也要到上级去反应，三年以后，不，现在就把他调走才好呢！

王彭生被分配到城北的师寨镇，担任“支乡”工作队的党支部书记兼副队长，队长是铜山县利国铁矿的质检科长张方舟。下面还有四名队员，是利国铁矿的吕光军、汪德河，徐州肉联厂的李云习，秦台烟草局的彭方勤。

工作队一行六人，跟着镇里的企业管理办公室吃住。师寨离县城十五里，骑自行车就是半个小时的路程。王彭生和彭方芹家在本市城区，只吃不住。其余四个人由张队长带领着，吃住都在乡镇。

工作队进驻师寨不足三个月的时间，就给镇里建立了功勋。他们先是帮助立项筹建了一座烘茧站，又活动利国铁矿出资近百万元，在境内的史小桥打了一眼盐井。师寨境内有一个储量200亿立方的大型固体盐矿，打好对流井，这边把清水压注下去，那边就能抽出洁净的饱和盐水。

盐是制造烧碱的主要原料，用罐车把饱和盐水送到徐州孟家沟电解化工厂，钞票就可以进账了。

从下半年开始，“支乡工作队”就成了没人管束的自由之身。

原单位知道三年时间未满，不便过问。师寨镇暂时没有新项目上马，把工作队员拴得太紧了也没啥意思，就把这伙子人当羊放了。

王彭生和张队长召集全体工作队员开会，决定每人值班两个月，休息十个月。一个人轮流在镇里支应着点卯，其他人该干嘛干嘛，有急事电话召集。这是六全其美的好事，大家都举双手赞成。

工作节奏放缓，对年轻人来说是很不适应的。必须找些散事来做，以便填补生活的空虚，释放过剩的精力。

张队长成立一个皮包公司，利用自己的业务专长，给钢铁厂倒腾铁矿石。王彭生的消遣方式是接孩子做饭，打扑克看闲书，偶尔涂鸦，也看电视。

书是人的精神食粮，人类进步的阶梯，也是人类无言的朋友。这话确有几分道理。读书时偶尔受到一点启发，有一点感悟，都能让你受益终身。王彭生看闲书的时候，无意之间浏览到两则故事，至今（恐怕至死）也不能忘怀。一个是传奇故事，讲述一个一文不名的流浪汉，在垃圾堆里捡了一只死老鼠，鼓吹自己是药鼠能手。谁家鼠满为患又徒手无策时，可以拿些黄豆过来，他愿意无偿配制药饵，无偿为民除害。见贤思齐，位卑照样学雷锋。

有一物就有一主，有人说就有人信。一些灭鼠心切又无计可施的人禁不住蛊惑，一人一把地给他贡献了五斤黄豆。他用这五斤黄豆淘豆芽、做豆腐，卖完豆制品回家配鼠药换黄豆，接着淘豆芽、做豆腐。这样周而复始、循环往复，母鸡换黄牛，黄牛换骆驼。日复一日，年复一年地滚动发展，一只死老鼠把大象换回来了。昔日靠捡破烂为生的“邋遢仙”，奇迹般地成了亿万富翁。

另一侧是神话故事，说孙悟空每次去瑶池赴宴，都见观世音自己抱着净瓶，叫金童玉女空手垂立。孙大圣忍不住问其缘由，菩萨说“求人不如求己”。

这两个故事都发人深思，一个说“天道酬勤”，苦干加巧干才会出现奇迹。另一个说必须自己努力，靠别人不行。

老年人时常这样教导我们，爹有娘有不如自己有。就是老婆有，也得看着“长白山”一样的脸色，腆着笑脸、说着好话去哀求。

有道是“床前头的气难受，鞋筐里的饭难吃”。即便老婆贤惠体己，男子汉的颜面安在呐？

王彭生下决心向配鼠药的“破烂王”学习，用自己的勤劳和智慧，为老婆孩子撑起一片蓝天。至少要衣食无忧，不能过“入不敷出”、“捉襟见肘”的生活。可是他刚刚完成“理论务虚”，离实际转型还有很远的距离。决心好下，也都能下、会下，可是究竟要干什么？怎么干？他还没有一丝一毫的着落呢……

李志卓对于王彭生心存旁骛很有意见，劝他继续坚持文学创作，千万不要轻易地涉足商海。赵本夫老师说王彭生再提一口气，再过一道坎，下面就是铺满鲜花的坦途了。现在封笔不敢说是功亏一篑，实在令人惋惜。经商要牵扯很大的精力，还面临着巨大的风险，只要迈步走过去，再想回头就难了。真想做生意就去卖豆腐，李志卓反复调研之后，得出这样的结论：做豆腐是最为保本的生意。把豆子磨碎是豆浆，做嫩了、不成形态的是豆腐脑。做成固形物的是豆腐。做适中的是豆腐，做干了是豆腐干，做薄了是豆腐皮，捂馊变臭了也坏不了，撒把盐弄成臭豆腐。豆腐渣也能吃，还能当饲料……

做豆腐投入的本钱不大，扔掉了也不心疼，容易收心回头……

二十六

枌榆文学社虽然没有解体，但是活动次数显著减少，电话通讯也不像以前那样频繁了。“沙龙”中的成员一个个都结婚生孩子，连年龄最小的李际鸿也告别单身汉的生活，抱着苗条俊俏的“邮政之花”马澜到被窝里温存去了。只有李志卓还是孑然一身，不去追求窈窕淑女，而是苦苦地追求着文学。他的父母和兄弟姐妹都很着急，三番五次地请张丰跃和董雅平喝酒，叫他们劝说这个不着四六的东西。

李际鸿已经升任副局长了，在单位里也忙得不可开交。他婚后大发感慨，说自己一生重情重义，也不想“重色轻友”。可是家务事要干，为人父、为人夫，要尽家长的责任。再说了，家中那股温馨难舍，家庭的亲和力也比朋友大。

小兄弟婚前也笑话哥们“耙耳朵”，婚后表现得可圈可点。据说星期天的早晨，他到邻居王兆和家去串门，正好看见王兆和去厕所倒痰盂。他禁不住调侃同事：

“王兆和啥活都干，要摊我……”

“要是你能怎么的？你说……”适逢马澜开门投炉子，这样抢白丈夫。

“要是我早就倒过了，哪能等到现在。”李际鸿讪笑着，把大伙都逗乐了。

王彭生非常怀念过去曾经拥有过的快乐时光，那样的时光好像一去不复返了。赵本夫老师已经调到省城去了，赵老师的爱人范大姐时常用胎盘来招待他们。那味道含有味蕾之外的刺激，叫他们终生难忘。现在赵老师的谆谆教诲，范大姐烹制胎盘的味道，只能深翻记忆才能咀嚼了。

李志卓还时常在赵老师的老宅附近晃荡。似乎觉得赵老师的艺术细胞都散落在故居的院子里，像禽流感一样容易感染，随便呼吸两口周围的空气，文学天赋就会浸润到骨子里。

王彭生决定去找张丰跃、董雅平和李志卓，倡议“沙龙”聚会。他们是“枌榆文学社”的舵手和灵魂，打招呼有人响应。

“沙龙”中路途最远的邵明坡和李纯玉也被召回了。李纯玉留校当教授了，邵明坡大学毕业后进了徐州市交通局，已经升任人事科长了。张丰跃当了欢口镇的镇长，董雅平是房管局副局长，吴肃宁是第六中学的校长，陈益珉是规划局的副局长，官阶最低的是老夫子于磊，是育英小学的后勤主任。只有李志卓没被提升，还是地震局的一般办事员。不是没有赏识他的伯乐，也不是志卓兄缺乏才干。而是每当提拔公示的关键时刻，上级就能接到举报李志卓违章违纪、作风不良、计划生育超生之类的检举材料。其实这事很好澄清，他还没有对象，跟谁生孩子？可是他不去组织部门辩解，还面露喜色，窃窃地高兴。后来弄清楚了，那些检举揭发的材料都出自他本人之手。大家觉得他像驳壳枪一样，头颅里掺上豆腐脑了。他应该到黛庄去住院，而不是呆在单位里捣蛋。以后评优提拔之类的事情，就没有人再考虑他了。这倒正中他的下怀。他怕俗务缠身，怕“文章憎命达”，不想发财也不想当官。

王彭生的其他同学也都混得不错，最早升到正科级的是“加强班”班长张效鹏，官阶最高的是徐州市公安局副局长张丰城。张广才又考取了南京艺术学院的研究生。袁艺进了电视台，是著名高级记者。大家都亲切地称之为“名记”。王凯歌和侯晋楷在部队上，一个是团政治部主任，一个是空军后勤学院的正团职后勤处长。郭海波在苏州，是电机床研究所的高级工程师。吴桂平在北京，是陆军总医院的大校，师级干部。高大牙在徐州第四监狱，是副监狱长。他老婆张琪在徐州水利局，是技术干部。李新、俞文明、孙华强、赵玉民、任广富、赵评、许洋、周新华、姜春阳、王永胜、王红军、邵霞、崔小平等都在科级领导岗位上。在企业单位的有李文东、王召明、张大忠、温建立等人，都是主要领导。

张为和老师说，这帮人从人品到能力都很值得称道。看来“垮掉的一代”并没彻底垮掉，这是非常令人欣慰的。

这次“枌榆社”的笔友聚会，王彭生有了意外的收获。

高谈阔论之后，大家就在邮政宿舍北楼的三楼南头，李际鸿的临时“安乐窝”里，要了几个菜，小酌几杯。毕竟酒能娱情，也能激发文人骚客的创作灵感。这话不是信口开河，是有历史依据的。“李白斗酒诗百篇”，“怀素醉后书狂草”。哥几个见酒就有荤故事！

张丰跃镇长把他的同学黄现同邀请到场。“文学创作”之外的信息像春风一样吹来，气氛更加活跃了。

现同兄大谈“生意经”，说孙楼镇的季名太、金有田、卜宪公等人给连云港如意集团收芦笋，一年挣了几十万。这个数字太有震撼力了，大家齐刷刷地瞪着黄现同，顾不上喝酒，也忘记了吃菜。一双双眼睛圆鼓鼓的，险些跌落到桌子上。依照当时的工资水准，酒场上级别最高的张丰跃一年也拿不到两万块钱。几十万元，是需要他们奋斗二十年的呀！李志卓睥睨金钱，对铜臭之气漠然置之。

王彭生盘算着，熬到“支乡”满期，自己工资之外的收入有3600块。这笔钱原本就是额外收入，挥霍光了权当没挣。可是妇道人家心胸狭窄，能不心疼吗？然而这些许微薄的积蓄，是改变处境的唯一希望所在，诱惑着王彭生胡思乱想。

对于一个崇尚勤俭又十分贫穷的人来说，下决心要挥霍光家底是非常困难的。不安分的人，没有外界的诱惑也是安贫乐贱的，见了钱就有坏心思。王彭生想起这笔钱，就琢磨着如何让它怀孕下崽，生出一窝小的来。

人们常说“要么是杨二郎，要么是大麻糖”。王彭生想起了另一句哲理：干可能会失败，不干永远没有成功。成功了趾高气扬地当大男人，失败了再安下心来过紧紧巴巴的穷日子。被妻子埋怨，听任李志卓絮叨。

听完王彭生的陈述，韩如月惊恐万状，下巴像脱臼一样张开，半天合不上去。原本不大的樱桃小口，一下子可以塞进鸭蛋。

当天晚上，王彭生夫妇彻夜未眠。王彭生语无伦次，十分执着地反复阐述自己的观点。韩如月很委婉地给丈夫讲故事，想用生动的事例把他从睡梦中唤醒。她说一个同事的亲戚，有六万块存款。因为做梦想发财，拿出来投资，结果亏得血本无归，差一点抹了脖子。

韩如月悲天悯人地感慨：这家子人今后可怎么过呢？她要让丈夫知道，这件事发生在别人身上是故事，发生在自己身上肯定是悲剧。

王彭生给老婆讲述那个捡垃圾的流浪汉，他靠一只死老鼠发家，最后成为亿万富翁的故事。试图让她相信，这个故事发生在别人身上是传说，发生在自己身上或许是奇迹。即便是悲剧，也比没戏可唱要好。

意见相左，事情就僵持着不能朝前进行。相持月余，丈夫依然没能醒悟。韩如月见丈夫不可救药，她也太疼爱丈夫了，干什么都想顺着他。这种顺从是自愿的，是不由自主的，几乎是没有原则的。不能让3600块钱影响夫妻之间如胶似漆的感情，索性大大方方地夫唱妇随。

夫人点头认可了。王彭生豪气大增，胆气倍壮！他决定去找黄现同。道不同不相为谋，做生意不是搞创作，也不是混官场，张丰跃、董雅平之流没有啥好点子出。李志卓只会扯后腿、开倒车，更不能找他协商了。

黄现同果然不负重望，成了王彭生步入商界的始作俑者。

现同兄的家在秦台孙楼镇张庄村，就在“芦笋窝”里。他们那儿夏天不收麦子，秋天不掰玉米。广袤无垠的原野上没有五谷杂粮，也没有各色时鲜蔬菜和瓜果，清一色的是芦笋。像红芋埂一样，一垄一垄排列的是白芦笋，当地人简称为“白笋”。留着母茎，枝枝丫丫满地张扬的是绿芦笋，当地人称之为“青笋”。

黄现同带着王彭生考察了三天，从孙楼转到刘王楼，从刘王楼溜到华山，从华山跑到师寨，又从师寨流窜到王沟。绕着秦台城划了一个大大的圆圈，所到之处，极目远眺，收入眼底的都是芦笋地。

秦台到处是芦笋，收购芦笋有着得天独厚的大好条件。这条件是外地商家无法比拟的。做生意讲究“天时、地利、人和”。又说“天时不如地利，地利不如人和”。政策放开了，有本事尽管使，随便怎么折腾都行，这就是天时。芦笋长在秦台的地盘上，黄现同和王彭生都是秦台人，这就占了地利。现同兄和他的亲朋好友都在“芦笋窝”里，只要布点开秤就不愁货源，这就是人和。天时、地利、人和都占全了，如果这事办不成，那就只能薅一根眼子毛上吊，或是跟“驳大侠”混了。

“看到眼前这些芦笋有什么感想?”黄现同这样询问王彭生。不等他回答又接着说：“这就是钞票!”做生意和想着下海经商的人路过芦笋地，就像卖茶的人蹚大河，满眼是钱呐!

王彭生被黄现同蛊惑得浑身燥热，晚上回家继续给老婆讲“死老鼠”的故事。把暗藏凶险的商海想象得祥和顺畅，似乎下水就可以捞鱼。锯响一准有沫，逮多逮少、逮大逮小而已。涉深海者得蛟龙，涉浅滩者逮鱼虾。琳琅满目又广阔无比的大市场，就像西方人十七世纪猜想东方的神秘，一定遍地是黄金。只要走过去，必定发大财。不过也要掌握尺度，不能太贪心。爷爷说过“贪心容易黑心，黑心就想害人”。害人如害已，最终下场不会太好的。

王彭生很小的时候，爷爷就给他讲过《太阳山》的故事。

传说很久以前，有个天天上山打柴的穷小子，叫张小二。张小二上山打柴的时候，看到一只白老虎。那老虎腚上有箭，腿上有伤，躺在一棵大树下，已经奄奄一息了。此时用砍柴刀轻轻地敲击虎头，就可以吃虎肉、剥虎皮、卖老虎的骨头。可是张小二仁义，他帮助老虎拔出箭簇，包扎好伤口，还把自己的干粮送给老虎吃。老虎感激他的救命之恩，把他领到太阳山。太阳山上到处是黄金，不过得等太阳沉到海底睡觉的时候才能偷拣，太阳醒来之前就要离开。因为太阳醒来后先到太阳山上歇脚，如果还有人在那儿拾金子，就会被太阳晒化的。

张小二用褂子包了一包金子带回家，被哥哥看到了。哥哥问他怎么回事，他照实说了。

哥哥嫂子喜不自禁，用床单缝了两个大口袋。他们贪得无厌，跑到太阳山只顾装金子，把弟弟交代他们“不能等太阳醒来”的话，远远地扔到脑袋后面。徒见满山是黄金，不知死期已临近。他们还没装满口袋，太阳就爬上山坡了……

太阳恼怒那些贪婪的人，释放出很多高热的火球，把金子融化后渗透到地下去了。山上的石头也被烧成了一片火海，冷却后变成了紫红色。太阳山就是今天的马陵山。麦城附近的小山包，曾经叫过“惩贪岭”。

过去不知道人们为啥要把时间说成时光，有了两次通宵畅谈的经历，王彭生对“时光”有所领悟了。韩如月也意识到了，时间过得真快，像光一样。光的速度大家都是知道的，每秒钟三十万公里，一眨眼就能绕地球转上七周半。他们并没感到有多长时间，抬眼看一下挂钟，已经是深夜一点二十五分了。

他们正准备脱衣服睡觉，床前的电话铃声突然大作，把儿子也给聒醒了。王彭生看了一下显示屏，是汪云霄厂长的“大哥大”号码。王彭生也有些烦躁，可是自己还没完全脱离化工厂，一把手的电话不能等闲视之。

“喂，我是王彭生。请问有啥指示？”

“马上去找江会计，叫她从保险柜里拿五千块钱给你。到东城派出所……记住了，东城派出所……”没说情由，没等王彭生回音，对方就急切地挂断了。电话听筒里传来“嘀嘀”的盲音，再怎么呼叫也没有应答了。

王彭生下去“支乡”以后，汪厂长对供销系统进行了改组。祝托仍然是有名无实的业务厂长，实际上已经沦落为一个有经验的老业务员了。祝托索性出工不出力，偷偷地去刨“自留地”。花公款买出的路子，现在派上用场了。用不了三年五载，他就成了大名鼎鼎的“祝百万”，是“款爷”。他的小女儿祝娜，刚上小学六年级就被歹徒绑架了。后来歹徒们做事不密，没勒索到钱财还暴露了行踪。歹徒们恼羞成怒，把小娜娜残忍地杀害了。祝托疼得害了“失心疯”，逢人就说：“啃烧鸡要躲到被窝里，偷偷地吃肉肚里香，不能到处张扬。有两个臭钱就谝到头尖上，就把魔鬼招来了……”可惜他醒悟的太晚了，挽救不了自己的女儿，只能警示别人了。

汪厂长在世外高人的指点之下，招募两名年轻漂亮的女性“两劳”

释放人员，充实进化工厂的供销队伍，展开“公关”活动，拓展业务空间。

汪厂长对她们进行封闭式单兵教练，分开培训她们。她们的文化程度不一样，兴趣爱好不一样，特长不一样，要因材施教，因人而异地施教。还要叫她们实习一下，看看能否胜任本职工作。汪厂长事先告知她们，试用期半年，如果不能胜任工作，还是要退回去的。

汪厂长不辞辛劳，亲自训练她们，也亲自考核和验收。

这两位“两劳”人员，都是“扫黄打非”时弄进去的，对男女之间那点破事满不在乎。她们报到之后就站在传达室门前嗑瓜子，相互嬉戏调侃：

“男人都说他们的那玩意不是胡萝卜削的，为到处蜇人找借口。咱们的那玩意也不是纸糊的，也需要安慰。对不对？”

“家里的男人都想不开，那玩意又不是烧饼、狗肉，吃完就没了。那东西使唤一百回也不少角去楞，回到家里照样使用。在外面换点钱花怕啥？”

“菜刀放长了也生锈，咱们趁着年轻要抓紧开发利用，别把资源浪费了。等到花老珠黄时节，咱们的体型也变了，像大肚子老劁猪，谁还稀罕呢？”

“你也悠着点，别累坏了身体长不成好老太太。”

“嘘——！咱们是大田地，臭男人是老牯牛。只有累死的牛，没有犁毁的地，你就把心装到狗肚里吧……”

“你才是母狗呢。那玩意带锁，看哪个男人敢偎你？”

这两位“副处”级姑娘，泼辣放肆。让人感觉到，随着郭会计、戚厂长飘向远方的桃色云朵，又被汪厂长给拽回来了。

正好厂里来了一个大客户，汪厂长就带着这两个尤物陪客。事情办得非常顺利，酒也喝好了，生意也谈成了。他们又到“卡拉OK”包间里唱歌跳舞，女人跳出了“忘情水”，男人跳出了“三条腿”。他们都被撩拨得按捺不住了，客户带走一个，汪厂长带回来一个。

当天晚上是成书记值班，值班室已经被成书记占据了。他只好开着厂里的轿车，跑到僻静的经济开发区去，在移动的“房子”里加班干活，闹出了车震。

那天汪厂长吃多了芦笋和牛蒡，劲头很足，兴致也特别高涨。据说秦台的芦笋和牛蒡可以养颜美容，还防癌、抗癌，滋阴壮阳。人们是这样形容的：男人吃了女人受不了，女人吃了男人受不了，男人、女人都吃了，床受不了，世界人都吃的话，地球受不了。

汪厂长是年近五十的人了，吃一点芦笋、牛蒡就一遍一遍地折腾，并没感觉到疲乏，也没想起“见好就收”、“细水长流”之类的格言警句。他们十分敬业，十分投入和专注。巡警们走到小车跟前，连敲两遍窗户了，他们都没有觉察。

一道强光射进车内，车窗没拉挂帘，两个还在扭动的赤裸身体一览无余。

汪厂长惊慌失措，顾不上穿衣服就摸出香烟来乱撒。

巡警们强忍着笑容，示意他们穿好衣服，把他们分开问讯。

“你是哪个单位的？”巡警们看出来了，主角是汪厂长。

“是化工厂的。”汪厂长出示自己的身份证和工作证。

“车子呢？”

“是厂里的。”

“那个娘们呢？”

“也是厂里的。”汪厂长尴尬地讪笑着。“见笑、见笑，肥水不流外人田……”

“我操，你们化工厂的福利待遇这么好！”巡警们有些羡慕，很想和这位厂长拉拉关系，把自己调过去。可是队长过来了，他是部队转业干部，刚脱掉军装不久，很反感地方上的“蝇营狗苟”之事，特别讨厌有职务的人利用手中的公权力“以权谋私”。

“把你的名片给我看一下。”巡警队长叫两名队员上了化工厂的车，还用那辆车把汪厂长和业务员拉到了东城派出所。巡警们给汪厂长和业务员打开手铐，分别扔进了男女关押室，等他们吃完夜宵过来做笔录。

汪厂长凑空给王彭生打电话报信，他知道这事不算太大，就是罚几个钱，丢人现眼而已。巡警队长也想叫他丢人现眼，已经按照名片上的“宅电”号码，给他的家属打了电话。

深秋的夜晚露水大，空气凉。满天的星斗像俏皮的眼睛一样眨动，向地面上倾泻缕缕寒光。街道上的路灯在潮湿的雾霭中闪烁，浑黄模糊，像散了黄的鸡蛋。离开家门，寒凉之气像潮水一样袭来，王彭生打了一个寒颤，倦意全消了。

王彭生赶到派出所的时候，汪厂长的家属也带着儿女赶到了。他们怒气冲天，咋咋呼呼，扬言要把那个“骚 X”撕烂。

王彭生告诫汪厂长的子女们，有话回到家里再说，不能把脸面丢到派出所。孩子们都大了，也是非常体面，极要脸面的人。他们被王彭生点醒了，拉着母亲离开了，父亲的事交给王彭生处理。

王彭生找到有关人员，交了三千元罚款，把汪厂长和业务员保释出来。那年月强调“有本事的人搞承包，吃喝嫖赌全报销”。业务员灰溜溜地回家了，汪厂长也是铩羽而归。他一定要王彭生陪他回家，帮他撒谎说瞎话，糊弄自己的家里人。

王彭生两手抓着脑袋，煞费苦心地编制着各种谎话，尽量让它们趋于合理。汪厂长心神不宁、心不在焉地把着方向盘，两眼茫然散光，根本没有关注路况。快到化工厂的时候，汪厂长学了厉程遥，车头拱到路边的垃圾桶上了。幸好垃圾桶后面没人，幸好车速很慢，只是撞坏了鬼脸，车子照样行驶。

王彭生被闪了一下，短路的脑袋又搭上火了，想出一个绝妙的理由。

汪厂长家里灯火通明，老婆孩子都寒着脸等候在客厅里，气氛是剑拔弩张的。

王彭生让大家坐下来，自己倒了一杯茶，“吸吸溜溜”地喝了一气，然后平心静气地告诉大家，事情是这个样的：

“汪厂长今天喝大了，叫业务员开车送客户。业务员驾驶技术不太好，撞到了路边的垃圾桶，碰着一个拾荒的老太太。”王彭生告诉汪厂长的家人，那个老太太伤得一点都不重，当场赔几个钱就没事了。业务员没有经验，偏要开车逃逸，被警察追上了。业务员没有驾驶证，汪厂长说是自己开的车。百密一疏，汪厂长只想掩护业务员，忘记自己喝酒了。酒后驾驶，又肇事逃逸，按规定是要刑事拘留甚至判刑的，那样公职也没了。我们找熟人托关系，把“肇事逃逸”改成了“卖淫嫖娼”。这样罚三千块钱事就了咧，人也领出来了，罚款由单位报销。如果你们认为不妥，可以把人送回去，实话实说……

“原来是这样的……”汪夫人的脸色像雨后初霁的天空，有了灿烂的笑容。孩子们也很赞同这个处理结果，像小鸡啄米一样不停地点着头。“卖淫嫖娼好，就说俺娘卖淫俺爹嫖娼……”

不经一事，不长一智。进过派出所的汪厂长，虽然开了“车震”的先河，从那以后再也不搞“车震”了。要么到宾馆里开房间，要么在工厂的值班室里“值夜班”。还在汽车的窗户上，贴了深色的车膜……

厂里那些调皮捣蛋的青年男工们，好在汪厂长值班的时候，溜着墙根过去听上一耳朵。还到处散布一首五言歪诗：

床前明月光，地上鞋两双。一对狗男女，拱进罗霄帐。

二十七

王彭生圆谎有功，汪厂长对他怀有一腔感激之情。也因为躲过一劫，保住了脸面，汪厂长内心十分高兴。王彭生趁机送交《请调报告》，提出预支“支乡”补助费的事，汪厂长都很爽快地答应了，并且立即签字盖章。

王彭生走出办公室，盘算着去找黄现同。似乎是有心灵感应，现同兄正在大门口等他呢。

黄现同有个亲戚是包工头，涉足商海比较早，已经是腰缠万贯的大款了。人们对金钱的渴望和韩信用兵一样，是多多益善的，谁也不怕钱咬手。他这个亲戚也住在“芦笋窝”里，也知道季名太之流靠收芦笋挣了大钱，也想帮助如意公司收芦笋。可是去了几趟连云港，托亲戚、告朋友地找了好多关系，硬是没拿到订单。他说谁要是能签来收购合同，他愿意出钱出力，利润平均分配。不愿意参与入伙的，他愿意支付两万块钱劳务费。如果经营亏损，由吕老板托底，不从别人兜里掏钱。

这是天上掉馅饼的大好事。这个通体冒油、薄皮大馅的肉夹馍正好砸在王彭生的头上。他毫不犹豫、大包大揽地拍着胸脯应承了。不就是签个《收购合同》吗，有啥大不了。估计有人出两万块钱请他去造原子弹，他也会点头应承的。两大沓“呱呱”的百元大钞，对他的诱惑实在是太大了！

黄现同从他亲戚吕老板那儿支取了三千块钱差旅费，拉着王彭生一起，风风火火闯海州。这一去就沉没在商海之中，一口气憋了二十多年没能回头。一失足虽无千古恨，再回首却是百年身。

王彭生虽然不是专职业务员，但经常和祝托这样的瞎包熊在一起厮混，知道业务员那套指山卖磨的鬼伎俩。无非是把凿出的木榫说成瘦猪肉，把织毛衣的竹针说成空心粉。加上干了两年工会主席，经常与不同的人物沟通。没吃过猪肉也见过猪跑，多少知道一些业务常识。

王彭生凭着三寸不烂之舌，也凭着满腔的热情和一股子执着，让如意集团的领导动了恻隐之心，拿到了购销合同。

王彭生急于向老婆献宝，佐证“一只死老鼠”定律可行。不愿意干拿两万块钱了事，还要参与经营和分红。黄现同和他的亲戚都劝王彭生干，并且设身处地的为他着想。

他们乍一涉足芦笋界，经验阅历不足，或许比不了季名太、金有田他们。就算去掉一半的利润，还有 20 万的赚头。30%的股份是啥概念？就是 6.666 万元现金！就是抱满满一怀钞票！如果盈利三十万、四十万呢？如此类推下去，结果不是越来越令人鼓舞吗？

抱着一怀钞票回家，想叫老婆亲个够，无需等到“太阳落山后”。

刚入 1990 年四月，还不到清明节，春寒依旧料峭。不过阳气已经升腾了，地下开始回暖。芦笋在土壤里急剧膨大，很快就要探出头来，把肥美水灵的身姿展现出来了。

秦台市收购芦笋的大小商贩们，也像地里的芦笋，一茬一茬地往外拱。

芦笋原产中西亚地区，学名石刁柏。因其习性喜湿怕涝，很像芦苇，长势犹如竹笋，蹲在芦笋地里拉屎，等不到擦腚的时候，新生的芦笋就戳着屁股了。中国人聪明，根据这一特性，把石刁柏命名为“芦笋”，很快风靡开来，连原产地的居民都不知道“石刁柏”为何物了。我国华北、东北一带也有野生芦笋，因为它的地上植株叶蔓纤细冗长，很像龙须，当地人称之为“龙须菜”。

龙须菜是“上八珍”之一，在国际市场上被誉为“蔬菜之王”。身价一直居高不降，是贵族特权阶层享用的奢侈品，所以也有人称它为“贵族菜”。吃芦笋就像吃鲍翅，也像喝茅台酒抽中华烟，坐凯迪拉克兜风一样，是奢侈贵族的派头，是身份高贵的象征。

王彭生偶然和黄现同邂逅相遇，被拽下商海。没想到像孩子们“过家家”一样，漫不经心、随随便便地经商，竟然顺风顺水地把第一单生意做得风声水起。

八月中旬芦笋收购结束，利润超过预期，赚了三十多万元。

人对金钱的占有欲望是非常强烈的，或许这种贪婪的本性是与生俱来的。因为贪欲的作祟，人们可以一叶障目，不计后果，可以出尔反尔，可以把信誓旦旦的承诺抛至九霄云外。

吕老板涮了亲戚黄现同一把，给王彭生上了生动的一课。

生意杀账之后，发完货款，扣除相关费用，剩下的就是利润。吕老板夫妇反复计算核实，纯利润确实是三十多万！他高兴地合不拢嘴，人逢喜事精神爽，出手也显得格外大方。他们夫妇在秦台当时最高档、最豪华的“大哥大”酒店摆了一桌上等筵席，宴请黄现同和王彭生。

吕老板像蒲松龄笔下那个误闯龙宫又吃了“忘忧果”的人，对于芦笋收购前的种种许诺只字未提，似乎早就忘得一干二净，也仿佛从来就没许诺过。他递给黄现同和王彭生每人一个数字传呼机，说是方便今后联系。今后还有很多业务上和非业务上的事情需要二位帮助，一个篱笆三根桩，一个好汉三个帮。这样的道理他是早就知道的。他又从皮包里拽出两个大信封，分别交给黄现同和王彭生。每个信封里都装了一万块钱，是他支付给黄现同和王彭生的酬劳。是拿到合同不参与经营时一个人的酬劳。他说你们两个都是公职人员，在单位上拿一份工资，抽空给我帮了几个月的忙，按一月两千元计算薪酬，在我们秦台市应该是首屈一指的。你们可以到处打听一下，如果有人开得工资比我还高，差多少我补多少。男子汉大丈夫，一言既出，驷马难追。人无信不立，我吕某人说话算数，决不食言……

对于背信弃义的人，王彭生和现同兄束手无策，毫无办法。因为刀把子攥在吕老板手中，他们当不了钱的家。所谓“商场如战场”，战场上没有精兵良将，难以克敌制胜。商场上的“精兵良将”就是金钱，没有资本运作，谈什么经营？出尔反尔的人，还大言不惭地奢谈“信誉”，让人感觉到好笑。

王彭生深切地认识到，做生意也要有杀伐决断的权利，不能是“小媳妇管账本”，当家不掌权。如果还像现在这样，是别人身边的跟屁虫，充其量是个高级“打工仔”，利益会大大地缩水，心情也不舒畅。古人早就说过：生意好做，伙计难合。

对于不守信用的人，最好的办法是和他分道扬镳。有了这一次的历练，王彭生的信心更足了。他已扎好一只劈波斩浪的羊皮筏子，可以承载他的理想、抱负驶向远方。

“一只死老鼠”的故事没能上演，王彭生多少有些遗憾。不过自己没掏一分钱，白赚了一个传呼机。揣在怀里的钞票没少角去楞，还呼朋引类地带回来一万块朋友。按乡间土话的说法，已经捞回“鸽子”了。这也勉强可以算作成功吧！成功不论大小，都能让人心情愉悦，都能增强人们的信心。

韩如月非常满足，她看到了丈夫的办事能力，感悟出“办事能力”也是资本。不过要待价而沽，择友而事。

不论从事哪种行业，初学乍练的人都特别容易上瘾，干久了才会心生厌倦。王彭生虽然初涉商海就遭遇到挫折，但他不会浅尝辄止的。他的骨头里有一股子不服输的蛮劲，会唆使他进一步探寻究竟。

1991 年秋天，王彭生就要大学毕业了。做学问讲究厚积薄发，学得多考得少才能考好，腹中积累少试卷上内容多，肯定是要烤煳的。前一段时间忙着收芦笋，陪客户，转悠其他收购点，和笋农拉关系，王彭生没时间，也没有心思翻看枯燥乏味的教科书。结果不言而喻，各科成绩都不突出，《高等数学》不及格，需要补考。

教授们十分通情达理，考虑到成年人的客观特性。知道他们有家室拖累，有工作分心，大部分时间处于自由散漫的自学状态，考不好是意料之中的事。老师们有意放水，补考的环境更为宽松。

王彭生接到了学校寄来的《补考通知书》、《复习提纲》和应交补考费的金额。老师给他划定十一个复习题，一月后抽考其中十题，题型和内容也相对简单。王彭生发挥记忆力好的优势，不论理解不理解，都能把它们印在脑子里，补考过关是没有问题的。

听说王彭生要到扬州去补考，祝托前来预约他结伴同行。祝托要到扬州清理陈欠款，还受一位故人的委托，带着王彭生见面叙旧。

划十一道复习题的范围，考其中的十道题，是老师故意为之，目的就是放学生一马。应试的学生只要不像驳大侠那样，存在严重的智障缺陷，过关是没有悬念的。王彭生已经背熟了这十一个习题，早早地交卷走出考场。他和祝托约好了，考完试在"曙光厂"门前见面。

"曙光厂"是一家军工厂，在扬州工学院东面，和扬州水利专科学校相对。距离很近，也好找。

祝托正站在工厂门口，和一个身材姣好、着装时尚的婉约少妇说话。看到王彭生到来，祝托咧着大嘴傻笑。那个少妇转过身去，面朝着墙向隅而立。王彭生只觉得眼前一亮，他看到了一个熟悉的身影。因为太熟悉了，不论她怎么躲闪，怎么包装，王彭生还是不看面孔就知道她是谁。这种现象也有科学道理，据说是《模糊数学》探讨的范畴。王彭生连《普通数学》都没学好，自然不会深究《模糊数学》的课题。他已经接到一个明白无误的信息：分明嗅到了咸糊糊的味道，知道自己就要见到亲人了！

"淑娟姐——！"王彭生激动兴奋，忍不住大声咋呼起来。

"哎。彭生弟……"朱淑娟急切地转过身来，掩饰不住欣喜。"我好想你！想我吗?"

"想。比想女明星还厉害！"王彭生径直跑过去，把朱淑娟拥抱在怀里。朱淑娟热烈地响应者，忽略了老工友祝托的存在。

"我可是只想你自己，从来都没想过男影星。"朱淑娟把脸贴在王彭生的肩膀上，两腮挂着红潮，嘴角和眼角都已经笑开了。朱淑娟穿着蛋青色的扫街"喇叭裤"，紫色的衬衫束扎在腰带里，外面罩着米色的风衣，既时尚又端庄，还透着雍容华贵。

王彭生捧起朱淑娟的粉脸，仔细地打量着。分别已经八年了，是中国人抗击日本鬼子所耗费的时间。小朱姐姐已经不是过去那个纯情少女，而是一位温柔婉约的少妇了。体型略微发胖，更显得丰满，更加珠圆玉润，更显得矜持端庄。王彭生抵挡不住深情的诱惑，把嘴唇凑过去，急切地热吻起来。朱淑娟依旧热烈地响应着，没有一丝一毫的抗拒。

当年朱淑娟被仝参谋用军用吉普拉走之后，在部队举行了集体婚礼，后来就随军了。仝参谋在越南战场上负了伤，现在髌骨上还镶嵌着钢钉，一只眼睛换成了狗眼，没有视力。组织上为了照顾他，把他转至地方部队，一辈子不脱军装，在部队上养老。他现在是润州市武装部的副部长，挂职修养。朱淑娟在公路管理处工作，上一天班休息两天，以照顾功臣丈夫为主。

忘情也容易忘形，王彭生不自觉地伸出咸猪手，朝朱淑娟的怀里探去。分别八年了，他想知道自己曾经爱抚过的那对黄口雏鸟长大了没有。已经和美人相拥相抱，又一次“零距离”接触。王彭生被甜蜜和幸福浸泡着，全身舒展。可是他并不满足，他还想进一步深入探讨，实现“负距离”接触。

朱淑娟又一次把他推开了。他们站在繁华的街道上，身处光天化日之下，面对朗朗乾坤。她不能继续无视老大哥祝托的存在，也不能熟视无睹那些虽然不认识，却瞪大眼睛往来穿梭的男男女女。毕竟是在有礼的街道，毕竟是心智健全的正常人，必须守住“三八线”，不能像“驳大侠”那样，在众目睽睽之下，现场直播黄色录像。

“下次到润州来找我，这里不是地方。”朱淑娟推开王彭生，两颊更红了，好半天调不匀呼吸。“咱们拦车去润州，仝心刚等着我们吃饭呢。”

“到润州去吃饭?”王彭生有些犹豫，他知道那儿的特产是什么，万一仝部长醋意大发，要起泼来可够自己喝一壶的。

朱淑娟看出了王彭生的担心，微笑着推搡他一下。“放心吧，仝心刚不是你想象的那种人。你这是做贼心虚，什么事情都没有，坦坦荡荡就是了。”

仝部长在一家很上档次的饭店里摆了一大桌，盛情款待王彭生和祝托，像接待至亲好友一样隆重。

这是仝部长第二次和王彭生谋面。第一次是在秦台接朱淑娟的时候。凭着军人的职业敏感，一见面他就把王彭生定性为“危险分子”。初夜的时候见到妻子落红，那颗悬着的心才算放了下来。他感叹人间自有真情在，相信男女之间存在着纯洁的友情。他知道妻子心中一直牵挂着这个“生瓜蛋子”，允许妻子单独和王彭生见面，尺度也放得很宽。他允许妻子和王彭生拥抱、接吻，甚至是抚摸，但要求老婆守住“三八线”。

祝托是经营厂长，职业病就是拉关系。他和仝部长已经交往多年，经常见面，是烤软的红芋，老熟了。仝部长每次喝酒都打听王彭生的事，祝托有选择地进行详细汇报。他说整个化工厂都知道王彭生和朱淑娟好，但好得不出格，不是那种乌七八糟的相好。他们信奉“喝酒不如吃菜，结婚不如谈恋爱”。不不，他们从来就没谈恋爱。有关王彭生马上大专毕业，有可能转干下乡以及利用业余时间收芦笋等等情报，祝托也都一点不剩地出卖给了仝部长。

王彭生已经不喝白酒了，敞开肚皮猛灌啤酒。祝托和仝部长是惺惺相惜，酒逢知己千杯少。喝酒的水平也是旗鼓相当，棋逢对手，将遇良才。一时分不出胜负来，酒的消耗量就会增加。朱淑娟喝红酒，也是尽兴畅饮。

四个人喝三种酒，从中午十二点坐场，一直喝到下午四点多。四个人都有了醉意，话多话稠了，舌头也打卷了。

“知道你姐她……她喜欢呲（吃）啥吗?”仝部长询问王彭生。

“知道。变蛋、松花蛋……”王彭生了解“小朱姐姐”的最爱，脱口说了出来。

“对对，就是变蛋、松花蛋。给你姐姐夹菜，我有好消息告诉你……”仝部长告诉王彭生，他有一个战友是秦台人，转业在连云港港务局工作。他有一个表侄子，是秦台下面一个乡镇的正科级党委副书记，因为贪污腐败被“双开”（开除党籍、开除公职）了。他手里有钱，想找人合伙收芦笋。

“你想做生意，这是好事情。老哥全力支持你……只要你干正经事，老哥、还有你姐，都全力支持……”吃了几片凉西瓜，仝部长好像清醒过来了。他不停地和王彭生闲扯生意之外的事，似乎意有所指。“年轻的时候踩踩垡子地没啥关系，年龄大了就得干点正经事。你是文化人，知道‘三十而立’吧？再不干点正经事，将来没法向孩子交代……犴牛爬驹不算毛病，可是咱年龄大了，该稳当了……”

王彭生扭头去看朱淑娟。她非常迷人地微笑着，同时把右手贴到心房上，眨巴着眼睛鼓励小兄弟。王彭生看得懂她的肢体语言，她在告诉小弟弟，不管你是不是保尔·柯察金，她都不做冬妮娅。她把小兄弟永远放在心上，是决不忘记旧情的。

仝部长依然黏黏糊糊地和彭生套近乎，对于王彭生和自己的老婆挤鼻子弄眼、眉目传情、肢体示爱的现象浑然不觉。王彭生想起了郑板桥的一句名言：难得糊涂。仝部长心中早就有了山西特产的味道，却还故作糊涂。他深爱自己的老婆，允许她保留昔日的甜蜜，允许她把另外一个异性保存在记忆里。当然，他的底线是“三八线”，绝不会甘心情愿地分一杯羹给别的男人。所以，他才给王彭生非常隆重的礼遇，想用宽容感动王彭生，让他守住底线不逾矩，保留这份纯真的友谊。

相形之下，王彭生局促不安，自惭形秽，自然就相形见绌了。仝部长也是沙场上喋血的汉子，如果他拍桌子、摔板凳，吹胡子瞪眼玩横的，王彭生或许无所顾忌。王彭生虽然没当过兵，也是一身匪气的愣种，撕破脸完全可以破罐子破摔，做出一些出格的事来。可是英武高大的仝部长不光不动粗野，还把王彭生待为上宾。帮他购买火车票，帮他联系业务，还给他们买了润州特产老陈醋，扬州酱菜乳黄瓜、萝卜头等酱疙瘩。

软刀子杀人不见血，王彭生像是一只膨胀的气茄子，被仝部长无形的钢针戳破了皮。他还会约见朱淑娟吗？果真碰巧见了面，行为还会龌龊吗？

王彭生清醒了，感觉到电风扇送来习习凉风。一个空灵的声音随风飘来，滑进了耳廓。那是圣人的训示：发乎于情，止乎于礼。

二十八

1992年9月份，是王彭生幸福指数最高的时候。国人为之骄傲的五大要素他全都具备了，腰里还揣着一万块闲钱。一是城镇户口，这是与生俱来的，他一出生就是非农业户籍。二是高等学历，虽然不是全日制大学毕业，他毕竟拿到了国家教委验印的大学专科文凭。三是技术职称，他已经拿到了“经济师”的职称证书，虽然这个职衔不如“工程师”、“会计师”硬棒，但是国家承认，同样享受一定的职务、薪金待遇。四是政治条件，他已经是中共正式党员了。王彭生有跻身官场的意向，成为执政党的一员，自然是可喜可贺的大事。五是干部身份，“支乡”工作结束之后，他就如愿以偿了。

大学毕业后，王彭生符合“工转干”的条件。他刚把自己的想法在“枌榆社”中披露，就被学兄张丰跃要到了单楼镇。丰跃兄已经是单楼镇的党委书记了，他有深厚的文学功底，手高眼高，一般人写的稿子他看不上眼，他自己又日理万机，没时间亲自动手。

张丰跃书记召开党委扩大会议，把王彭生发表的小说拿到会上读。读后又重点渲染王彭生的水平和文采，最后点题说出本意。他想让王彭生接替党委秘书，负责写文撰稿，处理日常事务。他也想照顾王彭生，在那个位置上，只要尽心尽责，升迁的机会多，进步相对较快。

传说古时候有一位宰相，第一次吃到芹菜的时候，就被芹菜鲜美的味道征服了。他钟爱芹菜的鲜美，推己度人，以为全天下的人都喜爱芹菜。于是就买了一捆芹菜，郑重其事地送给皇上。皇帝对芹菜没有特殊的感觉，至少不像宰相那样陶醉。但他知道宰相的一番好意，美意难拂，他还是重重地奖赏了宰相。这就是“献芹”的典故。

张书记兴冲冲地把这个喜讯告诉王彭生的时候，王彭生一脸木讷，没有回报同样的激动和高兴。虽然他知道这是张书记的一番美意，多少人求之而不得。他也知道这样的机遇是可遇不可求的，换了另外一个人当书记，对他就不会如此慷慨抬爱。可是他另有主张，对张书记的深情厚意坚辞不受。

王彭生是黄狗坐簸箕，不识抬举。把好心当成驴肝肺，生生地辜负了张书记的美意。张书记虽然心生愠怒，但对自己朝夕相处，还抱着一盒子饼干挤在一张单人床上过春节的小兄弟，也是无可奈何。对于这个王彭生，张书记是很了解的，来硬的不行，他敢掉头跑到其他乡镇去。来软的也不行，他会得了便宜还卖乖，蹬鼻子上脸地提出更不合理的要求。先把他晾起来，安排他更难的工作，他受不了煎熬，自会主动请缨去干党委秘书。

现在镇上最难的工作就是伺候省委下派的扶贫工作队。扶贫工作队是带钱下来的，不高兴就不签字拨款，市委领导都是屏声静气、如履薄冰，看你王彭生怎么周正？

王彭生报到上班之后，党委交给他的第一项任务，是陪省委扶贫工作队的各位领导吃饭。陪省委下派的领导吃饭，不是随便什么人都可以凑到桌上去的。党委要细心挑选，还要带着候选人和省委工作队的领导见面，让各位领导目测一下，选不上的人继续靠边站。

这样的测试是秘密进行的，并不让当事人知晓。全镇除书记、镇长之外，年龄在四十岁以下的干部都要过堂。

早上点名之后，李金鸣镇长把王彭生叫到他的寝室兼办公室。说是来了几个南方朋友，自己正好有事脱不开身，让王彭生先陪着说说话。十一点的时候电话联系，一起和客人吃饭。我们也改革一下，不能“问客杀鸡”，不能“客随主便”，要“主随客便”。客人会告诉王彭生他们想吃什么，他负责购置原料，叫工办食堂的大师傅料理。

和王彭生一同接受测试考核的，还有大个子高楷。他也是为了改变工人身份，自愿来到乡下镀金的。高楷身上凸显了一个“大”字。首先是块头大，1.88米的身高，两百多斤的体重。四肢也很发达，手掌像蒲扇一样，攥成拳头像和尚化缘的钵盂。其次是酒量大，外号“高公斤”，一粒花生米都不要，打开电视，就着《新闻联播》也喝八两小酒。单楼镇专有一首传唱高楷的民谣：高公斤，楷两瓶，一斤八两是肚子疼。政工书记程艳东说他这种喝法是“掉肚子”酒，就是不论喝多少酒，就是把肚子坠到地下去，他也不会醉。他和王彭生都是一般干部，同一个级别，但党委安排他做王彭生的助手，归王彭生领导。

省委工作队面试完王彭生和高楷，综合各方面的情况，从所有入围参选的候选干部当中，选出了四个人配合工作。他们是副书记张世森，宣传委员齐敦治，一般干部王彭生和高楷。

李金鸣镇长回来了，把实际情况和选拔结果告知王彭生。告诉他工作队的领导钦点了四个素菜，是菊花脑、枸杞头、薄荷叶和苦瓜。既然你们被选中了，从现在开始进入工作状态，操办这几样东西去吧。

菊花脑是上一任工作队员从南京带来的种子，种在工业办公室的菜地里，随时可以采撷。枸杞头和薄荷叶在沟边地头和乱坟岗中都有生长，找到它们虽然费点事，也并不作难。唯一叫人头疼的事，就是如何找到苦瓜。

有幸被工作队选中的四个人，凑在一起研究如何完成党委交办的光荣任务。在张书记、李镇长的眼里，他们都是高智商的精明人，都是受过高等教育的“天之骄子”。张世森和齐敦治是正式的“科班出身”，是全日制大学本科生。王彭生和高楷是“五大”生，国家承认学历，是和全日制大学生享受同等待遇的大学专科生。无需绘制网络图，一眼就能看出“苦瓜”是关键问题。把苦瓜找出来，其他问题全部迎刃而解。找不到苦瓜，哥几个都会变成傻瓜。

张世森是一号首长，率先把“菊花脑”挑走了。二号首长齐敦治还是非常讲究的，他承揽了寻找“枸杞头、薄荷叶”两项工作，叫王彭生和高楷两个人负责一项工作，就是找苦瓜。

首长们身先士卒，率先垂范，还叫王彭生和高楷两个人负责一项工作，他们没有任何理由推脱。这是领导的信任和器重，是组织上的考验，也是无论如何都不能犹豫的。高楷借了一辆金城铃木摩托车，驮着王彭生转遍了秦台的大小农贸市场和超级市场。

人们像约定好了一样，异口同声地告诉他们，昨天还有呢，今天刚刚卖完。没关系，明天还有呐。

他们退不到昨天去，等不到明天来，必须今天把事情办妥。领导要求今天办的事，明天办得再漂亮，一点功劳都没有。老百姓也知道，干活不由东，累死也无功。他们又转遍秦台的大小饭店，试图花高价转让一点。饭店出卖饭菜无非是为了图利。不用他们费工费火，把生瓜蛋子带走，给他们十倍熟菜的价钱。可是他们昨天没剩余料，今天没进来苦瓜。

上苍不佑，只能自救。王彭生想起来了，自己的办公室后面，紧挨着厕所有一棵茂盛的瓜蒌。瓜蒌爬在旁边的梧桐树上，粗壮的枝蔓上悬挂着十几个青皮大瓜蒌。

王彭生知道瓜蒌是中药材，不知道正常人吃它有没有毒副作用。他让高楷再到单楼医院去，请教一下退休返聘回来坐诊的老中医。给省委“扶贫工作队”的领导“打牙祭”，一定要确保万无一失。

瓜蒌，是葫芦科瓜蒌属的一个品种，多年生攀缘性草本植物。其果实（全瓜蒌）、种子（瓜蒌仁）、皮（瓜蒌皮）、根（天花粉），都入中药。根还可以入蒙药。瓜蒌的别名叫柿瓜、吊瓜、大肚瓜、狗苦瓜、野苦瓜等等，和苦瓜沾着边呢。秦台人称之为悬蛋，用于形容调皮、捣蛋、不着调、撞青皮之类的人。譬如说某个捣蛋鬼不诚实，就说他是南天门的瓜蒌，悬蛋。

瓜蒌味苦、性寒，有润肺祛痰、利气宽胸的功效，主治咳嗽痰粘、胸闷作痛，对人体没有任何毒副作用。

王彭生和高楷从机关食堂借来刮皮刀，把瓜蒌外面的青皮削掉，里面的种瓤去净，切成细丝，用开水汆了，用凉水浸泡。他们先用白糖调一点，吃下肚去观察反应。就像欧洲的一个传教士，在深山老林里发现“狼桃”一样，受不了果实的诱惑，又怕吃后会中毒死去。他换好整洁的衣服，吃完狼桃就静静地躺在树下等死。传教士看到了天使的微笑。他睡了一觉醒过来，依旧阳光灿烂，花红草绿。他还活在人世间。人世间从此多了一个美味的果蔬兼用食品，叫西红柿。

王彭生和高楷怀揣着极为复杂的心情，熬过了漫长的十分钟。瓜蒌的各种成分都消化分解在胃液里，输送到血液中，他们没有任何不良不适的反应。他们还让张世焘、齐敦治，乃至张书记和李镇长，全都放下心来。捞出汆好泡好的瓜蒌丝，到工业办公室的食堂爆炒羊肉去了。

饭后张世焘书记惴惴不安地询问李钢队长，苦瓜的味道怎么样？

“不错，很苦。”李钢处长、陈国锦处长、徐召平处长、张彬斌科长，一同伸出大拇指，齐声赞道：“比南京超市里卖的那些烂货好，非常地道。”

工作队的领导记住了秦台“苦瓜”的味道，也非常体恤单楼镇党委寻找苦瓜的辛劳。吃完苦瓜不久，工作队就向市委谏言，为单楼镇党委一班领导大唱赞歌。又过了不久，张丰跃书记晋升为市建委主任，李金鸣镇长接任党委书记。张世焘调到欢口镇当镇长，是硬邦邦的正科级干部。齐敦治调到顺河镇任副书记，距离“正科级”只有半步之遥了。

工作队还从省委农业生产投资公司要来320万元扶植资金，在单楼建了一个特种蔬菜加工厂。并且从中牵线搭桥，把连云港如意集团引到单楼来投资。如意集团派来一个分公司经理彭擎国出任合资公司的董事长，带来一个财经大学毕业的吴互通任财务部长。王彭生作为乙方代表，出任合资公司总经理，高楷出任副总经理。

在其位谋其政，食其禄负其责。既然在这个位置上，就得尽心尽责地工作。至少是当一天和尚撞一天钟，不能占着茅坑不拉屎。

镇党委决定让分管工业的副书记李海均在家里督导工厂筹建工作，王彭生和高楷带领500名从各个村庄招收过来的青年男女，到连云港如意集团去打工。进行岗前培训，为合资公司筹备管理人员和技术熟练工。

上一任工作队也为单楼镇招商引资，招到了张家港一家大型电子企业。对方有意向前来单楼投资，要求单楼镇先送500名青年工人前去接受培训，回来后作为企业的骨干力量。可是等到年终放假的时候，送去的500名工人还剩下3个。对方说北方人不守纪律、不能吃苦，因而取消了前来北方投资的计划。

镇里害怕张家港的历史重演，李金鸣书记和史先瓒镇长特意把王彭生和高楷叫到办公室谈话。并且许诺，如果把这件事办好了，省委工作队为单楼“多输血”，党委就会考虑提拔他们。初步意见是王彭生提成工业副镇长，高楷晋升为纪检干事。

连云港如意集团是江苏省的龙头企业，每年都能从省计经委争取到不少扶植资金。省委下派到单楼镇的扶贫工作队队长李钢，就是省计经委分管项目拨款的处长。他是大学毕业的高学历领导，理念先进前卫，他认为给单楼镇“输血”，不如让单楼镇“造血”。与其让他们杀鸡吃肉，不如让他们孵鸡生蛋。所以他们争取到扶植资金之后马上建工厂，联系如意集团过来联合经营。

李处长能给单楼镇带来巨额资金，也能为如意集团争取到同样数额的扶植资金。他是单楼镇和如意公司共同拥戴的财神爷。单楼镇的父老乡亲把李处长和工作队敬若神明，连云港如意集团同样不敢得罪这尊大菩萨。

单楼与如意集团的合作，是省委工作队一手撮合的。单楼镇梦寐以求，如意集团唯李处长的马首是瞻。双方都有合作诚意，合作的速度极为迅速，气氛融洽愉快。

如意公司早早地派遣技术人员前来单楼镇，在蒋老家、蒋单楼、孙集、赵集、石洼等村种下了“理想大根”（长条型的白萝卜），给充满期待的工作队和单楼党委政府吃下一颗大大的定心丸。

临该收获的时候，要浇一遍“跑马水”，泡松土壤好连根拔起。也怪各村的领导太过热情，没等技术员把事情交代清楚，就拉拽着到饭店去喝酒，并且把客人灌得酩酊大醉、人事不省。

种植萝卜的村民光知道需要浇水，不知道浇多少为宜，怎么浇法，雨过地皮湿的“跑马水”，变成了“透浇漫灌”。匀称光滑的大白萝卜，全被撑裂了肚皮。全镇数千亩“理想大根”全都成了“残次品”，连一根“优级品”都找不出来。村民们发财的“理想”眼瞅着就要破灭了。

这是单楼镇和如意公司洽谈合作之后出现的第一道阴影，需要王彭生带领500号工人前去修补。王彭生觉得沉重了，耳边响起了一个俄国人的名字：压力山大！如果自己演砸了，单楼种萝卜的村民就会血本无归，合作经营的事情也要泡汤，自己这个尚未到任的“总经理”，就是单楼镇的千古罪人。压力山大呀，压力山大……

王彭生诚惶诚恐、如履薄冰，他和高楷小心翼翼地游走在工人和如意集团的领导之间，协调润滑，左右逢源。必要的时候，也会采取一些异常手段。根据体型外貌特征，王彭生和高楷做了具体分工。体型高大威猛，面目黝黑凶悍的高楷唱“黑脸”。形象上没有威慑力却有亲和力，面带浓浓的书卷气，经常以微笑示人的王彭生唱“红脸”。

他们一文一武，一张一弛，一唱一和，取长补短，相得益彰。

望着一拨一拨前来送行的家长，望着家长和子女们悲悲切切地话别。王彭生即兴发挥，大谈孝悌之道。他说我们没能考取大学，已经让父母伤了一回心，如果现在连打工的能力也没有，父母会更伤心。哀之大莫过于心死，要是父母伤透了心，活着还有什么意思？他们并不指望儿女挣钱养活自己，可是衷心希望子女们健康幸福，衣食无忧。如果我们没有能力养活自己，他们会死不瞑目的。我们要学会吃苦耐劳，学会勤劳节俭，用实际行动证明自己可以养活自己。如果能拿回一叠钞票给爹娘，那么这个春节就过得更有意义。羊羔知道跪乳，乌鸦知道反哺，我们人类是万物之灵长，会连动物也不如吗？

二十郎当岁的少男少女，还懵懵懂懂地没有完全开窍。养儿才知报娘恩。他们还没娶妻生子，提前知道爹娘的艰辛，也会增加一点责任心。有了责任心的人就可以理喻，就会善始善终地做好一件事情。

高楷是复员军人，在军营中摸爬滚打过，可以板着脸要一要“军阀”作风。他说“全国人民学习解放军”，这个号召现在也不过时。军人的天职是服从，党的组织原则也是少数服从多数，个人服从组织，下级服从上级。我们是一个集体，是有组织的，不服从组织就会被集体所抛弃。现在就请大家把身份证交上来，统一行动，统一管理。

如意集团远离市区，再把身份证收缴起来，工人就不会到处疯跑。他们又和公司领导私下沟通，叫他们多安排秦台的工人加班。出来打工就是挣钱的，出力才能挣钱。使劲地折腾他们，叫精力过剩的年轻人上厕所都得跑步前进，下了班看见床比看见老娘还亲，管理起来就格外的省事和省心。

王彭生和高楷成了幼儿园的阿姨，采取“胡萝卜加大棒”、“铁砂掌加泡泡糖”的管理模式，“狗脸”、“猫脸”地不停变换。终于没辱使命。他们从单楼带到连云港500人。有一名女工被狗咬了，提前送回家乡。有两名男工好打架斗殴，经常用切黄瓜的不锈钢短刀切自己的胳膊，弄得工作场地鲜血淋漓，集团领导害怕出事，提前结清工资，把他们遣送回家了。这样应该剩下497人，已经是非常圆满了。可是他们又给单楼镇添丁加口，带回了506人。有九个活泼机灵的小伙子，不辞辛劳，不顾天寒地冻，加完班之后又领着外地的女工，躲到工厂的旮旯里继续工作，从事繁衍后代的“造人”运动。腚帮子被冻得青红酱紫、麻酥酥地疼痛难耐，他们依然坚持工作。终于把那九个俊俏的小姑娘变成了风骚浪荡的小媳妇，肚子里都揣着一个蠢蠢欲动的小生命，挺着大肚子到秦台来落户。用不了多久，这支打工队伍，就会迅速扩大到515人。

工人工资结算得清清爽爽，萝卜钱也讨要回来了，还没把“工人素质差，不宜合作”的理由留给如意集团。工人的家长满意、单楼镇党委政府满意、省委工作队的各位领导满意，可谓是三全其美，功德圆满。

王彭生在年终考核的时候被评为“优秀公务员”，党委书记李金鸣、镇长史先瓒、副书记李海均都慈眉善目地瞅着他和高楷，不停地微笑着。似乎暗示他们，春节过后，提拔他们的请示报告，就要送到市委组织部了……

二十九

腊月初八，冻掉下巴。已经是阳历1993年了，那时候王彭生的室内还没有安装空调，也没有取暖器。席梦思大床上铺了一个电褥子，吃完晚饭他们早早地钻进被窝里，一家人挤在一起取暖、看电视。

小栋栋已经八岁了，聪明乖巧，上小学二年级。

王彭生参与贩芦笋，挣了一万块钱，加上“支乡”补助费，家底子是13600元存款。被大舅哥借去五千元翻建三间大瓦房，支援老泰山两千块钱贩卖兔子毛。替老婆交了三千块钱单位集资款，给儿子拿了两千块钱建校费，还有一千六百块钱的存项。王彭生不想再把这笔整钱打散了。钱这个东西，难挣好花，百元大钞揣在兜里还留得住，换成零钱就成了流水，不知不觉地就没有了。

王彭生和韩如月都有工作，都按月领取工资。可是物价已经涨了，货币却在缩水。扣掉基本生活费，上交老人一点零花钱，还有两个小舅子上学，要按时接济他们生活费和学杂费。小栋栋还断不了奶粉，过去他那个在远洋公司当船员的舅舅还没结婚，工资交给父母，公司下发的进口奶粉、乐可福等，全由小栋栋享受。现在韩东升已经结婚了，公司也不再发放这类福利了，王彭生的支出又增加了。他和老婆经常寅吃卯粮，不到月底就要借支下个月的工资。

过去常听人说“越渴越给盐吃”。王彭生并不真正理解这句话的含义，可是他马上就有了切身的感受。

年后的一天晚上，小栋栋仍然被温馨的氛围包裹着，甜甜地睡去。到了黎明时分，王彭生夫妇就被儿子痛苦的呻吟唤醒了。

小栋栋蜷曲在床上，脸色蜡黄，汗水淋漓。他十分痛楚地望着父母，不停地喊叫着：“爸爸，我蛋疼……”

小栋栋出生之后没有奶吃，可能是身体缺少某种微量元素，一直哭闹不停，还脚蹬手刨的颇不老实。大腿内侧的腹股沟没长严实，站立久了或是玩耍跑跳的时候，肠子就会滑进阴囊，把阴囊撑大成吹涨的气茄子。肠子被卡住了，不通气、不排泄，还会肿胀缺血，引起疼痛，严重了还能导致肠坏死，这就是疝气。

小栋栋已经有了两次发病的经历了，开始他说“肚子疼”，大家忙得不得要领，险些耽误大事。韩如月就告诉儿子，再有类似情况，就说“蛋疼”。家长马上就会警觉，不敢再耽误磨蹭了。

王彭生夫妇脚脖子上长草，慌（荒）腿了。他们匆匆忙忙地穿好衣服，脸也顾不上洗，就由夫人抱着儿子，王彭生用自行车驮着老婆，风驰电掣般地飞到舅舅家里。舅舅原来是外科主任医师，现在是第二人民医院的院长，临床经验极为丰富。他老人家用热毛巾敷住患处，慢慢地收紧“口袋”，把肠子里面的内容物送回腹腔，再把肠子托上去。

舅父院长妙手回春，手到病除。小栋栋恢复了活力，天真灿烂的笑容挂满那张稚嫩的小脸。

“给他做个手术吧。这是一个小手术，能把病根除了。”舅舅向外甥女提出合理化建议：“这个破毛病犯一次痛苦一次，肠子来回出入，腹股沟总也长不上。万一卡住了，就是个大麻烦……你们啥时候有空，提前告诉我一声……”

“我们今天就想做。”王彭生实在不愿意让儿子再有下一次痛苦，老婆一准也是这样想的。虽然要受一刀之罪，但是一劳永逸，彻底清除了病灶，再也不受病痛的折磨。挨这一刀是值得的，也是划算的。

韩如月赞同丈夫“彻底解决问题”的想法，但她毕竟在医院工作多年，粗通医道。就手术中的细节问题，和舅舅做了深入细致的探讨。她首先提出了“局部麻醉”的要求，怕全身麻醉影响大脑发育。其次是做完手术回家用药，不住院治疗，拆线的时候再来医院。她是学习护理的，大针小针都会打，也懂得无菌操作，在家里疗养能节省不少住院费。

舅舅先到医院去准备，王彭生和老婆在路上商量着，该省的钱舅舅肯定会给省掉，该花的还是要花。去掉手术费、药物、辅料费，还要拿出一百块钱来，请主刀医生和护理人员吃饭。这事让舅舅去张罗，他老人家是院长，属下的医生跟着他吃饭不会挑理，也不会故意铺张。

王彭生借了一辆脚踏三轮车，铺好被褥在手术室门外守候着。儿子下了手术台，他拉着老婆孩子和药物、碘酒、纱布、绷带等辅料，去老泰山家暂住。他们不敢回到家里去，他们家住在化工厂的家属宿舍里，王彭生下乡前是化工厂的工会主席，谁家有红白喜事他都到场张罗。这是应当应份的工作，却不断加深私人之间的感情。工友们重情重义，知道他的儿子住院手术了，肯定会提着礼品前来探视的。秦台地区民风淳厚，待人热情，只要有人前来探视，一定要盛情款待的。他压在箱底的一千六百块钱已经取出来交给老婆了，儿子术后还能剩多少他也不知道。但他知道要用这笔钱给儿子买补品，帮助儿子早日康复，而不能换成酒肉犒劳前来探视的人。最好的办法就是把儿子秘密转移到他姥姥家去，把儿子手术的消息打包封存，这样就没有探视的队伍了。

王彭生平生第一次受到金钱的压迫，他曾经一直看不起唯利是图的商人，嫌铜臭熏人，清高得不提“阿堵物”。那份“清高”是多么苍白无力，多么滑稽可笑！相形之下，“钱壮英雄胆”、“一文钱难倒英雄汉”之类的形容，又是多么生动和贴切。

陶渊明“不为五斗米折腰”，是因为他家道殷实，不缺那“五斗米”。如果他也沦落到秦叔宝卖马的境地，他的腰杆还能挺得起来吗？

李志卓酷爱文学创作，热爱得那样坚定执着，不也帮助王彭生谋划着如何卖豆腐吗？

什么是本事？爷爷说过：同样的事情，别人做不上来你能做好，这就是本事！帮助别人写检讨书是本事，在报刊杂志上发表文章是本事，像李嘉诚、包玉刚、荣毅仁那样挣大钱的人，更需要本事。自己注定当不了这样的伟人，但是要矢志不移地向这几位伟人学习。王彭生下定了决心，见贤思齐，志存高远，唯大家的马首是瞻。

正好仝部长战友的表侄子程立雪也被“海水”呛着了，来找王彭生谈合作。王彭生决定出手再试牛刀。

程立雪比王彭生大几岁，见了王彭生仍然谦恭地喊“表叔”。他的名字是爷爷给他起的。他爷爷是个老学究，让他谨记“程门立雪”的典故，立志苦读，长大了做一个有出息、有学识的体面人。他自幼聪明好学，确实没有辜负祖父的期望。大学毕业后回到桑梓之地，当了干部。锥处囊中，脱颖而出。小荷露出尖尖角，就有蜻蜓落上头。由于他聪明能干，长相不俗，很受领导赏识。工作短短三年的时间，他就从一个普通的办事员，升到了副镇长的位置，第四年就晋升到正科级。如果能够洁身自好，出污泥而不染，现在能够升任处长也未可知。

人们常说，混社会无非“黑白两道，红黄二门”。程立雪是国家公务员，是正道、白道，是光明正大、堂而皇之、阳光下最令人羡慕和神往的职业。黄白之物是指金银钱财，黄门就是使钱啦。红颜祸水，红门就是美色。谈论起女人，大家马上就能想起一句至理名言：英雄难过美人关。程立雪也不例外。

有职有权，长相又好，在“女人开放，男人搞活”的年代，有几个婚外的情人是情理之中的事。老百姓都知道，外遇人人有，不露是高手。不憨不傻，没仨有俩。程立雪精明优秀，在这方面发挥得更为出色。程立雪被“双规”之后，负责办案的纪检人员都像七仙女思凡下界一样，争先恐后地申请到乡镇工作。据知情人透露，都是程立雪如实交代问题惹得祸。这个程立雪很不简单，几乎就是“天天做新郎，夜夜换新娘”。人们说他“满街都是小舅子，村村都有丈母娘”。

天下没有免费的午餐，风流快活是有代价的。女人的那玩意是个

“销金窟”，没钱是糊弄不住的。幸好苏北大力兴办“乡镇企业”，搞土建的老板知道巴结领导，买设备也有回扣。程书记照样大把地撒钱，照样风流快活。

拿人的手短，吃人的嘴软。程书记经手花高价买来的设备是打磨喷漆的二手货。老太太穿红袄，衣服再新零件也是老的，不中用了。建筑队的老板为了降低成本，最行之有效的措施就是偷工减料。杂合面蒸不出白馒头，土建工程成了驴屎蛋子外面光，外面的水泥也是高标号的，里面是豆腐渣工程。

程立雪还是比较聪明的，知道事情捂不住了，就主动到纪律检查委员会自首。纪委处理内部的案子，移交到检察院才是刑事犯罪。程立雪是知道孰轻孰重的。共产党的政策是“坦白从宽，抗拒从严”。程立雪也是知道的。他有自首情节，有检举他人的立功表现，因而受到了从轻处理。公职和党籍都被开除了，却免于刑事处分。

程立雪非常精明，他认罪态度极好，看上去非常配合，但是并未彻底交代自己的全部问题。他重点交代了当年的问题，隐瞒了过去的问题。重点交代了自己的问题，掩盖了其他同僚和领导参与作奸犯科的问题。这样做别人赞誉说“讲究”，关键的时候去找个别地位显赫的人办事，稍微假以辞色，他们就不会推脱了。

问题没交代清楚，退赔也不会彻底。程立雪家中还有存项和盈余，他曾经在醉酒的时候吹嘘说：下半辈子屁事都不干，也可以保证衣食无忧。不过他是受过高等教育的人，又十二分的精明，知道“家有斗金不如日进分文”。坐吃山空，那点积蓄是无根之木、无源之水，禁不住捣腾。会过日子的人都讲究源源不断、细水长流。自己要继续拼搏，继续聚敛钱财，让亲朋好友刮目相看，让在位的同事不敢小觑自己。再说黑钱也得洗白了，花起来才能大胆。

程立雪带着一个小蜜来找王彭生，见面就来一个大熊抱。他们在职的时候一起开会学习过，原来也认识，只是交情不深。交浅不能言深，他们也很少在一起喝酒聊天。

“老王叔，这是你的侄媳妇。外面那个‘彩旗’……”当时流行“外面彩旗飘飘，家里红旗不倒”。也流行“朋友的妻不可欺，朋友的妾可以借”。程立雪见面就和比他小几岁的“小表叔”开玩笑：“怎么样？长得凑合吧？如果你喜欢，现在就可以收走，我立马改口叫她小婶子……”

王彭生身边有“纪检委”的人，那个当海员的小舅子韩东升正在家中休假，韩如月把他和老丈人都安排在芦笋收购点上帮忙。小栋栋放学就到点上来，王彭生是轻易不敢乱动“坏心思”的。

表侄子那面“彩旗”长得小巧玲珑，清秀可人，两只黑亮迷人的大眼睛“滴溜溜”地转动，透着一股子精明。

“我姓叶，叫叶绿素。喊我叶子就行。”“彩旗”拉开挎包的拉练，露出几捆子百元大钞。她从中抽出一沓递给王彭生，拉上皮包的拉锁，把皮包转至胸前。“老程说了，这一万块给您老人家当业务费，出去跑客户。所有的流动资金都由我们出，但账务由我来管。活干完了打总决算，五五分成。”

王彭生点头同意了，合作也就开始了。

和初涉商海的时候一样，生意做得顺风顺水，怎么算都有赚头。程立雪和叶子时常手舞足蹈，不避众人耳目，夫妻一样地嬉笑打闹。见到王彭生到来，笑声和笑容就会戛然而止，苦着脸过来哭穷。说利润太低，开支太大，一直是亏损运行。

王彭生没和他们争吵，非常冷静地要求查看账务。程立雪和叶子都表示同意算账，可是却找出各种借口一直拖延着。相持两周左右，程立雪给王彭生打电话，约这位不亲不近的表叔到秦台最豪华的九州宾馆709房间去，坐下来好好地算算账。王彭生看账心切，提前来到约定地点。

王彭生先按门铃，又敲击房门，里面一点动静都没有。他下楼来到总台，询问服务员：“请查一下，709是不是程立雪开的房间？”

“不是。”

“是叶绿素吗？”

“是。”

“叶子也对。我来早了，你把钥匙给我吧，我到房间等他们。”

“钥匙已经被他们拿走了，您可以找七楼的服务员，让她给你打开房门。”服务员礼貌地微笑着，露出八颗洁白的牙齿。

王彭生点点头，走进电梯间，重新回到七楼。

709房间被打开了，映入王彭生和服务员眼帘的是一幅活春宫。是戏剧性的情节和场景，与化工厂的郭会计在桥洞、戚厂长在工具室、汪厂长在车上表演得一模一样，毫无二致。

服务员脸色通红，捂着脸跑开了。王彭生觉得尴尬，现出了窘态。

程立雪不自然地讪笑着，赤身露体地跳下床来，把房门关上。

“你看这事弄得，让你老人家见笑了。小表叔也是过来的人，啥事都经历过……叶子，快穿衣裳，要不然就叫表叔脱衣裳，跟你玩个‘双飞’吧……”

王彭生心跳加剧，脸上发烫。他识趣地退出房间，把门带上。“你们继续吧，我过一小时再来。”

从账面上看，确实是亏损的。手机费、电话费、汽油费、租车费、业务费、招待费，全都高得吓人。有很多费用事先没和王彭生打招呼，事后没有王彭生的签字，但程立雪和叶子都一口咬定，那些钱是非花不可的。

王彭生明白了，程立雪和叶绿素是真伙计，可以做到搁伙计如夫妻。他们和王彭生搭帮结伙是国共重庆谈判假合作。他们利用王彭生的信誉吸引笋农，利用王彭生的能力笼络客户，再把赚取的利润转移走，做假账糊弄王彭生。所以很多事情都是避开王彭生，由他们两个商量着办。只要他们愿意，就可以杀猪砍屁股，定（腚）下来了。王彭生有意见也得保留，因为他们是多数，又掌管着财政大权。

连“驳大侠”都能看出来，程立雪和叶绿素是利用王彭生跑业务、拉关系，指导他们如何收芦笋，业务做起来了，他们被领上道了，王彭生成了多余的人。

王彭生又被“海水”呛着了，他感觉到“海水”就像变色龙，一会是甜的，一会是咸的，一会是苦的，一会是酸的。此时芦笋季节刚刚过半，高潮已经到来了。他很庆幸狐狸的尾巴过早地暴露出来，如果拖到收购结束再算账，自己除了愤怒、悔恨之外，还能分到什么？

“亲爱的小表叔，你也不要在乎这点破事。生意不成仁义在，咱们从今以后就是亲密无间的朋友了，多个朋友多条路，以后有的是赚钱的机会……”程立雪和叶子轮流安慰王彭生。遗憾人人都有，伟人概莫能外，何况我等草民？再说这钱也没有白花，手机我们也用了，还是数字网的。轿车我们也坐了，享受到地市级干部的待遇。高档宾馆睡过，高档酒店吃过，细想起来还是划算的。

那年月村级干部的坐骑是“嘭嘭嘭”（拖拉机），乡镇干部“130”（客货两用轻卡车），县级干部“帆布篷”（吉普车），地市干部“两头平”（轿车）。

王彭生哭笑不得，知道全部长的一片好心付诸东流了。这也怪不得全部长，他和战友的表侄子接触不多。再说他又换了一只狗眼，狗眼看人低，观察人的时候有失水准也是情理之中的事。

为人莫做女儿身，百年命运由他人。不知道这句箴言是哪位大师讲述的，此刻它正在王彭生的胸中发酵。他觉得自己就是那个无奈的“女儿身”，如果继续与人合作下去，刚阳之气就不能上体附身。客户原本就是自己跑来的，笋农们也都热衷和自己打交道，何不独立操作，当家作主一回呢？

幸好当初叶子交给王彭生的一万块钱还没有花完，幸好他还有让客户和笋农信任的无形资产，这就是他继续上演“一只死老鼠”的本钱。

晚上王彭生向老婆坦露心声，下决心要背水一战。老婆深为赞同，无论能不能东山再起，都完全彻底地独立自主经营。她义无反顾地和丈夫一起跳进商海中游弋，同心同德、齐心合力地全力拼搏。要么演好“一只死老鼠”的故事，要么就陪着丈夫变成两只死耗子……

三十

王彭生和老婆独立之后做的第一单生意，赚了六千块钱。这点钱还不够大款请客洗个“花澡”的，实在微不足道。但成功不分大小，它带给人们的喜悦是巨大的。促使人们坚定独立奋斗的决心，乃至增加人们的自信心，使之执着守望直至成功所起的作用，是不可估量的！

不论干什么，都是熟能生巧，越干越精。收芦笋也不例外。小贩子知道把切下来的碎茬子散放到芦笋筐里，用厚纸板或卫生纸垫底子再泡水，把超长的芦笋斜着摆放，把次品笋捆扎在好笋中间。收货的人知道如何取样检验，知道哪一筐重量超常就有问题。

受小贩子的启发，大贩子在送货的半道上也知道浇水保鲜，增加重量。贩卖芦笋，说白了就是一个蔬菜贩子。卖菜的不使水，买菜的噘着嘴。这样的公式可以在大小商贩中流通使用。

同样是收芦笋，也和其他行业一样，有同行无同利。有的人死相，赶到芦笋涨价的时候还巴望着再涨，赶到芦笋跌价的时候又怕折本不卖。窝在手里观望两天，结果价格继续下跌，出手晚了亏损更大。也有人保管不得法，芦笋烂根、烂头，就连本带利都扔了。

同样是做生意，盈利的人沾沾自喜，亏损的人很不服气。就像赌场里自视很高的赌徒，第一把输了绝不收手。如果输了第一把就退出赌场，那就完全彻底地输干净了，输定了。继续玩下去，可能输得更惨，也可能转败为胜。大部分收芦笋的人都是这种心态，亏损了继续玩下去，说不定哪股旋风刮过来，咸鱼就能翻身。

久病可以成良医，干长了就能当师傅。老百姓也知道“一回生、二回熟，三回四回当师傅”。浅薄的人都好炫耀自己，秦台人说这种人是属狗的。狗肚子里成不了二两香油，狗窝里也藏不住骨头。他们喝高的时候就会忘乎所以，就要把自以为得计的事情抖搂出来，在大庭广众之下晾晒。久而久之，那些不懂芦笋、不知个中猫腻的门外汉，都摸清了芦笋收购中各种各样不足于外人道的秘密。

万恶之源始于贪，也怪秦台大地上有一批恨家不起的芦笋贩子，他们挣钱心切，顾不上“互惠互利”的商业规则，想无本求利，结果是缘木求鱼。

他们都知道“久赌神仙输”，可是“抽老千”的技术练好了就能立于不败之地。商场上虽然存在风险，投机钻营也可以稳赚不赔。这批人在芦笋走俏的时候以次充好，贿赂质检员和司磅员，在芦笋筐里面埋西瓜，藏啤酒，甚至是掖砖头。前处理的工人从芦笋筐里倒出西瓜、啤酒，悄无声息地犒劳自己，不向老板汇报。可是他们牙口不好，啃不动半头砖和不规则的石头蛋，也不能拉回家去盖房子，就要拿到领导那儿去邀功请赏。

工厂的老板都是人精，知道“百里不贩鲜”的行规，也知道远途贩运鲜菜，货到地头死的道理。压住几趟货款之后就收兵回营，不在地头收货了，一律改为代理商送货进厂。在厂内验级，按出成率计价结算。这样不论你怎么折腾，成品出不来供货商就赚不到钱，风耗、水耗、超粗、超细、超长、超短、白根、紫根、开花、散头、畸形、虫咬、腐烂的次品芦笋，统统都由供应商买单，工厂不受损失。

供应商再动脑筋，等到芦笋跌价的时候趁火打劫，砸筐扣秤，按堆估价收购，让小贩子赔掉腚帮子，自己捞回前期的亏损，赚个盆满钵满。小贩子不甘心亏损，再去和老百姓耍心眼、拧秤杆。笋农的积极性被挫伤了，不再往芦笋地里浇水、施肥、投本钱，直至刨掉芦笋改种小麦和玉米。

芦笋贩子靠芦笋赚钱的道路走到了尽头，冲着旷野吼一嗓子“大不了重头再来”。很无奈地低价处理完塑料周转筐和大小磅秤，改行去做其他行当。

王彭生见证了秦台芦笋（尤其是绿芦笋）市场的轰轰烈烈，也看到了芦笋的衰落和颓败。芦笋从八十年代初期落户秦台，由小到大、由弱转强，以至极度兴盛。后来又由盛到衰，历时二十多年，成就了不少人物，也毁掉了不少人物。王彭生弃职从商之后，一直扯着这根“龙须子”，随风飘荡，随着枝蔓跳舞，坎坎坷坷，沉沉浮浮，真的是好累、好辛苦。

上山容易下山难，王彭生确实是揣摩透了。他说做生意犹如老鼠上灯台，上去你就下不来。

中国人生性含蓄，说话不那么直白。中国人崇尚勤劳节俭，有学问的人给很多无奈的事情赋予美丽的光环。屈原老先生说“路漫漫其修远兮，吾将上下而求索”。李商隐吟唱“春蚕到死丝方尽，蜡炬成灰泪始干”。把国人绕得晕晕乎乎，就像庄周化蝶一样，不知道梦中有蝴蝶，还是蝴蝶在梦中。

外国人比较坦率，讲述了一个阴森恐怖的故事。说是一个善良的小伙子，出于怜悯把魔鬼扛上肩头，就得按照魔鬼的节拍跳舞，至死方休。这个故事让人害怕工作，听后脊背发凉，遍体都冒冷汗。好像工作狂都是被施了魔法的人。屈老先生和李老先生比较高明，他们唆使一代代中国人诚心敬业，不光心甘情愿地发狂工作，而且干起活来不计报酬、不讲条件，废寝忘食也忘我，直至结出丰硕的成果。

王彭生夫妇从1994年开始独立惨淡经营，每年也能挣上几万块钱。到了1998年，他们总算有了十万块钱的积蓄。照这样的速度积攒下去，到儿子结婚的时候，买一套房子还是不成问题的。这一年儿子考初中，妹妹家的儿子时博文也考初中。时博文比表兄小一岁，个子矮很多，脑袋瓜子也聪明很多。他上学从来不叫家长操心，只需要家长和老师制定学习目标，只要有了明确的目标和方向，他就一准能够实现自己的理想，兑现家长的梦想。他从上一年级开始就是班里的学霸，始终独占鳌头。一气升到南京大学，又横渡太平洋，到美国去读博士，每次考试都是三个A，拿全额奖学金。

王彭生一直以两个外甥为荣。姐姐家的王鼎杰是军事历史学家，年纪轻轻的就出版砖头一样既厚且大的书，被业内人士誉为“小学究”。妹妹家的时博文肯定学业有成，是可以预期的科学家，也许还能有幸成为国家工程院院士。儿子未必成名成家，同样聪明可人，让王彭生感觉到“孩子就是自己的好”。外甥女王赋文继承了母亲吃苦耐劳、任劳任怨的优秀品格，上学的时候老师赏识，同学喜欢，工作的时候领导赏识，同事喜欢，走到哪儿都是一片赞誉之声。

小栋栋惊慌失措地跑到父母面前，两只惊恐万状的眼睛犹自瞻前顾后，左看右瞧，像森林里被老虎追逐的麋鹿，像旷野上被猎狗追撵的兔子。

“怎么啦?”王彭生看到儿子受到惊吓，心中隐隐作痛。

“我、我……我跟司宝宝一起偷人家的手枪，司宝宝被抓住了……”小栋栋高分考取了秦台中学，那是全国有名的省重点中学。他和司宝宝都揣着这样让家长心花怒放的重大喜讯，从学校赶往家中，准备接受家长的褒奖。途径小商品批发市场的时候，他们同时被仿真玩具手枪吸引了。像古代那个偷金子的傻蛋一样，偷金子的时候“徒见金，不见人”。两个小家伙见猎心喜，满脑子都是仿真手枪，根本没想到后面还有卖枪的人。他们还没读过陈毅元帅教导世人的诗句：“莫伸手，伸手必被捉”。他们不自觉地伸出了粉嫩的小手，果然引来一双大手前来捕捉。小栋栋侥幸逃脱了。司宝宝被扣留在商店里，等候家长前去领取。

听完儿子的坦白交代，王彭生不由分说，一把掀翻儿子，退下拖鞋，照着儿子的腚帮“呱唧呱唧”的扇了几下。爷爷说过，打小孩不能打头、不能打脸，只能打屁股。

他想起了自己小时候偷石榴的事，蔺奉长和史为安老师的教诲言犹在耳。荣誉是偷不来的，要靠能力去获取。他要把这句话告诉儿子。不管你小子是否珍爱生命，想作践自己门都没有。王家的香火要靠你这个小兔崽子延续，王家的家风也要靠你这个小王八羔子传承呢。

儿子十多岁了，这是第二次也是最后一次面对父亲的老拳。父母亲都很疼爱他，轻易舍不得动手。不过“爱之深”才会“责之切”。他犯了原则性的错误，父亲还是要摆出“家严”的架子，以予责罚的。小栋栋第一次挨打是五年前。他和邻居家的一个小伙伴，冒着淅沥的小雨到河边去钓鱼。祖父说过“千金之躯，坐不垂堂”。坐在屋檐下都怕掉下瓦片砸着了，他却以身犯险，站在又陡又滑的河坡上钓鱼，万一滑到河里怎么办？

小栋栋上了初中之后，王彭生上了“家长学校”。知道儿子的生理和心理都有了微妙的变化，要和风细雨地讲道理，不宜再用巴掌和老拳了。王彭生认真学习，细心领会，满分毕业，受到了嘉奖和表彰。颁奖的时候王彭生没有到场，儿子替老子上台领奖，把获奖证书带回了家中。王彭生对儿子说：老子没给你丢脸，你也要争气，不能给老子丢脸！

他们继续苦熬苦撑，不知不觉之中就走到了“千禧年”，成了“跨世纪”的人物。这一年春节刚过，寒暖气流频繁交攻，不是东南风就是西北风，大风“哗哗”地刮着，把河南和云南的两朵祥云都刮到秦台来了，就在王彭生的头上罩着。

河南新乡罐头厂，原来是专做肉类罐头的大型企业，给俄罗斯供应牛羊肉罐头，都是用专列往外运。随着“改革开放”的不断深入，他们也开始兼营素菜业务了。芦笋是销售量大、附加值高的高档特种蔬菜，是他们厂的首选品种。新乡罐头厂刚刚上马一条大型速冻生产线，也在新千年开工投产。他们对芦笋原料的需求量是很大的，所以要到基地来考察。还要选择一个有能力、有实力、讲信誉的合作伙伴，与之长期合作。

新乡罐头厂改制后的老总是李华福，一个名牌大学毕业生，很有能力，做事也有魄力。他带着五六个同僚，在秦台住了半个多月，天天到各个盛产芦笋的村庄，打听那些小贩子，问他们准备把芦笋卖给谁？为什么？

考察完毕，他们在宾馆里开会汇总，大家几乎同时把矛头指向了同一个人，这个人就是王彭生。笋农说王彭生说话算话，不拖欠货款，不用乌七八糟的东西冲抵货款。但是他要求严格，注重质量。只要钱保险，严一点也乐意送给他。王彭生点上开出的条子，在笋农中可以当做现金流通。

李华福决定接见王彭生，把他带到工厂参观一下，签定供货合同。

王彭生在化工厂收石头的时候，结识的好朋友厉程遥老大，回到云南之后也辞官不做了。他做了“黄牛”饮料的经销商，是云南省的总代理。能力使然，加上“运气”的因素，厉老大发达起来了。他的经营理念是遍地开花，薄利多销，卖大发馍的挣钱！十多年的时间，他的资产身价已经超过亿元。

昆明花博会的时候，为了接待家乡的代表团，他自费购置 20 辆面包车，拉着桑梓地的领导到处兜风。还用高档宴席招待他们，给他们颁发价值不菲的纪念品。

花博会结束之后，厉老大的名声、信誉、威望被与会者带回了家乡，如日中天般在秦台大地上传扬。

厉老大的母亲病了，就住在韩如月的病区里。厉老大回乡探视母亲的时候认出了韩如月，当天晚上就宴请了她们夫妇。听说王彭生正在收芦笋，他想起了一个上海的朋友。这个朋友叫竺紫绒，是西岳集团的业务副总裁，下属一个商贸公司的一把手。他们集团准备开发芦笋饮料，正在物色代理人呢。如果确定人选，合作的范围肯定会扩大，不会局限在原料收购上，极有注入资金合作建厂的可能。

阳历四月八号，清明节刚过，第一茬芦笋就如约上市了。芦笋的根部、鳞片和笋头，都还没有褪尽淡红浅紫，像人类被冻伤的手脸。挨到五月下旬，按规定标准采收的芦笋，就通体碧绿了。

白芦笋和绿芦笋不一样。顾名思义，白芦笋是白色的。白芦笋通体雪白，晶莹剔透，笔杆条直，笋尖抱得很紧，就像一根牛油大蜡烛。色泽比蜡烛更亮，也更有灵气。

秦台是中国著名的绿芦笋生产基地，全市的绿芦笋种植面积高达十万亩。另外还有山药、牛蒡、红富士苹果、白酥梨、黄桃、白桃、红提葡萄等名优新特水果和蔬菜。白芦笋产区是山东的单县和曹县，与秦台接壤。紫皮蒜产区是山东苍山，白皮蒜产区是山东金乡，黄姜的产区是山东滕州，都在秦台周边地区，距离很近。

上海西岳集团的竺紫绒总经理到过秦台，了解秦台的物产和区位优势，很想到这儿来做一篇大文章。现在是市场经济，国际市场的竞争尤其激烈。据专家考证，用水果、蔬菜做罐头、做饮料、做速冻、做脱水和冻干产品，如果六个小时之内进厂加工，风味、口感、形态、色泽都是上乘的。超过六个小时，品质、品位就会下降。在基地建工厂不光可以保证产品质量，还能降低运输成本，拓展利润空间，提高竞争优势。

在成都糖酒会上，厉老大认识了竺紫绒总经理。他们一起喝酒吃饭，一起去爬峨眉山，一起喝早茶，一起洗桑拿，感情投机，相谈甚欢。竺总经理知道厉老大的原籍在江苏秦台之后，就提出合作意向，怂恿厉老大回家乡投资办厂，西岳集团注入相应的资金。厉老大正把饮料生意做得风生水起，心思全在“黄牛”身上，已经不愿意偏安云南一隅，准备向全国拓展了。他已派出十几支精干的小分队，到全国一线城市考察，在热闹的街面上购置房产，设立分支机构，扩大业务范围。这次回乡看母亲，也想把昔日的好兄弟王彭生带到外地去，委以分公司经理的重任，帮他打开南京、济南或是郑州的市场。

王彭生已经有了自己的事业，追随厉老大到外地发展的可能性微乎其微了。厉老大就顺水推舟，卖一个大大的人情，把竺紫绒介绍给王彭生了。

开磅收货之前，新沂速冻厂的原料部长王立彬、新乡罐头厂的原料部长郭富生，还有厉老大的司机解春临带着竺紫绒总经理，都到秦台来找王彭生，准备大干一场了。

从涉足商海以来，王彭生一直瞻前顾后。不干吧于心不安，也是欲罢不能。干吧怕有闪失，他实力太差，玩的是“空手套白狼”的把戏，赚起赔不起。所以他是提心吊胆、扭扭捏捏地干，一直束手束脚、如履薄冰，从来都没晃开过膀子。这样做保险一点，利润肯定是低的，也限制自己的下线干不足性，干不过瘾。

新年新气象，一年一个样。新千年儿子放学的时候在路边捡了一块亮晶晶的鹅卵石放在家里，夫人说是“时（石）来运转”，是发家的征兆。王彭生将信将疑，宁愿信其有，不愿信其无。果然年后就瑞气盈堂，新千年迎来了三个大客户。王彭生开心地大笑了，像厉妈妈见到煮鸡蛋一样，两眼放着绿光，下决心要敞开肚皮，可劲造一场了。

经商看上去和为官主政做学问一样，一没有坦途，二看不到尽头。文人墨客早就说过，学无止境艺无涯。涉足商海之后才知道，经商和当官做学问不一样。当官可以干得平庸，无非是不升迁而已，安分守己地做好本职工作，服从领导听指挥，不贪不占，就可以四平八稳地做“太平官”，无坎无坷地熬到退休，安全着陆，幸福一生。做学问也一样，不能成名成家就当教书匠，就当普通的办事员，同样可以养家糊口，衣食无忧。经商不行，商场如战场，不光风险无处不在，还非常残酷。做生意保本的时候很少，要么赚得钵满盆满，钞票能把腰包撑烂。要么血本无归，把神气体面的人送进十八层地狱。商贾巨富，今天还神气十足、风光无限，一夜之间就可能沦落为一文不名的穷光蛋！尤其是那些东拼西凑，靠贷款借钱负债经营的人，就只有死路一条，不是跳河投井，就是抹脖子上吊。铜山县供销社的一名离职人员，炒作白糖期货，一夜之间亏损一千多万。到了约定还款的时间，他把老婆孩子送到亲戚家里，自己一个人躲在办公室偷喝“除草剂”。等到债主们推开房门的时候，他的尸体已经发冷发硬了。

人不死账不烂，两腿一伸全玩完。债主们大骂他听不见，打他也没有知觉，事情只能就此了结。他愧对债主，以死谢罪，保护了老婆孩子，留给债主的是悔恨交加和无奈。这样的故事虽然悲壮，又是何等的凄惨！

王彭生经商多年，每年都是小有盈余，但心里很不踏实。今年赚了，不知道明年如何？前途总是未卜不能先知，浑身轻飘飘、冷飕飕的，白天踩不实地面，晚上睡不安生。

新乡罐头厂做的也是速冻芦笋，以长条为主。成品长度17公分，根部直径0.8——2.0公分，要求原料长度不得超过20公分。新沂速冻厂以细小芦笋为主，成品长度11公分，根部直径0.5——1.0公分。其他标准都是无畸形、无水渍、无开花散头、无虫蛀、无腐烂、无白紫根，不收过夜笋等等。

竺紫绒经理把订单下给砀山罐头厂，指定王彭生供应原料。委托解春临为驻厂代表，监督产品质量，监管成品不能随便卖给别人。

罐头需要高温高压杀菌，芦笋头被煮塌了架，显得密实起来。所以在原料收购中，速冻厂不能使用的开花、散头芦笋，做罐头可以使用。王彭生点上的规格齐全，质量宽松，需求量大，这样货就好收了。收芦笋的贩子都知道，质检员手下松一松，芦笋像苍蝇一样往上涌，小车肯定拉不了，大车未必拉得动。

新沂速冻厂已经和王彭生合作多年，算是老朋友了。王彭生没缺过他们的货，工厂也没少过王彭生的钱。砀山罐头厂离得近，又有厉老大和竺紫绒总经理罩着，王彭生的心里也很踏实。新乡罐头厂距离最远，又是第一次打交道，还没有其他关系维系，这让王彭生有些揪心，自然就把工作的重心放到新乡了。

新乡罐头厂的老总李华福、原料部长郭富生，见到王彭生又搂又抱，像久别重逢的亲兄弟还没分家另过一样。

收芦笋就这一个季节，抢到手里才能挣钱，抢不到就得再等一年。抢收芦笋也像打仗一样，大兵团作战不同于小股袭扰，需要充足的兵源和后勤补给。王彭生的客户多了，需求量大了，账面利润也是可观的。但是收货量增大，需要的流动资金也要相应增加。

新沂速冻厂还和往年一样，隔三差五地把货款捎过来，剩下的尾款春节前到厂里结算清楚。

砀山罐头厂碍于竺总经理的情面，开始是不会赊账的。只有这个让人揪心的新乡罐头厂，资金总是断档。

读书人多少都有些迂腐，王彭生知道孔圣人倡导“仁义礼智信”，断章取义地恪守着“信誉”二字。男子汉大丈夫，一诺千金，说话算话，掷地有声。李华福也拍着胸脯承诺过“无信不立天地间”。自己承诺不让李华福原料断档，一直一丝不苟地践行着。李华福承诺不少王彭生的货款，可是已经断档多时了，再提“信誉”问题也开始含糊其词了。夫人有些害怕了，王彭生的心里也敲起了安塞腰鼓。

粗算一下，李华福拖欠的货款已经超过了五十万。韩如月和王彭生大吵一架，说他和“驳大侠”没啥两样。事到如今应该清醒一下，丢丢油门了。再不踩刹车，秦台的父老乡亲怎么办？他们风里雨里给点上送芦笋，起早贪黑地在芦笋棵子里忙碌，自己不舍得换豆腐吃的黄豆，磨成豆浆喂芦笋。家里的油盐酱醋，孩子读书的学费，娶儿媳妇盖屋的砖瓦钱，都指望着这一季子芦笋呢。要是咱们把他们的芦笋弄丢了，他们还不得咬死你？

王彭生开始害怕了，把点上的芦笋让新沂拉走一部分，剩下的全部送往砀山罐头厂，给李华福老板“断奶”了。

凌晨四点多钟，李华福没等到送原料的车辆，打电话给王彭生询问情况。

王彭生提开闸门，把一肚子忧虑和苦衷倾泻到电话的那一头。我还想继续信守承诺，继续源源不断地给你送芦笋，可是笋农不愿意，见不到回头钱不再供货。巧妇难为无米之炊，铁拐李下凡也没有办法呀。

李老板是通情达理的，听完王彭生的陈述，深表同情和理解。他让王彭生再坚持三天，三天后他开着轿车亲自到秦台来送钱。明天下午集装箱就到工厂，先发五个货柜，先付六十万原料款。只要动脑筋，办法总比困难多。咱们联起手来精诚合作，就没有爬不上去的陡坡。咱们要相互帮衬，相互体谅，长期合作……

王彭生的脑袋再度高热起来，像三伏天吃了冰镇西瓜，像在教堂里听到《赞美诗》一样，通体舒泰。竟然没能记起小时候看过多遍的黑白电影《南征北战》，他们的通话和张李二位军长的对话简直是如出一辙。

李军长悲痛欲绝地哀告着：“张军长，请看在党国的份上，伸出手来拉兄弟一把……”

张军长不耐烦地敷衍着：“请你再坚持最后五分钟、最后五分钟……”

第四天早上八点钟，王彭生的手机唱起了欢快的曲子。电话是新乡罐头厂李华福老板打来的，他的好消息如约而至。他告诉王彭生，货是如期发走了，不过只走了四个柜，留下一些生产必须的费用，这次只能支付三十万的原料款。他们是开专车过来的，已经过了黄河了。还在黄河大桥上买了两条黄河大鲤鱼，感谢王彭生的大力支持。鲤鱼在哪儿都能买得到，但黄河大鲤鱼不一样。礼物不在贵贱和多少，关键是其中蕴含的情意。缅伯高说过：千里送鹅毛，礼轻情意重。

三十万块钱，足够打发那些供货的小贩子了。王彭生精神倍增，兴奋地手舞足蹈。他先把这个喜讯告诉老婆，让她散布点上来钱的消息，给小贩子打一支强心针，刺激上货量。又到九州大酒店定了一桌高档宴席，准备给李老板接风洗尘。有道是“远来为客”，李老板不光远道而来，还揣着三十万元巨款，赶过来“雪中送炭”，是尊崇有加的贵客，千万慢待不得。

十点钟的时候，王彭生急切地打电话询问李老板的行程。李老板爽朗地笑着说：他们已经抵达商丘了。商丘离秦台一百多公里，小车一个多小时就能到达。笋农上午收货，下午往点上送货。那时候货款已经进账了，今天收购点上肯定充满了欢快的笑声，结局圆满，皆大欢喜。

李老板在电话里谈笑生风，王彭生和点上的工作人员全都深受感染，情绪极为高涨，干活的劲头也更足了。

十二点钟，王彭生的手机再度响起，曲调有些忧伤。李老板告诉王彭生，厂里出了大事，他必须马上返回去处理。原料款暂时不能支付了，事情处理妥当了，再把货款送过来，请王彭生务必理解和谅解……

王彭生傻了，脑袋“嗡嗡”地叫着，眼前金星乱舞。李老板一句话就掉头回去了，王彭生要面对众多笋农的质疑。小贩子不知道其中的变故，会说王彭生撒谎欺骗他们。这样的名声传出去，在芦笋界就没办法立足了。

三十一

解春临是解老拧的小儿子，这没有什么稀奇，因为他是解老拧夫妇精心设计和制造的。解春临成了景水香的丈夫，还是厉程遥的心腹重臣，这就有点匪夷所思了。

大概是十八年前，解春临被父母召回老家相媳妇。他回到家的时候，正好赶上厉妈妈前来请他的父母去接生并处理私生子。他开着农用三轮车，和父亲一起把娃娃送到欢城二级坝码头，交给那个盼子心切的收养人。事有凑巧，那个收养人就是景水香的父亲。

景老大有了儿子，千恩万谢地留着解老拧父子喝酒庆贺。解春临告诉景船长，自己在家里帮着二老莳弄几天地，顺便款待几个媒婆相相媳妇，然后到二级坝闸口来找景老大，搭他的顺风船回到南方去。他在江南一家造船厂打工，一天八十多块钱的工资，不能老是在家里瞎耽误功夫，得出去挣钱。钱是硬通货，干什么都离不开它。香港深圳一带流传"笑贫不笑娼"，确实是很有道理的。男女之间那点破事有啥大不了，换钱才是硬道理。父亲就很看得开，可惜母亲太老了。昨日黄花已枯萎，不值钱了。自己要找一个年轻漂亮的，趁着年轻靓丽的时候，哄哄那些傻男人，换几个钱花花。

解春临在家里待了一个月，约见了十几个大姑娘，不是他嫌弃别人就是别人嫌弃他，总之是高不成低不就，一直没能办妥婚姻大事。等到景水香满月回门的时候，解春临也在家里住腻歪了，就收拾行囊，到欢城去找景老大。

解春临和景水香在二级坝码头邂逅相遇了，解春临被景水香雪白的皮肤和迷人的风韵所吸引，发起了猛烈的攻势。

景水香是过来的人，知道自己已经是"糠心大萝卜"，早就掉价了。厉老大回云南和"高干子女"破镜重圆，重修旧好，自己像鼻涕一样，被厉程遥给甩了。嫁给厉程遥无望，自己终究还要找婆家。自己设定的标准是既老且穷或是有点轻度残疾的男人，眼前这个小伙子显然不符合条件。他年轻、帅气，还很精明，也有见识。如果自己把真相合盘托出，他还有这样的热情和激情吗？

男女之间有大妨，突破之前是不可逾越的高墙。伊甸园的苹果不吃不知道味道，咬开了就像吸食鸦片一样上瘾。心理上分明抗拒，理智却管束不了本能。在解春临凌厉的进攻之下，景水香有了本能的冲动。她敷衍塞责地躲闪几下，就被解春临俘获在怀，彻底放弃抵抗了。再后来，景水香春声荡漾，像猫咪一样温柔顺从。解春临觉得自己在温暖软润棉花垛上打滚，肉烂骨稣，欲死欲仙。

解春临出道很早，初中毕业之后就到南方去打工。人在江湖，身不由己。他被一群狐朋狗党拖拽着，周游花花世界的娱乐场所，已经是一个偷过腥的男人了。景水香“梅开二度”，又是久旱逢甘霖，两个人的兴致都是空前高涨的。解春临不断变换着各种姿势，非常得意地炫耀着：“怎么样？痛快吧？嫁给我是你八辈子修来的福气，换了别的男人不会这样玩你……”

“厉老大也不比你差……”景水香还在疯癫之中，想起那次和厉老大尽兴野战，大战五六个回合还不罢休，每一次都是可圈可点的，所以就脱口说了出来。从峰巅跌倒谷底之后，景水香意识到自己犯了错误。

解春临的抽动也戛然而止，连声追问景水香：“哪个厉老大？原来你……”

事到如今瞒也瞒不住了，景水香就如实坦白了自己的事情。“……他原来也是准备娶我的，谁知道半路杀出个程咬金，他那个‘高干子女’又回心转意了。我家全都是闺女，爹娘想儿子都想疯了，我想生个男孩让爹娘养着，偏偏天不作美，我也不争气，生了个丫头片子，叫她妈送人了……事情就是这样，新皮鞋上裂个小口子是破鞋，戳几个窟窿也是破鞋……我就这样了，你现在后悔还来得及……”

“你多虑了，伙计。男女之间那点破事有啥大不了，我后哪门子悔呢？”解春临一脸不在乎，油嘴滑舌地调侃着景水香。“女人腰里一块肉，谁吃谁好受。不，不是肉。肉被人吃过就没有了，咱这不是还好好的在这儿吗？就好比家里的一匹大牲口，被人借去用一下，喂饱了再牵回来。不碍的……”

景水香没想到这个小伙子会如此大度，终究还是放心不下，试探着再问一句：“你真的不在乎？”

“要说毫不在乎，那肯定是假的。不过事情已经这样了，我又舍不得丢下你，就凑合着过吧。”解春临咬咬牙，一皮锤砸到床帮上，歇斯底里地吼了一声：“这顶帽子我戴了，也不能让姓厉的小子白占这么大便宜。以后的日子长着呢，得叫这小子帮衬咱一把。我不去造船厂干活了，到云南找他去！你不知道，咱还帮他养着儿子呢……”

“啥？你说啥？”景水香隐隐约约地感觉到了什么，又一时理不清头绪。解春临把自己经办的事情一字不落地说给景水香，他亲眼看见孩子的襁褓上绣着荔枝和老井。她瞪着牛铃一样的大眼不敢相信。解春临讲述的故事，和干娘告知她的事情，是截然不同的两个版本。

景水香和解春临在码头旁边的鸡毛店里鬼混了十几天，景老大的铁驳子送完货回来了。景水香看到了刚到船上落户的小“弟弟”，父亲给他起了一个好听的名字，叫景水旺。他身上穿的小袄、小裤，外面包的大小襁褓，都绣着一口老井。井边上有一棵枝繁叶茂、硕果累累的荔枝树。景水香什么都明白了，干娘好狠的心呐。她玩了一个瞒天过海的把戏，把自己的亲孙子拱手送给别人，就像送了一只小猫小狗一样。幸好是自己的父母收养了孩子，虽然儿子升级当了“弟弟”，一时不便相认，但毕竟可以朝夕相处，可以肆无忌惮地疼爱这个宝贝疙瘩。

征得父母同意，景水香和解春临领了结婚证，并暗下决心，从今以后死心塌地的跟着老公过日子，给他生儿育女。解春临是个有能力的精明人，能人不太安分守己，总想到外面闯荡一下，成就一番事业。

解春临决定到云南去找厉程遥。相好的男人前来投奔，木头人也知道给予照顾。堤内损失堤外补，这是人之常情。再找个适当的时机把景水旺的事情告诉他，让他知道儿子的下落。能让嫡亲骨肉认祖归宗，他肯定快活得分不清东南西北，肯定会重重地奖赏自己。

这个合适的机会终于被解春临等来了。厉程遥帮助他的小兄弟“拉皮条”，促成了王彭生和竺紫绒的合作。厉老大每次见到解春临，就深感歉疚和尴尬，也借着这次机会，把解春临推荐给竺紫绒了。

竺紫绒和厉程遥一样，非常赏识王彭生。芦笋罐头还没做完，他就向总部作了书面汇报。集团领导专门开会研究了竺总经理的报告，组团到秦台和周边地区进行实地考察。他们有意向到秦台来投资建厂，准备拉王彭生入伙合作。到异地投资建厂，不论是独资还是合资，都离不开当地人的参与。社会关系是人与人的关系，外来的和尚会念经，偶尔诵经一次可以，天天见面就不灵了。只有当地人才更了解当地的风土人情，才能更好地疏通当地的人脉关系。

听竺紫绒透露，西岳集团准备投资五千万，绝对控股。竺紫绒出任董事长，定期过来视察指导工作。王彭生能出多少出多少，给他30%的股份，叫他出任总经理，负责处理日常事务。财务部长由西岳集团选派，出纳员由王彭生物色。

新版《陋室铭》里有这样的句子：官不在大小，有权则灵。女人不论丑俊，风骚就行。

一旦合作成功，王彭生这个一人之下，数百人之上的“坐地虎”就是硬邦邦的实权派。解春临决定和王彭生正面接触，利用景水香和厉程遥的关系，利用厉程遥和王彭生的关系，图谋一些合法的正当利益。

解春临思忖着，厉程遥一直托付王彭生寻找亲生骨肉的下落，自己可以帮助王彭生完成使命，送给哥们一个大大的惊喜。王彭生感念自己的恩惠，会在职权范围内尽量关照自己。厉程遥找到亲生骨肉，还是可以传宗接代的小小子，肯定高兴得发疯发狂。厉老板身家过亿，富得流油，人也豁达大度。不用当事人张嘴，自会付出超值的抚养费和精神损失费。这或许就是“一箭双雕”、“一石好几个鸟”了。

世事难料，市场也难料。两千年的国际芦笋市场，罐装产品是香饽饽，速冻产品成了无人问津的臭狗屎。

赌场上常说“不输三百三，难赢六百六”。商场上也讲究“投入决定产出”，小本难求大利。过去只听说“商场如战场”，残酷无比，要舍生忘死地去拼杀，凭的是谋略和勇气。现在看来，“商场像赌场”，点子兴了通吃，点子背了通赔，很大程度上要靠运气去挣钱。

芦笋收购结束之后，新乡罐头厂拖欠王彭生56万元货款。王彭生觉得能要回80%的货款，把笋农的钱兑付完，保住良好的信誉是第一要务，实在不敢有超值回报的非分之想。

为了尽快、尽可能多地回收货款，王彭生当了李老板的义务推销员，跑了很多速冻厂、罐头厂和外贸公司。无奈李老板紧把“死鹌鹑”，每吨货物低于两万元不出手。有人出到一万九千八，他还是不翻眼皮。客户嫌他死相，拂袖而去。他幻想着到了圣诞节，芦笋会变成尊贵美丽的白雪公主，皇帝的女儿不愁嫁，任你再高的价格，也都争相抢购。这是李老板一厢情愿的想法，单丝不能纺线，抢购芦笋的火爆场面终究没能出现。

李老板从云端跌到尘埃，态度谨慎惶恐，开始务实了。货物再不出手，等新芦笋下来，旧货就一钱不值了，这是多年的惯例。现在想出手，客户都不回头，他又犹犹豫豫的不爽快，眼睁睁地看着价格坐上滑梯，飞速滑落下来。

亏损是脑门上面砸大钉，定（钉）头的事了。如何面对亲朋好友和原料供应商呢？李老板是大学生，受过高等教育，啥道理都明白。两利相权取其重，两害相权取其轻。他原本不想要赖，可是“一文钱难倒英雄汉”，他有了秦琼、姜尚之难，实在拿不出钱来。当地的债主不是至亲就是至交，银行贷款也是托亲告友，挨面子借贷出来的。坑骗他们拉不下脸来。真把他们骗了，今后在新乡地界上怎么立足？只有王彭生是外乡人，又和李老板非亲非故。

56万元货款，对一个上千万资产的大厂来说，实在是微不足道的。但是这笔钱能摆平不少零碎小账，少了私人债主的聒噪，耳根清静许多。银行是公家的钱，只要个人得些好处，当事人未必心疼。俗话说“公对公，经屌松。私对公，咋都中”。

王彭生也是私营业主，丢掉货款肯定也是不依不饶的。惹不起可以躲得起，躲起来不就完了吗？他是外地人，到新乡来要账是有费用的，起码要花路费、住宿费和伙食费，拖他个三年两载，不用别人劝说，他自己就消把戏了。

不论多么棘手的事，最终都要了结。解铃还须系铃人。王彭生是李老板考察秦台之后钦定的客户，自然还要由李老板亲自了断。他们之间的感情是在酒桌上培植的，还得用酒精来毁灭。

李老板和郭部长在办公室里摆了一桌家常菜，用仰韶酒招待王彭生。李老板多灌了几两“刀烧子”，喝得面红耳赤舌头大，语言含混不清了，思路却格外的清晰。

酒后吐真言，李老板醉后不失态。他拥抱着王彭生，喷着满口的酒气，向王彭生坦露心腹。他说自己有幸结识一个有能力、讲信誉的原料供应商，自己不幸赶上了世界性的金融危机，赶上了芦笋烂市的行情。如果王彭生不如此卖力地帮忙，自己也不会头脑发热发狂。他落到今天这步田地，王彭生是有很大责任的。他一向大度，所有问题都自己扛，不再追究王彭生的责任了。

李老板准备开仓出货，低价处理所有的货物。但原料款暂时不付。做事要分轻重缓急，当务之急是处理新乡的事情。秦台的怒火高达万丈也烧不到新乡来，有王彭生挡着呢！冤有头、债有主，债务上讲究“隔家不说话”。笋农的钱是王彭生欠的，与李华福何干？自己只和王彭生说话，不和其他闲杂人等瞎啰嗦，紧张的烈度就大大地降低了。能够处理完货物，清偿完当地的欠款再考虑原料上的债务。处理不了货物，高价折算给王彭生，冲抵原料款。时限是阳历十月底。

十月底以前，李老板果真能清理完仓库，王彭生就一身轻松，可以拿着欠条去法院讨说法了。工厂是李华福承包租赁的，任何固定资产都不能随便乱动。李老板早把值钱的东西转移了，家里还有一台电视、一台冰箱、一个洗衣机、一部手机的家当。这些东西重复变卖一千次，也未必能堵得上窟窿。乖乖，这个法子太妙了。按秦台人的说法，是操人不搁盐。王彭生的感觉是被人划了一刀，又放了大把的盐！

李老板露出了无赖的嘴脸，在那儿随心所欲地胡喷乱侃。王彭生嗅到了一股纯正硫化氢的味道，禁不住皱紧了眉头，但是依然隐忍不发。人在屋檐下，不得不低头。孔圣人说过“小不忍则乱大谋”。自己是来要钱的，不是来吵架的。

吉人自有天相。祖父母也这样教导过王彭生，良善之人，天必佑之。他焦躁不安地悬着心苦熬到十月底，李老板的货物没能出手。王彭生再次请李老板去喝仰韶酒，以“帮助推销产品”为诱饵，敦促他履行诺言。

李老板知道王彭生认识很多更高级的蔬菜贩子，他也确实没有什么“路子”可走，就勉强答应了王彭生的要求。应承的不爽快，办事就很拖拉。李老板又支支吾吾地拖了一星期，终于同意王彭生放车来拉货了，价格随高不就低，产品是靠近冷库大门，因为经常开库有些风干、发黄的次品货。

那天是公元两千年阳历十一月七日，依旧是骄阳如火的天气。李老板的儿子穿着裤头背心在院子里踢足球，浑身是汗。王彭生又急又喜，站在一边想法子调车运货，也是挥汗如雨。

仓促之间，难以周全。就这一天的时间，王彭生再借一个胆也不敢拖延。他怕李老板一觉醒来，酒劲过去了再改主意。剜到蓝里才是菜，他不能让煮熟的鸭子长出羽毛飞跑喽。钱不揣进怀里不敢说是自己的，芦笋不拉到秦台是不保险的。

王彭生立马给韩如月打电话，夫妻二人分头行动，同时在新乡和秦台两个地方忙乎。王彭生拿着李老板的手谕，到冷库去找保管员，给他说好话送香烟，并答应他晚走支付高额加班费。韩如月找到王皖生，姊妹俩分头去找冷藏车，一同去新乡拉货。他们跑遍了秦台城，终究没能找到冷藏车。不得已求其次，只好用一辆厢式货车加几床棉被来凑合了。

穿裤头背心的天气，新乡到秦台还没有高速公路，用闷罐车拉速冻芦笋行程八百公里，结果会是什么样子？大家心里都清楚，还可以把解冻变软尚未变质的芦笋送给亲朋好友，凉调热炒下糊糊都是可以的。

王彭生思虑再三，属于笼屉里面蒸书本，实无良策（凉册）。只好（也只能）采取蚂蚁过河的方式，牺牲外面几层，保住内里。能剩多少是多少，总比血本无归强。

大千世界，无奇不有。世上只有想不到的事，没有不能发生的事。说起来不可思议，现实却是客观存在的。

自从李老板答应王彭生拉货开始，老天爷就调转了风向，天气由高热转为凉爽。韩如月带着车辆赶来冷库装货的时候，老天爷已经阴下脸来刮了好大一会北风了，等到他们装好车离开新乡的时候，气温骤然下降到零下八度。

王彭生夫妇和弟弟王皖生，还有被邀来壮胆助阵的朋友，全都没有抵御寒流的思想准备，全都没带冬装。幸好随车带了几床被子，大家合伙披在身上，仍然止不住颤抖。被子像筛糠一样哆哆嗦嗦，服装相互摩擦，发出“窸窸窣窣”的声响。

大家在封丘停车吃饭，喝羊肉汤、喝烧酒、吃辣椒，怎么发汗怎么折腾，最后还是没暖过来。大家“呲呲哈哈”地搓手哈气，“扑扑腾腾”地跺脚跳舞，透明的稀鼻涕流落下来。不过大家心里都甜滋滋的，有着说不出的高兴。

那一年就冷那一天，后来就是不分春冬的“暖冬”。事后大家议论这件事，都觉得匪夷所思，仿佛冥冥之中似有神助。

王彭生的手机又响了，曲调是欢乐明快的，像春燕在水面上滑翔，也像美丽的蝴蝶在花丛中翩翩起舞。电话是单楼镇工业书记李海均打来的，约他明天到镇政府见面。

秦台掀起了“招商”的热潮，“招商引资”和政绩挂钩。听说有人拉王彭生入伙，到秦台来投资建厂，老领导坐不住了。近水楼台先得月，他要把昔日的下属、现在的好友招到单楼来。

王彭生正愁速冻芦笋没地方存放，单楼冷库是工作队让他从南京拿钱回来建设的，性能也是极好的。和如意集团的合作胎死腹中之后，工作队也撤回南京了。那片占地近百亩的特种果蔬加工厂一直闲置着，由镇公办托管。镇党委、政府召开多次会议，研究如何启动这片工厂，一直无果而终。现在定下来了，要借“招商引资”的东风，把冷库交到王彭生手上。这个提议正中下怀，王彭生毫不犹豫地应承下来，当天晚上就把货车开到冷库去了……

三十二

罐头的市场行情和速冻产品截然不同。罐装芦笋从生产结束就开始起价，越长越高，一路飙升不止。到了年末岁尾，每吨芦笋罐头涨价2600多元。

古人说过：黄金红人面，白银动人心。古人有未卜先知的本领，多少代以前说过的话，仍然印证着现代人的言行。

砀山罐头厂的老板郭子义和竺紫绒签约生产的时候，工厂正濒临破产，急等着找米下锅。那个时候他不敢“拉硬屎”，只要竺经理能把单子给他，保本生产也行。现在行情看涨了，昔日拍着胸脯的承诺不那么重要了。常言道“水涨船高”，钱不能赚到一家去。当然，如果情况正好相反，芦笋罐头像速冻芦笋一样，价格一路走低，他会逼迫竺老板信守承诺、履行合同的。

天时不如地利，这条定律在郭子义这儿又一次被印证了。芦笋罐头储存在砀山罐头厂的仓库里，脚底下的土地是郭子义的地盘。郭总经理不发话，任谁也拿不走一罐子芦笋。

想叫郭子义开仓出货也不难，批量加工芦笋就是要卖的，卖货是为了赚取高额利润的。男子汉大丈夫，功名利禄不让人，老婆孩子不让人。明明知道芦笋罐头起价了，还憨着脸低价出货。那和秦台的“驳大侠”还有啥两样？开仓出货就得把价格抬起来。你老竺不出价也可以，我老郭就把货物卖给其他人。现在速冻芦笋是臭狗屎，芦笋罐头是香饽饽。皇帝的女儿不愁嫁，已经有好几家客商前来求购了。郭子义沉得住气，有资格待价而沽。竺紫绒心中慌乱，底气不足。

信誉是无形资产。信誉也是桎梏和枷锁，束缚住本分人的手脚。面对难以取舍的情况，为了保全名节，往往是自己品尝苦果。

竺紫绒经理也可以像郭子义那样，逼迫自己的上线把价格抬起来，不起价就改换门庭，把产品卖给其他客商。这样做可以狠赚一把，不过是一锤子买卖，今后不会再有第二单业务了。市场行情瞬息万变，明年芦笋罐头还像今年一样俏销吗？万一明年芦笋罐头滞销了，自己没有畅通的销售渠道，这个“国际贸易”不就做到尽头了吗？

竺总经理虑事深远，决定吃小亏，等将来有机会的时候占大便宜。无非是少赚一点而已，权当自己白养几千头肥猪，卖猪的钱被儿子赌博输光了。这样的想法和鲁迅笔下的阿Q十分相似，自嘲的同时也被别人嘲笑。不过身处那样的境况之下，没有阿Q那样的精神状态，怎么活得下去？

蜥蜴那样的动物都知道断尾求生，壮士断腕也是舍生取义的一种体现。竺紫绒咬咬牙，决定舍利取义。他愿意把利润让给郭子义，自己对外商履行合同，保全信誉。不过他提出了一个附加条件，就是出货前把王彭生的货款如数付清，从自己的账户上坐支。郭子义同意了，却迟迟不写《付款委托书》。

原料供应商是竺总经理指定的，竺紫绒觉得要对得起朋友。但是原料是送到工厂的，原料款理所当然地要由郭总经理支付。竺紫绒喧宾夺主，郭总经理心中有些不快活。过去碍于竺总的情面，爱屋及乌，他对王彭生也是相当客气的。现在已经和竺总撕破脸了，对竺总推荐的朋友也就无所顾忌了。

郭子义和竺经理奢谈“水涨船高”，是因为把产品的价格提起来，自己可以多赚钱。这一法则显然不适用于原料供应商。提高原料的价格，会增加生产成本，降低利润。把原料价格压下去，自己会赚得更多。商家都在追求利润最大化，这样做也是无可厚非的。

郭经理把原料部的员工都派到秦台去，走访了很多芦笋贩子，想弄清其中的奥秘，核算一下王彭生的成本。他是非常仁慈的，不让供原料的人赚钱可以，叫他们亏损不行。保本的生意可以勉强维持，叫原料供应商亏本就没人给他送货了。

十年能够培养出大秀才，十年培养不出合格的生意人。生意、生意，能够广交朋友，让钱财生仔，实属不易。能够独当一面做生意的人，眼活、嘴甜、脑子快。不光会察言观色，脑子转得比光速还快。

秦台的芦笋贩子，知道厂家来人考察市场行情，全都装傻充愣打哈哈。小鸡不尿尿，各有各的道。都是芦笋贩子，彼此同病相怜，为了自身的利益，必须严守秘密。

隔行如隔山，原本就是一层窗户纸，一捅就破的事。靠门外汉盲人骑瞎马，漫无边际地摸索，很难窥出门径。

郭经理不再浪费差旅费了，决定支付85%的原料款，扣掉15%的利润。他还欠王彭生67万元货款，实付56.95万元就可以了。自己再磨磨蹭蹭，分期分批地支付，王彭生还要过来请客送礼，能拿回去50万就很不错了。

郭经理起死回生，东山再起。做完芦笋接着做黄桃、蘑菇、苹果、梨子、杂果等产品，一年四季红红火火地生产，在砀山名声鹊起，引起了政府的重视。政府早就想搞“高效特色”农业，就选定郭经理的工厂为龙头企业，让他发展芦笋基地，公司加农户，工厂带基地。政府给予资金扶植，还减免税收，让他带动农户和相关产业发展。

郭经理喜不自胜。但他不精此道，就想着让王彭生代服其劳。王彭生已经注册了“秦台飞龙实业公司”，这也要感谢郭总经理。他有现成的工厂、齐全的设备、配套的管理人员和熟练操作工，竺紫绒与他合作快捷、方便还能节省一大笔投资，可是他后期的表现叫竺经理不爽。竺经理虑事深远，怕投资之后再闹乱子，自己就亏大发了。所以取消了合作计划。

王彭生和李书记见面之后，就把竺经理带到单楼冷库去考察。镇领导出面接待，连市委“治理软环境办公室”的领导也出席了。给竺总很多优惠政策，对竺总做出了种种承诺。

觥筹交错，推杯换盏。竺总一扫南方人的扭捏，有了北方人的冲天豪气。他一杯一杯复一杯地陪着各位领导喝酒，一遍一遍又一遍地郑重承诺，和王彭生合作，离开砀山到秦台来投资。

单楼镇党委政府率先垂范，第二天就兑现了酒桌上的承诺，把一大片工厂、设备，价值五百多万元的固定资产，一块钱卖给了王彭生，让他捡了一个大漏。竺紫绒让王彭生先把公司注册下来，开办费用按股权比例分摊，他回上海总部汇报一下，后续资金很快就到。

王彭生拿出多年的积蓄，又找亲戚朋友借贷一些，让会计事务所帮忙筹措一些，凑齐了七百万元注册款，加上固定资产评估后可以充当验资资本的30%款项，注册1000万元资本，创办了一家民营实业公司，叫“徐州飞龙实业有限公司”。

郭老板也知道“外来的和尚会念经”。秦台离砀山只有四十五公里，虽然是咫尺之遥，但秦台是全国有名的绿芦笋产区，每一年都有靠芦笋发家致富的人，这一点砀山人是知道的。让秦台人现身说法，帮助自己发展芦笋基地，容易取信当地群众，是适得其所。

郭经理被县领导带到欧洲去考察，临行前交代掌管大印的女会计，王彭生应邀前来帮忙发展芦笋基地。基地发展起来了，政府拨给公司扶植资金，地头工厂可以收到新鲜便宜的原料，我们要全力配合。凡是涉及到芦笋的事情，一概按照王彭生的吩咐去做，不必请示。

王彭生让美女会计提着橡皮图章，跑村串乡，挨家挨户地盖章签合同，把那双纤纤玉手敲得酸软无力。王彭生事先写好了付款委托书，凑着美女会计如厕的机会，悄悄地盖上了砀山罐头厂的公章，用快件寄给了上海的竺紫绒。

郭子义在欧洲潇洒一圈，爬了巴黎的埃菲尔铁塔，观看了卢浮宫的油画，品尝了慕尼黑的啤酒，听了维也纳的音乐。等他回到砀山的时候，美女会计正在下发芦笋种子。芦笋罐头已经出完了，王彭生有了《付款委托书》，货款直接从竺总那儿截留了，郭子义没能扣掉他15%利润，如意算盘落空了。王彭生让美女会计拿现款购买芦笋种子，加价出售给笋农，王彭生和美女会计都有些许赚头。

郭总经理喟然长叹一声：罢了！有了诸葛孔明那样的感慨：谋事在人，成事在天呐。

2001年3月1日，王彭生和单楼镇政府签署了《招商引资协议书》，到财政所交了一块钱的厂房、设备等资产购置费。拿回有税务监证章的收款收据，成了单楼冷库名符其实的主人。他把追随自己收购芦笋的一帮子小兄弟都带进“飞龙实业公司”，“土八路”换服装，一下子成为“正规军”了。

镇领导告诉王彭生，固定资产和地面附属物属于他了，他可以在此安营扎寨，合法经营。但公司占地是富山村的，是镇里按每年每亩补偿双千斤小麦的方式租赁的，并未办理合法用地手续。如果“飞龙公司”每年缴纳的税额超过三十万元，土地租金由镇政府承担，低于这个标准，公司承担土地租赁费用。这些条款也写进了招商合同。王彭生把合同文本、营业执照复印件、税务登记证复印件、组织代码证复印件，全都传真到上海，向竺紫绒总裁作了汇报。由于“西岳集团”的资金尚未到位，王彭生暂领“董事长兼总经理”之职，等竺总的投资款到了，再到工商部门办理法人变更手续。

运气这个鸟东西，该来的时候泰山也挡不住。自从小栋栋带一块光洁圆滑的鹅卵石回家，王彭生就走鸿运。新乡的李华福老板，就想把自己的亲朋好友扶到马背上，让王彭生一个人在泥淖中跋涉。孰料他牵来的那匹马不是唐僧胯下的白龙马，不是刘备胯下的的卢神驹，不是康王赵构的渡江泥马。而是杨再兴胯下的战马，一跃入小商河就被陷住了。王彭生因为速冻芦笋滞销，抓住了“货物”这根救命稻草。他不光走出了沼泽地，还因祸（货）得福，小赚了一笔。

春节之后，速冻芦笋虽未起价，但芦笋罐头的价位一直居高不下，各路客商争相抢购。王彭生受高人指点，工厂启动之后，把速冻芦笋改装成罐头。罐装产品只要固形物不低于50%就算合格，另外一半是汤料。芦笋的汤料就是自来水加上少许的食用盐，清水也卖芦笋的价钱。

速冻芦笋是加工好的成品，改装罐头不需要前处理。长短也很适中，撕开包装倒进铁罐或玻璃瓶里，加上汤汁，封上口，高温高压杀菌后就是成品了。省工、省时、省力，还能多出成品。成品芦笋的长度是17公分，和“高37”罐头的长度一样。不用切根、去杂，出成率几乎高达200%。虽然是高价抵来的货物，但是一吨冻笋能做出两吨罐头，抵补亏损之后，还是有些赚头的。

砀山罐头厂的郭子义经理，因为自己出行欧洲，因为他的美女会计警惕性不高，没能打成王彭生的“秋风”。

王彭生把单楼冷库攫取到手之后，就结束了“蔬菜贩子”的生涯。应该说他是完美收官，闪亮退场的。就像毛毛虫羽化成花蝴蝶，完成了美丽的转身。小兄弟和朋友们都说他是尿罐子喝粥，抖起来了。昔日的同事说他是二斤重的玉米粒搓去皮，是大碴子。

外明不知道里暗，外人光知道王彭生一块钱买了一座工厂，是地地道道的“暴发户”。王彭生和他的“财政大臣”韩如月十分清楚，他们苦苦奋斗许多年的积蓄全部赔进去，仍然堵不严窟窿。如果上海西岳集团不能兑现承诺，他们就像受苦受难的耶和华一样，背起一座沉重的“十字架”。现在满脑门都是官司，将来揪心的事情还多着呢……

三十三

早春的江南，飞花走絮，莺飞草长。竺紫绒经理正漫步在杭州的苏堤上，领略着如画的春光。

上有天堂，下有苏杭。苏杭二州不仅水柔风轻，还美女如云，所以才会游人如织。杭州的西湖、钱塘潮、花港观鱼、柳浪闻莺、雷峰塔、断桥残雪，都是举世闻名的盛景。春天之中的杭州城，处处莺歌燕舞，遍地团花簇锦。

竺总经理一边观赏着江南春天的景色，一边拨动着自己心中的“小九九”。他的心情并不轻松。

秦台的确是一块风水宝地，物产丰饶，民风淳厚。现在“招商引资”的热潮像钱塘江大潮一样，汹涌上涨。借助这股东风，出具一纸合同就能获取当地政府的各种支持和扶植。王彭生一块钱买了一座工厂，就是活生生的例证。

人贵自知，竺紫绒是有自知之明的。他虽然是西岳集团的副总裁，是旗下分公司的一把手，可是说到底他只是一个高级打工仔，不是老板。他是真心想和王彭生合作，但是到秦台投资的事情他并没向老板汇报。或许老板也有向外扩张的打算，可是合作成功了，自己如愿以偿地当上合资公司的董事长，自己依然是个高级“打工仔”。身份不变、处境不变，心情就会大变。好处都是老板的，装不进自己兜里一分一毫。就此收手吧，实在于心不甘。王彭生一块钱捡了五百万的“大漏”，自己起了非常关键的作用。干吧，自己拿不出钱来投资。甩手不干吧，自己就分不到其中的一杯羹。

竺紫绒困惑纠结，久久不能释怀。他掏出手机来，调阅着老板和王彭生的电话，踌躇犹豫了两个多小时，终究没给任何人发送通话的信息。尽管他有一肚子话想说，也有非常不错的计划想付诸实施。他思虑再三，最终还是隐忍不发。

王彭生不明就里，着急得像大火上房一样。接手这么一个大摊子，要有人管理、要经营运作、要有费用养护，这一切都指望着竺紫绒老总呢。

王彭生十分清楚，谈判跟赶集买青菜一样，谁先出价谁吃亏。买家出得再高卖家也要求再长点，卖家出得再低，买家也会继续往下砍。可是一摊子事等候处理，八下里要钱办事，王彭生沉不住气了。

华灯初上的时候，王彭生拨通了竺总的电话。两个人此时此刻都是心事满腹，都还没来得及吃饭。

竺总经理告诉王彭生，总部刚刚换了董事长，正忙着变更法人啥的，还没来得及讨论异地投资的事。他已经和董事长单独接触过了，董事长对这件事情很感兴趣，不过他新来乍到，要先摸摸情况。心急吃不得热豆腐，干事业要有耐心。新领导十分沉稳，拖几天也在情理之中，好事多磨嘛。请你尽管放心，有我在这儿盯着呢。这事不会有任何闪失……我们要想办法启动工厂，如果总部还没注入资金你就把公司启动了，再有利润，大家就会认可你的能力，合作的兴趣会更加浓厚……这几年罐头行情不错，国际市场需求量很大，国内也开始热销。我们国家现在有十三亿人口，每人每年消耗一听罐头，这个市场是多么巨大啊！工厂占地近百亩，这就是资源。现在已经有了冷库，保鲜产品可以做。今年上马罐头生产线，总部投资之后再上马浓缩果汁生产线、速冻生产线、冻干生产线、脱水生产线，用不了几年，我们就能做成国家级龙头企业。那时候，光各级政府补助扶植的资金你都花不了。哈哈……没啥可顾虑的，干吧……

王彭生被竺经理蛊惑得魂不守舍，像是得了“禽流感”一样。头脑发热发胀，精神癫狂，全身的细胞都充盈饱满。此时测量身高，一定高过一米七了。他对竺紫绒的感激和敬佩之情油然而生，并且像滔滔东去的春江之水，汹涌澎湃，连绵不绝。

一个篱笆三根桩，一个好汉三个帮。他有不少要好的同学和朋友，找他们蹭蹭脸皮，或许能把公司启动起来。

王彭生扳着手指头数了一下，在银行工作的同学有陈富来、吕伟东、徐会臣、刘抄、王君、贾邻宽等。原来在化工厂工作过，和自己关系密切的孔斌也在银行，还是营业部的主任。在信用社工作的有郝华丽、谢爱玲、顾鸣康等人。

上初中时就经常分猪肉给大家吃的任广福，现在是工商局的副局长，主管市场合同这一块，抵押贷款是需要他签字盖章的。广福兄为人厚道，还古道热肠，乐于助人。找他帮忙应该是去连云港往海边走，大方向是正确的。车轮跑偏了或许先到日照和青岛，那也和连云港在同一条海岸线上。

同学和朋友们都很上心，都把王彭生的事情当作自己的事情。尤其是那个自幼就分猪肉给别人吃，热心而又大方的任广福。他不光帮助王彭生从银行贷款，还用自己的信誉担保，帮助王彭生从私人手里融资。短短的三十天之内，王彭生在同学和朋友的帮助之下，用房产和设备作抵押，融资 597 万元。

贷款是一把双刃剑。如果良性运作，利润可观，资金周转速度快，贷款就可以快速成就事业，使之步入辉煌。如果货物压仓滞销，或是割肉放血，亏损运营，恶性循环起来，赖驴打滚利滚利，本息周而复始地累计相加，贷款利息可以压死人！

负债经营，看上去红红火火，到头来不够银行利息。王彭生没有这样的经历，也不相信自己会沦落为银行和债权人的“打工仔”。然而世事难料，祸福难料，前程也难料。他已经被竺紫绒拉上了飞速奔驰的高铁，跳不下来了。开始他享受着飞翔一样的快乐，不愿意下车。到后来，列车行驶到万丈悬崖的边缘，硬跳下去会摔得粉身碎骨。他只能把自己绑在高速运转的战车上，信马由缰，顺其自然了……

坦率地讲，王彭生虽然没有李志卓执着，他最为热衷的也是文学创作。因为他从小学三年级开始就学写作文，对“写作”并不陌生。老师讲写文章无章可循，但有理可悟，坚持下去，说不定就有建树。成功往往在“再坚持一下”之中。李志卓一再勉励王彭生，说他最有希望得到赵本夫老师的衣钵真传，无论如何都要坚持下去。可是，在现实生活中生存是第一要义。马克思也说“物质决定意识”，瘪着肚皮气若游丝的人，靠不近理想的目标……

单打独斗地开工厂，对王彭生来说，是大姑娘上轿——第一遭。也仿佛是老和尚娶媳妇——没有前车之鉴呐。

对于好朋友的热心帮助，王彭生由衷地感激。他在秦台最豪华的酒店九州大酒店里，摆了两桌丰盛的宴席。一桌答谢帮助他的同学和朋友们，一桌专门宴请枌榆文学社的全体文学爱好者。做人要有原则，即便不能尽善尽美，也要有始有终。自己已经离开了文学的殿堂，要向昔日的志同道合者，今后的好朋友话别。其实“枌榆社”早就名存实亡了，只有李志卓一个人在苦撑苦熬。他扛着赵本夫老师这面大旗，支撑着“枌榆社”的门面。那样的执着并不被世人所理解，但依然是可敬可佩的。

为了显摆品位和档次，王彭生邀请秦台著名作家刘本夫老师、王震山老师过来作陪。赵本夫老师已经调到南京工作了，没能请他出席这次酒会。

酒桌上都说“过年”的话，溢美之词此起彼伏。就像召开年终颁奖大会，王彭生是立功受奖的人。

刘本夫老师说“著书也为稻粱谋”。企业家不光自己富足、气派，对社会的贡献也比作家更大。他早在六十年代就在《人民文学》、《人民日报》上发表作品，小说《小海蛟》曾经荣获当时的全国最高奖项。他因此被提拔成军区新闻干事、专职创作员，是当时屈指可数的军旅作家。他与江苏著名作家陆文夫私交甚厚，深得名家真传。文化功底扎实，语言风格独到。可是刘老师似乎不务正业，他不愿意在“文学创作”的道路上走得更久、更远，却非常迷恋经济工作，说白了就是抵挡不住“铜臭”的诱惑。

刘老师转业之后，被分配在文化局工作，是创作组的组长。经常聚在办公室里和他闲聊的人，有王彭生这样的文学青年，也有一些玩世不恭的社会油子。大概是“围城心理”在作祟，刘老师更热衷和后一种人交往。和前一种人打交道，像大学教授去教一年级，驴不走磨也不转。后一种人想和他联手倒腾黄油，或是联合喂养相思鸟。来回折腾几次，钞票就被折腾过来了。他开始也是小打小闹，可是越干越上瘾，越干路子越野，越干朋友越多，爱好和兴趣也越来越广泛。像抽烟、喝酒、打扑克、搓麻将、推牌九，他都慢慢地习练上了，并且越玩越精，越玩瘾头越大。老婆劝他“四十不学艺”，他回敬老婆“艺多不压身。活到老学到老”。

王美华管不了老公这个犟驴，自有无名英雄为她出气。有人写匿名信到纪律检查委员会，举报刘本夫老师不安心为党工作，大搞投机倒把，损公肥私。

刘本夫老师被隔离审查了，关在新华书店的二楼上。另一位地位更为显赫、名气更大、业绩更为显著的煤炭大亨被逮捕了。都说他从事的行业不好，世上不止360行，干啥不好？偏偏倒腾煤炭，看看，果真“倒霉”了吧？

秦台市揪出煤炭大亨和不务正业的刘本夫两个典型，表明的是同一种态度。那就是“树社会主义正气，煞资本主义歪风”。

秦台的大街小巷又贴满了花花绿绿的标语，往各个乡镇派遣了“社会主义教育”工作队，掀起了如火如荼的“社教”运动。

煤炭大亨早就有了私家车，后备箱里除了高档烟酒之外，还有一个装满现金的密码箱。风光潇洒过了，受到处罚也是值得的。

刘本夫先生不过在自己的配房里养了几十个相思雀，替战友储存几吨黄油。他和煤炭大亨相比，就是蚂蚁和大象的关系。秦台人都知道，蚂蚁打群架也是小玩，引不起地震来。他是顶风作案，撞到枪口上了。也有人说刘老师不会“来事”，组织部正在考察他，准备提拔有专业知识的人当文化局长。他成了众矢之的，危及到别人的利益。处在风口浪尖上还不知道低调做人，依旧张牙舞爪地我行我素，不治你治谁？

欲治其罪何患无辞，文化人整材料更是得心应手。刘老师成了十恶不赦的人民公敌，似乎不把刘本夫除掉，社会就不会太平，人类的文明就要终结，灾难就要降临。刘本夫是古代的庆父。庆父不死，鲁难未已。刘本夫手上拿着能打开“潘多拉匣子”的钥匙，随时能把疾病、瘟疫、灾难、邪恶释放出来。这样的人能不严惩吗？

刘本夫和那位煤炭大亨都是有福气的人。煤炭大亨即将被重判，刘本夫的案子即将移交检察院的时候，邓小平先生适时发表了《南巡讲话》。秦台市的“社教”运动偃旗息鼓了，“社教”工作队被悄然召回，刘本夫和煤炭大亨重新见到阳光，是“无罪释放”的。

煤炭大亨离开了秦台，被南方一家大型企业当作“人才”引进过去了。刘本夫老师调离文化局，局长没当成，当了文化馆的副馆长。

人都有抱负和理想，自己的理想没能实现，就想转嫁给亲朋好友或后人。刘本夫老师看到好朋友从商，打心眼里高兴。现在没有任何障碍，没有任何掣肘，甩开膀子干吧！刘老师喝高了，含混不清地嘟噜着：“乾坤特重我头轻，遗业未成赖众英……”

王震山老师说三百六十行，行行出状元。在哪一个领域里成功都值得称道，不一定非当作家不可。不过王彭生文化功底扎实，驾驭语言的能力不错。赵本夫老师说过，王彭生是当时秦台文学青年中悟性最高、进步最快的人。再提一口气，再爬一个坎就成功了。还有正在当局长的张丰跃和张世焘，一直坚持笔耕不辍的李志卓，他们都有当作家的潜质。等资本积累到一定程度，当官退居“二线”的时候，还要拿起笔来耕耘。你们几个当不了作家，我于心不甘呐……

王震山老师原来是水利局的驾驶员，文化水平并不高。但他勤奋聪慧，悟性极高。像高玉宝和高尔基一样，凭着一股子灵性和执着，勇闯文学殿堂，结出了丰硕的成果。他从 1983 年开始从事文学创作，著有长篇小说《水魂》、《王县长》、《禹风》等，并在《雨花》、《青春》、《东方》、《传奇演义》、《太湖》、《大江文艺》等著名刊物上发表一百多万字的文学作品，很多作品获得各级奖项。他让王彭生熟读百万富翁的创造者，美国人拿破仑·希尔撰写的《成功学全书》，还有另外一篇文章：《把信送给加西亚》。让他记住罗文中尉，那个领到任务立即出发，不讲条件、不问路径、不要保镖、不怕困难，历尽千难万险，终于把信送给加西亚将军的人！

王震山老师适时的鼓励和教诲，给王彭生极大的鼓舞。他明白了第一个办大学的人没上过大学，关键是敢拼敢闯。因为有赵本夫老师的鼓励常在耳边回响，有王震山老师的一再催促，有李志卓坚忍不拔的身影常在眼前晃荡，他的文缘未断，一直没有放弃心中的幻想。他涉足商海，是一个历史性的误会。他虽然身在商界，却如徐庶进曹营一般，身在曹营心在汉……

李志卓喝得酩酊大醉，他说这是他平生喝到的最难喝的一桌苦酒。

他嚎啕不止，为“枌榆社”哭泣。他一改常态，撕掉了彬彬有礼的儒雅面纱，大骂“枌榆社”的其他成员是“官迷”、“财迷”、“媳妇迷”，是背叛“文学”的可耻败类，是蒲志高和王连举……他最不能容忍王彭生的背叛。赵老师已经说了，他王彭生是最接近成功的业余作者，再过几天清贫的日子又咋了？你也随波逐流，甘心情愿地堕落成俗人。可悲啊可叹，赵老师离开秦台太早了，一大批有才气的人都被俗务葬送了。

李志卓也曾苦口婆心地劝说王彭生：放弃是最低级的失败，坚持是最高尚的成功。赵本夫老师是伟大的作家，他成名之前也是一个普通的业余作者。他之所以能够成功，异于常人的地方在哪里？就是他不受外界的因素干扰，坚持不懈地写作，从不退缩，从不放弃。你已经有了不错的基础，要继续努力添砖加瓦，而不是这山看着那山高，盲目地投身于另一个完全陌生的未知领域！清者自清，浊者自浊，既然劝不醒你们这群又臭又硬的糊涂蛋，我就洁身自好，不随俗流。你们都滚吧，我李志卓不会背叛文学，不会离开这个神圣的殿堂……

李志卓恨铁不成钢，又没有能力挽住大厦将倾的颓势。他不愿意沦为俗人，也不愿意看到背叛信仰和理想的叛徒。他想和这帮子卑鄙可耻的家伙画地绝交，可是九州大厦不是自己的领地，他没有权力阻止任何人越界。他掏出一把铰指甲的小剪刀，把笔挺的西装铰开一道口子，使劲撕下一片来甩在酒桌上，和大家“割袍断义”了。真心向善，始终不渝地坚决追随耶和华或玛利亚的虔诚信徒，羞与犹大为伍。

“大家好自为之，我李志卓太讨人嫌了。从明天开始，你们就听不到我的聒噪了。我在诸君面前消失，我要躲到一个俗人找不到的地方去潜心创作，一定拿出传世不朽的伟大作品来，语不惊人死不休……”李志卓穿着只剩一片衣襟的西服，昂首挺胸地走了出去。满屋子人愣在那里，没有一个人吱声。大家相互默默地对视着，眼里噙着泪水，心情全都无比地沉重……

古人说过，千里搭长棚，天下没有不散的筵席。漂亮的女性服务员送来了爽口的水果拼盘。这是饭店里的最后一道菜，吃完主食才送到餐桌上来。大家都把外套穿在身上，做好了道别的准备，吃完水果就要曲终人散了。

一名男性侍者推门进来，用托盘把账单和发票送给坐在东道席上的王彭生。他用标准地道的普通话告诉王彭生，酒水、香烟是一位女士赠送的，一位男士提前买单了。他们正在楼下等候着，有事要见王先生。

烟是高档的苏烟，酒是阆中特产压酒。王彭生没有四川的朋友，也不知道秦台哪位哥们经销阆中特产，显得非常困惑。阆中压酒是宋朝大词人陆游的最爱，他曾经写下赞美压酒的诗句：挽住征衣为褶尘，阆中斋良绝芳醇。

着装得体的青年侍者很礼貌地躬身行礼，然后十分优雅地退了出去。王彭生显得十分迷茫。是谁在楼下等候自己？谈什么事情？

三十四

王彭生和尊贵、友好的客人们一起乘电梯下楼，沿着铺有大红地毯的迎宾大道，把客人们恭送出门，逐一握手告别。

客人走远之后，王彭生的驾驶员姜海蛟把黑色的桑塔纳 2000 开过来，送老板回家。这时一辆黑色的奥迪在旁边停下来，一个美女的头颅从车窗中探出来，和王彭生打招呼："小表叔慢走，我有礼物送给你。"

叶绿素从车上走下来，像一幅现代摩登的立体仕女图。她的着装和配饰永远新潮时尚，思想也很前卫。她穿着一件米色的风衣，脚上蹬着一双绿色的皮鞋，油光瓦亮，又尖又长。长长的鞋尖往上翻翘着，比卓别林的道具还要夸张，酷似扑克牌上的至尊宝。她故意把风衣脱下来，搭在手背上。上身那件大开领的衬衫，露出一道能把男人深陷其中的乳沟。下身是紧绷绷的健美裤，勾勒出身上的沟沟坎坎，让人看了心绪不宁。

望着王彭生和驾驶员东躲西闪又忍不住偷窥的目光，叶子忍不住笑了。她嘲笑小表叔封建、胆小，表面上道貌岸然，骨子里男盗女娼。看见裤裆包不住腚沟子就像见了外星人一样，内心里巴不得女人把衣服脱光。现在大城市已经"狗穿衣服人露肉"了，大胆泼辣的少女穿着布条一样的亵衣，扒开腚沟子才能看见裤头子。再后来，长裤子穿到里面去，裤衩子穿到外面来。让这群腐朽僵化的老人家看到了，该是啥样的表情？会有啥样的反应？

叶子把一位比程立雪块头更大的男人从驾驶座上拽下来，介绍给王彭生："这是我新交的朋友，四川阆中人，搞房地产开发的。"她已经把程立雪甩进垃圾堆去了，却仍然按照程立雪的班辈排序，叫她的朋友恭敬执礼。

"老黄过来，这是咱表叔。咱们的压酒就是送给他的。"叶子从后备箱里拿出阆中特产"张飞牛肉"和"保宁醋"，送给"表叔"当作见面礼。

王彭生含含糊糊地胡乱应承着，笑得极不自然。他和程立雪原本就是八竿子打不着的"表叔爷们"，虽然仝部长扯出了他"战友"这层关系，但王彭生应承得还是非常心虚。他至今没见过仝部长的战友，和仝部长战友的表侄子也没处好关系，生意没做完就分道扬镳了。叶绿素是因为程立雪才管自己叫"表叔"的，现在程立雪在她心里已经成为"历史"了，她还甜甜地叫着"表叔"，王彭生觉得诚惶诚恐。不过"张飞牛肉"和"保宁醋"都是好东西，他不忍心拒绝。

三国时期，刘备委任大将张飞为巴中太守，扎住在阆中七年。他把用佐料腌制好的牛肉煮熟熏干，犒赏三军。因为牛肉是用张将军的配方制作的，熏干之后表层黝黑，和张飞的肤色一样，所以大家都称之为"张飞牛肉"。军士们咀嚼着"张飞牛肉"，大败了魏将张郃，保一方安宁，张飞牛肉也称"得胜肉"。

保宁醋的麯块使用几十种中草药配制而成，不光口感风味独特，还能降血压、治感冒，是药食兼用产品。现在是世界上唯一可以花式调制成"鸡尾醋"，像酒一样饮用的醋。

叶绿素告诉她的新朋友，"表叔"在秦台朋友多，人气旺，想在秦台鼓捣点事情，先要和"表叔"处好关系。她又把"表叔"拉到一边，十分认真地告诉他，程立雪就像砂锅里煮过的药渣子，没啥用处了，只能倒掉。自己朝秦暮楚不是犯贱，是想趁着年轻色相好，干成一点事情。否则就是资源浪费，辜负春光。粑粑臭的时候招苍蝇，叶子黄了毛毛虫不咬。现在不鼓捣点事干，花老珠黄的时候谁还理你？

王彭生表示理解，这个“表侄女”和他没有任何血缘关系，不必为她的行为负责，也没有管教她的义务。但愿她的丈夫也能理解并谅解。秦台毕竟是北方的城市。北方也有“红杏出墙”的风流韵事，北方人的看法是“男人风流如戴花，女人风流是败家”。

叶子像藤条一样，缠着王彭生要请他吃饭。直至王彭生点头应允并约定好时间，她才像蝴蝶一样，翩翩地飞进奥迪车里，让她的朋友拉走了。

送烟酒的走了，送菜的来了。这是王彭生的老熟人，是厉程遥老大介绍给竺紫绒的心腹，派驻在砀山罐头厂的甲方代表解春临。

“老王哥，我等你半天了。”解春临伸出双手，十二分热情地拥抱着王彭生。也十二分夸张地吆喝着：“王老板重色轻友，光知道跟美女热乎，把咱哥们晾起来了……我在旁边听了一耳朵。她不就是嘴甜，喊你两声‘表叔’吗？如果你喜欢当长辈，从现在开始，我也改口叫你表叔……”

“你小子真是天生的贱种，为了早说一会话就自贬辈分……”王彭生的眼睛大了一圈。他没读过《厚黑学》，不知道如何使用下三滥的招数。

“这个你就不懂了。我们经常出门的人都知道，在家千日好，出外一时难。出门就得矮三辈，辈辈都得装孙子。怜悯之心人皆有之，装成可怜虫，才好办事情。”解春临厚颜无耻地笑了，嘲笑“气节”不能当饭吃。“真能挣到钱，喊他个亲爹也无妨。应爹的不能多长一块肉，当儿子也矮不了谁一头……有啥磨不开的……？”

王彭生服气了，知道眼前这个货比程立雪更老练成熟，自己缠不了。他和叶子倒是天造地设的一双，可惜景水香那朵鲜花先插上去了。

解春临不停地“出憨症”，逗得大家捧腹大笑。大家对他心生好感，感情距离贴近了许多。

“傻小子别闹了，到底有啥事？”王彭生掏出手机看一下，已经十点多了。当时时兴“男戴手表女挎包”、“男戴观音女戴佛”。王彭生不喜欢那些鸡零狗碎，自从手机兼容了钟表的功能之后，王彭生再没戴过手表。

“什么叫我有啥事情？我是专门为你办事的，来兑现你对朋友的承诺。”解春临一脸认真，把王彭生搞懵了。“想想看，十多年前，你对厉程遥老板有没有承诺？”

“你是说……帮他找孩子……”王彭生是答应过厉老大，帮他寻找失散的亲骨肉。可是人海茫茫，寻找一个不知去向的婴幼儿，无异于大海捞针，到哪儿去找？

“哎——！对喽。”解春临诡异地眨巴着眼睛，冲着王彭生鬼样地笑。“我知道那个娃娃在哪里。”

“真的？”

“真的。”

“南无阿弥陀佛，善哉善哉，以马内利、阿门！感谢万能的真主安拉，感谢城隍、土地、老灶爷，感谢天上的星宿和值日功曹……”王彭生两眼冒着火焰，兴奋到了极点。他真心实意、十二分虔敬地感谢所有的神灵，也感谢这个可以修炼成仙的解春临。“那个孩子在哪儿？是真的吗？”这个好消息来得太突然，王彭生仍有几分不信任。

“千真万确，如假包换。做完亲子鉴定你再奖赏我。”解春临把王彭生推到车上，悄悄地附耳低言：“这儿不是说话的地方，改天挑一个僻静的地方，咱哥俩细啦……今天太晚了，你又应酬了这么多人，肯定困乏了，先回家休息吧……”

王彭生回到家里，韩如月给他削了一个苹果。红富士苹果是秦台的特产，酸甜适中，清脆爽口。他平时很爱吃苹果，今天却没有胃口。解春临的话，像是一股惬意的春风，吹皱了一湖春水。他脱衣上床，依偎在床头上，呷着浓茶看电视。耳边萦绕着解春临的鬼话：“我知道那个娃娃在哪里。”眼前浮现着自己和厉老大在船上醉酒的情形，心思根本没在电视上。

猜谜是件折磨人的事，既然谜面出来了，就想尽快知道谜底。王彭生忍不住了，拨通解春临的手机号码，约他明天上午到公司见面。

解春临已经回到鱼台老家了，说是有要紧的事情要办。明天办不利索，要到后天才能回秦台。这不是故意吊王彭生的胃口吗？

王彭生急得要死，又万般无奈，一副六神无主的样子。他一会躺下去，一会又折身坐起来。躺下的时候翻来覆去地“贴烙饼”，坐起来的时候喝茶叹气。韩如月知道，丈夫心中有事不能排解的时候，自己就要伴陪着他一起度过一个不眠之夜……

解春临回来了，从湖边上来的。他开着一辆黑色的普通桑塔纳轿车，里面有他的夫人景水香，还有许多微山湖的特产。有莲子、菱角、鸡头米，有老鳖、螃蟹、野鸭蛋，还有微山湖特有的四个鼻孔的大鲤鱼。

解春临行为诡异，常有令人不解的行为。他随车带来一个白色的大号塑料桶，里面装满了微山湖的湖水。他特意把景水香带来，让天天在湖面上漂泊的“水猫子”厨师，给王彭生做一桌地道的“全湖宴”。做湖里的鱼，要用湖里的水。这叫“原汤化原食”，是有讲究的。

叶绿素也带着她的阆中男友赶来了，她告诉王彭生自己和交警队的头头交涉好了，拿五千块钱能要个极好的车牌号，她准备把这个牌照送给小表叔。王彭生摇摇头，婉言谢绝了。他近日参加了好几次葬礼，看到送给死人的纸扎冥车都挂着“8888”、“9999”之类的吉祥号。万一阴间的醉鬼不顾车型，只看牌照，顺着号码爬到车上来，谁敢送他回去?

景水香在厨房里拾掇饭菜的时候，解春临把王彭生拽到办公室，掏出一沓彩色照片递给王彭生。那是景水旺的照片，从一百天到十八岁，每年一张，共计 19 张照片。

景水旺已经是高中生了，英武帅气，和厉程遥老大年轻的时候一模一样，就像一个范模浇铸出来的。不同的是年龄和肤色。景水旺年轻、白净。皮肤白是景水香的功劳，个子高是厉程遥的遗传。这个讨喜的孩子，把父母的优点全都继承下来了，把父母的缺点全都抛弃了。

“这就是你的干儿子，不用化验也能认出是谁的种。”解春临拍拍王彭生的肩膀，得意地诡笑着。“这回相信了吧？他现在是我的小舅子，其实……差辈了……我只能把这个孩子的下落告诉你。怎么要回来，要看厉老大的本事……”

微山湖的特产摆了满满一桌子，热气腾腾的令人垂涎。解春临从车上搬出一箱古郯大曲，一箱华陵啤酒。

“老王哥，咱们都是山东人，今天在江苏喝山东酒。白酒啤酒都是山东郯城的，你们老家的酒。你要敞开肚皮猛灌，为促进家乡经济发展做出应有的贡献。”这个解春临确实不简单，为了让王彭生领情喝酒，他居然驱车两百多公里，到郯城去买酒。菜和水也都从微山湖带过来，是正宗地道的山东货色。

王彭生十分高兴，美不美故乡水，亲不亲家乡人。他和解春临不在一个地区，却同属山东境内，是千真万确的老乡。

“老王哥，你和厉老大是把兄弟，我和厉老大是战友。这样论起来，咱们是叔伯仁兄弟……”酒过数巡之后，解春临面红耳赤，兴奋异常。他抓住王彭生的手，像找到了失散多年的亲人。“咱们这样的关系，是多一个姓的兄弟，和亲兄弟没啥区别……”

“你和厉老大是战友？你参军的时候有多大？”解春临比厉老大小好多，厉老兄当兵的时候身高长成了，年龄却是虚报的。如此推算起来，解春临只能是“童子军”。“文革”期间，时任南京军区司令员的许世友将军，为了保护一批父母受冲击的高干子弟，特招一批“童子军”，可是解春临不具备那样的条件。

“我们是不穿军装的‘战友’，不是……”看到王彭生的困惑，解春临忸怩起来，有几分羞赧。他把王彭生拉到一边，指着景水香小声说道：“厉老大和我那口子不是有过一腿吗？我们在同一片‘领地’上战斗过……是那样的‘战友’……”

“我操！你真是……”王彭生释然了，脸上挂着极不自然的笑容，心中升起一股说不出来的异样感觉。这个解春临是人类中的“另类”，好像是外星人一样。他从不隐瞒自己的隐私，敢于在阳光下晾晒秘密。

文人的潜质被激活了，灵感也被招进脑海，王彭生心中就有了一首小诗：

比陆地大的是海洋，
比海洋大的是天空，
比天空大的是宇宙，
比宇宙大的是解春临的心胸……

都说人这一生，想一天不安生，就召集朋友，请客吃饭。凭空造访是一种骚扰，叫人被动地应酬是一种戕害。想一年不素净就盖房子。与人不睦，劝人盖屋。操心盖房子，是减肥瘦身的特效良方。从筹划盖屋开始，到新房竣工结束。事主心力交瘁，不死也要蜕掉一层皮。要想一辈子不离苦海，就是多娶老婆、多找情人、多生几个倒霉的儿子。一个女人疼夫婿，两个女人闹乱子。男人是掉进风箱里的老鼠，两头受气，一辈子不得消停。闺女多了坐火车，儿子多了气死爹。一个孩子没偏没向，父母挣再多的家业都是他的，欠再多的债务也是他的。儿子没办法攀比，只能认命。

闺女都是孝顺的好孩子，儿子都是债主。债主多了，轮番讨债。讨债无好口，添堵添忧愁。睁开眼睛就看到债主，就想起自己的责任，就知道自己的债务未清，自己的孽缘未了，就能看到自己晚年站在墙头上的身影，父母怎么会开心？日子怎么会舒坦？过去一直以为“无情都是帝王家”，曾几何时，“薄情寡义”也像乌衣巷的春燕，飞入寻常百姓之家了。

父母要给儿子盖屋娶媳妇，儿子要给父母养老送终，这都是天经地义、推卸不掉的。现在物价飞涨，房价盘踞在云端，迟迟不肯落下。儿子多了，说媳妇的难处姑且不论，光是房子就像泰山一样，能把父母压死。

夕阳西下，夜幕即将拉开。解春临在王彭生的工厂里闹腾一天，终于要谢幕收场了。客走主人安，王彭生松了一口气，彻底放松下来了。

“老王哥，我想起一件事。”解春临已经把车子启动了，好像猛然间又想起了什么事。似乎是可有可无的小事，突然想起来了，顺口咨询一下：“听说咱们厂要上马罐头生产线，还要盖车间。我有个哥们是鲁桥罐头厂的设备厂长，叫他跟着长长眼，保准在质量和价格上都不会吃亏。我已经承包了一个空罐厂，和竺总打过招呼了，空罐就用我的呗？”

“我这个朋友是土建方面的行家，我也懂一点，就交给我们呗？”前来陪客的叶绿素适时插话，怂恿他的四川朋友表态。

“好啊。”王彭生正为这事发愁呢。自己和手下这帮子弟兄们，都是蔬菜贩子，对机械和土建工程是七窍通了六窍，一窍不通。解春临和叶绿素在这个时候像毛遂一样勇敢地自荐，实在是帮了王彭生的大忙。

“我们先起草个合同吧。”

“合同跟门锁一样，防好人不防坏人。对于不守信用的人，合同就是一张废纸，签了又能怎么地？咱们这样的关系，签不签合同都得给你干好。我这个人你还不知道？咱吐口唾沫砸个钉，胳膊上能跑马，肚子里可以行船，拔一根汗毛竖一根旗杆……绝不糊弄事，不能让你老王哥看不起，说我姓解的不是东西……”解春临捶胸顿足，把胸脯拍得山响。王彭生有些不好意思，似乎提出“签合同”是不光彩、不体面的事，有失君子风范，显得外气、薄气，硬要把可以信赖的好朋友拒之千里之外一样。

解春临和叶子看出了王彭生的纠结，很大度地笑着说：“我们是粗人，没啥文化。合同该签就签，你来起草吧。”

王彭生轻轻地舒了一口气，纠结的心情放松下来了。像是犯了重罪的囚徒被人谅解，听到“免于刑事处分”的赦令一样。他刚刚了解商场上流行的另一条规则：先小人后君子。

三十五

韩如月在灯下翻看《宋词》，信手翻到了辛弃疾的《丑奴儿·书博山道中壁》：

少年不识愁滋味，爱上层楼。
爱上层楼，为赋新词强说愁。
而今识尽愁滋味，欲说还休。
欲说还休，却道天凉好个秋。

韩如月感到了些许凉意。当初横下心来，陪着老公表演“一只死老鼠”的故事，解囊、倾囊不过是几千块钱。得之窃喜，失之不忧。现在账上有了几百万，银行利息天天压在心头上，叫人舒展不开紧锁的眉头。现在老公要用钞票去换“铁疙瘩”，看到出去的钞票换回来发票，韩如月的牵挂更重了。万一再有些闪失，日子怎么过？儿子怎么办？儿子正在读高中，学习成绩差强人意。督促得紧一点就是上游成绩，松懈一点就会滑进下游的行列。儿子走到了人生的十字路口，处在非常关键的时期。老公偏偏在这个节骨眼上办工厂。工厂运营起来，哪里还有时间顾及儿子？

解春临开车来接王彭生，到徐州换乘火车去浙江舟山、广东汕头和福建漳州去考察罐头设备。韩如月按照秦台的习俗，擀面条给他们践行。接风的饺子送行的面，面条是臆想中的连心索，能把亲人放出去，也能把亲人拉回来。

望着绝尘远去的汽车，韩如月心中一沉，有了燕赵猛士荆轲先生那样的感觉：风萧萧兮易水寒，壮士一去兮不复还！

解春临介绍给王彭生鉴定罐头设备、评估设备价格的段书剑厂长，是当之无愧的行家里手。他告诉王彭生，4B2 封口机、蘑菇分级机、芦笋打皮刀是汕头的好。买 M16 封口机、淋碱机、打丁机、连续杀菌机要到舟山去。挖梨核、桃核、苹果核的刀具就在砀山买。想捡漏贪便宜，就要去漳州。

漳州台胞很多，是大陆最早种植蘑菇、芦笋，最早加工罐头的地区。随着沿海地区企业的不断转型升级，工资水平不断提升，原料基地不断萎缩，这类劳动密集型企业开始往内陆转移。

很多罐头厂因为原料紧张、用工紧张，开始停产转产。厂房可以利用，闲置的设备需要处理。残物半价，处理的设备都是廉价的。还有一些不法分子，涉黑、涉贪的洗钱分子，在地上建设罐头厂，在地下开办卷烟厂，制造销售假烟。洗钱的人偶尔转动一下机器，不计成本地敷衍生产几天。这些窝点被政府查处之后，设备和场地都公开拍卖。设备从安装到拆装，几乎没有使用。花三分之一的价钱，就能买到崭新的机器。

王彭生顺利地完成了采购罐头设备的任务，低价买到了好设备。内心狂喜，花钱就大方起来了。他带着解春临和段厂长，专门绕道去沙县，品尝全国闻名的“沙县小吃”，犒劳两位劳苦功高的同伴。

孔圣人说过：食色性也。食物一日三餐，须臾不可或缺。民以食为天，肚皮得有食物充填着，生命才能延续。哲人说过：人是铁、饭是钢，一顿不吃饿得慌。

燧氏老祖把木头钻出火花之后，食物烹制的方法、形态和味道，得到了进一步的升华。历史长河之中，多如过江之鲫的烹饪大师和美食家，不断探索钻研，赋予食物新的功能和灵性。他们强调“美食美器”，强调餐桌上的创意，把食品的“色香味形意”发挥到极致，大快朵颐成了人世间至高无上的享受。食物超出了“果腹、充饥”的范畴，还能赏心悦目，安慰人的眼睛、鼻子和耳朵。引起人们超越时空，超越自我，超越食品内涵和外延上的联想。

一些有钱有闲，呼鹰逐兽、裘马轻狂的阔少们，一边“食不厌精、脍不厌细，不撤姜食”地享受着养尊处优的生活。一边大放厥词，胡说“君子远庖厨”，真是把人粮食吃到狗肚里去了。倘若“食无求饱，居无求安”，他们还有君子风范吗？还会憎恶庖厨，还会“食饐而餲、鱼馁而肉败，不食；色恶，不食；臭恶，不食；失饪，不食；不时，不食；割不正，不食；不得其酱，不食”吗？

王彭生由衷地钦佩古人的远见卓识和英明伟大，现代人吃“活鲜”食品，和古人“不食餲馁色恶”食品是同一个道理。按照“不时不食”的原则，大棚里种植的反季节蔬菜也不能食用。植物学家和营养学家说过：反季节蔬菜、生长激素催肥、增大的畜禽产品，和自然生长的“时鲜”产品，形似神不似。其口感风味、营养价值，都存在着很大的差异。“割不正不食”，是要求食物的形态完美，要求食物同时满足人们生理和心理上的双重需求。这是非常符合养生之道的，古人真的非常伟大呀！

有一位伟人说过：胜利女神从来不会把微笑赐给那些拱手奉送时间的人，世上没有可以任意挥霍的时间。时间有去无回，不论你有多大的本事，都无法重复利用一秒钟！王彭生也在思忖，中国人是不是过于眷恋厨房，花费在饮食上的时间太多了。如若不然，中国的社会文明、科学进步，都会更快一些。

王彭生有了紧迫感，决定吞咽完嘴里的食物就到车站去，从现在开始尽可能地节省时间。机会已经有了，勤劳、判断和健康是成功的三个要素，自己同时具备了吗？积习难改，要把自己身上的“懒鬼”甩掉，谈何容易？不过知耻者近乎于勇，已经知道了自身存在的缺点，或许会尽力改正的吧！

王彭生的手机持续不断地响起，他连续接听了三个电话，耗尽了两块电池。这三个电话都能让他血压升高，都能引起他的情绪和脉搏大幅度地波动。

第一个电话是好朋友厉程遥打来的。他告诉王彭生，自己的扩张计划失败了。他在云南批发“黄牛”饮料，业绩骄人，获得了巨大的成功。他想把这种模式复制到全国各地，先在省级以上城市里购置、租赁门面，装潢门面，配置高档的现代化办公用品。给分公司经理配备专车，聘请名演员做广告，聘请当地名流捧场。钱像流水一样“哗哗”地淌了出去，和大诗人李白的诗句十分吻合：“君不见黄河之水天上来，奔流到海不复回……”

厉老大花费了巨额开办费，又连续三年亏损，险些把老本赔光。他意识到盲目扩张的错误，开始全面收缩。办公用的桌椅板凳、电脑、空调等，几乎全部扔掉，车辆和房子变价处理，租赁的房屋支付违约金退租，输得很惨。这个教训是花巨资买来的，所以要和好朋友分享。前事不忘后事之师，希望小兄弟不要头脑发热，重蹈自己的覆辙。

都知道“失败是成功之母”。小的失误和失败适应这一定律，总结一下原因，汲取经验教训，以利再战。像厉老大这样“赔掉腚”的失败，把“母亲”大人折腾得元气大伤，身残脑瘫，生活不能自理，还能孕育生养“成功”吗？

厉老大被这次失败打击得萎靡不振，躺在床上十多天爬不起来，脑袋像刀砍斧劈一样疼痛欲裂。他说如果不是积蓄丰厚，割去一块肥肉依旧衣食无忧，他可能会飞身纵下60层高的写字楼，委身泥土，了此残生。那样他给好朋友的就不是现在这样的“忠告”，而是“血的教训”了。这个教训就是商场上不欢迎俄狄浦斯情节，失败这位“母亲”是狠心的“后娘”，她的怀里没有温馨、疼爱和慈祥。惨痛的失败往往剥夺你总结、回顾的权利，不会留给你休整疗伤的机会，而是直接把你送进坟场！

人在高兴的时候可能会忘乎所以，但在绝望中往往能想起至亲至近的人。厉老大非常想念景水旺。他汇给王彭生一万块钱，叫他想办法不露声色地送给景水旺一部好手机，然后把入网号码告诉他。朋友，肝胆可以相照，生死可以相托。这是他和王彭生在河道里探讨过的，王彭生不会忘记，所以也不会辜负他的重托。

厉老大的忠告没能引起王彭生的重视。背靠大树好乘凉，他身后有上海西岳集团，有哥们一样鼎力相助的老总竺紫绒，他心里非常踏实。

第二个电话是楚州罐头厂的老板刘雨虹打来的。他听说王彭生要上马罐装食品生产线，特意打电话表示祝贺。另外他手头上有一些做不了的单子交给别人不放心，只能请王彭生帮忙做出来，他按吨支付加工费。

秦台的芦笋已经开始萎缩了，要开辟新的“战场”。正好山西清徐地区有一片芦笋基地，属于未经开垦的“处女地”。他要和王彭生联手过去办个分厂，捷足先登，抢占先机。早到讨个巧，晚到瞎胡跑。仔细考虑一下，联合办厂不用你拿钱，加工费算投资，设备从楚州拉过去，流动资金由楚州工厂提供。这也是“天上掉馅饼”的好事情，让王彭生喜不自禁。

王彭生和刘老板是在秦台芦笋市场上认识的。刘老板刚接到做芦笋的单子，就着急忙慌地到秦台来布点。

柿子捡软的捏，知心话要找熟人说。刘老板到秦台收购芦笋，也是奔着熟人来的。春节前就有秦台的芦笋贩子溜到楚州罐头厂，找到了刘老板。他们是张力收和赵力峰，他们和王彭生一起活跃在秦台芦笋市场上，彼此相熟，关系不错。

张力收和赵力峰的文化水平相对较低，怕在客人面前丢份，特意打电话叫王彭生陪客。事有凑巧，像是故意安排的一样。

王彭生没有抢夺客户的意向，也没有显摆张扬，却让刘老板调转了风向。他因此常存歉意，好像自己做事很不地道，故意撬了朋友的“墙角”。

刘总是个很有特色的人，从形象上看，酷似电影演员。听他的谈吐，又好像是教授。他颇有城府和见地，属于胸中有丘壑，动静皆风云之类的人物。王彭生见过很多民营企业家，刘雨虹是他迄今为止，见到的最优秀的一个。

王彭生一进门就引起了刘总的注意。他来得晚一点，是面带微笑姗姗来迟的。微笑虽然悄无声息，却是世界通用的语言，能够沟通各色人种，甚至是异类。微笑能平息狂躁，缓和紧张，传递着自信、友好和尊重。

开场之后，刘总自我介绍说：他是宿迁人，在楚州开办工厂。他的老家宿迁已经是地级城市了，西楚霸王项羽是他的老乡。家乡最为繁华的街道上，有“项羽举鼎”的雕塑。霸王高举宝鼎，怒视西北方向，随时会把宝鼎甩出去，砸向远方。有人说项王想砸徐州，因为他的铁哥们加万世宿敌刘邦是徐州秦台人。其实霸王想砸的是西安。刘邦长眠在陕西境内，游魂未归故里。

王彭生接口说道：刘邦是得到了淮阴侯韩信的帮助才扫平天下、建立大汉王朝的，并非刘邦具有超过楚霸王的本领。宿迁项家是名门望族，族中人才辈出。有人敢“烹天子父”，有人能“为圣人师”。项羽力大无比，有筐外之力，据说站在条筐之中，能把自己提起来。他恨地无环，说是如果给地球安上铁环，他可以把地球提起来。那是何等的自信。只有信心满满的人，才会如此狂傲。后来的大科学家阿基米德，也曾想过借助一个支点撬动地球。

项羽一剑能挡百万兵，具有万夫不当之勇。他比他的仁兄弟刘邦更讲义气。刘邦就是个市井无赖，胜之不武。项羽义薄云天，虽败犹荣。说到底还是老刘家厉害。刘总到秦台来，也会像先祖一样成就伟业，开创未来。

刘雨虹心花怒放，越看越觉得他和王彭生是王八看绿豆——对眼。越聊越觉得他和王彭生是用苹果砸猴子——投（猿）缘。

人生知己难觅，谁都想在茫茫的人海之中，找到几个可以推心置腹、无话不谈的益友。相互扶持和鼓励，共同承担责任，共同分享快乐。刘雨虹一直留心可以援引为知己的好朋友，众里寻他千百度，暮然回首，那人却在灯火阑珊处。上苍垂怜，把王彭生送到了他的面前。

男人抒发情怀的最佳方式，莫过于饮酒。刘雨虹和王彭生一杯接着一杯，用洋河大曲和青岛啤酒浇心洗肺。他们像初恋的情人一样，心里只想着对方，眼里也没有别人了。他们脱去外套，剥掉伪装，斯文早已扫地，开始说粗话、说荤话、说胡话、说重话、说没有任何意义的废话。

第二天，刘总单独接见王彭生，邀请他共进早餐。饭后刘雨虹驾着“宝马”赶回楚州去，丢给王彭生一句掷地有声的承诺：我刘雨虹在秦台收购一根芦笋，叫你王彭生供货，收一火车芦笋，还是叫你王彭生供货。如果完不成任务你自己想办法设分点，楚州罐头厂不找第二个代理商。

王彭生和刘雨虹的合作就这样开始了。第一次合作成功，双方都很愉快，感情也递进加深了。夫妻感情好了，甜蜜的小日子才会接着过。生意赚钱了，伙计们也会继续合作。

刘雨虹头脑聪慧，目光如炬，是心细如发、明察秋毫的角色。他选中的市场是“中东”地区。那儿地下有丰富的石油资源，地上是浩如烟海的沙漠。沙漠是不毛之地，什么植物都不长。茄子、黄瓜、西红柿，苹果、荔枝、小胡桃，他们那儿统统没有。什么都缺就什么都要，只要开出单子来，他们几乎照单全收，质量也比欧美国家和小日本宽松，生意好做。刘雨虹给他们做瓜酱、果酱、番茄酱，青豆、蚕豆、染色桃，都是原料廉价，货源充足的商品。他们做西瓜酱的主料是冬瓜，派加工食品的工人替环卫工人净街，捡来路人丢弃的西瓜皮，洗净捣碎和冬瓜肉掺合在一起，加上糖熬出来。成品晶莹剔透，有很浓的西瓜味，把洋鬼子哄得一愣一愣的。

随着食品行业的逐步规范，政府监管的力度加强，技术监督局和卫生防疫站都接到举报材料，并开具了处罚通知书。这类赚取“昧心钱”的行当维持不下去了。刘总盘算着到原料基地建厂，这样光节省运输费用就是一笔不小的收入。可惜王彭生的工厂被竺紫绒占先了，他决定拉着王彭生，到山西去开辟新的“根据地”。

第三个电话是新任单楼镇党委书记史先瓒打来的，他希望王彭生收回辞呈，回到镇政府上班。他可以在权限范围内委任王彭生担任单楼镇实业总公司副总经理（副科级），负责招商引资。有了这块“垫脚石”，稍有业绩就可以继续升迁。当然喽，王彭生的工厂就在镇政府所在地，可以公私兼顾，搂草打兔子，两不耽误。

王彭生的心动了，血压开始升高，顶得脑门“嗡嗡”作响。祖父母生前有过最强烈的愿望，就是让他混个一官半职的。祖父母在世的时候，不止一次地强调过，当官是“正经木头”。王雨生要是知道这个消息，嘴角一定咧到耳朵后面去。她巴不得弟弟“朝为田舍郎，暮上天子堂”。肯定是支持弟弟回单位上班的。王彭生之所以弃职从商，是受了孔文举家两个相公的迷惑，相信“覆巢之下无完卵”。现在看来是自己想歪了，父亲已经平反昭雪了，组织上对自己没有偏见。可是这事需要向竺紫绒汇报，自己轻易得到一片工厂，毕竟是沾西岳集团的光。这团炫目的光芒，是竺紫绒带到秦台来的。自己不能忘恩负义，不能学那些钻头不顾腚的傻小子，媳妇一上床，马上就把媒人扔出墙。

第三个电话还没结束，手机就没电了。那时候没有“充电宝”，火车上也不能为手机补充电源。王彭生像猴子吃了辣椒、蚂蚁爬到热鏊子上一样，急得抓耳挠腮，捶胸顿足。

两旁景色留不住，火车已过万重山。王彭生躺在卧铺上辗转难眠，巨龙一样的快速列车拉着他和伙伴，还有山一样重的心事，在两条平行线上飞驰。

火车抵达徐州的时候，驾驶员已经把黑色的轿车开进了站前广场，在出站口恭候他们了。王彭生要过驾驶员的手机，立刻拨通了竺紫绒的电话。解春临拉着段书剑先回鱼台了。

竺总经理到韩国去了，不过“全球通”的信号很强，竺经理从域外传来的声音异常清晰。他那带有“阿拉”的上海普通话，就像贴着耳廓咋呼一样，依然是震聋发聩的。

“我说王总经理，你的脑子是不是进水了?”听完王彭生的汇报，竺紫绒反应非常强烈。业务电话单位是报销费用的，所以他并不在乎国际长途的费用昂贵，和王彭生“促膝”长谈起来。

《小猫钓鱼》的故事是小学生都耳熟能详的，情场上也不欢迎“脚踏两只船”的现象。不论做什么事情，投入和专注是最起码的条件，在大街上摆地摊卖花生也是如此。西岳集团要求王总全身心地投入双方合资合作的事业上，事无巨细都要亲历亲为，一丝不苟。不能三心二意，心存旁骛。如果你这个当地人不能全心全意地投入工作，我们这些异地客商还敢放心大胆地注入资金吗？

公务员按班守点，辛辛苦苦地工作，一年也就拿五万块的薪水。靠工资连“人情礼节”都不够，拿灰色收入又不保险，随时都会祸起萧墙，被关到“局子”里去。干企业自主权大，赶上好行情，一天能挣十几万。官身不自由，做公务员要听命于上级，受制于同僚。干好了成绩是领导的，干差了过失是自己的。肉吃千人口，祸是一人当，有啥干头？干企业潇洒自由，只要不贩毒、不倒卖文物、不偷税漏税，挣再多的钱都是合法的，花起来心安理得，睡觉也踏实。不怕半夜“鬼敲门”，不怕当街警车叫。再说了，人不能像拴在槽上的驽马一样，目光短浅，贪恋一把黑豆，一把麦麸皮，看到麦糠也欢天喜地，不思进取。要像雄鹰一样，志存高远，不能小富即安……

在鱼和熊掌不能兼得的时候如何取舍，更能体现出一个人的学识、智慧和品德，请你务必仔细斟酌……

开弓没有回头箭，你王总经理已经上了“商贾”这条“贼船”，下不去了。已经是一支离弦之箭，只能一往直前，半道不能拐弯，更不能回头了……

三十六

徐州飞龙实业有限公司被财务总监韩如月打扮得花枝招展。道路两旁栽满了红玉兰、白玉兰和紫玉兰。走廊上挂着吊兰，办公室里摆放着君子兰、蝴蝶兰，还有意大利第二大城市——“米兰”。

室有兰花不著香。飞龙实业公司的院内，散发着沁人心脾的幽香。偌大一座工厂，树茂花繁，香气袭人。加工食品的地方，被韩如月弄成了“香雪海”。王彭生和工友们都喜欢这种味道，食品也需要这种味道。

兰花的气节：不因无人而不芳，不因困厄而改节。把这种气节移植到人的身上，不也令人大加赞赏，或是肃然起敬吗？

刘雨虹也是惜时如金的人，既然决定要做的事情，就要坚决果断，雷厉风行。王彭生回到秦台的第二天，刘总经理就开着“宝马”过来了。

王彭生把安装设备和建造车间的工程，全都交给了热心的解春临和叶绿素。自己跟着刘总到山西去，考察原料基地，寻找当地的合伙人。他还不懂工程上的事，路上请教刘雨虹，从山西回来之后，和解春临、叶绿素他们补签了一份施工合同。

正式的合同文本签字盖章之后，王彭生又交给解春临一项特殊任务，算是口头补充协议。他让解春临给自己的名义小舅子，实际上的养子景水旺购买一部彩屏手机，并把入网后的号码抄过来。叶绿素督办这件事，这件事办完了，才能进空罐、拨付第一笔工程款。解春临和叶子愉快地答应了，也非常迅速、非常出色地完成了任务。

王彭生在解春临的帮助下，终于兑现了自己对好朋友的承诺。他如释重负，如浴春风。前面的铺垫工作已经做好了，景水旺确定是厉家的根苗，已经毋庸置疑。能不能让这个狼崽子认祖归宗，其他人爱莫能助，要靠厉老大自己去摆平。

山西省清徐县的集义镇，地处在晋中平原上。土地肥沃，民风淳厚。这儿的芦笋是一位福建客商发展起来的，他是一位海产品批发商，曾经在太原当过兵。这位仁兄祖籍闽南，却贪恋山西人的那口酸味。他熟读史书，知道“阎老西”的队伍都是“双枪”（步枪、烟枪）“双葫芦”（水葫芦、醋葫芦）。他对鸦片深恶痛绝，对老陈醋确是垂涎三尺。

正好天遂人愿，他入伍当了一名消防兵，被分配在清徐县消防大队服役。清徐的老陈醋是全国四大名醋之一，他掉进了醋海之中，可以敞开肚皮肆无忌惮地吮吸。

服役期满，他复员回乡和老父亲一起倒腾海鲜、种植海带、养殖对虾和鲍鱼。掘了许多桶“黄金”，积蓄日渐丰厚。前来收购海产品的台湾客商，给他带来了果醋，让他开了“洋荤”。他是一个聪明的娃子，遇事能够“触类旁通”、“举一反三”。既然水果可以做醋，蔬菜也应该可以。射人先射马，擒贼先擒王。他把目光瞄向世界十大名菜之首的芦笋。芦笋价格昂贵，营养丰富，保健养颜，滋阴壮阳！用山西清徐的老陈醋做基料，配上芦笋和鲍翅，做出世界上最名贵、最完美的养生长寿醋。他父亲就这一个宝贝疙瘩，腰包里又鼓鼓胀胀的，有条件、有意向支持儿子瞎折腾。

他带上家乡种植芦笋的技术员，拉了一汽车芦笋种子，返回服役的部队。由部队首长出面，找到了清徐县农业局。这是军民共建的“双拥”项目，是一个复员老兵火一样的盛情。县领导格外重视，决定在集义镇先行试点，然后在全县范围内推广。他一边发展芦笋基地，一边注册公司。让老父亲划拨资金，在集义镇筹建工厂。等芦笋可以采收的时候，工厂已建设完毕，设备已安装就绪。他实现了做养生醋的理想，踏上了新的事业征程。可是，正当他踌躇满志，准备大展宏图之时，海面上刮起了十三级台风。当年冬天又赶上百年不遇的寒潮来袭。老父亲惨淡经营的种植场和养殖场，一夜之间损失殆尽。芦笋基地发展起来了，他的资金链断掉了，公司注销了，人也是鞋底抹油，溜之大吉了。

老兵发展芦笋基地的时候，是免费下发的芦笋种子，没让老乡们破费一分钱。可是芦笋长成了，如果不能货畅其流，土地被占用着，不能种植其他作物，农户没有收益，老乡们的心里是万分着急的。

刘总和王彭生逛完平遥古城，又把“宝马”开到五台山下。他们游玩大孚灵鹫寺的时候，和集义镇的芦笋贩子张欣海邂逅相遇。张欣海先做导游，带着刘总和王彭生畅游五台山，然后把他们带回集义镇，喝辣酒，吃灌肠，畅谈芦笋收购和合资建厂等一系列的事宜。

山西五台山，位于山西省的东北部，隶属忻州五台县，距省会太原230公里。它与浙江普陀山、四川峨眉山、安徽九华山，共称“中国佛教四大名山”。与尼泊尔的蓝毗尼花园、印度鹿野苑、菩提迦耶、拘尸那迦，并称世界五大佛教圣地。

五台山素有“金五台”之称，不光因为它是文殊菩萨的道场，是青庙（汉传佛教）、黄庙（藏传佛教）和道教相映生辉的圣地。还因为它处在黄土高原上，地旱树稀，目光所及之处全是黄色，是不折不扣的“金色世界”。

五台山地层完整丰富，特别是寒武系地层典型奇特，是地质科考的重点地区。山体由古老的结晶岩构成，北部切割深峻，五峰耸立。峰顶平坦如台，故称五台。东台望海峰、西台挂月峰、南台锦绣峰、北台叶斗峰、中台翠岩峰。五峰之外称台外，五峰之内称台内。台内以台怀镇为中心。以北台为最高，海拔3061.1米，号称“华北屋脊”。山中气候寒冷，台顶终年有冰，盛夏天气凉爽，故称“清凉山”，为避暑胜地。是著名的国家地质公园。还是“中华十大名山”之一，是国家自然与文化双遗产”、国家五A级旅游景区，是“世界遗产”。

五台山与恒山太行山连续，相对高差2400米，大面积不同层次的岩层，完美地展示出中国大陆基底地质构造和组成，是由大于25亿年的世界古老地层构成的最高山脉。在漫长的地球演进中，五台山经过了“铁堡运动”、“台怀运动”、“五台运动”、“燕山运动”，形成了以“五台群”绿色片岩及“豆村板岩”构成的“五台隆起”。具有高亢夷平的古夷平面，十分发育的冰川地貌和独特的高山草甸景观，更有第四纪冰川及巨大剥蚀力量造成的“龙磐石”、“冻胀丘”等冰缘地貌奇观。是当之无愧的“中国地质博物馆”。

区域内有植物595种，其中金莲花、迎红杜鹃被专家认定为中国独有。动物、禽类、昆虫的种类繁多，金雕是国家一级保护动物。

佛教传入五台山，普遍的说法是始于东汉。永平十一年，迦叶摩腾和竺法兰从洛阳来到清凉山。山里很早就有阿育王的舍利塔，又是文殊菩萨演教和居住的地方，他二人想在此建寺。因为当时五台山是道教的根据地，他二人颇受排挤。有人把此事上奏汉明帝，汉廷为辨别佛教和道教的优劣高下，让僧人和道士各显神通，表演、说明、验证，按现在的说法，就是PK一下。双方达成协议，约期焚经，以辨真伪。焚经的结果，是道教门下没有能人，不会做防火处理。道教的经文全部焚毁，佛教的经文完好如初。佛家的两位尊者获得了建寺权。

自东汉永平年间（公元58年——75年）起，历代修建的寺庙鳞次栉比，佛塔摩天。殿宇巍峨，金碧辉煌。

据《清凉山志》记载：“在大塔左侧，有释迦摩尼佛所遗足迹，其长一尺六寸，广六寸，千幅轮相，十趾皆现”。迦叶摩腾和竺法兰不仅发现佛祖的足迹，还发现了佛舍利。此外，营坊村这座山的山势奇伟，气象非凡，和印度灵鹫山（释迦摩尼修行处）相似。二位尊者决定在此建立禅院。寺院建成后，以其山形命名为灵鹫寺。

汉明帝刘庄为了表示信佛，乃加“大孚”（弘信的意思）两字。因而寺院的全名是“大孚灵鹫寺”，与洛阳白马寺同为中国最早的佛家寺院。

到了隋朝，佛家的香火在中国愈加旺盛。隋文帝下诏，在五台山的五个台顶上各建一座寺庙。供奉五方佛祖，展示文殊菩萨的五种智慧。即东台望海峰供奉文殊和阿閦佛，代表大圆镜智。南台普济寺供奉智慧文殊和宝生佛，代表妙观察智。西台法雷寺供奉狮子吼文殊和阿弥陀佛，代表平等性智。北台灵应寺供奉无垢文殊和不空成就佛，代表成所作智。中台演教寺供奉儒童文殊和毗卢遮那佛，代表法界体性智。凡是到五台山拜佛的人，都要到五个台顶的寺庙里逐一礼拜，称之为“朝台”。不去“朝台”显不出虔诚，所求之事多半也不灵验。

五台山有浩如烟海的佛像，数量多达三万余尊。不仅有佛、菩萨、罗汉、胁侍、供养人、护法神，还有儒教、道教、地方宗教、帝王将相、僧侣居士等。佛像分为八种类型：泥塑、金属、石刻、木雕、烧瓷、脱纱、刺绣、画像等。

刘雨虹、王彭生和张欣海之流，玩得尽兴、开心，也非常疲惫，不能和众位尊神、仙家、圣人等一一谋面。他们“朝台”之后，认为讨教了五种智慧，拜谒了五方佛祖，应该算是功德圆满，可以得到神灵的护佑了。大家兴高采烈地往山下走，谁也没有考虑，今天大家一同朝拜各方神圣，一同焚香化纸，一同顶礼膜拜，日后闹起矛盾来，佛祖会保佑哪一个呢？

集义镇及周边地区的芦笋地一望无际，福建老兵留下的楼花（未建好的醋厂）稍加改造，就是合乎卫生注册标准的现代化罐头厂。刘雨虹老总十分高兴，筹办地头工厂的信心更强，劲头更足了。他对当地的准合伙人张欣海的第一印象不算太好，至少没荞麦面制作的灌肠好。灌肠劲道爽滑，用老陈醋和辣酱拌一下，味道绝佳，是佐餐下酒的佳肴。张欣海没知识、没文化，是个地地道道的农民。在农村游手好闲，是劣质次等的庄稼把式。在城里他没有产业，没有户口和住房，是有损市容的匆匆过客。

刘总是读过 MBA 的硕士研究生，一肚子墨水。物以类聚，人以群分。他喜欢肚子里有货的哥们，不要求合伙人锦心绣口，至少也像王彭生一样，对各个学科都有一知半解。与人交谈的时候，多少能说出个子丑寅卯来。

刘总是个沉得住气的人，有本事的人城府都深。他知道“好酒不怕陈年，好饭不怕晚点”。他没有当场表态合作与否，没有置评张欣海的表现，而是先委托张欣海代为收购原料。从松散的、简单的合作开始，观察考察一下，再往紧密的、重大的合作项目上靠拢。

在商场上，人的话语权是由实力决定的。刘雨虹的学历比王彭生高，学问比王彭生大，腰里的钞票也比王彭生多很多。今后合作起来，是理所当然的控股方，是董事长。王彭生是参股方，和农民张欣海一样，是沾光分肥的小股东。家有千口，主事一人。千锤打锣，一锤定音。对于刘雨虹的意见，王彭生自然不持异议。不过，他对张欣海的第一印象还是不错的。粗人也有可爱的地方，譬如说真诚、率真，做事直来直去，说话也不藏着掖着。

古人说过：肝胆之交，多出草莽。对于莽汉，一定要给予应有的尊重，更应该以诚相待。

人非木石，岂能无感。张欣海体察到了两位江苏朋友对自己的态度，虽然是漫不经心、轻描淡写的，但却是迥然不同的。

人心换人心，八两换半斤。投之以木桃，报之以琼瑶。张欣海觉得在刘总面前拘束、别扭，敞不开心扉。在王彭生面前无所顾忌，像是相识多年的知心老友一样。

王彭生逢人就笑，对陌生人客套尊重，礼遇有加，属于性格使然。他原本也是无心栽花，却意外交了一个推心置腹的好朋友。解散合资公司的时候，他得到了张欣海的帮助，经济上没受什么损失……

三十七

春天气息是香甜的。纷纷绽放的鲜花吐露着幽香，勤劳的蜜蜂把这些“幽香”收集起来，酿制成甜甜的蜂蜜。令王彭生心醉的不光是大地上的飞花走絮，花团锦簇。也不仅仅是斑斓的山峦，清澈的河水，明媚的阳光。他心驰神往、朝思暮想的是芦笋。

春天的脚步一响，芦笋就像军营里的士兵听到起床的号声一样，“噌”地一下拱出了地面。芦笋生长的速度像竹笋一样快捷，拱出地面就要采收。不采收就会开花、散头、老化。老黄瓜刷上绿漆尚可以装嫩，形态上能打马虎眼，咬嚼的时候才会露相。芦笋老了就是龙须菜，露出蓬松的枝桠，形态和少年时代大相径庭，并且不可逆转，就要大幅度的贬值了。

芦笋和春天有约定，每年春天都会迫不及待地钻出来和“春姑娘”见面，并把最完美的形态展现出来。

王彭生和芦笋有约定，他每年都拉着芦笋东跑西窜，靠芦笋求财挣钱。所以芦笋露头的时候，他也像打了鸡血一样，兴奋地忙乎起来了。

漳州的设备已经运抵工厂，用塑料彩条布遮盖着，放在徐州飞龙实业公司的院子里。段书剑厂长指挥安装，他精于此道，闭着眼睛也能调试好。可是目前他是老牛掉进枯井里，有劲使不出。车间已经建好了，地坪还没有凝固。眼看着芦笋一天天长高，王彭生内心十分着急。混凝土不能用火烤，快速升温是拔苗助长，只能让水泥爆裂。用扇子扇，面积太大，于事无补。

叶绿素安慰王彭生，说施工中所用的水泥，都是高标号的快干水泥，礳晾一下就很结实，用不了几天就能安装调试，误不了事的。

竺紫绒过来视察，对工程进度也是很不满意的，对工程质量也没有把握。他要求扣发一半的工程款，暂时充当质量保证金，两年不出现质量问题，再支付余款。叶绿素陪着笑脸，满口答应了。先把眼前的窘境搪塞过去，其他事情日后再说。

王彭生招待竺紫绒，又碰上了叶绿素，又喝上了阆中的压酒，还是解春临买单。这一次王彭生心中有底，他已经知道叶子和她那个大块头的四川朋友经销压酒，叶绿素和解春临是为了巴结竺紫绒，上杆子黏上来敬酒结账的。

酒后王彭生把竺紫绒送进客房部，登记一间豪华的总统套房让竺老总休息。

叶绿素和解春临都还没走，他们等候在楼下的吧台旁边，硬把王彭生拉到夜市上，继续喝酒聊天。叶绿素谈工程进度问题，谈工程质量问题，着重谈了工程款的结算问题。叶子和她的四川辣哥哥有扩展业务的意向，谈了寻求合作伙伴的问题，谈了希望和王彭生合作的愿望，谈了共同创造和拥有美好未来的计划。解春临谈了生产之后的空罐问题，主要是罐型、马口铁的厚度、镀锡和内部涂料，当然也有价格问题。

叶子知道王彭生受过白酒的戕害，一般的应酬都喝啤酒或是红酒。阆中压酒是随车必备的，随时拿出来宣传、品尝。需要摊主提供的，无非是啤酒而已。

“小表叔喝哪种牌子？是冰镇的还是常温的？”叶子转头询问王彭生。没等到反应，又自作主张地吩咐摊主：“我们喝白带啤酒，要冰镇的。”

摊主愣住了，或许是自己孤陋寡闻，不知道啤酒家族里又添了新的成员。

“实在对不起，我们这儿只有蓝带啤酒，没有白带……现在才是早春天气，这样的温度下，都还没有配备冰柜……”

“那就随便吧。”叶子笑了，像小表叔解释说：“您老人家学识虽然渊博，但是到过的地方还少……书到用时方恨少，事非经过不知难。我们春节前在哈尔滨喝啤酒，吃大列巴（俄式烤面包）。服务员问我们要冰镇啤酒还是常温啤酒，我们嘲笑她不懂事，冰天雪地的天气，还用得着冰镇么？当然要常温的了。常温啤酒上来了，我们发现自己孤陋寡闻，不懂事的是我们。哈尔滨零下四十多度，常温啤酒早就冻成冰棒了，冰箱的冷藏室维持在零度左右，啤酒还是液态的……”大家都笑了。笑叶子鬼灵精，笑叶子很逗，居然把“蓝带”说成“白带”。一字之差，效（笑）果不同。她是成心的，故意活跃气氛的。活跃的气氛多半是愉悦的。人被快乐的气氛包围着，就像浸泡在舒适怡人的温泉里，咬嚼着甜蜜多汁的甘蔗，舒心惬意，轻松无比……

王彭生听从段厂长的建议，把锅炉烧起来，在车间里安上暖气片，均匀恒定地往车间里供暖。地坪干燥的时间缩短了，打水磨石地面和安装调试设备的时间全都提前了。

叶绿素让王彭生打电话向竺紫绒报喜。竺紫绒说他也正在紧追集团董事长，尽快落实投资的事。他让王彭生把电话交给叶绿素的男朋友，在手机里赏了几句“他妈的，侬是小瘪三”什么的。

叶绿素听到了。她像小孩子拿到了红包，办事员刚被提拔成科长一样，咧开大嘴，“哈哈”地傻笑着。她说“打是疼、骂是爱，又疼又爱用脚踹。董事长骂这两声不要紧，我们就可以放心地交工结账了。”

叶绿素和她异地异性的朋友常驻在工地上，不知不觉之中成了飞龙公司的编外人员。除了拾掇土建工程之外，也帮忙义务检验原料质量。他们帮助原料部的人收购芦笋，帮助评头论足地挑毛病、扣秤、压价钱，也跟着一起吃饭。有时候也请公司的管理人员吃饭。

无知者无畏，诚如社会格言所说的那样：初生牛犊不畏虎，长出犄角反怕狼。王彭生不懂罐头，段厂长离开的时候也没交代清楚，他不知道罐头还会酸败、胖听、锈听、蚀罐什么的。合上电闸就开机生产，稀里糊涂地做了一库。直到竺紫绒带着客户进厂了，他们才知道生产的时候还要开罐打检，装罐、加汤、封口、杀菌要快速运行，一气呵成，不能窝工。汤汁凉了再封口就不好杀青，就要出现问题。所幸他聘请的封口师傅和车间管理人员都是有经验的老师傅，也是按照规程仔细操作的。

那一年芦笋行情奇好，基本上没有压库。后来连不够整柜的散货也被配走了，货款也都及时到位。王彭生挣钱了。

由行商而坐贾，王彭生突然发现，在地头上建工厂，优越性是显而易见的。原料的路途近，进厂时间短，及时加工出来，风味口感好，品相好，出成率高。赶上烂市的时候，工厂低价收购原料，做成罐头在常温下可以储存三年不坏。当贩子的时候要找冷库储存，增加费用不说，冷库也不是万能的。存上四五天就要变质，出库时要扔掉相当数量的货物，压价扣秤的效益早就抵消了，弄不好还要亏损。夏季阴雨天气笋头湿漉漉的，长途贩运就会腐烂，地头工厂却可以使劲加工，借机大幅度地扣秤压价。

秦台的芦笋已经萎缩了，山西清徐的张欣海会把绿芦笋源源不断地送进工厂。秦台的芦笋贩子并未因为没有芦笋而销声匿迹，反而更为活跃。他们跑到山东单县、曹县、章丘，山西永济、陕西大荔等地，给王彭生倒腾白芦笋。王彭生青白通吃，果蔬全做，牛起来了。

竺紫绒和王彭生有约定。投资款到位之前，公司是王彭生自己的。他们之间虽是客户关系，但要当成亲密的合作伙伴相处。凡是飞龙公司生产的芦笋罐头，一概由竺紫绒包销。只要王彭生做出成品来，不论发货与否，过了保温期马上点数封存，王彭生开出增值税发票就能结算货款。除了上海西岳集团，王彭生不能把芦笋卖给其他商家，刘雨虹也不行。如果被发现有一听罐头外流，飞龙公司要负违约责任，包赔西岳集团的经济损失。

商家要像毛竹一样守信如节，要遵循先来后到的行规。王彭生和竺紫绒有约在先。虽然竺老总远在千里之外，西岳集团也没派甲方代表住在厂里，王彭生依旧恪守双方的约定，不让一听芦笋罐头外流。对于楚州的刘雨虹，他只能再三致歉，并答应全力以赴地帮助刘总做好染色桃。

黄桃鲜食太酸。加上精炼白糖做成罐头，酸甜适中，韧滑爽口，是老少皆宜的大众食品，在国内外市场上都很抢手。

黄桃，顾名思义，其天然生成的本色就是金黄的。浸泡在黏稠清澈的糖水里，晶莹剔透，十分悦目。

秦台和砀山，还有北京平谷，东北大连，是中国四大黄桃生产基地。前几年地头工厂太少，送到浙江去路途太远。桃子成熟的时候正好是高热天气，长途运输容易腐烂。萝卜快了不洗泥，萝卜慢了要剥皮。产品过剩的时候，黄桃贱到几分钱一斤，拉一车黄桃换不了一顿饭钱。还要托人舍脸，给收货的人塞香烟。

近几年喜之郎公司开始用黄桃做果肉布丁，外商要糖水橘子的时候也要配额黄桃罐头。浙江黄岩地区的罐头厂率先北迁，到基地来开办分厂，引发了罐头界的“蝴蝶效应”。金华、宁波、杭州、兰溪，乃至台湾、福建、汕头、东北等地的罐头厂纷纷效仿，全都到秦台和砀山集合来了。和尚多了嫌粥少，是工厂都要争原料。

几乎是一夜之间，黄桃又跃居到“尊贵显赫”的行列，成了皇室中的公主，也是乞丐眼里的白面大馒头，身价一路飙升。好货不如好行市。滞销时期周正光鲜，三个头一斤的优质桃才卖八分钱一斤。现在歪瓜裂枣，六个头一斤的次品桃，也要一块八一斤。种黄桃的人得意洋洋，砍掉黄桃改种白桃和酥梨、苹果的农户，气歪了鼻子气瞎了眼。

国内也有精明人，知道以次充好、以假充真是降低成本最显著、最快捷的途径。山东平邑地方镇是最先用廉价白桃，添加色素和甜味素制造染色桃的地方，在央视一台曝过光。

天然纯真、洁净环保的食品才是养生食品。避免污染、杜绝非法的化学添加剂，是健康长寿的不二法门。染色桃与保健养生格格不入，一时间成了损害人类健康的罪魁祸首，是臭名昭著的垃圾食品。国内市场对染色桃关闭了销售的大门，但是中东人不在乎，经销商只要求价格便宜，允许用化学色素染色。

刘雨虹签单后让王彭生放心大胆地猛做，不限数量，不拘规格，对开瓣、桃丁、桃条、桃米、桃酱，什么都做。够什么材料做什么产品，充分利用原料。除了桃皮、桃核之外，原料一点都不浪费。

刘雨虹全权委托王彭生，没有任何监督机制。他负责原辅材料、甜味素、色素、空罐的进购，负责工人工资、水电气的费用，负责缴纳税款。每加工一吨成品，支付给王彭生200元加工费。他对王彭生十分信任，因为染色桃在国内市场上一两也卖不出去，竺紫绒没有中东的客户。

竺紫绒只要芦笋，暂时还没开发其他产品。八月份芦笋生产结束，不做染色桃就要停产。工人喜欢持续、稳定的工作环境，设备运转起来比闲置要好。流水不腐，户枢不蠹，铁疙瘩闲下来就会生锈，缩短了它的使用寿命。再说工厂闲置下来要有人看守，技术管理人员不能随便流失，要有费用来维持。运转起来才有效益。虽然把鸡蛋放在一个篮子里，或是吊在一棵树上存在风险。但是锯响有沫，动箩有面。工厂运作起来，能养住员工，保养好设备，还能创造一定的经济效益，粗算一下是有便宜可占的。

明知山有虎，偏向虎山行。王彭生非常爽快地签下《委托加工协议书》，心甘情愿地被刘雨虹装进套子里。

2002年是鼓舞人心的一年，是令人振奋的一年。这一年“四全其美”，王彭生、张欣海、刘雨虹、竺紫绒的收获都很丰厚。

年终决算之后，王彭生发现公司的债务减少了一百万。也就是说，不算刘雨虹三千吨染色桃的加工费，他赚了一百万。如果加上其他不可预见费，竺紫绒时常借支几万块零钱，实际上赚了一百多万元。这是令人欣喜若狂的数字，王彭生因此对2003年充满了向往和期待。他也知道竺紫绒伸手向他借钱，犹如刘备向孙权借荆州，有借无还。但竺紫绒是他唯一的芦笋客户，看在“订单”的份上，他是有求必应。

王彭生准备增加融资额度，加大生产力度，尽快把建设厂房、购置设备的固定资本回收过来。再扩大工厂规模，上马新的项目。

张欣海给刘雨虹和王彭生两家工厂供货，利润超过了六位数，是获利最少的赢家。大家共荣共赢，共同畅想未来，共同品尝现在。继续合作是笃定的，王彭生追随竺紫绒和刘雨虹，张欣海追随刘雨虹和王彭生。

2002年以安装调试设备为主，小试牛刀，产量不大。竺紫绒表示谅解，第一次试车，设备运转正常，工人熟悉程序，把工艺流程演示顺畅就是成功，微亏也是赚钱。

2003年岁尾，王彭生觉得他又成功了。因为公司的债务进一步收窄，效益继续增加。成功和喜悦就像孪生的双胞胎，总是结伴同行。成功不论大小，喜悦都会如约而至。成功和喜悦也是培养野心的肥沃土壤，能让人的野心迅速膨大。远在彩云之南的厉程遥老大，就是被成功和喜悦烧昏了头脑，野心漫无边际地快速膨胀着，大得超乎想象，大得难于驾驭。他被膨胀的野心害惨了，野心在很短的时间内，以迅雷不及掩耳的速度蜕化为伤心。厉程遥是王彭生的好兄弟，他把自己的经历毫无保留地告诉了王彭生。王彭生把兄长的忠告夹在汉堡包里，就着沙县小吃咽进肚里，排出体外，早就忘得一干二净了。

2003年3月份之后，起源于粤港两地的“非典”疫情开始向全国蔓延。地方保护主义显而易见、随处可见。各省市县的毗邻结合部，都挖沟、筑堤、设立关卡，见人先量体温，控制外地人员和车辆进入本埠境内。稍有异常，就要隔离观察。秦台的芦笋走不出去，外地的芦笋想办法进来。原料数量很足，价格很低。王彭生捡了一个“大漏”，那样的机会千载难逢，他成功在运气上。可是他本人却忽视了运气，更愿意相信自己的能力。

头脑发热发胀的人，心里只想着成功，从来不考虑失败。成功不是灯塔，虽然也在远处闪耀着炫目的光芒，可是它不在固定安全的航线上。那团光芒像是峨眉山的佛光，渴望成功的人趋光而去，很少有人能得道成仙，大都是跌入万丈深渊，被摔得粉身碎骨。

过两年顺心日子，有过顺风顺水经历的人，容易产生错误的幻觉。他们觉得幸福和机遇就像公交车，按班守点，循环往复，不停地在马路上穿梭。误了点也没关系，上不了这班等下班，稍停一会又有班车驶过来。所以他们一向忽视“急流勇退、见好就收”之类的格言警句，卯足了劲头，不计后果地高歌猛进。完全想象不到，在现实生活中，机遇和幸福像时间，像人的灵感，稍纵即逝，一去不回。

2004年，竺紫绒接了一把大单，绿芦笋、白芦笋都有，有铁听、有玻璃瓶，有长条、有短条，还有段桩。此外还和俄罗斯签定了大批量的糖水黄桃罐头，和欧美地区的经销商签定了干装苹果、糖水梨订单。只要资金不断档，机器设备运转正常，王彭生全年都有活干，钞票就会像树叶一样，天天飘落在飞龙公司的账户上。

开工生产之前，为了保障生产运营，竺紫绒先汇了200万预付款过来，给王彭生吃了一颗比篮球还大的“定心丸”。

竺紫绒全力帮忙，让王彭生发癫发狂。王彭生在银行和私人融资机构之中，有了两年按期还本付息的记录，信誉是优良的。俗话说“好借好还，再借不难”。王彭生向放贷人谈了扩大生产规模，需要继续融资，并加大融资数额的意向，得到了他们强有力的支持。

山西那边也是捷报频传。刘雨虹把王彭生的60万元染色桃加工费和张欣海的18万元原料款，全部带到清徐去，在福建老兵的醋厂旧址上，注册了“清徐苏晋食品有限公司”。刘雨虹持股51%，是控股方，出任公司董事长，是公司的法定代表人。王彭生持股30%，张欣海持股19%，他们都是参股方。王彭生挂着公司总经理的头衔，一般不去过问公司事务，属于“睡眠股东”。张欣海是公司的监事会主席，负责审计、监视公司财务和守法与否，没有实权。公司的人事、财务和经营大权，牢牢地掌控在刘总手中。

刘雨虹向两位合伙人承诺，按照目前的情况，他有把握一个芦笋季节盈利100万元。以后再开发其他产品，若是全年满负荷生产，一年盈利三百万元，是张飞吃豆芽，小菜一碟。王彭生十分高兴，自己平时躲在家里睡大觉，全力以赴地打理秦台的公司。年终决算时去一趟山西，逛逛平遥古城和乔家大院，就像旅游观光一样，轻松潇洒地带回三十万元红利。两年抽回本钱，三年净赚。本钱抽完了，苏晋公司依然有自己30%的股份。这股份是永远存在的，他可以持续分红，可以传子传孙……

张欣海也很高兴。自己祖祖辈辈都是面朝黄土背朝天的农民，终身和坷垃头子打交道，与败叶枯草为伍。因为在五台山上邂逅相遇两位江苏朋友，摇身一变，成了拥有一座工厂的大老板。这个工厂就在集义镇，两位合伙人纵然有通天的本事，也不能把一砖一瓦搬到江苏去。公司挣钱多少姑且不论，自己像跃过“龙门”的鲤鱼，身价陡然倍增。乡亲们像看到大爷一样，见面就翘大拇指。这种受人尊重的自豪感，是花钱也买不来的。

刘雨虹也是满腹欣喜。公司虽然是三人合办的，可是事无巨细，都由他一个人乾纲独断。他说什么是什么，指鹿为马也行，两个合伙人不持异议。不像在楚州，遇事不决就要召开股东会。像党的组织生活会，要少数服从多数。出现亏损了，还要检查原因，承担责任。现在多痛快，合资公司就像独资公司，没有杂音，没有掣肘。天高任鸟飞，海阔凭鱼跃……

王彭生的脑袋像是被驴踢了一样，懵懵懂懂的发热发胀。他又新建一个罐头车间，添置了锅炉、M16封口机、打丁机、推条机和水杀线。绘制出速冻车间、冻干车间、浓缩果汁车间和热风干燥车间的布局效果图。开挖地基，打好基础。订购了相关设备，预付了设备总额5%的定金。只等明年、后年、大后年，王彭生幻想着鸡蛋孵小鸡，母鸡换黄牛，黄牛换骆驼，骆驼换大象，大象换火车，火车换航母的扩张模式。感觉到公司的财富积累就像滚雪球一样，无休无止，越滚越大，并且永远不会融化。

三十八

万事开头难。头三脚踢开之后，下面的事情就很顺畅了。飞龙公司的运作也是这样。因为工厂的持续发展，员工的情绪非常稳定，晚发几天工资也无人搅闹，劳资关系非常融洽。职工们都很宽厚善良，也非常的通情达理。他们只要求自己辛苦出力挣得一点血汗钱保证不少，不在乎发放时间早晚。

《红楼梦》上的美女管家王熙凤说过：小有小的难处，大有大的难处。没生过孩子不知道产道疼，没做老板体会不到老板的艰辛。小家庭也有磨不开的时候，开工厂对资金的需求量更大。只要老板不存心坑害咱们，工资迟发几天没关系。

原料供应商、煤炭供应商、白糖供应商、空罐、纸箱供应商，都和王彭生越混越熟，越熟越亲，渐渐地放松了警惕。似乎开口要账是件很不地道、极不光彩的事。实在周转不开了，也不一次性把账务结清。他们嘴上说是体谅王彭生资金紧张，大家相互担待，细水长流。实际上心存顾忌，怕结清货款之后，王彭生另外寻找新的主顾。

人们形容某些事情办得漂亮，总是说“至臻完美”、“白璧微瑕”什么的。王彭生的公司作为竺紫绒的加工车间，在生产这个环节上，2004年做的无可挑剔。员工的主观能动性发挥到了极致，无论是产品的数量还是质量，都处在峰巅极值状态，连一点瑕疵都没有。

按照惯例，到阳历八月底，芦笋就宣告结束了。王彭生宴请一起共事的芦笋贩子，坚持采收母茎笋，把生产时间延长了半个月，产量增加了三百八十吨。

竺紫绒也不含糊，芦笋刚刚结束，黄桃单子就下来了。紧随黄桃订单之后的，是芦笋的商标和纸箱唛头。

王彭生做的是定牌产品，工厂生产出光听产品，根据客户的指令贴牌，使用客户指定的商标。按照客户传真的唛头，印制符合要求的纸箱。然后包装待发，等候竺紫绒调派集装箱，装柜后发往港口。发货之前，西岳集团根据飞龙公司提供的增值税发票，全额付款。

王彭生稍事休整，把中层干部带到云台山旅游一圈，发了数额不等的红包。决定回厂后兵分两路，轻松愉快地上岗工作。生产人员全力以赴，按照竺紫绒的单子，制造各种规格型号的糖水黄桃。包装车间加班加点，马不停蹄地包装芦笋罐头，准备清仓出货。

徐州飞龙实业有限公司的精英们，随着旅行社的客车回到秦台时，已经是晚上十点多钟了。王彭生请他们到夜市上喝老缸子粥，吃大排档的烧烤。他告诉大家今天晚上可以尽兴一醉，明天早上八点钟到厂，谁也不能迟到。

远在上海的竺紫绒老总，居然成了飞龙公司遵守纪律的典范。他也是昨天晚上赶到秦台的，下榻在九州宾馆。今天早上他早起洗漱一下，七点半就驱车来到了工厂。和他一同前来的还有一位河北客人，也是罐头厂的老板。

竺紫绒告诉王彭生，黄桃加工如期进行，芦笋包装的工作暂缓一下。先把收到的商标发往河北去，这儿的芦笋等到十月份一次性清仓。

晚几天出货，原本是件无关宏旨的小事情。可是世事难料，针眼一样的蚁穴能溃千里长堤，一根稻草可以压垮骆驼。西方世界传唱着一首古老的民谣，很能说明问题：

丢了一个钉子，坏了一只蹄铁；
坏了一只蹄铁，折了一匹战马；
折了一匹战马，伤了一位骑士；
伤了一位骑士，输了一场战斗；

输了一场战斗，亡了一个帝国。

2004年的芦笋行情十分怪异。开始芦笋快得像兔子一样，光着脚丫子也赶不上。价格也像高烧病人腋下的体温计，扶摇直上。

手里存有货物的老板也很怪，价格越低越出售，越贵越不卖。竺紫绒预测芦笋的售价还会上涨30%，所以先把河北厂家的隔年陈货出手，压住飞龙公司当年的新货观望行情，待价而沽。

经验主义害死人，竺紫绒期待着芦笋价格一路飙升的现象没有出现。到了十月份之后，行情急转直下。就像当年新乡李华福的速冻笋一样，芦笋价格坐上了滑梯，快速滑落，拦都拦不住。

解春临也犯了经验主义错误。竺紫绒的芦笋一直出货快，他就要起了小聪明，减少了空罐的镀锡量。

那一年天公也不作美。从八月底开始，太阳就休了长假。江南的梅雨，换防来到北方。阴雨连绵，持续了一个多月。

飞龙公司的芦笋没出库，黄桃还要继续生产，所有仓库都堆积如山，满满当当。从走道上点数都要侧身缓行，根本不能翻垛。雨水灌进了仓库，加大了空气的湿度。罐身的镀锡层太薄，挡不住三氧化二铁的侵袭，铁罐开始锈蚀。

王彭生天天给竺紫绒打电话，说明情况，陈述利弊。如果再不出货，锈蚀愈加严重，一旦焊缝开裂，1800吨芦笋就会腐烂在仓库里。竺紫绒开始也很着急，说是正在想办法，很快就会出货。后来不耐烦了，急腔急调地训斥王彭生：货款已经付给你一批了，在你的仓库里多存几天怕啥？货物烂了由西岳集团买单，你又不受损失……

刘雨虹也在办公室里唉声叹气。他和竺紫绒一样，犯了同样的错误。他们都误判了形势，错估了行情。现在只能闭门思过，自饮苦酒了。

城门失火，殃及池鱼。张欣海也受到了牵累，但他投资不大，工厂、货物和设备都在家门口，他有恃无恐，心里并不慌张。

王彭生是失火挨板子，双料倒霉蛋。就像腰悬两块巨石在大海里游泳，注定要像秤砣一样沉入水底，确定被溺死无疑。

刘雨虹和竺紫绒一样，开始着急、想办法，后来干脆躲到楚州去，借口“工作忙”，天天和“日理万机”厮守在一起，不跟合伙人见面了。

日理万机如果是人的话，应该是人缘最好，长相最俊的人。从古至今，凡是达官显贵、名商巨贾、公众名人、男女政要，都好和“日理万机”厮守在一起。因为它疏远故人，因为它不理正事。

王彭生和张欣海没有销售客户，干着急没办法，只能依赖第一大股东。他们白天愣神，晚上失眠，眼泡浮肿，满嘴燎泡。

坐以待毙不是办法。王彭生给张欣海打电话，邀他一起去项羽的故乡，找大老板面谈。楚州除了项羽、韩信之外，还出过吴承恩、周恩来这样的伟人，刘雨虹自幼沐浴着浩然正气茁壮成长，应该是个具有责任心、敢于担当的男人。

人心隔肚皮。世上最难测的就是人心。

刘雨虹请两位合伙人到酒馆里吃饭。再三承诺这个事情会妥善解决的，叫他们务必放心。先回去听信，一周之内必有结果。

还不到一个星期，飞龙公司就接到了法院的传票，解春临起诉公司拖欠货款。解春临是个精明人，知道自己的空罐存在质量问题，竺紫绒又迟迟不能出货。他怕拖久了露出质量低劣的原形，就来个恶人先告状。先声夺人，先入为主，拿着不是当理讲，不能悄无声息地让货款打水漂。

张丰跃和董雅平也打电话给王彭生。说李志卓受不了俗人的聒噪，嫌弃父母不支持他搞文学创作，天天催他谈恋爱、相媳妇，想叫他尽快结婚，尽快复制出一个小的李志卓。他不愿意混天聊日，向单位交了一份《辞职报告》，把手机扔在家里，就从秦台销声匿迹了。家里没法和他联系，他也不和家里联系。他信守承诺，隐居世外撰写伟大的作品去了。他的父母急得发疯，央求“枌榆社”的伙计帮忙寻找这个逆子。

张欣海也从山西打来电话，告诉王彭生楚州法院的警车到了，查封了公司账户，要执行走设备和货物。楚州人愿意出资 15 万元收买张欣海，让他不要告知王彭生，悄悄地放水。张欣海坚决不同意，并且马上通知了王彭生。

王彭生大吃一惊，顾不得理会解春临和李志卓了。他急忙把司机叫过来，连夜赶往山西。苏晋公司没和相关客户打官司，如果有人起诉公司，公司股东应该是知情的。再说了，集义镇是山西清徐县人民法院的管辖地，打官司也该在清徐打，怎么会跑到楚州去呢？

王彭生让张欣海稳定情绪，稳住阵脚。先找人看护好工厂，别让楚州人拉走任何东西。再到清徐县法院执行局打听消息，找律师咨询解决的办法。异地执行是要通过当地法院的，楚州法院这样做，有没有充分的法律依据？现在是法治社会，纯粹靠金钱或长官意志办案是不行的。

刘雨虹看到芦笋罐头的价格不断下滑，一直没有刹车反弹的迹象。自己幻想的美丽肥皂泡被现实戳破了，亏损已成定局。他在苏晋公司大权独揽，唱的是独角戏。他不好意思叫合伙人分担责任，即便按股权比例承担风险，刘雨虹仍然摊大头。他根据以往的经验，预期的效果很好。所以没有听从楚州工厂各位股东的劝告，带上大部分家当走西口。坚决果断，大义凛然。他对在楚州主持工作的副手说，此一去有两种结果：要么输干，要么赢净。这是赌徒的法则，输红眼的赌徒可以蜕变成亡命之徒，敢把性命当赌注。

为了堵住楚州罐头厂众多股东的悠悠之口，为了把损失降低到最低限度，为了自己可以全身而退，刘雨虹找到在法院工作的亲戚，密谋策划半个多月。由他的亲戚暗箱操作，导演一出自己告自己的闹剧。他让楚州厂的股东状告苏晋公司。把投资款说成是借款，由法院连本带利地执行回来，交给楚州罐头厂。把山西的工厂注销解散，各位股东自谋生路，该干嘛干嘛。刘雨虹是苏晋公司的法定代表人，背着两个合伙人到楚州去应诉。他也是楚州厂的法人，屁股一直坐在楚州罐头厂的椅子上。

谋事在人，成事在天。人算不如天算。诸葛亮没能杀死司马懿，是因为他把什么都算计到了，却没能算出上天突降滂沱大雨，把他的火药全部浇湿了。刘雨虹没能匿下王彭生的投资款，是因为他把什么都算计到了，却没能算出张欣海不为15万现金所动。也许他再追加几万元，事情会有改观。听人讲过一个高傲小姐初次接客的故事：说一个长相俊俏，性格高傲的姑娘应聘到夜总会工作。客人都想和她发生不正当的男女关系，她一直无动于衷。一个有心计的嫖客找到她，开价500元，她冷漠地说“门都没有”。嫖客把嫖资追加到1000元，她冷笑着说“找其她姑娘去吧，我不是那样的人”。嫖客把价码提高到一万元，小姐由嗔怒转为大笑，娇滴滴地擂了嫖客一拳，埋怨道：“冤家，怎么不早说呢?”

刘雨虹同样没有算计到，清徐县法院不予配合。法院秉公执法，不允许某些人一手遮天。

刘雨虹虽然在楚州法院有熟人，但法院不是刘总开的，也不只有楚州一家。律师事务所到处都有，懂法的人比比皆是。大家一致认为，刘雨虹搞得这套把戏，不符合法律程序，清徐县法院拒绝配合。

张欣海松了一口气，悬着的心放下来了。刘雨虹慌张了，原本踏实的心又高悬起来。

张欣海被惹恼了，决计要找几个小哥们，好好地教训刘雨虹一下。刘雨虹面色如腊，紧紧地跟着王彭生，恳求他出面调停。

张欣海一直对王彭生心存好感，现在又实实在在地站到了同一条战线上，心贴得更近了。不论王彭生说什么，张欣海都能听得进去。

王彭生告诉张欣海，打架不是目的，也不是解决问题的最佳方式。我们的目的是保住资产，不受损失。君子绝交不出恶言，我们趁他心虚胆怯的时候找他谈判，既显得大度，他也闻琴声而知雅意，不能耍赖拉弓。

张欣海听从了王彭生的建议，由王彭生出面和刘雨虹谈判，在法院的监督之下达成《调解协议》。

王彭生据理力争，摆事实，讲道理，让刘雨虹汗颜无地。张欣海一言不发，始终握着拳头怒目而视，在心理上威慑刘雨虹，让刘总经理威风扫地。

三个合伙人你来我往，往返拉锯，来来回回地攻守几次，最终达成协议。王彭生和张欣海保本退股，剩下的资产归刘雨虹所有，所有的亏损都由刘雨虹一人承担。付完工厂租赁费开始交割分配，苏晋公司注销解散，三个股东共同到工商局办理相关手续。

不论世上发生什么样的变故，时间都不会停住脚步。在时间面前，达官显贵和平头百姓的肩膀头一样高，就像在法律面前人人平等一样。生气和发怒也改变不了现实。古人说过：尔曹身与名俱灭，不废江河万古流。即便沧海桑田、海枯石烂、江河无流了，时间照样大胆地往前走，永不回头。

日月不停地穿梭，四季快速地轮转。处理完山西的事务，2004 年就被 2005 年接替了。新年新气象，一年一个样。春节前肯定是无所作为了，春节后又能怎么样呢?

此次山西之行，王彭生有得有失。他得到了张欣海的支持，收获了友谊。他分到了 10 个货柜的芦笋罐头，经济上没受任何损失。可是他被刘雨虹羁绊在山西，解春临的官司开庭时他没能出庭。他委托竺紫绒代为应诉，竺紫绒满口答应，并说要找上海名气最大、水平最高的律师摆平这件事。相信解春临多少都会作出让步，他的空罐减少了镀锡量，产品存在严重质量问题，这一点他是心知肚明的。可是竺紫绒在关键的时候掉了链子，他和律师都没到秦台去。叶绿素说他拿了解春临的回扣，是故意放水的。

缺席判决，没出庭的一方肯定就是败诉方。这是常识性问题，王彭生是知道的。可是山西那边也不能半途而废，他又没有分身术，顾此就会失彼。就像对弈的时候走了一步臭棋，落棋无悔真君子，不能悔棋就只有折子了。

王彭生和竺紫绒已经合作多年，是即将合资的朋友加伙伴，是值得信赖的人。竺紫绒学历和职务都高，应该知道“受人之托，忠人之事”。王彭生做梦都没想到自己所托非人，更没想到他会祸害自己，使自己险些万劫不复!

飞龙公司还欠解春临 58 万元货款。解春临打赢了官司，拿到判决书就申请资产保全，把飞龙公司的锅炉房和锅炉给查封了。

事物都有两重性，在一定的条件下，好事和坏事是可以相互转换的。解春临查封飞龙公司的资产，一年后帮了王彭生一个大忙。韩如月事后评价说：那是恶意帮忙。

三十九

2005年，王义轩老人78岁了。人生七十古来稀，七十八岁是小八十的人了。老人家常说自己是黄土埋到脖子的人了，该考虑后事了。

过春节的时候，王彭生照例带着儿子到家里去，给老人家拜年。王彭生虽然不时地接济父母一点钱，但不和父母住在一起。他自认为力所能及地尽到“人子之孝”，其实很值得世人怀疑。老父亲和继母跟着皖生住，由皖生两口子服侍。父亲平反之后，每个月的工资四千多块，一年拿十四个月的工资还有书包杂志费、护理费啥的，收入不菲。父亲补发的工资给皖生盖了房子，单从经济效益上来看，王皖生一点都不吃亏。

人越老越怀旧，越老越怕寂寞。《常回家看看》是空巢老人的心声，都唱响全国了，王彭生会不知道吗？他常听这首歌，当然知道了。可能是自幼远离父母的原因，他和父母之间有着一层无形的隔膜。他宁愿不要父亲一分钱的好处，也不和父亲住在一起。对母亲也如此。他宁愿多出养老费，也不愿意和母亲朝夕相处。和父母见面的时候，他觉得拘谨、尴尬，无话可说。

妈妈住在雨生和文生家里，像候鸟一样，随着季节的转换迁来迁去。王彭生按月、按比例支付养老费，逢节按令地前往探视，像走亲戚一样。母亲对此也是相当不满的，老人也有精神方面的需求，不希望自己被子女关进笼子里，当鸟儿养活。

老父亲一辈子爱酒。因为身体健康的原因，已经遵从医生的吩咐，开始戒酒了。不过老爷子不是真心戒酒，戒酒的意志不太坚决，戒得也不彻底。只要逮着机会，总是找借口呷上两口。

人逢喜事精神爽，喝口小酒更爽朗。春节是家人团聚的日子，俗称“打家宴”。无酒不成宴，这样充分的理由信手可以掂来，无需刻意寻找喝酒的借口了。

酒能让人忘掉忧愁，吐露真言。酒过三巡，菜过五味之后，王老爷子喟然长叹一声，忽然大发感慨。

“我是一个很差劲的父亲，至少是不成功、不称职的父亲。”老爷子两眼充盈着泪水，有点哽咽地对两个儿子说：“中国是共产党的天下，我很早就是共产党员，是党的宠儿。条件是那样的好，机遇是那么的多，我却混到了这步田地。我没让你们沾上什么光，反而成了你们的累赘……我恐怕不久于人世了，对你们放心不放心都帮不上什么忙。你们自己混吧，混好混歹全靠你们自己了。能吃上喝上就行，不要贪慕虚荣和富贵，用心培养下一代……我从十几岁就跟着共产党出来了，活着的时候一直没能在你们爷爷奶奶跟前尽孝。自古忠孝不能两全，活着的时候为国尽忠，死后回老家陪伴父母，到那边为老人尽孝吧……”

王彭生和弟弟对视一眼，都觉得鼻头酸酸的，十分伤感。同时心中有了一种不祥的预感，老人家精神气色都很好，怎么突然说起生死离别的事了？

春节之后，老人家肠胃不适，可能是年纪大了不胜酒力，也可能是消化功能减退，节日期间多吃油腻的原因。老人家是公费医疗、全额报销的离休干部，大小病都到医院去检查治疗。

皖生带着老爷子去医院，挂了两瓶吊针就好了。不几天又犯了，吃药打针又好了。就像冬春之交的季风，来来回回地反复着，老爷子和家人都没当回事。

姐姐王雨生打来电话，告诉王彭生，近期一段时间，母亲的身体状况和精神状态都不好。老人家出现了“三高”症状，血糖、血压和血脂都高。此外足关节、膝关节僵硬疼痛。老人家总想快速恢复到健康正常的状态，可是接连诊治三个疗程也没有显著的效果。老人家烦躁不已，干什么事都不顺心，瞅着谁都不顺眼，和所有的人戗茬。王雨生让弟弟先不要和母亲见面，需要住院的时候再通知他。

王彭生急着给竺紫绒打电话，让他尽快出货，尽快回收资金。芦笋和黄桃都没出库，芦笋的钱到账一部分，全部压到黄桃罐头上还不够。飞龙公司的资金已经断档，急等着回笼资金继续生产呢。

竺老总让王彭生沉住气，慢工出细活，沉住气不少打粮食。竺总经理近期就要升职，权限更大了，三年前就预谋好的计划很快就要实施了。当然，不论干什么都不可能一蹴而就。拍板定案、组阁拨款，都要有一定的程序，都需要时间。缓一点也不能着急，心急喝不了热糊糊。竺紫绒已经想好了补救措施，有了过渡办法。他介绍一个温州的老板程国生，到秦台来承包飞龙公司做罐头，年租金 68 万元。

程国生有实力、有能力、有路子，国内外都有朋友和客户。他同时经营六家罐头厂，仓库里从不积压货物。他不做芦笋，也不做蘑菇，只做水果。桃、梨、杏、枣、山楂、苹果、橘子、菠萝、荔枝、杨梅、枇杷、圣女果，只要能装进罐头瓶，经过高温杀菌不糊不烂的水果，他都做，也都能卖得出去。

王彭生的情绪稳定下来了。只要工厂的锅炉冒烟，机器转圈，债主们就看到了希望，不再催逼欠款了。

工厂租赁出去，王彭生像是从狂浪的颠簸中脱厄而出，平躺在树荫下的草坪上，安稳恬静。收入虽然少一些，但是旱涝保收，稳稳当当。他盘算着多少年还清债务，多少年后靠“吃瓦片”过上小康生活，多少年后有了多少积蓄，然后卖掉资产，怀揣一笔丰厚的收入归隐田园。他掐掉心中那些疯狂的念头，争取做到心静如止水，安贫乐贱地过淡泊的平民生活。先吃苦中苦，再尝甜上甜。

王彭生悠悠然过完了中秋节，陪老父亲喝了圆月酒，陪两位母亲吃了象征美满团圆的甜月饼。

深夜十一点多，王彭生带着一脸满足的微笑，安然睡去。竺紫绒用手机敲碎了他的美梦。好消息终于传来了，王彭生平静的生活又被打破了。

竺紫绒终于爬上了总经理的宝座，主持西岳集团的日常工作。董事长在新加坡买了房子，带着秘书到马六甲海峡泡澡去了。行前写了《授权委托书》，让竺紫绒全权理政。

子系山中狼，得志便猖狂。竺紫绒得偿所愿之后，第一项工作就是兼并飞龙公司。

竺紫绒向董事长汇报，自己有把握低价并购飞龙公司。然后高价出售，抵补集团的亏损。董事长立即表态，如果如他所言，事情办得非常漂亮，可以让他在西岳集团持股30%，变成名符其实的大股东。

竺紫绒略去其他细节，只告诉王彭生在他的积极努力之下，西岳集团同意出资五千万元，收购飞龙公司的股权和资产，接手飞龙公司的债权和债务。近期内派人到现场评估、审账、起草相关文件。库存的货物低价抛售，卖不掉的作报废处理。

王彭生可以拿到一笔丰厚的股权转让款，继续留任飞龙公司总经理。公司倒闭了和他没有任何关系，公司运营好了，他随时可以回来做股东。这叫预留期股，作为补充条款写进《补充协议书》。董事长由竺紫绒担任。飞龙公司原有的20多名技术骨干和管理人员，享有国企一样的编制、待遇，公司为他们办理“五险一金”，收入比一般的公务员还高。

竺紫绒已把相关文件用快件寄往秦台，让王彭生仔细阅读并慎重考虑。如果没有异议，等评估结果出来之后，马上签字捺印，到工商局办理变更手续。

库存那堆烂货大约三千吨，货值2300多万元。因为竺紫绒误判形势，压库后又赶上连阴雨，加上解春临私自减少空罐的镀锡量，罐身全都锈迹斑斑。西岳集团已经支付了900万元货款，后来不知什么原因资金断档了，后续资金没跟上，货物也没发出去。下欠货款1400余万元，当次品垃圾来处理，连零头都收不回来。这批货物烂完了，王彭生的处境会很凄惨，按秦台人的说法，是一皮锤捣个窟窿，毁透气了。

幸好上苍垂怜，竺紫绒在关键的时刻伸出援手。王彭生深刻检讨自己，发现自己就像1958年那些头脑发热的“左倾”干部，犯了“盲目冒进”的错误。仓库压货纯粹是竺紫绒惹的祸，如果他不把商标调往河北，芦笋早就发完了，仓库不会拥挤到连插脚的空都没有。仓库合理摆货，留出通风和翻垛的空间，罐身就不会生锈，少量锈蚀的铁罐，也可以用砂布磋磨一下，抹上银油。做过除锈翻新的铁罐，是可以混珠的鱼眼，几乎可以乱真。不是十分内行的人，根本看不出破绽。这样的费用公司也用不着买单，解春临自会全额承担。可是损失太大了，有责任的人开始推卸责任，没有责任的人避而远之。

解春临趁着王彭生被困在山西不能抽身之际，浑水摸鱼地打赢了官司，查封了锅炉车间，再叫他承担责任显然是不可能的。责任没有别人承担，亏损就由王彭生负责了。工人不会因为老板亏损放弃工资，供电所不会因为企业亏损不要电费，客户不会因为企业亏损不要货款，更不会因为交情深厚为你买单。记得有位名人说过：商场上没有永远的朋友，也没有永远的对手。利益趋于一致是朋友，有损对方利益就是竞争对手。商人无不追求利润最大化，无不把利益放到首位。关键的时候先图自保，不落井下石就是非常高尚的了……

王彭生被胜利冲昏了头脑，被蝇头小利搅得心迷智乱，盲目扩大生产，盲目扩张企业规模。域外流行这样的谚语：上帝想叫谁灭亡，必定先让他疯狂。预付出去两百多万设备定金，全部都得打水漂，笃定是一分钱也收不回来了。新盖的车间、新买的设备，都是用钞票堆积起来的。虽然物有所值，但是砖头瓦片和铁疙瘩不能当钱花，活钱变成了死钱。自己是负债经营，这一堆夯货还要发生融资利息。或许这就是雪上加霜，越渴越给盐吃！

算完账后，韩如月泪眼婆娑，早已泣不成声了。王彭生张开嘴巴，吐出了舌头。嘴巴和舌头都像范性形变的金属材料，恢复不了原来的状态。

处在这样的情况下，王彭生夫妇还有别的选择吗？竺紫绒开出什么样的价码，他们就会接受什么样的条件啦。

缴械投降之后，自己的处境、待遇还不错，跟自己风雨同舟的小兄弟也有了一个很不错的归宿。为了公司的发展，为了弟兄们的前程，王彭生夫妇对自己的荣辱进退，不敢萦怀，不敢计较。

竺紫绒告诉王彭生，并购飞龙公司这件事，西岳集团高层的意见并不统一。他是拿着董事长的手令当尚方宝剑，又坐在总经理的位置上，董事长不在期间可以便宜行事。他不顾众怒，搞了一个“霸王硬上弓”的把戏。这是替朋友顶雷，担着风险的。北方的秦叔宝能为朋友两肋插刀，南方的蛮子也会义薄云天。不过把话说回来，这事要办得天衣无缝，不能有一丁点瑕疵。所以，造成锈罐的原因、产品压库的原因，都不能如实汇报。照实说，这些责任由我竺紫绒一个人承担。董事长知道真相后要做的第一件事情是什么？是开除竺紫绒。移情换位地思考一下，你王彭生当董事长会找混蛋做总经理吗？我离开总经理的位置，这件事情还办得成吗？这几年我在飞龙公司借款50多万元，也不能向集团汇报。这笔钱算在我个人头上，很快就会还给你……

我竺紫绒学历高，人脉广，走到哪儿都是高级白领阶层，照样住豪宅，坐名车，拿高薪，照样美女香车，花天酒地。你王彭生就惨了，一生都会处在社会的最底层，过着穷困潦倒的日子。孙悟空被佛祖压在五行山下，五百年以后才得以复出。你老兄要是这次垮台了，恐怕没有东山再起的机会。后半生当一具行尸走肉，靠人施舍着吃“等死饭”，稍有追求的人是无法忍受的。记得你曾经说过，机遇和幸运不是公交车，没有下一个班次让你搭乘。所以，你要认清形势，牢牢地抓住这次机遇……

竺紫绒用实际行动诠释着人间真爱，让王彭生泪眼模糊。都说“大象无形”、“大音希声”、“大爱无疆”，可是竺紫绒的形象英武高大，真切鲜明。竺紫绒的低语震聋发聩，他的行为也高尚得令人感动。王彭生热血沸腾，攥住竺老总的双手使劲摇晃起来：“谢谢竺总。君担蹬、我跨马，他日相逢为君下……”

飞龙公司的所有资产，经过权威机构的评估鉴定，价值1500万元。土地使用权因为没办合法用地手续，不在评估之列。

弟弟王皖生给哥哥打电话，告诉他老父亲肠胃不适的症状加重了。弟弟已经把父亲送进了医院，正在进行全面检查。

王彭生赶到医院的时候，父亲已经住进了老干部病房。各项检查都做完了，结果还没出来。老人家红光满面，神态安详，神智清晰，不像患有大病的样子。

皖生告诉哥哥，父亲已经两天没解大便了，也没放屁，看来上下不通气了。医生让父亲喝了钡餐，做造影检查。结果出来了，说是直肠占位。“占位”是医学专用名词，懂行的人都知道，那就是肿瘤结块，就是癌症。

雨生、文生和戎生都来了，大家了解病情之后，都是一脸凝重。老父亲却谈笑风生，一脸轻松。老人家看到子女聚齐在病榻前，似乎非常满足。他说自己比父母有福气，临去黄泉之前子女都来送行，有机会和亲人话别。母亲虽然见了自己一面，已经张不开嘴说话了，把钱和粮票递到自己手中就咽了气。父亲走得更急，自己到家的时候，老人家已经躺在棺材里面了。

老人家说他一生坎坷，故事很多，不可弥补的遗憾也很多。不过生活是充实的，晚年是幸福的，这就很让人满足了。不孝有三，无后为大。我有儿子，祖上就会宽恕其他方面的忤逆了。我的儿子也有了儿子，希望我儿子的儿子，在各方面都超过我的儿子……

竺紫绒提着礼品到医院探视王老先生，把起草的协议交给王彭生。他说上海那边还有一大摊子事，自己不能在秦台久留。让王彭生晚上加班看材料，不妥之处进行修改，不持异议就签字变更。工厂已经初具规模了，要狠下心来拱手送人，谁都难以割舍。俗话说“小猫小狗，家中一口”。和小动物在一起呆久了，都会产生难以割舍的感情，何况是倾注一腔心血的工厂？不过事情总要有个了结，不能养活孩子不掉衣，擎住不动。当断不断，必受其乱。遇事要速决，犹豫彷徨的结果是什么？是把良好的机遇白白放走……

人在穷途末路的时候会心乱神迷，无计可施之际往往屈从淫威。王彭生和韩如月回到家里就反复探讨这件事，吵吵到黎明还是没有结果。

工厂是一座沉重的大山，是一座高筑的债台。抱着工厂不放，自己无力回天，增加的只能是烦恼和债务。把工厂交给竺紫绒，自己就是无债一身轻，小兄弟们的前程也很光明。自己也要懂得取舍，务实不能务虚。做高管虽然寄人篱下，却待遇优厚，高薪高酬，生活照样潇洒。当老板有一片资产，可以在公司里颐指气使，为所欲为，但是已经经营不善，出现巨额亏损了。再拖下去，迟早要被债务压死，并且死相非常难看。

王彭生向竺紫绒提出最后一个要求，就是2005年的工厂租赁费要归在自己名下。68万元的收入，在当时的秦台，是一笔丰厚的收入，可以摆平很多事情。竺紫绒爽快地应承了，现在已经是十月份了，再贪婪也不能掠人之美。竺紫绒还说：你写那些承担责任的书面材料，其实就是一页废纸。拿回去叫股东们看一眼，我就坐稳腚下的椅子了。你帮了我这么大的忙，我会忘恩负义吗？人心都是肉长的，心非木石岂能无感？如果让你多花一分钱，我老竺家和五服之内的亲戚全家死光光……

竺紫绒把话说到这个份上，王彭生夫妇彻底放心了。他们在《股权转让协议书》上签字、按手印，到工商局办理股东和法人的变更手续。竺紫绒把新核发的各种资质证照和行政公章交给王彭生，仍叫他保管使用。王彭生和公司原来的技术骨干、管理人员都被留用了。竺紫绒带着资质复印件、财务章和法人印鉴章返回上海。行前安排王彭生看护好工厂，保养好设备。等程国生的承包期满，马上注入资金，重新启动工厂。弟兄们吃饱喝足，带薪休息一段时间，准备明年大显身手！

父亲需要手术，王彭生急着赶往医院去，来不及给竺紫绒饯行了。竺紫绒又扔下一千块钱探视费，说是等老爷子痊愈出院后，给老人家买点营养品，算是表示崇高的敬意，尽一点孝心。他回到上海后，马上落实资金，快点启动工厂，快点还清公司欠款，快点支付王彭生夫妇的股权转让费。

弃职从商好多年，像是做了一场春梦。从梦中醒来，王彭生知道自己又从云端跌落到尘埃。当初领导恳求自己复职，还把自己提拔到副科级的位置上，自己听信竺紫绒的谗言，硬生生地拒绝了。现在时过境迁了，政府不是为哪一个人开办的，也不是住宿的鸡毛店，容不得你想来就来想走就走。再说人活一张脸，树活一张皮。活鲜的鲤鱼依然被摔死了，好马不吃回头草，王彭生自己也不好意思回头。商旅生涯就此结束了，王彭生准备向李志卓看齐，再次拿起笔来，重操旧业。继续钻故纸堆，继续爬格子。如此想来，心中释然。高度紧张的情绪和肌肉全都松弛下来，倦意袭来。他在父亲的病榻前，昏昏沉沉地睡了过去……

四十

冬日的阳光不止是温暖，也是明亮和妩媚的。马陵山后的太阳早已跃过山峦，爬上了树梢。秦台的太阳也跃过高楼，点燃了人们心中的希望。

姐姐雨生已经买来了早点，让彭生洗漱一下吃早饭。她还像儿时一样疼爱弟弟，晚上值班的时候从不叫醒弟弟。老父亲脸色蜡黄，呼吸有些急促，老人家正在咬紧牙关忍受病痛的折磨，顽强地和病魔抗争着。

王彭生顾不上吃饭，急忙把值班医生叫过来。老父亲的病情恶化了，心电图监控仪上的波纹非常紊乱，不停地飘忽跳动，稳不下来。

明媚的阳光进入病房，照耀在王义轩老人的脸上。老人家的病情急剧恶化，十点多钟就驾鹤西游了。

老人家在外地工作的战友、故交都发来了唁电。秦台市四套班子都送了花圈，由老干部局主持召开了追悼会，举行了隆重的悼念仪式。老人家躺在鲜花丛中，身上覆盖着党旗，神态安详地接受着生者的悼念，仿佛这一生没有坎坷，没有波澜……

王彭生的儿子和外甥、外甥女都请假回来守孝。雨生的儿子王鼎杰已经工作了，其他小辈都是大学生，一个比一个有出息。

王彭生从儿子上高中开始就对他疏于管理，好在孩子尚能自律，顺利地考上了大学，没让老子操心，更没让老子揪心。小栋栋已经是1.78米的大小伙子了，文静清秀，比自己年轻的时候还要帅气。

听医生说过，影响人们身体长高的两个因素，一是营养，二是情绪。现在物质非常丰富，营养不是问题。“改革开放”之后，随着国家实力的增强，在国际上的地位和威望与日俱增。国人心中没有惊恐和压抑，下一代人的身高普遍超过了父亲这一辈。这也是中华民族复兴的重要标志之一。

孩子们都有才气，也有抱负和梦想。王鼎杰想当军事谋略家、作家。女儿王赋文想做当代的徐霞客，游历并讴歌祖国的大好河山。王文生的儿子时博文从上幼儿园开始就是学霸，一直是班级、年级的学习尖子，考试状元。他想当院士，从事自然科学研究。王立栋学的是金融，理想是做银行的高管。他们从树立目标那天开始，就一步步地向目标靠近。他们志存高远，但都不是脱离实际、好高骛远的人，他们的理想是不难实现的。

王彭生的心中也藏着一个梦想，或许拿到股权转让费之后，就能静下来安心地“爬格子”，尽快拉近他和赵本夫、刘本夫及王震山三位老师之间的距离。涓涓细流可以汇集成汪洋，如果千百万普通人的梦想都能实现，中国这条东方巨龙肯定腾飞了，中华民族一定复兴了。

父亲的丧事刚办完，母亲又出了状况。母亲住在姐姐家里，由心细如发的王雨生悉心照料着。正好赶上父亲殡葬，姐姐在灵前守丧，姐夫也跟着前前后后地忙碌着。

母亲无人管束，在小区里闲逛，碰上了一个挨千刀的野郎中。母亲身患多种疾病，都是老年人常有的那种因器官功能退化引起的慢性病，原本并无大碍。可是老人家心气太盛，总想除去病根，彻底治愈顽疾，恢复到年轻时候的水准。人说庸医害人，他们看不透症，下不对药，治不了病。但是他们坚守着“治不了病，送不了命”的原则底线，用炒面、淀粉制造药丸、药片，吃下去对身体无害，骗人点钱财而已。野郎中包藏祸心，没有良知和道德。他们不顾配伍禁忌，肆意添加剂量，中西药胡乱搀和，全然不懂“是药三分毒”的道理。更不知道中医谨慎用药，加量不过钱，过钱命难言！他们只知道迎合老人“速愈、痊愈”的心理，盲目吹嘘自己的医术、医道，盲目夸张药物的疗效，要钱的时候也是狮子大开口。

老人家治病心切，不懂得商家“漫天要价，就地还钱”的行规。花高价买了一包送命的毒药，喜滋滋地带回家中，演示着“饮鸩止渴”的全部过程。

王雨生回到家中的时候，母亲已经蜷缩在地板上，人事不省了。王彭生又被电话招到了医院，看到了面目全非的母亲。

妈妈被120急救车拉到医院，住在急救观察室。母亲全身乌紫，头大如斗，气若游丝。要不是姐姐守候在身旁，王彭生是认不出母亲的。医生说老人家是药物中毒加上药物过敏，命悬一线，形势不容乐观。医生自会全力抢救，家人也不要抱有太大的希望，尽人事听天命吧。

母亲被抢救过来了，雨生说老人家的命大。医生说是亲人们舍得花钱，有功夫、有耐心护理。母亲已经跨进了“鬼门关”，舅舅们都安排彭生准备后事了，王雨生姊妹坚持不放弃。雨生说只要有一线希望，就尽100%的努力。药物和针剂都捡好的用，花多少钱都皇帝烙煎饼，由子女们共同分摊。她和文生昼夜守护着，无微不至地全方位护理。王彭生也跟着全程陪护，买个早点、提点茶水什么的，不耽误睡觉。雨生说王彭生是儿子，是第一责任人，用不着他干啥活，但他必须在跟前。

母亲恢复过来了，但是五脏六腑都受了损伤。胰腺被彻底损毁了，要一天数次地注射胰岛素，来维持血糖平衡。母亲的性情原本就不好，现在更加乖张暴戾了。老人家最喜欢王文生。雨生让文生把老人家带到淄博去，这样老人家的心情会好一些。心情好利于身体的康复。

送走母亲之后，王彭生洗澡理发，痛痛快快地睡了一觉。第二天早上，他驱车来到已经易主的工厂，找程国生要2005年的工厂租赁费。

程国生告诉王彭生，说竺紫绒电话安排过了，让他不要把租金交给王彭生。因为股权已经转让了，王彭生不再是飞龙公司的股东了。他还当场接通竺紫绒的电话，按下免提给王彭生听。

听筒里传来竺紫绒那极富磁性的上海腔调：侬好糊涂，工厂是阿拉的，侬把钞票给别人，阿拉会放过侬吗？

王彭生如雷击顶，愣在了昔日处理公务的办公室。竺紫绒食言了，推翻了以前的所有承诺。竺紫绒花言巧语，哄骗着他感恩戴德的时候，命运之神正拿着狼牙棒，躲在一旁冷笑。这一棒子是很有分量的，终究要打在愚蠢至极者的身上。所有的文件都签了，所有的法律程序都走了，不论你愿意不愿意，也不管你上当受骗与否，签字就有法律效力。能哄骗你上当，是我竺紫绒的本事。我竺紫绒就是骗子，就做强盗了，你又能怎么着？乖乖地认命吧……

王彭生不知道是怎么晃荡到家的，到家里也不思茶饭，拱到被窝里蒙头就睡。他心乱如麻，头大如斗，肯定睡不着，站又站不住，只能躺着。

王彭生急于挣钱才下海从商的，挣钱的目的是完成爷爷盖瓦屋的遗愿。他甚至想超越爷爷的理想和抱负，在老宅的旧址上盖一幢楼房。他无原则地相信并配合竺紫绒，是传承了祖父母与人为善的理念。祖父也告诫过他要“恶人远离”，可是竺总经理在公司法人变更前一直没以狰狞的面目示人。王彭生的道行太浅了，栽跟头在所难免……

程国生急于到单县去圈地建厂，即将要离开秦台了。临行前，他把王彭生留用的技术骨干和管理人员召集到一起，开会说明情况。他说自己做完黄桃就闲置下来了，没再做其他产品。大家从八月底就处在休闲状态，虽然天天到厂里来，但是没有做具体的工作。看护工厂也是工作，但工厂是竺紫绒的，不是我程国生的。我们南方人并不小气，但很精明。就是说不该花的钱，一分都不会多付。做桃的工资我来付，一分都不会少。做桃之后的工资还有保险费、医疗费啥的，你们去找竺紫绒……

留守人员被激怒了，他们那点工资还不够去上海的路费呢，去两趟办不成事就要倒贴钱，这样的傻事他们不干。他们一同来找王彭生，让王彭生把工厂收回来。

王彭生去找律师咨询情况。律师告诉他：股权是股权，资产是资产，公司是公司，个人是个人。把这件事情弄清楚了，那团乱麻就理顺了。自己转让的是股权，不是资产。再说了，接受股权就要接手债权债务。飞龙公司没有债权，全是债务。让债主起诉竺紫绒，保全资产。竺紫绒没付股权转让费、程国生拖欠工资和电费，都是违约行为。对于违约的人，可以依法留置资产，留守人员继续留守下来，对工厂进行无因管理，受益人也要无条件地支付工资。还有地租问题，飞龙公司被西岳集团并购了，西岳集团就要支付地租，这是推卸不掉的责任。

王彭生买了好多把各式各样的门锁，把所有的仓库都加了锁，让留守人员分开班次，昼夜值班。自己跑工商局和法院，确定要打官司了。

做贼者心虚，竺紫绒也知道自己不地道，所以一开始就在秦台安插一个眼线，把王彭生的一举一动如实汇报，以防王彭生有所异动。这个眼线就是解春临。竺紫绒和他在砀山罐头厂打过交道，帮助王彭生采购空罐时也拿过他的回扣。变更股权之后，竺紫绒先付给其他债主每人10万元，付给解春临30万元欠款，要求解春临做内应，并解除锅炉和锅炉房的封条。

解春临也是精明人，精明人斗法就是斗智，老百姓说是比心眼子。他答应帮助竺紫绒监视王彭生，却迟迟不愿意解封。他知道当狗就能啃骨头，竺紫绒多少都会给自己一点报酬，至少可以顺利地把陈账结清，还可以发生新的业务。

钱装在自己口袋里才是自己的，交出去就是别人的。解封之后竺紫绒要花招怎么办？听叶子说，竺紫绒正和她勾勾搭搭，托她寻找买家呢。

解春临跑到法院执行局，找负责办案的法官汇报这件事，让他们帮助自己拿主意。

法官听出了弦外之音，王彭生把资产和债务都转移了，竺紫绒想卖掉工厂躲到上海去。他要起无赖怎么办？秦台的债主岂不要吃亏？办案法官打电话给王彭生，把他传到法院来，交给他一个书面通知。告诉他工厂在法院查封期间，不得转让和变更。

王彭生拿着法院的通知去找工商局，工商局专门开会研究此事，并上报徐州市工商局和江苏省工商总局，请示如何办理。省市工商局的口径非常统一，以法院的通知为准绳，按照法院的指示办理。变更被更正了，王彭生和韩如月依然是飞龙公司的股东，王彭生还是法定代表人。西岳集团的竺紫绒被删除了，电脑上登记的飞龙公司信息恢复到原状，又是外甥打灯笼，照（舅）旧了。

如此折腾下来，“王彭生为了逃避债务转让股权，新股东不认旧账想卖掉工厂走人”的消息不胫而走。工厂留守员工、供电所、自来水公司、原辅材料供应商、给飞龙公司融资的银行和借款人，纷纷效仿解春临，都请律师写诉状，起诉了飞龙公司，法院全都立案受理了。

杀人偿命，欠债还钱。这是亘古不变的道理，自古皆然。借贷和欠款，案情非常简单，应诉人（飞龙公司法人）王彭生承认该账，愿意拍卖公司资产，偿还欠款。判决书很快就下来了，王彭生没有上诉的要求。十五天之后，判决生效，债权人找到执行局，要求依法拍卖飞龙公司。

解春临害怕僧多粥少，公司拍卖后按比例分配，自己可能拿不到全额欠款。再说竺紫绒对他是有承诺的，他急忙把这儿的情况汇报给上海。

最令人悲伤的事，莫过于形势大逆转。事态朝着人们预期的相反方向发展，也最容易打击人的士气，最容易挫伤人的自尊心和自信心。

王彭生和债权人又收到了法院的传票，让他们十天后到法庭去开听证会。上海西岳集团带着律师找到江苏工商总局，出示王彭生夫妇签字的《股权转让协议书》，证明股权转让是合法的，又把营业执照变更回去了。西岳集团到秦台法院来翻案，说王彭生把股权转让出去了，不再是公司的股东，没有资格代表飞龙公司应诉。

秦台工商局向王彭生要回营业执照，给他一封公函。告诉他公司股权是他自愿转让的，符合法律程序，具有法律效力。他和韩如月从接到通知之日起，已经不是飞龙公司的股东了。有关资产问题，股权转让合同中没有具体约定，请他们到法院去申请司法解决。

西岳集团聘请的律师就是徐州人，不光懂法，也懂得徐州地区的风土人情。他先约王彭生喝酒聊天，暗中打开录音笔，引诱王彭生说错话，寻找对西岳集团有利的证据。王彭生夫妇和有关当事人据实陈述。西岳集团一分钱未付，就想卖掉工厂走人，确实是竺紫绒欺骗他们在先，又违约在后。这样的证词不能提交给法官，律师又想让王彭生把公章交出来，由他带回上海去。他还威胁王彭生，说西岳集团要到秦台来投资，如果王彭生不予配合，是破坏招商软环境，市长会下令逮捕他的。

水至清则无鱼，人至清则无友。人至贱则无畏，敢拼命就无敌。古人说过：舍得一身剐，敢把皇帝拉下马。西岳集团无非名头大一些而已，无非是在大城市注册的大公司而已。在法律面前人人平等，共和国境内没有特殊公民。

王彭生没被吓倒，他没交公章，还拉着镇领导去市政府找市长。市长接见了他，给他的答复几乎和工商局一模一样。市长告诉他，合同中有约定的按照合同条款执行，合同中没有约定的按照法律规定执行。违约、违法，都要承担相应的责任。

从市政府出来，王彭生似乎有了底气。单楼镇的工业书记把他带到福满楼酒店，工厂占用土地的村书记侯本巨、村长侯敬遥、会计卜祥据，还有土地提供户的村民代表侯本真、徐国澜、侯敬君、侯先俊、侯本焘、侯本瞬、徐国太等人早就订好了包间，点好了酒菜。

秦台地区民风淳厚，人们心地善良，待人厚道。他们知道王彭生摊上事了，摊上大事了。他很可能一落千丈，风光不再了。但大家毕竟相识一场，相处多年，感情是很深的。他们商量好了，轮流请王彭生吃饭，尽到地主之谊，尽可能地安抚一下这个相识多年的老伙计。

面对富山村父老乡亲的一片盛情，王彭生羞愧难当。他把好端端的一座工厂，摆弄成颓败的废墟。村民们从2005年就没拿到土地租赁费。现在又过去半年了，他们依旧不温不火。他们没有出言不逊，没有挖沟封门，还反过来摆酒席安慰自己。相形之下，乡亲们是多么的宽厚善良，自己是多么的愚蠢无知，竺紫绒是多么的卑鄙无耻。他把工厂拿走了，却故意不交土地使用费，还串通程国生不发工人工资、不付工厂租赁费，想激怒村民到工厂去闹事，想饿跑王彭生和他手下那群看护工厂的弟兄们。

酒过三巡之后，侯书记掏出两万块钱来，交给王彭生。他告诉王彭生，这是乡亲们表达的一点心意，请他务必收下。过去你是大老板，看不上这点小钱。今后或许还能东山再起，可是远水不解近渴。现在工厂关门了，你还官司缠身，经济上肯定是拮据的。乡亲们怕你经不住折腾，给你发点营养费，割二斤肉吃吧。

王彭生心头一热，眼睛湿润了。他一改往日不喝白酒的惯习，猛灌一杯白酒，郑重地作出了一项承诺。他在山西抽回了本钱，还能支付两年地租。

“土地租金我来付。如果工厂能回来，那就是应当应份的，啥也不说了。如果工厂被骗走了，拜托各位把我垫付的资金追讨回来，我下半辈子就靠这点钱生活了……”王彭生两眼噙着泪水，又要倒白酒，被乡亲们拦住了。

“如果你拿土地租赁费，富山村可以考虑终止飞龙公司的土地租赁合同，把土地租赁给你个人。”镇政府的领导也被感动了，他是干过司法助理员的，法律条文谙熟于胸。“先写信告知他们，间隔两周的时间再告知一次，回执可以当作诉讼的凭证。如果他们不理睬，就登报公告。公告一个月，法律程序就走完了。”

“这事好办，咱们现在就写《告知书》。”侯书记把纸笔递给王彭生：“你来写，叫卜会计盖章。村里的行政公章，会计一直随身带着呢。”

王彭生写好告知书，把原件寄给上海的竺紫绒，又把复印件贴到工厂门口，相信解春临也会和竺紫绒通气的。

按照镇领导的指点，王彭生按部就班地给竺紫绒寄发《告知书》，告诉西岳集团违约，再不缴纳土地租赁费就要终止租赁合同。到了规定的时间，又到《徐州日报》刊登《公告》。公告期满，富山村收了王彭生的土地租赁费，废止了飞龙公司的《土地租赁合同》，和王彭生个人签定了新的《租赁协议》。这时候，法院的裁定也下来了，工商局出具的公函可以证明，应诉的时候，王彭生还是飞龙公司的法人代表。上海西岳集团翻案的要求被驳回了。

王彭生的心情略微松弛一点，还没来得及喘息，徐州市中级人民法院的传票又来到了。西岳集团对秦台法院的判决不服，上诉到徐州中级人民法院去了。竺紫绒扬言，徐州告不赢就到南京去，南京告不赢接着到北京去，直至打赢官司为止。有理走遍天下，无理寸步难行。王彭生和道理站在一起，官司打到联合国也不怕。他害怕自己没有经济实力，和这样的大集团较劲，可能奉陪不起。就像赌场上“唬大头”不兴看底牌一样，搬到大点子腰里没钱，照样叫“鳖十”唬跑。那样不光自己身败名裂，也对不起秦台的各位债主了……

王彭生再去咨询律师。律师说在卷帙浩繁的经济案件中，他们的案子算不上大案，或许徐州中级人民法院的二审就是终审，竺紫绒应该是折腾不起来的。

债主们听到风声之后也开始害怕了，很担心他们的欠款会泥牛入海，像放飞的黄鹤。一些沉不住气的人，撕掉了绅士的嘴脸，开始抱怨王彭生是肚子疼上眼药——瞎治。要账无好口，打人无好手。债主们出言不逊是再正常不过的，王彭生只能打掉牙往肚里咽，默默地忍受着。

一向谦和恭顺的叶子，现在也改口叫“大哥”了。就像小品编排的一样：既然乡长沦落成“三胖子”，谁都可以当头给他“一棒子”。

韩如月给前来发泄不满的人端茶倒水，说好话，赔笑脸，小心翼翼地应酬着。她怕丈夫按捺不住，呛呛起来是要吃亏的。

山东曹县的禄伟东是个讲义气的人。他是白芦笋和蘑菇供应商，还有十多万元货款没结清。他看到大家的情绪有些失控，正朝着极端的方向发展。于是就挺身而出，义正词严地训斥那些不识大体的人：

“我们都是飞龙公司的客户，都从王老板这儿挣过钱。剩下这点欠款几乎都是利润，就当没挣又咋地？我当着大家表个态，这十几万块钱，王老板啥时候有钱啥时候还，没钱我就不要了。咱们也要有点良心，别把事情做绝了。驴屎蛋子也有发光的日子，王老板就不能翻身了吗？做事留一线，日后好相见……”

王彭生又被震撼了。自己倒霉是咎由自取，凭什么拉这么多朋友垫背呢？禄伟东向债权人陈述着“人不死账不烂”的道理，就是王老板的官司打输了，工厂还在。竺紫绒纵有天大的本事，也不能把工厂搬到上海去。法官都说了，谁接手公司股权，谁承担债权债务，咱们的钱沉不到海里去。

王彭生想起了后面一句话，两腿一伸全玩完。铜山供销社那位炒作白糖期货的老兄，不是用这种方法保全家人、了结债务的吗？他知道竺紫绒的办公室在哪里，那是68层的高楼。如果自己抱着竺老总跃出窗外，在都市的天空中翱翔一会，再火速委身于水泥地面，会是什么结果？肯定像厉程遥撞倒垃圾桶一样，能看到辣椒酱拌豆腐一样的东西了！这是山穷水尽时的最后一招，使出来就玉石俱焚了……

从自己败走麦城到现在，韩如月一句抱怨的话都没说，还反复地安慰自己，小心翼翼地侍候自己。生怕自己想不开，伤了身体。韩如月劝慰丈夫，不要把暂时的挫折当成永久性的失败。我们并没有丧失劳动能力和创造能力，我们只要抱有坚定的信念，就大有希望。我们还没到耄耋之年，还有创业的机会，有创业的机会就有成功的可能。就像南美的蝴蝶轻微煽动一下翅膀，就有可能诱发北美某地刮起强烈的龙卷风一样。请你务必坚信这一点。

事情已经这样了，抱怨是没有丝毫用处的。我们要接受现实，面对现实，多想“现在如何”，少想“当初如果”吧。密尔顿眼盲、贝多芬耳聋、罗斯福腿跛、林肯贫穷、海伦·凯勒又聋又瞎，但他们都有非凡的业绩，都是举世公认的伟人、巨人。因为他们只知道努力奋斗，从不怨天尤人。

《没有借口》、《把信送给加西亚》、《谁动了我的奶酪》，都是你规定公司干部必读的文章。我们的奶酪被人偷走了怎么办？哭天抹泪骂大街管用吗？最有效的方法是学那只积极勤奋的米老鼠，穿上鞋赶路。即便我们穷的穿不上鞋了，光着脚照样前进，照样去寻找新的奶酪。咱们条件差也没关系，比别人多走几里地就是了，有啥大不了……

韩如月是医务工作者，对与人的幸福密切相关的《心理学》也略知一二。她知道人的衰老不是从某年某月某日某时某刻开始的，而是从经历过一次重大变故之后开始的。经历重大的磨难，人的生理和心理都会发生微妙的变化，承受不住灾难的打击，就会快速衰老，以至一蹶不振。能够抗住打击，受到洗礼之后会更加成熟，阅历也更加丰富。她要用自己柔弱的肩膀，帮助丈夫分担苦难。与丈夫风雨同舟，和衷共济，共同度过难关……

王彭生被夫人感动了，把韩如月拥抱在怀，深情地吻着。疾风知劲草，严霜识贞木。患难才能见真情。都说“夫妻本是同林鸟，大限来时各自飞”。韩如月是只傻鸟，大难来时并不飞。她要和丈夫风雨同舟，甘苦与共。她要和丈夫一起，坚守在巢穴之上，伸展羽翼保护雏鸟。他们要联起手来为小栋栋遮风挡雨，尽量不让他做覆巢之卵。

在当今的世界里，共安乐者俯拾皆是，共患难者凤毛麟角。诸葛亮考察人心的时候，先要“告之以祸难”。曾文正也屡有“试以艰危”的举动。王彭生无需“告知”，也无需“试探”，现在就在危难之中，老婆的表现可圈可点。

王彭生庆幸自己摊上一个好老婆。他过去亏欠夫人太多了，现在巴不得她能犯点错误，哪怕是犯“七出”之过，自己也会原谅她了。如果韩如月像姜子牙的夫人马氏，像朱买臣的妻子崔氏一样，对丈夫嘲讽谩骂、大吵大闹，自己前院塌天后院起火，自己心绪不宁、神志不清，结果会是什么样子？他想起了一篇劝人坚守励志的文章：《钻石就在你家后院》。王彭生终于明白了，钻石就在卧榻之侧，老婆就是闪耀着太阳光辉的钻石。记得有位名人说过：“爱情是上帝所创造的最美好的情操，但拥有金钱的情人，则能使爱情更加幸福。”拥有钻石一样的夫人，虽然把资产给弄丢了，却印证了爱情，收获了名贵的钻石，是非常划算的。王彭生暗下决心，一定要寻找到新的奶酪，让老婆孩子拥有持久恒定的幸福！

母亲在文生家康复得很好，气色很正，精神也很饱满。文生要出国去做学术交流，母亲不能继续在文生那儿休养了。雨生把母亲接回秦台来，找一个干净麻利的保姆伺候着。

王彭生要到徐州中院去应诉，没来得及过去看妈妈。

下午三点，是开庭的时间，王彭生夫妇和各位债主都按时来到了法庭。债主们鱼贯进入法庭，不住地抱怨着：飞龙公司该我们的钱，我们竟然成了被告，真不知道这事是咋鼓捣的……

主审法官姓韩，是一位年轻漂亮的女士。她亲切地微笑着，指着对面空荡无人的原告席，和蔼地告诉大家："这边太挤了，可以坐到那边去。"

随行的律师很愕然，也很兴奋，禁不住问道："原告缺席了？"

"是的。我们再三催促，他们就是不来。"

"没理呗，来了说什么？"

"既然不敢来，还瞎折腾个啥劲的？"

大家七嘴八舌地议论着。法官依旧面带微笑，示意大家肃静，按法律规定的程序开庭。

庭审结束之后，王彭生打开手机，查看一下未接电话。手机响起"嘀嘟"的提示音，显示出 26 个未接电话。王彭生还没打开菜单，电话铃又急促地响了起来。电话是姐姐王雨生打来的，妈妈突然晕倒，又住进医院去了。

王彭生顾不得向律师咨询案情，跳上车就催促司机开足马力，全速前进。

母亲展示出来的健康形象是假的。医生说母亲就是外强中干的典型，各个内脏器官全都坏透了，就像多米诺骨牌一样，只要倒下一个，紧接着就倒下一片。医生的医术很高，医德很好，也是竭尽全力地积极抢救。但是母亲早已病入膏肓，绝非药石针砭可以起死回生的。

王彭生见到了母亲的遗容，他们母子平时见面说话的时候不太多，现在老人家永远缄口不语，再也不会和他说话了。他和父母虽然存有隔膜，但是作为至亲骨肉，血缘亲情使然，他还是忍不住悲从中来，嚎啕大哭起来……

征得继母的同意，王彭生把母亲的骨灰送回蔺王庄王家老林安葬。

她老人家没能维系住家庭，却也终生没再改嫁。奶奶说过，王家欠她一畦子埋身之地。肉身化作青烟，自然是爱恨湮灭、恩仇俱泯了。不论她和父亲生前的感情如何，他们都走完了人生的历程，游魂不能漂泊他乡，应该回归故里安息。

做完母亲一百天的法事，已经是2008年年初了。狂躁不安的王彭生终于等来了徐州中级人民法院的终审《裁定书》。上海西岳集团没有正当理由，拒不到庭，按撤诉处理。

秦台市法院重新启动拍卖程序。因为土地使用权在王彭生手里，很多觊觎飞龙公司地理位置和资产，想贪便宜捡漏的人，都打消了购买飞龙公司的念头。两次流拍之后，法院把飞龙公司肢解折价，打给债权人，冲抵债务。大家拿着支离破碎的厂房，没办法经营使用。拖下去还要向王彭生缴纳土地租金，拖久了资产就是王彭生的了。拖下去很不划算，解决的方法就是把资产交给王彭生，叫他承认并偿还欠款。

王彭生忐忑不安地等了16天，没有接到更高层级的法院传票。看来竺紫绒也知道自己理亏，不再胡乱折腾了。

飞龙公司像是送出去的苦孩子，在外面游荡两年又认祖归宗回来了。它出去溜达一圈不要紧，王彭生的债务减少了一大半。

竺紫绒被命运之神的狼牙棒打翻在地上，一时半会地爬不起来了。这是他咎由自取，是他的性格和人品决定的。这位仁兄像《蝜蝂传》中的蝜蝂一样，好登高，好攫取财物。等到背不动那些重物，又无好心人眷顾的时候，就会重重地摔下来。即便不在王彭生这儿栽跟头，也会在其他地方跌倒。

王彭生像富山村告知竺紫绒那样，给浙江温州的程国生发去《告知书》。工厂又回来了，程国生必须面对自己了。如果他还抱着竺紫绒的粗腿不放，继续执迷不悟的话，他就死定了，而且死相非常难看。

王彭生觉得上苍又一次眷顾自己，幸运又一次和自己结伴同行。他怀里揣着徐州市法院的终审《判决书》、债主们和他签定的《资产转让合同书》，就像拥抱着跃上马陵山麓的紫色太阳，心中充满了温暖和甜蜜。可是他的心里一点也不轻松。近千万元的资产又回来了，他要想办法让工厂转起圈来。躺在床上睡大觉不行，钞票不会被大风刮过来。爷爷说过：年纪轻轻的不能躺在床上睡大觉，要不停地栽树、浇花，让后人爬到树上摘果子，躺到树下去乘凉。先人都是属蜜蜂的，采得百花成蜜后，前人辛苦后人甜……

记得有一首歌里有这样的歌词：不经历风雨，怎能见彩虹？有了这次波折的经历，王彭生有些成熟了，至少敢于勇敢地面对今后的人生。

看来艺术之神缪斯马上前来眷顾，王彭生也拿不起笔来搞创作了。尽管他时常嗅到小米饭的味道，却一时半会地当不了南柯太守，重拾“当作家”的梦想还要往后延迟若干年。他是一匹没卸掉鞍套的驽马，还得驾起辕子拉着负重的车辆前行。就像屈原老夫子和大诗人李商隐所说的那样：路漫漫其修远兮，吾将上下而求索。春蚕到死丝方尽，蜡炬成灰泪始干……

艺术之神缪斯果真前来眷顾王彭生了。他老婆韩如月满脸笑容，像花儿一样灿烂。她又像勤劳的蜜蜂一样，在厂区内翩翩飞舞。王彭生可以把工厂交给老婆打理，自己静下心来拧开尘封已久的笔帽。他非常强烈地想念赵本夫老师和学兄李志卓。赵老师定居在南京，也经常回到秦台来，是很容易谋面的。李志卓学兄躲到什么地方去了？到哪儿才能找到他呢？

有人在黄河故道里见过李志卓，也有人在江南或塞外看到过他的身影。他像古代的徐霞客现在的雷电生一样，徒步丈量着祖国的大好河山，为自己构思的伟大作品积累素材，寻求灵感。据说他现在很有艺术家的气质，蓬头垢面，不修边幅，也吃嗟来之食。不少人误认为他丧失了男子汉的气节，王彭生理解他是为了腹中那部伟大的传世之作。他不是没有谋生的能力，是怕谋生耗费他的宝贵时间。他不是没有廉耻，而是觉得事业胜于颜面。若是“不食周粟”、不吃“嗟来之食”，就保不住这百十斤有用之躯，真把不朽的传世之作带进坟墓里去，是对社会不负责任。他已经反复掂量过了，孰轻孰重了然于胸。他之所以“威武不屈、贫贱不移”，是因为他像得了“花痴”病的深闺怨妇一样，作下了“艺痴”的毛病。就是使用“二炮”的重型牵引车，也很难把他拉回到现实之中来。他的精神世界丰富多彩而充实，心中充满了为事业献身、为理想奋斗，并且经常有所突破的愉悦，全然不是俗人看到的潦倒无状和令人心碎的凄凉……

李志卓骑着一辆破旧的脚踏三轮车，大概是驳壳枪大侠淘汰下来的。车帮上贴着不干胶的对联：穷且益坚不坠青云之志，老当益壮宁移白首之心。车厢里拉着一个破旧的行李卷，一摞卷页翘边、页面发黄的陈旧书刊，一捆子稿纸。或许那摞旧书刊里还有赵本夫老师的《卖驴》，或许那捆稿纸就是他的伟大作品。

王彭生已经可以把轿车鼓捣转了，但是还没拿到驾驶证。他决定去驾驶学校学习驾驶技术，拿到驾照后开车去找李学兄。只要李志卓回到秦台来，“枌榆社”就注定要重新开张了，就会充满欢声笑语，重新注满活力。当初的那些成员都会重新归建，聚在一起喝酒、聊天、谈论女人，还会饶有兴致地探讨文学创作问题……